LE CRÉPUSCULE DES ELFES

DU MÊME AUTEUR
CHEZ POCKET

2. LA NUIT DES ELFES
3. L'HEURE DES ELFES

LE PAS DE MERLIN

SCIENCE-FICTION
Collection dirigée par Jacques Goimard

JEAN-LOUIS FETJAINE

LE CRÉPUSCULE DES ELFES

BELFOND

ISBN : 2-266-09640-0

Jean-Louis Fetjaine

Jean-Louis Fetjaine est né en 1956. Diplômé de philosophie et d'histoire médiévale, journaliste puis éditeur depuis 1985, il est aussi l'auteur de nombreux ouvrages d'humour cosignés avec Pierre Antilogus, dont plusieurs ont été des best-sellers, notamment *Le guide du jeune père* (1988), traduit en dix langues et adapté en BD et au théâtre, *Le guide de survie à l'usage des parents* (1991), *L'homme expliqué aux femmes* (1995), *Le guide de survie au bureau* (1996) et *L'école expliquée aux parents* (1997). Tous sont parus aux éditions Hors Collection.
L'immense succès de la *Trilogie des elfes* (éditions Belfond puis éditions Pocket) marque un tournant dans la carrière d'écrivain de Jean-Louis Fetjaine : il est désormais un nom incontournable pour les lecteurs de fantasy mais plus généralement pour tous les amoureux des littératures de l'imaginaire. *Le Pas de Merlin* confirme sa popularité et a obtenu le prix Imaginales 2003.

LES PERSONNAGES
par ordre alphabétique

ASSAN : elfe lige de Rassul.
BALDWIN : roi des nains sous la Montagne rouge.
BLADE DE LOTH : maître voleur de la Guilde.
BLORIAN et DORIAN : frères de la reine Lliane.
BRAN : frère cadet de Rogor, régent sous la Montagne noire.
FREÏHR : guerrier barbare, chef du village de Seuil-des-Roches.
GAEL : elfe gris, suzerain d'une communauté d'elfes des marais, meurtrier présumé de Troïn.
GORLOIS : sénéchal et maire du palais, duc de Tintagel.
HAMLIN : ménestrel elfe.
LLANDON : roi des hauts-elfes.
LLIANE : reine des hauts-elfes, épouse de Llandon.
MAHAULT : receleuse.
MIOLNIR : chevalier banneret nain au service du roi Baldwin.
MYRDDIN : homme-enfant.
OISIN : passeur gnome.
PELLEHUN : roi des hommes et maître du Grand Conseil.
RASSUL : seigneur des elfes gris.
RODÉRIC : l'un des douze preux, gardiens du Grand Conseil.
ROGOR : héritier du trône de Troïn.

TAROT : shérif gnome de Kab-Bag.

THANE DE LOGRES : maître assassin de la Guilde.

TILL : pisteur, elfe vert.

TROÏN : roi sous la Montagne noire.

TSIMMI : maître maçon nain.

ULFIN : l'un des douze preux, gardiens du Grand Conseil.

UTER : l'un des douze preux, gardiens du Grand Conseil.

YGRAINE : reine de Logres, seconde femme du roi Pellehun.

Ne demande pas à sortir de ce bois. Tu resteras ici, que tu le veuilles ou non. Je suis un esprit d'un ordre peu commun. Apprends-le, l'été lui-même, là où je m'arrête, reste immobile. Et je t'aime. Viens avec moi ; je te donnerai des fées pour te servir ; et elles t'iront chercher des joyaux au fond de l'abîme, et elles chanteront, tandis que tu dormiras sur les fleurs pressées. Et je te purgerai si bien de ta grossièreté mortelle que tu iras comme un esprit aérien.

William Shakespeare,
Le Songe d'une nuit d'été

À Florence

PROLOGUE

De nos jours, il n'y a plus d'elfes. Presque plus. Les hommes se sont habitués à être les seuls maîtres de la Terre, et se battent tellement entre eux, depuis tant d'années, qu'ils ont perdu le souvenir de l'époque lointaine où d'autres races vivaient à leur côté.

Le peuple des elfes a disparu brutalement, et ceux qui survécurent se sont effacés derrière le paravent des légendes. Oh, il y a toujours des rencontres étranges, des frissons dans le dos et des mauvais rêves, mais nul ne songerait à les attribuer aux elfes. Pendant un temps, les hommes leur inventèrent d'autres noms, korrigans, lutins ou farfadets, puis ils cessèrent même de croire aux contes de fées.

Je vous parle d'un âge où les hommes n'étaient que l'une des quatre tribus de la déesse Dana, les Tuatha Dê Danann, elfes, nains, monstres et hommes. Et à chaque peuple la déesse avait confié un talisman, symbole de chaque race et garant de sa survie. Les hommes reçurent le Fal Lia, la Pierre de Fal, principe même de la souveraineté, qui gémissait dès qu'un roi légitime s'en approchait. Peut-être est-ce pour cela qu'ils crurent pouvoir dominer le monde… Aux elfes échut le Chaudron du Dagda, le Graal de la connaissance divine. Aux monstres la lance de Lug, le dieu que les moines appelèrent Lucifer, arme terrible qui ne pouvait étancher sa furie meurtrière qu'en étant plongée dans un chaudron empli de sang. Et les nains reçurent l'Épée de Nudd, qu'ils nommaient Caledfwch dans leur langue rocailleuse et qui devint, dans la bouche des hommes, Excalibur.

Le monde, alors, était fait de cinq éléments : l'air, la terre, le feu, l'eau et le brouillard, qui appartenait aux Dieux.

Les elfes, la tribu de l'air, étaient un peuple puissant et redouté des hommes. Un peuple sans ville, dispersé dans les bois, sur les rivages ou dans les marais, puisant dans les forces magiques de la nature la force physique qui leur manquait. Grands et minces comme des adolescents, la peau d'un bleu très pâle, le mouvement lent, la voix calme, ils allaient à peine vêtus et semblaient indifférents au froid, à la pluie ou au vent, pareils à des arbres ou à des bêtes. Les hommes, que la nature effrayait et qui ignoraient la magie, craignaient les elfes mais s'acharnaient à copier leur grâce, à imiter leurs fins bijoux d'argent, à reproduire les chants de leurs ménestrels. Longtemps, l'image des elfes est restée le modèle même de la beauté dans le cœur des hommes. Et pourtant, ce sont eux qui ont provoqué leur disparition…

Il n'y a plus guère de nains, non plus, aujourd'hui, ou alors ils sont considérés comme des handicapés, des anomalies.

Les nains étaient le peuple de la terre. On disait que leur petite taille résultait d'une adaptation à la vie souterraine, au tréfonds des montagnes qu'ils aimaient tant, creusant le roc en d'interminables galeries à la recherche de l'or, des pierres précieuses, du métal. Les nains avaient le cœur aussi dur que la pierre qu'ils fracassaient toujours, et leur force était supérieure à celle de bien des hommes. Quand ils quittaient leurs montagnes pour la chasse ou la guerre, la terre elle-même tremblait.

Des trois peuples, le clan de la mer, celui des hommes, paraissait le plus faible. Et pourtant, peu à peu, courbés sur la terre, de faibles outils en main, ils quittèrent leurs rivages et firent reculer les immenses forêts de chênes et de hêtres qui recouvraient le monde. Il y eut bientôt des plaines parsemées de villes fortifiées, de plus en plus grandes, de plus en plus nombreuses.

C'était une époque où la vie n'avait aucun prix.

Chacun luttait pour survivre, les uns par la magie, les autres par la hargne.

La mort était partout : des elfes isolés étaient pris par des raids de chasseurs nains, qui s'amusaient à les jeter vifs sur des lits de braises, des troupes d'hommes en armes pénétraient au centre des montagnes naines afin d'en voler l'or, des voyageurs perdus dans les bois étaient retrouvés hâves, comme vidés de leur sang, après avoir croisé le chemin d'un elfe, et les gnomes, petit peuple sans grâce des villes enterrées, s'armaient de bric et de broc pour échapper aux rapines.

Mais le principal danger était ailleurs.

Au-delà des marais habités par les elfes gris – ainsi nommés parce que leur peau avait perdu ses reflets bleutés dans la boue des marécages – s'étendaient les Terres noires hantées par les monstres, la tribu maudite des Tuatha Dê Danann, le peuple du feu. Des créatures repoussantes, gigantesques, que les hommes appelaient gobelins et qui servaient avec une ferveur de bête Celui-qui-ne-pouvait-être-nommé.

Le jour où les armées gobelines avaient jailli des marais, les Peuples libres, ainsi que décidèrent de se désigner eux-mêmes hommes, elfes et nains, s'allièrent pour leur livrer la plus terrible des guerres.

Elle dura dix années et s'acheva par la déroute du Seigneur noir et de ses légions immondes, au prix d'un effroyable carnage.

Depuis, les Peuples libres vivaient dans une paix relative, sous l'autorité d'un Conseil qui réunissait les rois et seigneurs de chaque peuple autour de la Pierre de Fal et siégeait à Loth, la plus grande ville des hommes au sein du royaume de Logres. Le Conseil arbitrait les différends et imposait une loi commune, jusqu'au moment où tout bascula.

Cette histoire est le récit de ces temps lointains et de ces peuples oubliés par l'Histoire. Mais, bien sûr, ce sont les hommes qui ont écrit l'Histoire…

I

La venue de Baldwin

Trempé jusqu'aux os, le chasseur de grenouilles était blotti dans les roseaux, retenant son souffle. Serrant son sac contre lui, grelottant de froid, il ne bougeait pas, incapable de s'arracher au spectacle qu'il venait de découvrir à travers la bruine.

Sur la berge était couchée une elfe, ses longs cheveux noirs étalés sur l'herbe. Les yeux fermés, parfaitement nue, elle laissait la pluie glacée mouiller sa peau fine et bleutée sans paraître souffrir du froid, ni montrer de hâte à se sécher après sa baignade dans le lac, ou à se recouvrir de chauds vêtements de fourrure, comme une femme l'aurait fait.

Le chasseur sourit en contemplant les courbes du corps que la pluie faisait briller d'un éclat d'argent. Elle était d'une minceur extrême, mais sans maigreur aucune. Ses cuisses, ses bras semblaient interminables. Entre ses seins aux aréoles d'un bleu sombre, la pluie formait une rigole qui coulait le long de son ventre jusqu'au renflement lisse de son sexe. Elle paraissait endormie, n'était le lent balancement de son pied effleurant l'eau du lac. L'homme aurait voulu s'approcher encore, la toucher des doigts, mais il vivait depuis assez longtemps à Loth, la ville du Grand Conseil, pour avoir reconnu une elfe de l'antique race d'Eirin, ceux que les autres peuples appelaient les hauts-elfes. Et on racontait des choses inquiétantes sur les hauts-elfes, malgré leur irréelle beauté…

Lentement, elle se redressa, chassant de ses longs doigts les brins d'herbe collés à sa peau bleue. Elle enfila une tunique d'une couleur indéfinissable, puis elle jeta sa tête en arrière, rassembla derrière sa nuque ses cheveux noirs en un geste impudique qui fit saillir sa souple poitrine, et ramena au-dessus de son épaule une interminable natte qu'elle entreprit de dénouer.

L'homme déglutit, fasciné par ces cheveux noirs luisants d'où ruisselait un filet d'eau courant jusqu'entre les cuisses de l'apparition. Toujours accroupi, il s'arracha péniblement à la boue pour s'avancer encore, mais l'une de ses bottes resta collée dans la vase : il chuta de tout son long parmi les roseaux.

Lorsqu'il releva la tête, l'elfe avait disparu.

Elle était là, pourtant, toute proche, immobile dans les herbes, fixant de ses yeux verts, presque jaunes, le chasseur de grenouilles qui barbotait piteusement en tentant de récupérer sa botte. L'homme y parvint enfin et sortit de l'eau, si près d'elle qu'elle aurait pu le toucher. Mais il ne la vit pas.

La bruine glaciale n'avait cessé de tomber depuis la matinée, mêlant le lac, le ciel et les berges en une même couleur gris-bleu dans laquelle les elfes se fondaient aisément. Leurs vêtements légers étaient faits d'un tissu fin aux tons changeants, que les hommes nommaient moire, sans en comprendre la fabrication, et qui les dissimulaient aisément à leurs regards. Parfois rouges comme les feuilles d'automne, parfois verts comme les prairies, parfois gris comme la pierre, les vêtements elfiques leur semblaient tout simplement d'origine magique…

L'homme éternua bruyamment et jura.

— Saleté ! Catin ! Montre-toi, si tu l'oses !

L'elfe sourit, mais ses yeux se durcirent.

Le chasseur jura encore, vida sa botte gorgée d'eau et retira sa musette de grenouilles.

— Sorcière ! Brindille ! grommela-t-il. Pour qui ça se prend ?

Il ôta sa chemise de lin trempée, la tordit et essuya sommairement son torse.

— T'as de la chance ! cria-t-il. Je t'aurais montré, moi ! Cache-toi, va ! Ça vaut mieux !

— Qui se cache ?

L'homme sursauta, laissant tomber dans l'herbe sa chemise.

L'elfe s'était dressée, juste à côté de lui, enveloppée dans sa tunique de moire, le dominant d'une demi-tête mais paraissant plus frêle qu'une enfant.

— Sacrebleu, tu m'as fait peur ! dit le chasseur de grenouilles en retrouvant sa contenance. Alors, tu étais là ?

— Oui, répondit l'elfe, avec le même sourire froid. Et toi tu étais là-bas, dans les roseaux, n'est-ce pas ?

L'homme ricana gauchement. La tunique n'était pas fermée, et le corps irréel de l'elfe était là, tout près, il n'y avait qu'à tendre la main… Elle ne réagit pas lorsque la paume rugueuse du chasseur se plaqua sur sa peau bleutée et glissa jusqu'à ses seins.

— Seigneur Dieu, murmura le chasseur de grenouilles pour lui-même. On dit que vous vous y entendez… On dit même que vous préférez les hommes, hein ?

— Tu as froid, dit-elle. Tu as froid et tu trembles… Et pourtant ton ventre est en feu…

— Ouais ! marmonna-t-il avec un autre ricanement obscène. Tu vas voir !

Elle commença à secouer tout doucement la tête sans le quitter des yeux.

— En feu… En feu…

L'homme la saisit par les hanches, arrachant la fragile tunique de moire, et la fit chuter dans l'herbe.

— *Byrnan nith.*

— Quoi ? Qu'est-ce que tu dis ?

La chaleur entre ses reins était trop forte. Insupportable. Il défit son ceinturon, laissa choir ses braies, puis s'agenouilla entre les jambes écartées de l'elfe. C'était trop beau. Nul encore n'avait…

— *BYRNAN NITH !*

À l'instant où l'elfe cria, une atroce douleur naquit dans les entrailles du chasseur de grenouilles. Il se releva en haletant, les yeux écarquillés de stupeur, le souffle coupé par la souffrance. Son ventre, ses intestins, son sexe avaient pris feu de l'intérieur. Il ouvrit la bouche pour hurler, mais ses cordes vocales avaient brûlé. Seule une flamme bleue, avide et ondulante tel un serpent en jaillit, léchant son visage, carbonisant ses dents, sa langue et son palais. L'homme roula à terre avec un mugissement suraigu, battant l'herbe frénétiquement, son ventre déjà noir grésillant comme de la graisse sur le feu. La dernière chose qu'il vit avant que ses yeux ne fondent fut le regard clair de l'elfe posé sur lui, et son calme sourire…

L'elfe se releva avec un soupir, arrangea sa tunique de moire et s'assit sur une souche d'arbre pour lisser ses longs cheveux trempés par sa baignade.

Presque aussitôt, elle s'interrompit et tendit l'oreille. Le lac était silencieux, hormis le coassement régulier des grenouilles, le sifflement du vent dans les roseaux et le cri des corbeaux, au loin, sous les murailles de Loth. Le lac était silencieux, et pourtant différent… L'elfe se retourna d'un bloc et sursauta.

Un homme était là, immobile, à quelques toises, vêtu d'une robe d'un bleu sombre qui tranchait sur son visage souriant, pâle comme l'aube du jour. Il s'inclina en un salut un peu ironique, sans se départir de ce sourire amusé qui semblait être son expression naturelle, puis resta là sans rien dire, sans bouger. Rien, dans son attitude, n'était menaçant, et pourtant l'elfe se sentait oppressée, mal à l'aise. Quelqu'un cria un nom au loin, et l'écho rebondit sur le lac.

Elle n'avait détourné les yeux que l'espace d'une seconde, mais, quand elle revint sur l'homme, celui-ci lui parut plus proche, toujours aussi calme, la regardant en souriant comme s'il attendait quelque chose. De près, il avait l'air plus jeune, malgré ses courts cheveux blancs. Et ses traits, sa longue silhouette, son éternel sourire lui semblèrent familiers.

— Le souffle du dragon, dit-il.

— Quoi ?

L'homme-enfant hocha la tête, et son sourire s'accentua.

À nouveau, l'appel retentit, beaucoup plus proche.

— Lliane !

— Je suis là ! cria-t-elle.

L'homme avait disparu. Cette pensée s'imposa à l'esprit de l'elfe avant que ses yeux ne le constatent. Elle le chercha du regard sans grande conviction, étonnée de sentir son cœur battre plus fort, étonnée de son soulagement…

Un elfe déboucha d'un bosquet, chevauchant à cru un alezan à la longue crinière fauve. Le cavalier était équipé pour la guerre, avec un haubert de cuir qui lui couvrait le torse, les avant-bras et les jambes, et portait en bandoulière un arc long. Il n'eut qu'un bref regard pour le cadavre fumant du chasseur de grenouilles.

— Ma reine, le roi Llandon vous demande au plus vite.

Lliane hocha la tête en silence et sauta en croupe.

— Que se passe-t-il ?

— Baldwin, dit simplement l'elfe. Il arrive…

— Refermez la porte ! commanda le sergent à ses hommes d'armes. La nuit va bientôt tomber !

Sans attendre l'exécution de son ordre, le vieux soldat se retourna pour suivre des yeux la petite troupe qui s'éloignait déjà dans les ruelles de la ville.

Il ramena sur ses épaules un pan de son manteau et sourit, malgré la froideur du crépuscule. L'homme n'avait pas eu besoin de déchiffrer les runes tracées sur la longue bannière que portait fièrement le premier cavalier du convoi pour reconnaître l'emblème de Baldwin, roi des nains de la Montagne rouge.

Une brusque quinte de toux lui fit plisser les yeux et courber le dos. Il se sentit vieux et las. L'humidité glaciale de cette journée d'hiver avait ravivé d'anciennes douleurs.

— La barbe du vieux Baldwin s'est encore allongée, murmura-t-il pour lui-même.

Le roi ne l'avait pas reconnu en franchissant la poterne. Il ne lui avait pas même accordé l'aumône d'un regard, les yeux fixés sur le dos du chevalier qui le précédait, avec l'expression de morgue et d'ennui propre aux seigneurs nains. D'ailleurs, comment Baldwin aurait-il pu le reconnaître ? Au temps des grandes batailles, bien des années auparavant, il était déjà suzerain des nains de la Montagne rouge depuis plus de deux cents ans, alors que lui n'était qu'un simple gent d'armes, jeune et plein d'illusions. Ils avaient pourtant combattu ensemble, le jour de la bataille du marais.

Le vieil homme caressa distraitement la longue cicatrice de son bras, souvenir de la mauvaise morsure d'un fer de lance gobelin. Ç'avait été une triste journée, aussi grise et pluvieuse que celle qui s'achevait. Les gobelins avaient réussi à attirer les armées des Peuples libres dans leurs immondes marécages et s'étaient livrés sur les troupes enlisées à un carnage sans précédent. Rares furent ceux qui, comme le vieux sergent ou le seigneur

Baldwin, avaient pu échapper aux marais, aux lames noires des épées gobelines ou aux crocs acérés de leurs loups. Et puis, plus tard, le sort des armes avait tourné... Un bruit de pas sur le chemin de ronde tira le sergent de sa rêverie. Les lourds battants de chêne de la grand-porte avaient été refermés, et un jeune archer vint le rejoindre sur les remparts.

— Pour qui ils se prennent, ceux-là ? fit-il en s'approchant de son chef.

Le vieux soldat se crispa aussitôt.

— Tiens ta langue. Ce nain-là pourrait bien te la couper si tu lui manquais de respect.

— Je n'ai pas peur des nains ! répliqua le jeune homme en crachant dans leur direction. Fussent-ils des seigneurs !

— Tu es tombé juste... C'est Baldwin.

L'archer blêmit, et une lueur de panique traversa son regard. Il baissa les yeux, cherchant vainement une phrase qui lui permettrait de mettre fin à la discussion sans perdre la face, mais le vieux sergent haussa les épaules.

— Va relever Gauvain à la tour de guet, dit-il en se détournant.

Les pas du jeune homme s'éloignèrent et le garde se laissa de nouveau envahir par ses souvenirs de guerre.

Baldwin était un nain fort vieux, en vérité. Seigneur des Montagnes rouges depuis déjà deux cent trente ans, il ne quittait plus que rarement son palais souterrain, et ce voyage lui était pénible. Chevauchant dans les rues boueuses et déjà désertées de la ville des hommes du lac, livrées pour la nuit aux chiens, aux cochons et à la volaille, il songeait lui aussi aux temps passés. Depuis l'époque lointaine de leur première rencontre, le prince Pellehun était devenu roi de Logres et maître du Grand

Conseil des Peuples libres. Pellehun et lui avaient été des amis, aux heures des grandes batailles. Quand le Seigneur noir avait été finalement repoussé au-delà des marais et des monts désolés, après tant de batailles, de morts et de sang, il lui avait même proposé de rester avec lui à Loth et de siéger au Grand Conseil. Le nain avait refusé : vivre à l'air libre, loin de ses chères montagnes, aurait été un trop grand sacrifice.

Un volet qui claquait le fit sursauter. Une femme, à sa fenêtre, dévisagea avec étonnement ce vieux nain à la longue barbe grise et aux vêtements rouge sang, monté sur un robuste poney et paré de bijoux d'or aux formes étranges. Le nain la fixa durement, comme s'il attendait quelque chose, alors elle cligna les yeux et recula d'un pas.

— Seigneur… Que la paix soit avec toi, bredouilla-t-elle, comprenant enfin à qui elle avait affaire.

Le nain sourit, encore que la taille de sa barbe ne permît pas de s'en rendre compte, et donna un petit coup de talon à sa monture. Devant la fenêtre béante de la maison humaine, l'escorte et les bagages de Baldwin défilèrent lentement, jetant des éclats d'or et d'acier dans la ruelle déjà sombre.

Une pluie fine se mit à tomber, mouillant les barbes et les armures de cuir, au moment où les nains parvenaient à la grande porte de bronze du palais. Miolnir, le chevalier banneret du roi des nains, poussa son poney en avant et galopa jusqu'au poste de garde. Un homme d'armes aux traits fatigués saisit l'enseigne des mains du chevalier et cogna à trois reprises sur un heurtoir de métal, tandis que les gardes s'alignaient sous le crachin, selon l'usage lorsqu'un prince se présentait au Conseil. Les grandes portes s'ouvrirent presque à l'instant où la petite troupe arrivait. Tous mirent pied à terre, à l'exception de Baldwin, auquel revenait le privilège de pouvoir entrer à cheval dans le palais.

Sans un regard pour la garde d'honneur, le visage fermé, il poussa son poney en avant jusqu'au milieu de la grande salle, laissant à son passage des empreintes boueuses de sabots sur les dalles de pierre. Les guerriers nains d'escorte étaient restés au-dehors, et les domestiques s'affairaient déjà à décharger les montures de bât. Trois chevaliers entrés à la suite de leur seigneur marchaient autour de sa monture, la main sur la poignée de leurs lourdes haches de chêne et de fer. Un quatrième nain les suivait, un peu en retrait. Vêtu de rouge et portant les runes de Baldwin, il allait tête baissée, dans une attitude d'humilité qui contrastait avec la morgue agressive de ses compagnons. Armé simplement d'une courte dague, arme peu commune chez les nains, qui préfèrent fracasser plutôt que trancher, il était d'une taille étonnante pour sa race, dominant les autres de la tête et des épaules. Sa longue barbe rousse était glissée dans sa ceinture et des bracelets d'argent étaient passés à ses poignets. Ses yeux étaient presque invisibles, sous ses sourcils broussailleux, mais quiconque aurait alors pu croiser son regard en aurait frémi. Les nains n'ont que rarement l'air doux et aimable, et froncer les sourcils est chez eux une expression naturelle, mais celui-là avait un visage d'une dureté véritablement effrayante.

Baldwin arrêta son poney et bâilla ostensiblement alors que les pas empressés du héraut du roi Pellehun résonnaient à l'autre bout de la salle.

— Je te salue, seigneur, dit-il en s'agenouillant devant le roi sous la Montagne rouge, assez bas pour lui présenter sa nuque (ce qui exigeait en l'occurrence une certaine souplesse de l'échine).

Le héraut se releva et recula à distance, ainsi que le voulait l'étiquette. La susceptibilité des nains était proverbiale, et ils détestaient par-dessus tout qu'on les regarde de haut. Comme les plus grands d'entre eux mesuraient tout juste quatre pieds et que les hommes – fussent-ils de basse extraction – pouvaient atteindre six pieds et plus, il était essentiel d'éviter d'approcher un dignitaire nain de trop près et de donner l'impression qu'on se complaisait à le dominer.

— J'ai prévenu le roi Pellehun de ta visite, seigneur, reprit l'homme. Et il te prie de venir partager son repas. Un bœuf a été mis à griller. Il y aura beignets, gaufres et oublies, avec du vin clairet. Ou bien une soupe, pour te réchauffer ?

— Tout ça, mais dans ma chambre, grogna Baldwin. Tu viendras me chercher quand le Conseil se réunira.

— Hélas, seigneur, je crains que ce ne soit avant demain. Nous n'avons été avertis de ta venue que cet après-midi, et le roi Llandon est absent.

Un grognement hostile parcourut le groupe des chevaliers. Tous connaissaient Llandon, roi des hauts-elfes et seigneur sous la forêt d'Éliandre, dont l'autorité s'étendait, peu ou prou, à toutes les communautés elfiques.

Le héraut ne put s'empêcher de ciller. Les nains et les elfes ne s'aimaient pas, c'était même proverbial, mais ce grondement de colère était de mauvais augure.

— C'est bien, fit Baldwin en descendant de sa monture. Nous attendrons Llandon… Il est d'ailleurs nécessaire qu'il entende mon message. Allons !

Le vieux roi fit un geste de la main pour autoriser l'homme à ouvrir la marche, et derrière lui la troupe se mit en branle, dans un vacarme insensé qui dut assourdir tous les occupants du palais sur leur passage. « Braillard comme un nain » était un adage chez les hommes du lac, et les guerriers de Baldwin semblaient prendre plaisir à se rendre plus bruyants encore en multipliant les grognements, les chocs de métal et les crissements d'armures, à chacun de leurs pas.

Ils cheminèrent ainsi jusqu'à l'aile qui leur était réservée, puis le héraut s'effaça, laissant le seigneur pénétrer dans ses appartements. Les trois chevaliers se postèrent devant sa porte, appuyés sur leurs longues haches, mais le quatrième, à la grande surprise de l'homme, suivit le seigneur des Montagnes rouges et ferma derrière lui.

« Ce doit être son page », songea-t-il en s'éloignant, peu désireux de prolonger son entrevue avec ces trois guerriers luisants de pluie et aussi mornes qu'un mois de famine.

Le palais commençait à s'animer pour le soir. Une véritable armée de domestiques de toutes races et de toutes tailles envahissait peu à peu les couloirs, disposant les torches pour la nuit, apportant le dîner des nobles résidant au palais et qui n'avaient pas été conviés à la table du roi, époussetant les habits de cérémonie de ceux qui avaient eu cet honneur…

Au détour d'un couloir, le héraut, gagné par la mauvaise humeur des nains, faillit buter contre le page du sénéchal Gorlois.

— Que la paix soit avec vous, chevalier, fit l'enfant en reculant respectueusement.

— Tu pourrais regarder où tu vas au lieu de courir comme un écervelé ! répondit l'autre d'un ton rogue. Le sénéchal est-il prévenu ?

L'enfant hocha la tête.

— Il est déjà chez le roi.

Le héraut congédia son interlocuteur d'un signe et reprit sa route. Il s'arrêta quelques secondes devant l'embrasure d'une fenêtre, contemplant la ville qui s'étendait au pied du palais. Il s'adossa aux gros moellons du mur et se redressa aussitôt avec une grimace. La pierre était humide et glacée… Dans le couloir, un gnome éternua. Sur son plateau, le dîner de son maître vacilla et une cruche de vin faillit chuter à terre.

Du coup, le héraut recouvra un peu de bonne humeur. Ces heures d'agitation l'amusaient toujours. À aucun autre moment de la journée la diversité des races réunies dans le palais n'était aussi manifeste. Ce gnome enrhumé, presque aussi large que haut, le visage ridé et rouge comme une vieille pomme, croisait le serviteur d'un seigneur elfe, à la peau bleutée et diaphane, alors qu'un jeune nain d'une soixantaine d'années martelait de ses larges pieds le dallage du couloir, portant un plateau de victuailles que deux hommes auraient eu peine à soulever, débordant de cruches de vin, de saucisses et de choux... Le héraut se secoua et repartit. Il fallait encore préparer la salle du Grand Conseil pour le lendemain.

Au-dehors, les nains avaient conduit les chevaux à l'écurie, et leurs pages s'affairaient déjà à monter dans les appartements du roi Baldwin tout ce qui était nécessaire à son séjour en ville (et comme le vieux Baldwin, avec les ans, aimait ses aises, ce nécessaire était considérable). Indifférent à leur agitation, un membre de son escorte, assis sur les premières marches du grand escalier de pierre menant au palais, son sac et ses armes posés devant lui, caressait rêveusement sa barbe brune en fumant une longue pipe de terre blanche.

— Maître Tsimmi !

Le nain parut se réveiller et dévisagea le page (un nanillon d'à peine cinquante ans !) qui se penchait vers lui.

— Quoi ?

— Voulez-vous que je prenne vos bagages ?

— Bien, oui, merci...

Il souleva la courte jambe qu'il avait posée en travers de ses paquets et de son marteau de guerre. Le page ramassa prestement ses affaires, puis fila derrière les autres. Tsimmi resta seul, immobile sous la bruine, jusqu'à ce que sa pipe s'éteigne. Contrairement aux autres nains, il était vêtu sans ostentation, malgré son rang, et ne portait aucun bijou. Un long haubert de cuir repoussé tombant jusqu'aux chevilles recouvrait une simple tunique verte, et à sa ceinture pendaient plusieurs bourses et sacoches, ainsi que les lanières de cuir d'une fronde, une arme réservée en principe aux enfants. Mais nul, chez les nains de la Montagne rouge, n'aurait songé à en rire. Tsimmi était ce que les nains nomment un maître maçon, et les hommes, un sorcier. Il existait entre lui et la terre, les pierres et le roc un lien étroit, puissant, qui dépassait de loin l'entendement des plus sages. Depuis des temps immémoriaux, des maîtres maçons semblables à Tsimmi avaient découvert d'innombrables secrets, au plus profond de leurs forges. Les hommes, éblouis par les richesses qu'ils extirpaient de leurs mines profondes, allaient jusqu'à dire que leurs sorciers connaissaient le Grand Secret, la mutation des métaux communs en or le plus pur. Seuls les maîtres maçons auraient pu répondre sur ce point.

Tsimmi ramena sur ses courts cheveux bruns ébouriffés le capuchon vert de sa tunique et se leva en grognant. Du bout du pied, il fouilla la poussière, puis posa la main sur les moellons colossaux composant la muraille du palais. Les maîtres maçons avaient le pouvoir de lire dans la pierre, témoin muet des jours qui passent. Il ne put rien en tirer, mais un sentiment diffus et déplaisant s'était emparé de lui dès l'instant où les hautes tours de Loth avaient été en vue.

— Debout, pour le roi !

L'échanson frappa les dalles du sol du bout de sa canne pommelée, insigne de sa fonction. Aussitôt, le vacarme des lourdes chaises de chêne repoussées par les convives envahit l'immense salle des banquets. C'était un dîner ordinaire, sans apparat. Il n'y avait là qu'une trentaine d'invités, pour la plupart d'obscurs feudataires ou des quémandeurs de tout poil venus quérir à Loth un poste pour leur progéniture ou gémir contre les taxes royales. Deux elfes des Havres, de ceux qui allaient sur l'eau, étaient sans doute venus vendre quelque étoffe lointaine. Un baron nain, à l'autre bout de la table, entouré de sa femme et de deux petits nanillons d'à peine une trentaine d'années, côtoyait un couple de gnomes grotesquement parés et surchargés de bijoux, et semblait fort incommodé par cette promiscuité. De part et d'autre des tables disposées en U et éclairées de chandelles de suif, deux cheminées hautes comme un homme et si larges qu'on pouvait y rôtir un bœuf faisaient suer à grosses gouttes les dîneurs qui leur tournaient le dos. Partout sur les murs, la pierre avait été dissimulée par des tentures, des fourrures et des tapisseries. Des fenêtres, masquées par des rideaux de toile cirée, ne filtrait plus le moindre souffle d'air frais, et la pièce était aussi chaude qu'une étuve.

À la table centrale, les trois sièges réservés à la droite du fauteuil royal pour Baldwin et sa suite étaient restés vides.

Le roi Pellehun ne pouvait manquer de remarquer l'absence des nains, mais il n'en laissa rien paraître. Il remercia d'un signe de tête son officier de bouche, se débarrassa de son manteau de fourrure d'écureuil petit-gris, puis fit signe à tous de prendre place. Le sénéchal Gorlois s'assit à sa gauche, sans un coup d'œil à l'assistance qui pourtant, tout entière, ne cesserait durant tout le repas de guetter son regard afin d'obtenir la faveur de s'approcher du roi et de présenter sa requête. Les deux hommes, malgré le respect qu'ils inspiraient, avaient une allure si semblable qu'elle en devenait presque comique. On aurait dit des frères tant ils avaient fini par se ressembler, façonnés ensemble par les heures sombres et les heures d'or de la cité des hommes du lac. L'un et l'autre étaient vieux aujourd'hui, selon le compte des hommes (quoiqu'un nain eût considéré leur âge comme celui de l'adolescence), de taille modeste mais d'une force supérieure à la moyenne humaine. Tous les deux étaient glabres, avec des cheveux gris tressés en plusieurs nattes, nouées de fils d'or pour l'un et de lacets de cuir rouge pour l'autre. La similitude s'arrêtait là.

Pellehun avait la beauté de la majesté, et Gorlois était laid. Son visage restait marqué d'une terrible balafre, et l'orbite de son œil droit était vide. Cette horrible blessure lui avait été portée par un cimeterre gobelin, alors qu'il arrachait le prince Pellehun des griffes de ces terribles guerriers. Blessés de toutes parts, les deux hommes étaient devenus frères d'armes et leur sang s'était mêlé dans la boue du champ de bataille en une seule et même flaque.

À la mort du roi Ker, Pellehun avait fait de lui son sénéchal, et, quand les rois des Peuples libres qui avaient survécu à la guerre le choisirent pour présider le Grand Conseil, il lui confia la charge de maire du palais et l'honora du titre de duc de Tintagel.

— Où est la reine ? grommela-t-il à l'adresse de ce dernier.

Gorlois leva les sourcils en signe d'ignorance, puis claqua des doigts. Aussitôt, l'échanson se pencha vers lui, hocha la tête en recevant ses instructions et détala prestement jusqu'au groupe de chevaliers en armes qui, en tous lieux, suivaient le roi.

— La reine, dit-il. Elle est en retard. Il faut aller la chercher.

Ulfin, le preux auquel il avait parlé, toisa l'échanson avec un mépris de caste non dissimulé, et désigna du menton Uter, le plus jeune de leur groupe. Celui-ci partit d'un trait, avec un empressement qui fit sourire ses pairs. On chuchotait au palais que la jeune reine Ygraine n'était pas insensible aux charmes du chevalier... L'inverse était peut-être vrai...

Quand la reine Brunehaud était morte en couches, emportant avec elle son unique enfant mort-né, le roi Pellehun avait gardé le deuil de longues années. Le souci d'assurer une descendance au trône avait été le seul motif de son second mariage, et la jeune Ygraine ne voyait guère son royal époux, d'autant qu'elle n'avait pas encore su lui donner un héritier. Le temps passant, et l'âge venant, Pellehun partageait de moins en moins souvent sa couche. La reine vivait tristement en marge du palais, avec ses servantes et ses interminables tapisseries, chaque jour semblable au précédent, sans amour, sans espoir, sans avenir.

Uter, essoufflé et le teint rougi par sa course, la rencontra dans l'escalier menant à ses quartiers.

— Ma dame, le roi vous demande à sa table...

— J'y allais, dit-elle. Votre bras, chevalier.

Uter s'efforça de maîtriser les battements de ses tempes et de retrouver son souffle. La reine, à son bras, paraissait si petite, menue comme une enfant. Il n'osa la regarder durant le trajet, mais, quand elle s'assit à côté de Pellehun, il lui sembla que ses doigts avaient caressé intentionnellement sa main.

Il avait eu l'impression d'être parvenu à masquer son trouble, et pourtant, à l'instant où il se retirait, l'œil aigu du sénéchal Gorlois se fixa sur lui avec une intensité qui lui donna froid dans le dos.

Tandis que la ronde des pucelles s'affairait, disposant devant les convives du miel, des épices et du vin de grenache épais et sombre dans des cruches d'étain, l'échanson annonça la première assiette :

— Mouelle de bœuf, pâtés de pinparneaux, boudins, saucisse, pipefarce et pâtés norrois de quibus !

Pour un dîner de char – un dîner de viandes comme on en donnait en hiver dans la maison du roi –, le service comprenait vingt-quatre plats dressés en six assiettes, jusqu'aux nèfles, flans sucrés, lait lardé et poires cuites du dessert.

L'échanson vérifia d'un coup d'œil l'ordonnancement de la table royale, puis vint glisser quelques mots à l'oreille du sénéchal.

Gorlois hocha la tête, le congédia et, à son tour, se pencha vers le roi.

— Le seigneur Baldwin vous fait dire qu'il est fatigué, sire, et qu'il vous verra demain.

Pellehun acquiesça, s'essuya la bouche du revers de la main et but une gorgée de vin. Quand il reposa son hanap, il souriait.

— Eh bien, dit-il en se tournant vers le vieux Gorlois. Ça commence !

II

Le Grand Conseil

Le jour se levait à peine, sans soleil, dans la grisaille du lac. À la lisière de la forêt, le campement des elfes se distinguait à peine des fourrés environnants. Ce n'étaient que des huttes de branchages, tout juste des abris pour la nuit, dressés en quelques minutes au fil de leur errance. Car les elfes n'avaient pas de ville, tout juste quelques villages, qui d'ailleurs changeaient de site au fil du temps. Ils ne possédaient rien, pas même de véritables familles, au sens où les hommes l'entendaient, et n'entassaient guère de richesses, quel que soit leur rang. Leurs vêtements étaient les mêmes, du serviteur au prince, et leur seul luxe consistait en de fins bijoux en argent – le métal de la lune qu'ils vénéraient. Le travail de l'argent était d'ailleurs l'unique industrie connue des elfes. C'était un peuple sans besoins, et par de nombreux points plus proche des bêtes sauvages que des hommes.

Lliane s'était éveillée seule. Elle avait tressé ses longs cheveux noirs à l'aide d'un lacet de cuir rehaussé de petites plumes de cygne d'une blancheur immaculée et passé une robe de moire largement fendue qui laissait libres ses bras et ses jambes. Elle enfila ses colliers et bracelets d'argent, puis chaussa de fines bottes de daim qui montaient jusqu'au-dessus du genou. Enfin, après une hésitation, elle ceignit sa longue dague, Orcomhiela, ce qui, dans la langue des elfes, signifie « Pourfendeuse de gobelins ».

Épouse de Llandon et reine des elfes, Lliane n'était pas une guerrière, mais elle appartenait à la lignée de Morigan, la « Grande reine », l'ancêtre mythique des elfes à laquelle se rattachaient aujourd'hui encore tous les clans elfiques, déesse de la Guerre et de l'Amour.

Les hommes du lac et les gardes du palais l'appelaient parfois « l'Illusionniste », et ce nom lui plaisait. Mais les hommes ne connaissaient de la reine que les tours de bateleur qu'elle leur livrait lors des soirées de fête.

Lliane était bien plus que ça, quoiqu'elle n'aimât guère en parler. Ceux qui connaissaient ses pouvoirs la traitaient avec respect ; ceux qui les ignoraient ne faisaient pas partie de son monde. Sur les berges du lac, le corps carbonisé du chasseur de grenouilles pouvait en témoigner…

Elle se courba pour sortir de sa hutte. Dehors, l'herbe était gorgée d'eau. Sans doute avait-il plu toute la nuit. L'elfe s'agenouilla, passa sa main dans l'herbe et se mouilla le visage avec volupté, puis elle leva les yeux vers le ciel. C'était l'une de ces journées de novembre au temps incertain. Un pâle soleil irradiait par-delà les nuages. Peut-être ferait-il beau. Peut-être pleuvrait-il encore. Les elfes n'accordaient pas au climat la dévotion des hommes courbés sur leurs cultures. Semblables aux arbres, aux pierres ou aux écureuils qui nichent dans les bois, ils n'auraient pas songé à modifier le cours de la nature. Et c'est pour ça qu'ils disparaissaient.

Un mouvement, à la lisière du bois, attira son attention.

Llandon, roi des hauts-elfes, était déjà à cheval. Un soldat tendit à Lliane les rênes d'une monture et celle-ci sauta sur son dos d'un bond. Les elfes montaient toujours à cru et n'avaient pas besoin de selle, d'éperons ou de cravache. Ils savaient le langage des animaux domestiques et, pour certains d'entre eux, celui des bêtes fauves. Llandon se pencha sur sa monture, un immense étalon blanc dont la crinière, touchant presque le sol, n'avait jamais été coupée.

— Emmène-nous à Loth, dit-il à l'oreille du cheval.

Dix elfes et neuf chevaux le suivirent. Il y avait là, outre le couple royal, Blorian et Dorian, les frères jumeaux de la reine, Kevin l'archer, Rassul, seigneur des elfes gris des marais qui jamais ne le quittait et ami de Llandon, Assan, son elfe lige, Hamlin le ménestrel et Lilian le jongleur – mais il faut toujours se méfier des elfes qui se font passer pour des baladins – et enfin Till le pisteur qui allait à pied, courant avec son chien et survolé par son faucon.

Les elfes chevauchèrent en silence, laissant leurs montures adopter l'allure de Lame, l'étalon blanc qui était leur chef. Puis Hamlin saisit sa viole et se mit à chanter de sa voix grave la chanson de la Grande Horde, que les chevaux aimaient tant. Le chant résonnait à leurs oreilles comme la promesse d'une chaude écurie. Le « dit de la Grande Horde » parlait des Temps anciens, et de la verte prairie sans fin où les destriers, palefrois, haquenées, roussins, rosses et haridelles paissaient l'herbe des dieux…

Till le pisteur avait envoyé son faucon reconnaître le chemin. Après une heure de chevauchée, le cri de l'oiseau les arracha tous à la mélancolie du chant : les tours de Loth étaient en vue.

Parvenus aux portes de la ville, les êtres bleus mirent pied à terre et renvoyèrent leurs montures à leur liberté, non sans leur avoir retiré leurs rênes. Les hommes aimaient bien trop les chevaux pour que Lame et sa harde puissent circuler en sécurité dans les ruelles de Loth.

— Seigneur Llandon ! Que la paix soit avec vous !

Peinant à accorder son pas à leurs longues foulées aisées, courant presque, le héraut leur confirma la présence du roi Baldwin et la tenue du Grand Conseil.

— Ainsi Baldwin s'est vraiment déplacé en personne ? fit Llandon pensivement. Il n'est pas nain à quitter volontiers sa montagne. Que veut-il ?

— Je ne sais, seigneur, répondit le héraut en baissant la voix. Mais il avait l'air renfrogné !

— Et alors ? s'exclama joyeusement Rassul en tapant sur l'épaule de Llandon. Les nains ont toujours l'air renfrogné !

La troupe elfique éclata d'un rire insouciant et disparut dans l'aile qui leur était réservée, et que l'architecte du palais avait fort judicieusement située à l'opposé des quartiers des nains...

Le héraut hocha la tête, décidément inquiet de la tournure des choses, et alla prévenir le roi Pellehun. Perdu dans ses pensées, il ne remarqua pas l'énorme masse d'un guerrier barbare, tapi dans une zone d'ombre. Le barbare laissa l'homme le dépasser, s'avança lentement dans la lumière et le suivit des yeux.

Revêtus de leurs armures de fer et d'une cotte d'armes aux larges rayures bleues et blanches, couleurs du roi, les douze preux réunis dans la salle du Conseil constituaient la garde des rois qui devaient prendre place autour de la table. C'étaient tous des hommes de noble extraction, issus de familles ayant reçu dans les Temps anciens les titres d'Amis des elfes et de Compagnons, titre équivalent chez les guerriers nains.

Certains parlaient à voix basse, d'autres jouaient aux dés, mais Uter et Rodéric, les deux plus jeunes, regardaient au-dehors par l'unique fenêtre de la pièce, gagnés au fond d'eux-mêmes par la tristesse de la journée.

Plusieurs heures s'étaient écoulées depuis l'arrivée des elfes et la cloche de midi ne tarderait pas à sonner. Uter frissonna. Son armure de métal poli brillait sous le crachin qui s'était remis à tomber. Rodéric murmura quelque chose que son compagnon ne comprit pas, mais celui-ci ne chercha pas à le faire répéter et laissa ses yeux dériver rêveusement sur les toits de la ville, les ruelles étroites du quartier du port et les premières brasses du lac immense s'étendant à perte de vue.

Uter sursauta lorsqu'un long gémissement se mit à sourdre depuis le centre de la table. C'était la Pierre de Fal, le talisman des hommes et le symbole de la souveraineté, qui manifestait la venue d'un roi légitime. Presque aussitôt, il y eut un bruit de pas dans le couloir. Ulfin, le plus ancien d'entre eux, lança un ordre bref. Ceux qui étaient assis se relevèrent d'un bond, ceux qui jouaient écartèrent dés et gobelets, et tous observèrent la porte qui allait s'ouvrir.

Le héraut entra, vérifia d'un coup d'œil que tout était normal et s'effaça devant le souverain en frappant le sol de son bâton ferré.

— Pellehun, fils de Ker, roi des hommes du lac et des alentours, maître du Grand Conseil ! annonça-t-il.

Les chevaliers se raidirent et serrèrent un peu plus fort le pommeau de leur épée.

Pellehun, escorté du sénéchal, fit le tour de la grande table de bronze qui occupait la majeure partie de la pièce et s'assit face à la porte, sur le trône de bois de cèdre taillé dans les Temps anciens au cœur même de l'arbre par un de ses ancêtres.

Gorlois, lui, resta debout devant sa place, car il ne convenait pas qu'un chevalier, fût-il prince, sénéchal et maire du palais, siégeât avant le roi des nains ou celui des elfes.

Il y eut au-dehors un cliquetis d'armures, un autre gémissement de la pierre sacrée, et la porte se rouvrit.

— Llandon, roi des hauts-elfes, seigneur sous la forêt d'Éliandre ! annonça le héraut.

L'elfe sourit et s'agenouilla devant Pellehun, selon l'usage.

— Que la paix soit avec toi, Llandon, dit ce dernier en se levant.

— Que le ciel te garde, Pellehun, répliqua l'elfe. Pourquoi le Conseil est-il réuni ?

— Je n'en sais guère plus que toi... Baldwin est à Loth. Mais je suppose que tu en es déjà informé...

Llandon répondit d'un hochement de tête et gagna sa place, près du roi des hommes ; le héraut fit de nouveau résonner le fer de son bâton sur les dalles.

— Rassul, roi des elfes gris, seigneur des marais au-delà des montagnes !... Lliane, reine des hauts-elfes !

— Toujours plus belle, fit Pellehun en rendant son salut à la reine.

— Je suis ta servante, murmura-t-elle sans baisser les yeux.

Son regard s'arrêta un bref instant sur le sénéchal, et elle inclina poliment la tête. Malgré son âge, le vieux Gorlois se sentit troublé et il se racla la gorge pour se donner une contenance. Difficile d'échapper au charme de ces yeux verts...

La suite de Llandon vint se poster autour de la table de bronze, le silence retomba dans la pièce.

Les douze preux, regards fixes et mains croisées sur le pommeau de leur longue épée, paraissaient semblables à des statues.

Uter, placé derrière les elfes, fixait, lui, la nuque de la reine Lliane. Les femmes elfiques étaient d'une telle beauté que les hommes qui n'avaient pas l'habitude de traverser leurs contrées les prenaient pour des fées. Hormis leur peau bleue, les elfes ressemblaient aux hommes, mais le plus bel homme ou la plus pure jeune femme avaient l'air lourdauds et empotés face à leur légèreté aérienne. Et, parmi eux, les hauts-elfes, ceux qui vivaient dans les plaines et couraient au vent, étaient les plus déliés.

Lliane dut percevoir sur sa nuque la chaleur du regard du jeune chevalier : elle se retourna à demi et lui sourit.

Uter sentit son cœur bondir sous son armure. L'elfe avait des yeux d'un vert prairie presque jaune, qui tranchait admirablement sur les reflets bleutés de sa peau.

Il sourit à son tour, perdant un peu de la rigidité qu'exigeait sa fonction, mais à cet instant la pierre gémit pour la troisième fois, et le bâton du héraut claqua, comme pour le rappeler à l'ordre. Les formules protocolaires en usage chez les nains étaient bien plus compliquées que celles des elfes, des hommes, ou même des gnomes qui aimaient tant les titres. Ce n'était pas la moindre des tâches que de connaître toutes les formules, tous les usages et toutes les langues des Peuples libres, car il était des circonstances, au palais, où l'usage du langage commun, entendu de tous – y compris bon nombre de races monstrueuses des Terres noires –, aurait semblé inconvenant.

— Baldwin, fils de Twor, fils d'Urs Barbe-Bleue, roi et fils de rois ! clama le héraut. Baldwin, maître de la pierre et des métaux. Baldwin Longue-Hache, Longue-Barbe, vaste trésor ! Baldwin, suzerain des nains sous la Montagne rouge ! Que sa barbe soit toujours plus drue !

Le vieux nain fit une entrée bruyante, comme à son habitude. Usé par les années, il se dispensa de s'agenouiller devant Pellehun. Passé l'âge de trois cents ans, on peut se permettre quelques entorses au protocole...

Un coin de sa longue moustache poivre et sel passée à la cire se souleva, ce qui pouvait indiquer qu'il avait souri au roi des hommes ; il courba la tête en guise de salut.

— Que la paix soit avec toi, Pellehun, fit-il de sa grosse voix éraillée.

— Que le ciel te garde, maître des pierres. Assieds-toi à ma droite.

Baldwin contourna la table de bronze, suivi de ses conseillers et d'un nain modestement paré et non armé.

Les preux alignés derrière le groupe des nains essayèrent d'étudier le visage de ce dernier, mais ils convinrent entre eux à l'issue de la réunion qu'ils n'avaient encore jamais vu ce barbu à l'air rêveur (ce qui n'était guère courant chez les nains). Baldwin gagna enfin sa place et tourna ostensiblement la tête vers ses suivants. Llandon, décontenancé, hésita un instant. L'étiquette exigeait qu'il salue en premier son aîné, le roi des nains, mais celui-ci ne lui avait pas encore accordé le moindre regard.

— Que la paix soit avec toi, roi, lâcha-t-il finalement, avec un sourire de diplomate. Voilà longtemps que nous ne nous sommes vus...

Baldwin ne répondit pas, et un grondement indigné parcourut aussitôt le groupe des elfes. Gorlois, le héraut qui déjà sortait et refermait la lourde porte derrière lui, et le roi Pellehun lui-même ne purent s'empêcher de sourciller devant l'attitude du roi sous la Montagne rouge. Uter, déconcerté, chercha du regard Ulfin et perçut chez son aîné le même changement d'attitude. Raidissement, inquiétude, expectative...

— Le seigneur Llandon vous souhaite la bienvenue ! répéta Pellehun en posant la main sur le bras du vieux nain.

— Hein ? fit Baldwin en se retournant enfin. Ah oui, les elfes ! Les elfes, bien sûr... Excusez-moi... Je n'avais pas entendu. L'âge, sans doute...

Il inclina la tête et fit un geste vers les êtres bleus pour les inviter à s'asseoir.

— Que le ciel te garde, Llandon… Et toi aussi, reine des elfes. Bienvenue enfin, roi Rassul !

Les elfes s'entre-regardèrent et s'assirent avec humeur.

Gorlois se cala au fond de son fauteuil, jouant distraitement avec l'une de ses nattes tressées de rouge, et réprima un sourire. Le Conseil commençait bien…

Pellehun se leva, arborant un air conciliant.

— Mes amis, nous sommes réunis à la demande du roi Baldwin, seigneur des nains sous la Montagne rouge. Écoutons ce qu'il est venu nous dire et délibérons ensemble de la conduite à tenir !

De l'autre côté de la porte, le héraut tendait si fort l'oreille qu'il se laissa surprendre par l'apparition à l'autre bout du couloir d'un gigantesque guerrier aux cheveux blonds et à la barbe hirsute, vêtu de fourrures et armé d'une épée fort impressionnante.

— Qui es-tu ? cria-t-il en courant vers le barbare. Comment as-tu pu arriver jusqu'ici ?

— Je suis Freïhr, chef des hommes libres de Seuil-des-Roches. Laisse-moi passer.

Le héraut ne le comprit pas tout de suite. Freïhr parlait le langage commun avec le terrible accent des hommes du Nord. Il ne s'écarta pas.

— Quel est ton nom ? s'enquit-il à nouveau.

— Place ! gronda le géant.

Simultanément, il le repoussa contre le mur, mais avec une brusquerie telle que celui-ci s'y assomma et glissa lentement à terre avec un râle.

Le barbare fronça les sourcils, regarda vivement autour de lui et, ayant constaté avec soulagement que la scène n'avait pas eu de témoin, il s'avança vers la porte du Conseil.

Baldwin parlait avec tant de force et de colère que le barbare percevait chacune de ses paroles à travers les massives planches de chêne.

— Je suis venu réclamer justice au Conseil ! criait-il. Si elle ne m'est pas rendue, je ferai appel au Courroux des nains, et notre vengeance sera plus terrible que l'orage dans les montagnes !

— Nous te rendrons justice, Baldwin, dit calmement Pellehun.

Le nain se tut quelques instants, coupé dans son élan. Sous ses sourcils en broussaille, ses yeux cherchèrent ceux de son conseiller, le nain à barbe brune d'allure modeste.

Celui-ci se leva de sa chaise avec un air embêté. Lliane eut même l'impression qu'il avait lancé aux elfes un regard de sympathie (mais elle n'en aurait pas juré).

— Mon nom est Tsimmi, dit-il d'une voix posée. Le seigneur Baldwin m'a chargé de vous faire part des terribles événements qui se sont produits sous la Montagne et qui ont provoqué sa venue au Conseil. Il est des choses trop indignes pour être prononcées par la bouche d'un roi...

À son tour, il marqua une pause et sollicita l'assentiment du vieux Baldwin. Mais celui-ci gardait la tête baissée, fixant durement ses poings serrés posés sur la table de bronze.

— L'elfe Gael a tué Troïn, lâcha-t-il enfin.

Le nain Tsimmi se rassit avec un gémissement, tandis qu'éclatait un concert de cris d'indignation, de surprise ou d'incrédulité. Llandon et Rassul s'étaient brusquement levés, renversant leurs sièges sur les dalles de marbre de la salle, et la reine Lliane le dévisageait comme s'il était devenu fou.

— Par la déesse, retire ces mots, barbu ! hurla Rassul, l'elfe gris qui perdait toujours patience le premier.

Gael était le seigneur d'une petite communauté d'elfes des marais, dans les Marches, et donc en théorie l'un de ses vassaux. Mais, plus que tout autre clan de la nation elfique, les elfes gris échappaient en réalité à tout contrôle.

Ils n'avaient pas toujours vécu dans les marais. On les nommait dans les Temps anciens « elfes des collines », et ils en avaient été chassés par les nains lorsque ceux-ci y avaient trouvé de l'or. Les nains avaient commencé par brûler leurs villages de huttes, tuant indifféremment les guerriers, les femmes et les enfants. Puis, quand les survivants ne furent plus qu'une poignée, ils s'amusèrent à organiser des chasses à courre et à les tirer à la fronde, comme des lapins. Des siècles plus tard, les descendants de leurs victimes leur en gardaient une terrible rancœur. Les elfes étaient devenus un peuple sauvage, imprévisible et cruel. Malgré l'alliance, aucun nain, même le plus téméraire, même le plus fort, ne se serait aventuré dans les marais…

Llandon calma Rassul d'un geste et le força à se réinstaller sur le siège que l'un des douze preux avait déjà redressé. De l'autre côté de la table, les nains s'étaient également levés, la main sur la poignée de leur hache. Seuls Baldwin et Tsimmi n'avaient pas bougé.

— Je vous en prie, insista Pellehun en faisant signe à chacun de s'asseoir. Continuez votre récit, maître Tsimmi.

— Troïn, roi sous la Montagne noire et prince de la cité souterraine de Ghâzar-Run, est mort, reprit le nain à barbe brune tout en s'efforçant d'éviter le regard des elfes. Gael était venu le voir pour lui acheter une cotte de mailles d'argent, forgée par les maîtres artisans de la cité. Vous savez tous la valeur de ce qui a été forgé à Ghâzar-Run…

Chacun approuva, et les nains plus particulièrement. Ces armures d'argent étaient aussi légères que le cuir et plus résistantes que l'acier. Llandon lui-même passa machinalement la main sur son pourpoint de moire, en dessous duquel il portait lui aussi l'une de ces cottes de mailles.

— Au moment de payer, poursuivit Tsimmi, Gael tua le roi Troïn d'un coup de dague dans le dos et s'enfuit de Ghâzar-Run en emportant son bien, avant que son crime ne soit découvert... Le roi Baldwin, mon maître, est venu demander justice en son nom, et en celui du peuple sous la Montagne noire !

Un silence de mort régna dans la salle pendant de longues secondes. Les nains serraient les dents et regardaient fixement la table, le roi humain et son conseiller trituraient nerveusement leur tresse et les elfes, encore plus pâles qu'à l'ordinaire, baissaient les yeux, le cœur battant, pétrifiés.

— Qu'est devenu le seigneur Gael, Rassul ? demanda Pellehun d'une voix aussi calme que possible.

L'elfe gris baissa la tête et ferma les yeux. Il se sentait humilié devant les nains, incapable d'affirmer que leur histoire était un mensonge. Bien sûr, plus que quiconque, Gael aurait eu besoin d'une armure naine, lui qui s'accrochait aux frontières des Terres noires, à portée des raids gobelins. Mais les elfes des marais étaient pauvres, désespérément pauvres, même selon les critères des autres peuples elfiques. Avec quoi aurait-il pu payer un haubert d'argent ?

Llandon baissait lui aussi la tête. Gael était un elfe gris, et non un haut-elfe, et il ne se souvenait pas de lui. Peut-être que Till, le pisteur, le connaissait. Il avait combattu autrefois avec les elfes gris dans les marais, menant en territoire ennemi une guerre de lutins contre les patrouilles gobelines... Llandon s'en voulut l'espace d'un instant de ne pouvoir mettre un visage sur ce nom, mais, après tout, qui connaissait vraiment les elfes gris ? Pas même leur roi, Rassul, qui ne régnait que sur un peuple évanescent, disséminé par petits clans sur le plus inhospitalier des royaumes, aux Marches des Terres noires. Les elfes gris, en dehors de Rassul et de quelques communautés qui vivaient encore à l'ancienne, s'étaient peu à peu isolés, ne se mêlant aux elfes verts, aux elfes des dunes ou aux hauts-elfes qu'en de rares occasions. D'ailleurs, il en allait de même de presque tous les elfes... Llandon aurait eu du mal à se souvenir d'un rassemblement dépassant une centaine de ses congénères.

— Je ne sais pas, finit par murmurer Rassul, livide. Je ne sais pas où il est.

Llandon croisa le regard vert clair de la reine Lliane, et secoua la tête en signe de dénégation.

— Messire, l'honneur des elfes et l'avenir de la paix entre les Peuples libres nous commandent de retrouver Gael, dit Lliane. Nous remercions le seigneur Baldwin... et maître...

Elle chercha le nom du nain à barbe brune.

— ... Tsimmi, souffla celui-ci d'une voix gênée qui fit sourire tous les nobles assistants.

— Maître Tsimmi, oui, reprit la reine. Pardon... Nous vous remercions d'avoir porté cette affaire à l'attention du Conseil. Si le seigneur Pellehun nous le permet, nous ramènerons Gael à Loth pour qu'il s'explique.

— Ouais ! grommela Baldwin dans sa barbe. Des jolis mots ! Et dans deux semaines vous nous direz qu'il a disparu !

À nouveau, Rassul bondit.

— Tu nous insultes encore, maudit bouffeur de pierres !

L'elfe gris s'était dressé, la main sur la poignée de sa longue dague. De l'autre côté de la table, Baldwin et ses conseillers brandirent leurs haches, mais aussitôt les douze preux se rapprochèrent des membres du Conseil, prêts à les ceinturer avant que le sang coule.

— Assez ! hurla Pellehun en se levant.

Son cri ramena un peu de calme.

— Seigneur Rassul, vos paroles ont dépassé votre pensée, mais je suis persuadé que le roi Baldwin ne vous en tiendra pas rigueur. Nous sommes tous las et à bout de nerfs… Rasseyons-nous, messires. Je vous en prie…

Une nouvelle fois, elfes et nains prirent place autour de la table de bronze, non sans un long concert de grognements divers.

— La reine Lliane a raison, continua Pellehun. C'est aux elfes qu'il revient de faire justice. Mais nous comprenons tous la colère du seigneur Baldwin et… sa méfiance.

À côté de lui, le sénéchal Gorlois toussota.

— Peut-être… Puisqu'il s'agit d'un crime de sang royal…

— Eh bien ?

— Peut-être que la reine pourrait se charger elle-même des recherches ?

L'espace d'un instant, le regard du roi des hommes brilla, et une ébauche de sourire plissa son visage ridé.

— Quelle idée !

Gorlois ferma modestement son œil unique et inclina la tête.

— Qu'en pensez-vous, compagnons ?

Immobile devant la lourde porte de la salle du Conseil, le barbare se dandinait d'un pied sur l'autre, incapable de prendre une décision. La route avait été longue jusqu'à Loth, et Freïhr avait cent fois retourné dans sa tête le discours qu'il servirait au roi Pellehun. Mais là, au cœur de cette forteresse, il ne savait plus que faire.

Tout à coup, la pointe d'une lance vint lui piquer le dos.

— Pas un geste, barbare ! C'est toi qui as tué le héraut ?

Pour toute réponse, l'immense guerrier blond se retourna avec un hurlement terrifiant, et son poing fermé frappa la hampe de la lance, l'arrachant des mains du soldat qui le menaçait. Le barbare fit face, dégainant une lourde épée à deux mains dont le tranchant ébréché montrait assez qu'il avait coutume de s'en servir. Devant lui, le garde désarmé battit précipitamment en retraite, tandis que deux autres soldats pointaient leur lance.

La porte du Conseil s'ouvrit d'un coup sec et Gorlois embrassa toute la scène de son œil, encadré par deux chevaliers, l'épée haute, prêts à trancher en deux le géant s'il faisait mine de l'attaquer.

— Qu'est-ce qui s'est passé ? dit-il en désignant le héraut toujours inanimé. Il est mort ?

Le barbare se retourna et abaissa son épée.

— Non, non, pas mort. Juste assommé…

— Qui es-tu ?

— Je suis Freïhr, chef des hommes libres de Seuil-des-Roches, dit le barbare en souriant, le visage à nouveau serein.

— Que faisais-tu derrière cette porte ? demanda le sénéchal. Tu nous espionnais ?

— Freïhr n'espionne pas ! Je veux parler au roi.

— Plus tard ! fit le sénéchal en repoussant le guerrier à demi nu sous ses fourrures. Le roi ne peut te voir maintenant !

— Attends ! cria une voix forte.

Tous les regards se tournèrent vers Pellehun. Le maître du Grand Conseil s'était redressé brusquement.

— Fais entrer le seigneur Freïhr, ordonna-t-il d'un ton qui contrastait avec le calme dont il avait fait preuve depuis le début du Conseil.

Les elfes et les nains, intrigués, se turent, dévisageant tour à tour le roi et le barbare. Pourquoi Pellehun interrompait-il ainsi le Conseil ?

— Quel village as-tu dit ? demanda le roi après que le guerrier fut entré dans la salle.

— Seuil-des-Roches...

— Cela ne te rappelle rien, Gorlois ? lança le roi, goguenard et triomphant.

— Je ne comprends pas...

— Seuil-des-Roches est un village fortifié, au cœur même des Marches noires... À vol d'oiseau, il ne doit pas être distant de plus de cinq lieues [1] des premières huttes des elfes gris de Gael.

Tous les visages se tournèrent vers le géant avec un nouvel intérêt.

— Messires, poursuivit le roi en levant haut la main pour saisir le barbare par l'épaule, Freïhr est l'un de ces rares hommes libres qui ont réussi à se maintenir dans les Marches. Je suis surpris et heureux de ta venue à Loth, Freïhr. Pourquoi voulais-tu me voir ?

— Seuil-des-Roches a été détruit. Aide-moi à me venger, et Freïhr sera ton esclave... Je n'ai plus rien.

Pellehun ne répondit pas. Face au géant, le roi des hommes semblait petit comme un nain ; Uter se sentit soulagé de ne pas avoir eu à s'opposer à lui. Le visage grave, Pellehun tapota encore l'épaule du barbare, puis s'avança en silence jusqu'à l'unique fenêtre de la pièce. Au-dehors, la pluie avait cessé de tomber. La fumée sortant des cheminées charriait jusqu'au palais des odeurs de cuisine, et le roi se dit qu'il avait faim.

— De qui veux-tu te venger ? poursuivit-il.

1. Environ vingt kilomètres.

— De Celui-qui-ne-peut-être-nommé. C'est lui qui a fait détruire Seuil-des-Roches.

— Le Seigneur noir..., murmurèrent en même temps Llandon et bien d'autres autour de la table de bronze.

La plupart d'entre eux l'avaient combattu lors des dernières batailles de la guerre des Dix Années, et le seul souvenir de cette époque horrible les faisait frissonner. Nul n'avait jamais vu le Seigneur noir, mais la croyance populaire – tant chez les hommes du lac que chez les elfes des dunes ou les nains sous la Montagne – lui accordait des pouvoirs infinis. Tous, jusqu'aux rois siégeant au Grand Conseil, étaient persuadés qu'on ne pouvait le nommer sans risquer d'attirer sur soi le mauvais œil. Avec le temps, rares étaient ceux qui connaissaient encore son nom...

Au terme de la guerre, l'Innommable avait été vaincu et il s'était retiré au-delà des Marches, dans une lande désolée telle que les aiment les monstres. On disait qu'il y avait édifié une forteresse, et qu'il y reconstituait son armée de loups et de gobelins. Quoi qu'il en soit, les Marches constituaient la frontière floue entre le royaume de Logres et le pays de Gorre, le domaine de l'Innommable, que les hommes appelaient Terre gaste [1], Terres noires ou Terres foraines [2].

— Ouais, le Seigneur noir ! s'exclama Baldwin. Et bon, quel rapport tout cela a-t-il avec le meurtre de Troïn ?

— Connais-tu l'elfe Gael ? demanda la reine Lliane au barbare, sans prêter attention au roi des nains.

— Oui.

— Quand l'as-tu vu pour la dernière fois ?

— Il y a cinq jours. Après que Seuil-des-Roches a été détruit.

1. Dévastée.
2. Lointaines.

Llandon bondit de son siège et s'approcha du géant. Baldwin frissonna et se tassa sur son trône en mordillant sa barbe grise. Comme tous les elfes, Llandon était grand, plus qu'un homme normal, mais le barbare le dominait encore et semblait trois fois plus large. Il devait mesurer au moins huit pieds de haut. Grand comme trois nains…

— Seigneur Baldwin ! s'exclama le roi des hauts-elfes d'une voix où perçait l'espoir. Quand Troïn a-t-il été tué ?

— Il y a une semaine.

— Alors, si ce que nous dit ce brave géant est vrai, Gael n'est pas coupable ! Il y a plus de cinquante lieues [1] entre la cité souterraine de Ghâzar-Run, où Troïn a été tué, et les Marches ! Qui pourrait chevaucher aussi vite ? Impossible !

— Mais cela reste faisable avec un cheval libre, corrigea Pellehun.

— Je n'ai pas vu Gael aux Marches, dit lentement le géant. Il était à Kab-Bag.

Rares étaient ceux dans l'assistance qui connaissaient l'endroit. L'ignorance se lisait si manifestement sur les visages de la plupart des elfes et des nains que Gorlois intervint, pas mécontent de racheter ainsi son oubli précédent.

— Kab-Bag est la cité marchande des gnomes. Ce n'est en fait pas vraiment une cité, mais plutôt un vaste trou, dans lequel sont creusées des maisons troglodytes. Certaines sont même de véritables palais, à ce qu'on raconte. Mais vous connaissez les gnomes… Aussi voleurs que menteurs !

— Où est cette cité ? grommela Baldwin.

— À mi-chemin entre les Marches et notre bonne ville de Loth… Je dirais environ quarante ou cinquante

1. Environ deux cents kilomètres.

lieues, vers le nord. C'est assez difficile à trouver, je suppose, car peu de gens peuvent se vanter de l'avoir visitée… Hormis les voleurs de la Guilde et les gnomes eux-mêmes, bien sûr.

— Que faisait Gael à Kab-Bag ? demanda Pellehun au barbare, en interrompant le discours satisfait de son sénéchal.

— Je ne sais pas. Gael ne m'a pas salué. Peut-être qu'il ne m'a pas vu…

Le roi réprima un sourire. Ne pas voir le géant parmi une foule de gnomes guère plus hauts qu'une épée…

— Mais il faut m'aider à me venger, hein ?

— Oui, oui… Ça va !

Gorlois interrogea du regard le roi Pellehun, puis raccompagna le barbare hors de la salle.

Tout le temps où il fut sorti, le silence régna dans la pièce. On entendait au-dehors les échos d'une chanson d'ivrognes et le rire grasseyant d'une catin.

— Que décidons-nous, messires ? s'enquit Pellehun en reposant son gobelet d'étain.

Le Conseil se prolongeant, Gorlois avait fait servir un solide repas. Des servantes avaient apporté du vin et de la bière pour les hommes et les nains, de l'eau fraîche pour les elfes, et de vastes plateaux de charcuterie. Quand un serviteur disposa au centre de la table de bronze de grands candélabres, tous se rendirent alors compte qu'ils parlaient depuis longtemps dans une semi-obscurité, tandis que none, la neuvième heure du jour, venait à peine de sonner.

— Il semble que nous n'ayons pas le choix, fit Llandon. Si Gael est à Kab-Bag, c'est là qu'il faut aller. J'enverrai dès demain trois elfes avec ma reine pour le retrouver.

— Le shérif des gnomes de Bag-Mor est au palais, sire ! lança Gorlois. Faut-il le faire convoquer au Conseil ?

— Non, c'est inutile. Bag-Mor est à des lieues de Kab-Bag et il est fort improbable que le shérif de cette bourgade ait quoi que ce soit à nous apprendre au sujet de Gael... De plus, il faut éviter d'ébruiter l'affaire.

Tous les assistants hochèrent la tête. De nombreux peuples vivaient sous la protection des armées du Grand Conseil, mais seuls les hommes, les elfes et les nains en faisaient partie. Il y avait différentes raisons à cela. Certains peuples n'avaient jamais constitué de vastes groupements, ne formant que de petites tribus d'une dizaine d'individus. D'autres, malgré leur importance, n'étaient pas vraiment sûrs... Et c'était le cas des gnomes.

En principe alliés du Grand Conseil, ils n'avaient que très rarement pris part à un combat contre les armées du Seigneur noir (ce dont nul ne se plaignait réellement, leur incapacité militaire étant proverbiale). En outre, il était pratiquement établi que leurs centres de commerce – dont Kab-Bag – entretenaient des relations avec les monstres des Marches. On avait trop souvent relevé parmi les monnaies d'or versées en impôt au Grand Conseil des pièces gobelines pour croire encore à la parfaite soumission des gnomes.

Une nouvelle fois, le silence était retombé dans la pièce. Les nains s'agitaient sur leurs sièges en mastiquant bruyamment. Les plateaux placés devant eux étaient presque vides.

— Je crois que l'idée du seigneur Llandon est la bonne, dit Pellehun. Il faut en effet envoyer une troupe à Kab-Bag avec la reine Lliane, afin de retrouver Gael et de nous le ramener...

— Ouais, ou l'aider à s'échapper, grommela Baldwin.

— … mais il me semble qu'il serait plus sage de désigner deux représentants de chacun de nos peuples, continua Pellehun en s'inclinant vers lui. J'enverrai deux chevaliers de la garde du Conseil, ainsi que le seigneur Freïhr, le dernier homme à avoir vu Gael et le seul sans doute qui connaît les gnomes.

— D'accord ! fit Lliane.

Tous les regards se tournèrent vers la reine des hauts-elfes. Posément, elle se leva, dominant la table de toute sa taille, et abaissa son regard vert clair sur le roi des hommes. Malgré son âge et son rang, Pellehun se sentit rougir, et cela l'irrita. L'image de la reine Ygraine lui passa fugacement devant les yeux. Depuis combien de temps ne l'avait-il plus honorée ?

— Le roi Pellehun a raison, poursuivit Lliane. Organisons une expédition, et allons-y dès demain ! D'ailleurs, si Gael est à Kab-Bag, ce ne sera qu'une formalité. J'irai, si mon roi me le permet.

Llandon ferma les paupières en signe d'assentiment.

— Deux elfes escorteront la reine, murmura-t-il.

Baldwin émit un petit ricanement étouffé.

— Un ! corrigea-t-il.

— La reine des hauts-elfes ne peut être comptée parmi les guerriers de cette expédition !

Baldwin sourit de l'indignation de Llandon.

— Le seigneur Llandon croit-il que les peuples sous la Montagne ignorent ce qui se passe dans la plaine… ou dans les forêts ?

— Chez nous, murmura Tsimmi de sa voix inhabituellement calme pour un nain, on raconte aux nanillons pour leur faire peur l'histoire de l'elfe Lliane et de sa longue dague tueuse de gobelins.

Tsimmi avait appuyé ses derniers mots d'un petit sourire, et Lliane rougit (ce qui chez les elfes rend les joues bleu foncé).

— J'ai entendu parler de cette histoire, intervint Gorlois. Je me suis toujours demandé s'il s'agissait d'une légende ou si elle était vraie... Les ménestrels ont un chant sur la reine des elfes, attaquée par Chaw le gobelin, dans la forêt d'Éliandre. Des bûcherons découvrent Chaw cloué à un arbre par un coup de dague. L'arbre est desséché et noirci... Je ne savais pas que c'était de vous qu'il s'agissait, ma dame.

— Les légendes ont toujours un fond de vérité, fit Lliane à voix basse tandis que ses doigts, sous la table, glissaient sur le fourreau d'Orcomhiela, sa longue dague argentée. Un elfe seulement m'accompagnera.

Tandis que la reine se rasseyait à côté de son époux renfrogné, les conseillers du roi des nains entrèrent dans un bruyant conciliabule.

— Nous vous ferons savoir demain lesquels d'entre nous partiront à la recherche de l'elfe, dit finalement Baldwin, coupant court à la discussion.

Pellehun hocha la tête, frappa la table de bronze de ses deux paumes et se leva pour mettre fin aux débats.

— Eh bien, je pense que nous pouvons maintenant déclarer ce Conseil clos... Je vous propose d'assister avec moi à la messe, et de partager ma table, ce soir, puisque nous sommes tombés d'accord !

— C'est un honneur que tu nous fais, roi Pellehun, dit Llandon. Mais il me faut préparer le départ de la reine, et je dois également choisir celui qui l'accompagnera.

Les elfes se levèrent, s'inclinèrent très bas devant Pellehun et son sénéchal, puis sortirent de leur pas silencieux, sans un regard pour Baldwin et ses conseillers.

— Excuse-moi, dit le roi des nains, je suis fatigué. Je n'ai plus l'âge de festoyer, tu le sais. Quant à ta messe... Permets-moi de me retirer.

Les nains se levèrent d'un seul bloc, saluèrent et s'en allèrent aussi bruyamment qu'ils étaient entrés.

Pellehun était resté assis. Les yeux fixés sur la lourde porte de chêne qui venait de se refermer derrière les douze preux, il garda le silence un long moment.

— Eh bien, Gorlois, qu'en dis-tu ? Ça ne s'est pas trop mal passé, non ?

Le sénéchal hocha la tête et leur servit à tous deux un verre de grenache, un vin noir, épais, que le roi aimait par-dessus tout.

— Mieux que nous ne l'espérions, messire... Vous avez vu ça ? Ils étaient prêts à s'étriper dans cette pièce même !

— Oui...

Pellehun sourit et but une longue gorgée de vin.

— C'est presque trop facile.

III

Une nuit de veille

Les elfes quittèrent Loth la nuit même. Les rois avaient rejoint leur suite dans leurs appartements, et les maigres bagages qu'ils avaient emportés furent vite bouclés. Till, le pisteur, fut envoyé en avant pour retrouver Lame et les chevaux libres et leur demander de prendre part au Conseil que voulait tenir le roi Llandon, car ils seraient eux-mêmes concernés par l'expédition.

Les êtres bleus traversèrent les ruelles endormies de la ville en glissant silencieusement sur les pavés humides. Ils ne réveillèrent même pas les chiens dormant au pied du lit de leurs maîtres, dans les chaudes maisons cloîtrées des hommes.

Till, Lame et les chevaux étaient là quand ils parvinrent aux portes de Loth. Sans un mot, les elfes enfourchèrent leurs montures et disparurent dans les ténèbres. À mi-nuit, ils avaient regagné leur campement, de l'autre côté du lac.

Aucune parole n'avait été échangée pendant la chevauchée, et la viole d'Hamlin le ménestrel était restée silencieuse. Lame avait bien poussé quelques hennissements interrogateurs, mais Llandon ne lui avait pas répondu, perdu dans ses pensées, sombres et moroses. L'étalon blanc avait secoué sa longue crinière et hoché la tête, comprenant qu'il se passait quelque chose de grave.

Llandon ne laissa pas aux elfes le temps de regagner leurs huttes, ni de saluer leurs familles. Mettant pied à terre devant sa cabane de bois et de feuilles, il dit quelques mots à voix basse à Lame, puis invita d'un geste les seigneurs elfes à le suivre.

Sa hutte était basse et humide, dépourvue de tout signe de richesse et bien différente des splendides demeures que les nobles, du rang de Llandon, humains ou nains, se faisaient construire.

Les elfes ignoraient le confort, sauf peut-être les elfes des dunes qui aimaient tant le soleil. Les hauts-elfes eux-mêmes, l'antique race de Morigan, en dépit de la noblesse de leurs origines, buvaient de l'eau de pluie et couchaient sur de la mousse.

Dans la forêt d'Éliandre, les elfes vivaient sur des plates-formes aménagées entre les branches des arbres et se déplaçaient sur de minces ponts de corde, si fins que les rares bûcherons humains qui se risquaient parfois aux abords de la forêt croyaient que les elfes savaient voler dans les airs.

Chaque voyage à Loth déprimait fort Llandon, tant la ville lui semblait opposée à tout ce que chérissaient les elfes. Les êtres bleus n'aimaient pas les pierres, ni le feu, l'or, les métaux ou les riches tissus, tout ce qui paraissait représenter l'essence même du bonheur aux yeux des citadins. Sur ce point, les hommes étaient plus proches des nains que de l'etheré peuple des arbres, même si les barbus ne s'accommodaient vraiment que de leurs sombres souterrains qui terrifiaient tant les humains.

Llandon s'ébroua et contempla ses elfes liges, assis en tailleur tout autour de lui. Fatigué, triste, il chercha Lliane des yeux et sentit la main de sa reine posée sur son bras. Elle s'était agenouillée derrière lui, calme et souriante, comme si rien ne s'était produit, comme si elle n'allait pas partir… Llandon laissa ses épaules s'affaisser, gagné par une irrésistible vague de mélancolie (un trait de caractère propre aux elfes). Lliane allait le quitter, et il resterait seul, près de la ville des hommes et si loin de la forêt d'Éliandre…

À nouveau, il dut faire un effort sur lui-même pour se ressaisir.

— Les nains accusent l'un des nôtres d'avoir tué Troïn, leur roi sous la Montagne noire, expliqua-t-il. Le Conseil a chargé la reine de le rechercher, à la tête d'une troupe composée de guerriers de chaque race, et de le ramener à Loth pour y être jugé de son crime.

— Qui est-ce ? demanda Hamlin.

Le roi marqua une pause, croisa le regard de Rassul, assis à l'écart auprès d'Assan.

— Son nom est Gael, dit-il enfin. Un elfe gris, seigneur d'un clan des marais…

Il se tut, observant la réaction des elfes de son Conseil. Tous commentaient avec passion l'incroyable nouvelle, sauf Till. Silencieux, à son habitude, le pisteur ne put cependant empêcher son regard de briller furieusement. Llandon comprit alors qu'il ne s'était pas trompé : Till devait connaître le sire Gael.

— Il me faut maintenant choisir celui d'entre vous qui accompagnera la reine et la protégera tout au long de ce voyage.

— Moi ! fit Rassul en se levant.

Llandon sourit à son ami.

— Tu ne le peux, Rassul. Ni moi… Nous sommes rois et nous devons rester au Grand Conseil, tant que cette affaire ne sera pas éclaircie.

Tous les autres elfes, hormis Assan, qui ne pouvait quitter Rassul, se proposèrent. Blorian et Dorian, puisqu'ils étaient les frères de Lliane, Hamlin, le ménestrel, parce qu'il parlait toutes les langues et que son chant avait le pouvoir d'affaiblir les ennemis, Kevin, car il était le meilleur archer elfique, Lilian, le jongleur, parce que sa souplesse et son agilité permettraient toujours d'arracher la reine à un mauvais combat, Till, enfin, parce qu'il possédait sur la nature et les bêtes des pouvoirs inconnus de l'ennemi, mais aussi des hommes et des nains avec qui ils devraient faire route.

Llandon remercia longuement chacun d'eux.

— Je te sais gré, Blorian, et toi Dorian, frères valeureux. Mais vous ne serez pas choisis. Le désir de protéger votre sœur vous rendrait aveugles aux pièges de ce voyage... Et ils seront multiples.

Une terrible déception se lut sur le visage des deux princes.

— De plus, reprit le roi, comment choisir l'un de vous sans vexer l'autre ?

Rassul éclata d'un rire sonore comme un ruisseau de montagne au printemps, et tous se laissèrent gagner par le rire communicatif du roi des elfes gris. Blorian et Dorian eux-mêmes finirent par glousser en se poussant du coude.

— Je te remercie, Hamlin, poursuivit Llandon, mais ce ne sera pas toi, non plus.

— Mais... Pourquoi ? demanda le ménestrel.

— Souviens-toi, cher Hamlin, de tout ce que tu m'as appris, intervint Lliane. Grâce à toi, je parle la langue des gnomes, celle des nains et celle des gobelins. Tu m'as appris ton chant. Je suis ta servante, noble Hamlin, et ton élève, et nombre de tes chants me sont encore inconnus, mais après tout il ne s'agit que d'aller chez les gnomes, et non dans les Terres noires !

Le ménestrel hocha la tête et sourit à la reine, d'un drôle de sourire où se mêlaient l'admiration et le regret.

— Il en va de même pour toi, Kevin l'archer, reprit-elle. Toi qui donnas tellement de ton temps pour m'apprendre le langage de la corde, du bois et de la flèche...

À son tour, Kevin hocha la tête et détourna les yeux. Puis, posément, il se débarrassa de son carquois et le tendit à Lliane.

— Tiens, ma reine. Accepte alors au moins ces flèches.

Lliane hésita, puis reçut le présent de l'archer. Tous, dans la hutte, avaient reconnu les légendaires flèches d'argent de Kevin, forgées dans les Temps anciens par Gwydyn-le-vieux, mais dont nul ne connaissait réellement tous les pouvoirs... Une seule chose était sûre : ceux qu'elles touchaient n'y survivaient pas, et jamais elles ne manquaient leur cible.

Kevin baissa modestement les yeux pour couper court au témoignage de gratitude de son élève. Au fond de sa gorge, il sentit une boule se nouer et il renifla. Il était difficile aux autres de comprendre tout ce qui reliait l'archer à ses flèches.

— Je te remercie, Lilian, reprit Llandon, mais je ne crois pas que la troupe aura besoin des services d'un jongleur. Il ne s'agit pas d'attaquer silencieusement une place forte, ni d'escalader des remparts ou de surprendre des sentinelles, comme tu sais si bien le faire. Et puis, tu vaux à toi tout seul une armée entière, ce serait tromperie que de te joindre à la troupe !

Lilian sourit sous le compliment et s'inclina.

— C'est donc moi qui accompagnerai la reine, dit Till sans élever la voix. Je connais Gael. C'est mon ami. Je ne crois pas qu'il ait tué le barbu, mais, s'il l'a tué, c'est qu'il avait une bonne raison de le faire. Je saurai le retrouver, et il me parlera.

Llandon hocha la tête et consulta du regard Lliane et Rassul, qui acquiescèrent eux aussi.

— Avec toi, mon ami, la reine est en sécurité, conclut le roi. Reposons-nous, maintenant. Dès demain, vous devrez rejoindre la ville des hommes... Il me faut encore parler à Lame et lui demander un cheval pour la reine.

Les elfes sortirent de la hutte royale, laissant le couple en tête à tête, et le silence de la nuit, tout juste troublé par le hululement lugubre d'une chouette effraie, s'installa entre eux. La gorge serrée, Llandon regardait son épouse sans trouver ses mots. Dans la nuit noire et l'obscurité de la hutte, un humain n'aurait rien pu distinguer, mais les elfes amis de la lune avaient des yeux de chat. Le roi dévisageait Lliane comme un noyé, éperdument.

— Il ne s'agit que d'aller chercher Gael à Kab-Bag, murmura la reine. Rien de grave...

Llandon sourit tristement.

— Tu crois ? Je ne sais pas... Bien sûr, oui. Et pourtant, pendant toute notre chevauchée depuis Loth, j'ai senti mon cœur oppressé, comme si nous ne devions plus nous revoir...

Lliane vint se pelotonner contre l'épaule du roi. Les visions de Llandon étaient connues et respectées par tous les clans, et les elfes accordaient bien trop d'importance à la magie et aux rêves pour prendre à la légère tout ce qui pouvait ressembler à un pressentiment.

— Et puis, je doute que Gael soit encore à Kab-Bag, reprit le roi. Qu'est-ce qu'il y ferait ?... Je dois absolument voir Till. Je ne connais pas ce Gael, je ne sais pas de quoi il est capable. Les elfes des marais sont...

Il laissa sa phrase en suspens, refusant de formuler les réserves ou le malaise que la plupart des elfes ressentaient lors de leurs rares contacts avec leurs sauvages cousins. Le roi Rassul lui-même était parfois si imprévisible...

— Il y a quelque chose qui ne va pas... Les nains l'accusent d'avoir tué Troïn, ce qui est possible, après tout. Les elfes gris détestent les nains, et surtout ceux de la montagne. S'ils avaient parlé d'une embuscade, d'une rixe, je les aurais crus sans peine, mais cette histoire de vol, franchement ! Tuer le roi sous la Montagne noire pour lui voler une cotte de mailles, fût-elle en argent… C'est trop dérisoire. Ce serait une telle folie !

— À quoi penses-tu ? demanda Lliane.

Llandon la regarda longuement, puis lui caressa la joue, se déridant le temps d'un sourire.

— On ne sait jamais, avec les nains. Peut-être n'est-ce qu'un avatar de leurs maudites guerres de succession, et qui sait si l'un de leurs princes bouffis d'ambition n'a pas arrangé le meurtre de Troïn, avec l'aide de Gael ou en se servant de lui… Peut-être aussi est-ce plus grave. Si vraiment Gael a réussi à pénétrer dans Ghâzar-Run, si vraiment il a tué Troïn et si vraiment il l'a volé, c'est certainement d'un trésor beaucoup plus important qu'il s'agit… Il te faudra songer à tout cela… et te méfier des nains.

Lliane acquiesça d'un mouvement de paupières, et son sourire rassurant n'eut aucun effet apaisant sur le roi.

— Il y a autre chose, dit-il avec une grimace de réticence. Tu devras aussi te méfier de Till, je le crains… Je sais qu'il ne ramènera pas Gael au Conseil, dût-il pour cela tuer tous les hommes et tous les nains de l'expédition. Mais il t'obéira, à toi… Il t'obéira, comme nous tous.

Il se rapprocha de la reine, saisit doucement son visage entre ses mains et la regarda intensément. Elle sourit et lui embrassa les mains, l'une après l'autre.

— Je sais tout cela, mon roi. Mais ne crains rien. Je serai sur mes gardes…

Llandon baissa la tête. Cette boule dans sa gorge, ce nœud dans son cœur… Était-il resté trop longtemps au contact des hommes pour éprouver ce sentiment inconnu des elfes et qu'ils appelaient l'amour ? Il contempla Lliane qui commençait à se dévêtir, avec ce sourire dans les yeux qui lui plaisait tant. Se pouvait-il qu'il l'aime, ou souffrait-il seulement de la perspective de son absence ?

La longue robe de moire de la reine glissa à terre. Elle était nue, parée seulement de ses bracelets d'argent, ondulant lentement comme un roseau au vent, et le désir de Llandon chassa sa mélancolie.

Réveillé au petit matin par un page du roi Baldwin, le chevalier Miolnir avait quitté ses riches vêtements de velours et endossé une tenue de route plus grossière, couverte d'un haubert de mailles ternies descendant jusqu'aux genoux. Le nain était nu-tête, mais son casque pendait à sa ceinture, bringuebalant contre sa hache au large fer.

Le page n'avait guère été loquace, se bornant à transmettre l'ordre du roi : s'équiper pour un voyage et le rejoindre au plus vite. Les bruits allaient vite, chez les nains, et Miolnir était déjà au courant de l'expédition qui se préparait. Il appartenait depuis cinquante ans à la garde du vieux roi et se considérait comme l'un de ses meilleurs chevaliers. Rien d'étonnant à ce qu'il ait été choisi ! (Normal, même. Et qui d'autre ? Ha !) Avec le temps, il avait appris à obéir sans poser de question, même si un nain n'abandonne jamais ses habits de velours et son oreiller de plumes sans un pincement au cœur, fût-il un guerrier.

En passant devant l'embrasure d'une fenêtre, Miolnir jeta un bref regard aux premières lueurs de l'aube. Le ciel était gris et chargé. Encore une froide journée de pluie en perspective…

Les couloirs du château étaient plongés dans une semi-obscurité, mal éclairés de loin en loin par des flambeaux fixés à des torchères, et le nain se sentit réconforté par ces ténèbres qui lui rappelaient ses chers tunnels sous la montagne.

Au détour d'un couloir, il parvint en vue des appartements du roi, où deux gardes nains armés de lances bondirent sur leurs pieds en le voyant s'avancer.

— Halte-là ! cria l'un d'eux. Qui va là ?

— Miolnir, répondit le chevalier. Annonce-moi, le roi m'attend.

Le garde frappa trois coups à la petite porte de chêne qu'il défendait. L'architecte du palais, par souci de diplomatie, avait prévu des portes basses dans les quartiers qu'il leur avait réservés. Un détail qui contribuait à tranquilliser les nains : jamais un guerrier elfe ou humain malintentionné ne pourrait pénétrer dans les appartements royaux sans se courber dangereusement, offrant ainsi sa nuque à la hache des défenseurs du roi.

Un autre garde, à l'intérieur de l'appartement, fit signe au chevalier nain d'entrer.

Assis dans un grand fauteuil, près de la cheminée, le roi Baldwin-le-vieux semblait à demi endormi, les yeux perdus dans la contemplation des flammes. Le nain Tsimmi était là également, et Miolnir le salua d'un bref sourire. Le maître maçon avait-il été choisi, lui aussi ? Lorsque le garde referma derrière lui en sortant de la chambre du roi, le grincement de la porte et le claquement sonore des ferrures résonnèrent dans la vaste salle de pierre, nue et sombre comme une grotte, sans que le vieux roi sourcille.

— Me voilà, roi Baldwin, dit le chevalier après un moment, désireux de réveiller le souverain.

— Je sais, je t'ai entendu, répondit celui-ci en s'ébrouant (et Miolnir eut quand même l'impression qu'il l'avait réveillé). Bien… J'imagine que tu sais pourquoi tu es là ?

— J'ai cru comprendre qu'une expédition…

— Et voilà ! grogna Baldwin. On dirait que les nains sont incapables de garder un secret. Incapables !

Il eut un geste fataliste de la main. C'est vrai que le goût immodéré des nains pour les palabres leur avait plus d'une fois joué de mauvais tours…

— Si je t'ai demandé de venir, ainsi que Tsimmi, de si bon matin, c'est parce qu'il y a des choses que vous devez connaître, tous les deux, avant de partir.

Le chevalier contourna le trône massif du roi et vint s'accroupir près du feu. Il ne remarqua qu'alors la présence d'un nain de forte taille vêtu tel un page, et son mouvement de surprise indignée n'échappa guère au roi Baldwin.

— Paix, chevalier. Ce nain n'est pas un page et son sang vaut bien le tien. Il n'y a pas déshonneur à être assis à son côté, comme vous allez tous deux le comprendre… Mais il me faut d'abord vous révéler ce que je n'ai pas dit au Grand Conseil.

Baldwin, les paupières presque closes, avait de nouveau l'air de dormir ou d'être plongé dans une profonde méditation.

— L'elfe Gael n'a pas seulement volé une cote de mailles en argent, grommela-t-il soudain de sa voix monocorde et rocailleuse. Je ne crois pas d'ailleurs qu'il aurait été assez fou pour entrer sous la montagne simplement pour acheter un haubert d'argent. Le vieux Troïn, paix à ses cendres, l'aurait proprement fait expédier pour moins que ça !… Non, son crime est plus grave. Gael a volé l'Épée de Nudd.

Le guerrier frémit. L'Épée, selon l'une des plus antiques légendes des peuples sous la Montagne, avait été confiée par la déesse à Dwalin, le plus ancien roi des nains dont le nom ait été conservé par la tradition, et elle faisait office de sceptre et de symbole de la royauté sous la Montagne noire.

C'était plus que cela encore. Comme le Chaudron des elfes ou la Pierre de Fal, Caledfwch, « Dure entaille », l'Épée sacrée des nains, était le talisman de leur peuple tout entier, et le garant de sa survie. Voler l'Épée de Nudd, c'était voler l'âme des nains et condamner leur race à l'oubli.

Selon les légendes, Caledfwch était autrefois une simple épée en or emmanchée sur un pommeau fait de chêne, l'arbre de la puissance. Le fils de Dwalin et, après lui, tous ses descendants devenus rois sous la Montagne avaient orné sa lame de la plus belle pierre précieuse de leur règne et avaient confié le travail à leurs meilleurs artisans. Avec les siècles, et au fil des histoires merveilleuses racontées à la veillée durant des générations, l'Épée de Nudd était devenue sans doute l'un des trésors les plus inestimables de tout le royaume de Logres.

Rares étaient ceux qui avaient pu un jour la contempler. Miolnir ne la connaissait que de réputation, et Baldwin lui-même, pourtant de sang royal et cousin de Troïn, n'avait jamais pu la prendre en main. Les descendants de la lignée de Dwalin étaient parmi les plus honorables des nains, et la perte du talisman était une tache insupportable sur l'honneur de leur famille.

Baldwin reprit la parole, sans rouvrir les yeux.

— Tu comprends, Tsimmi, pourquoi je n'ai pas parlé de ce vol au Conseil. Si cette nouvelle se répandait, la lignée de Dwalin et des rois sous la Montagne serait déshonorée à jamais. Et puis…

Baldwin secoua lentement la tête, et ses yeux s'ouvrirent enfin sur un regard vide, perdu dans les brumes de ses pensées terrifiantes.

— Tout cela est si vieux… Au fond de moi, je crois que j'ai cessé de croire à Dana et à ses talismans. Et d'ailleurs qui y croit encore, en dehors des elfes ? Les hommes s'inventent un dieu unique, et quant aux monstres… Mais si c'était vrai, hein ? Si c'était plus qu'une épée d'or ? Si c'était vraiment le talisman des nains ?

Le roi se mit à fixer Tsimmi comme pour le convaincre lui plus que tout autre dans la pièce.

— Tu crois que c'est un simple vol ? L'Épée de Nudd est sans doute l'un des plus précieux trésors des Peuples libres, mais ce serait…

Baldwin ricana douloureusement.

— … ce serait presque trop beau. Un simple vol. Un voleur à châtier, et tout rentre dans l'ordre… Ou bien ce n'est pas si simple. On dit que la déesse Dana s'est enfouie sous terre en laissant ses talismans aux quatre tribus. C'est une légende, bien sûr, mais cela signifie que le principe divin était contenu dans les talismans, et que chacun de nos peuples en détient une parcelle. Qu'adviendra-t-il si un seul peuple rassemble en sa main les quatre trésors des Tuatha Dê Danann ? Qu'adviendra-t-il de nous si les elfes nous ont volé Caledfwch pour la réunir à leur Chaudron ? Combien de temps les nains pourront-ils survivre sans talisman ?

Le grand nain vêtu de rouge – aux couleurs de Baldwin – gémit sourdement et se tortilla sur son coussin.

Une nouvelle fois, Miolnir l'observa des pieds à la tête. Sa taille était tout bonnement prodigieuse pour un nain, presque semblable à celle du roi Pellehun ou de son sénéchal. Sa barbe rousse, d'une longueur admirable, était passée sous sa ceinture, à laquelle était fixée une dague, arme peu répandue chez les nains. Le chevalier réprima une moue méprisante puis, tournant la tête, croisa le regard de Tsimmi et lui adressa une interrogation muette. Mais celui-ci se contenta de secouer la tête avec son calme habituel, en fumant son éternelle pipe de terre blanche.

— La lignée de Dwalin n'est cependant pas encore éteinte, poursuivit le roi. J'ai été prévenu du meurtre de Troïn par un membre de la famille du défunt.

— Ainsi, il y a un nouveau roi sous la Montagne noire ! s'écria Miolnir.

— Pas encore, répondit Baldwin. Selon la tradition de Ghâzar-Run, un nain de la famille de Dwalin ne peut prétendre au trône que s'il est en possession de l'Épée de Nudd. Et c'est là votre véritable mission, nains. Retrouvez l'Épée, où qu'elle soit, et rapportez-la-moi. Les hommes et les elfes qui vous accompagneront ne doivent pas, si possible, apprendre ce qui s'est passé.

— Mais... Et Gael ? fit Miolnir.

— Ne te préoccupe pas de l'elfe. L'héritier du trône de Troïn vengera lui-même son roi.

— Qui est-il, cet héritier ? s'exclamèrent en même temps Tsimmi et le guerrier.

— C'est moi.

Les deux nains sursautèrent et se tournèrent vers le page vêtu de rouge.

— Je suis Rogor, neveu de Troïn, héritier du trône sous la Montagne noire, dit-il d'une voix puissante et caverneuse qui résonna dans la grande pièce nue. Je retrouverai Caledfwch et je tuerai Gael. J'en fais serment.

Le nain s'était levé pour se présenter, et Miolnir frémit en pensant qu'il lui avait manqué de respect quelques minutes plus tôt. D'un geste lent, le nain écarta sa tunique rouge frappée des runes de Baldwin et découvrit une armure marquée d'un écu noir à épée d'or, le blason de la lignée de Dwalin. Sous sa tunique, il portait en outre le fer d'une hache de grande taille, prêt à être emmanché pour devenir une arme autrement plus redoutable que la simple dague qu'il avait au côté.

Rogor referma sa tunique et passa à nouveau sa longue barbe rousse dans sa ceinture.

— Je te demande pardon, seigneur, dit le chevalier avec tout le respect dont il était capable. Je n'ai pas voulu t'offenser tout à l'heure.

— Il n'y a pas eu d'offense, Miolnir. Seul l'elfe Gael m'a offensé. Mais, grâce à vous et à la bonté du roi Baldwin, cette tache sera bientôt lavée. S'il sied alors au roi de me confier la garde de l'Épée, je régnerai sous la Montagne et je ferai de toi et du seigneur Tsimmi mes pairs…

— Tu régneras, tu régneras, grommela Baldwin. Tsimmi et mon chevalier t'aideront de tous leurs pouvoirs, mais ils rechercheront avant tout l'Épée d'or. La mort de Gael est secondaire.

— … mais elle est nécessaire, roi, intervint Rogor.

Le vieux nain secoua la tête pensivement. Pendant quelques secondes, seuls le crépitement du feu et le souffle du vent, au-dehors, se firent entendre.

— Il est juste que tu châties Gael, s'il est coupable de la mort de ton oncle Troïn, reprit-il. Mais prends garde… Prenez tous garde, mes enfants. Nous ne voulons pas d'une nouvelle guerre contre les elfes, n'est-ce pas ?

Le roi se tourna vers Tsimmi et le guerrier, qui hochèrent la tête. Rogor, lui, regarda ailleurs.

— C'est une affaire grave, mais ce n'est pas la guerre, insista le vieux roi… Ne l'oubliez pas. Toi, Miolnir, tu es de taille à maîtriser n'importe lequel de ces freluquets bleus s'ils se mettent en travers de votre chemin. Et toi, Tsimmi…

Baldwin marqua un temps d'arrêt. Ses yeux, derrière de broussailleux sourcils, pétillaient de plaisir et ses épaules s'agitaient par saccades, tandis qu'une sorte de toux sourde s'échappait de sa barbe grise. Miolnir se demanda s'il était possible qu'il s'agisse d'un rire…

— Toi, continua le roi, conserve donc tes pouvoirs secrets le plus longtemps possible. Qu'ils ne voient en toi qu'un simple conseiller de palais.

Tsimmi posa sa pipe et s'inclina jusqu'à terre.

— Je t'obéirai, maître des pierres.

— Ce titre t'appartient, tu le sais, répondit Baldwin. Tu possèdes l'art de parler aux roches, et tu peux faire lever la montagne devant tes ennemis. Cela, les elfes et les hommes l'ignorent. Ils considèrent les anciens exploits des maîtres maçons nains comme de belles légendes et ne croient pas en ces pouvoirs. Tu leur réserveras une sacrée surprise... Mais, jusqu'au moment fatal, n'utilise que ton marteau d'armes et ta fronde, rien d'autre !

— Je t'obéirai, répéta Tsimmi.

Baldwin se mit à rire franchement, en renversant la tête sur son dossier.

— De plus, grâce à notre ruse, vous serez trois, et non deux ! Le seigneur Rogor conservera sa livrée de page pendant toute l'expédition. Il ne sera apparemment armé que d'une dague et ne portera aucune armure visible. Mauvaise surprise pour les elfes quand il se dévoilera !

Les nains se mirent à rire les uns après les autres, contemplant les bras musclés de Rogor et conscients de la puissance de Tsimmi. Mauvaise surprise pour les elfes, en vérité...

Le jour s'était enfin levé. Un pâle filet de lumière filtrait des étroites barbacanes pratiquées autour de la salle, où les flambeaux de la nuit brûlaient toujours. C'était la pièce la plus haute du palais, au dernier étage de la plus haute tour, dont seul le sénéchal et maire du palais gardait la clé. Une pièce ronde, presque vide hormis les deux vastes fauteuils où ils s'étaient assoupis, et un coffre, de taille considérable, scellé dans le mur.

Le roi Pellehun ouvrit un œil et s'étira. Tout son corps était endolori, et il avait froid, malgré ses fourrures. Il se redressa avec une grimace, puis réveilla Gorlois d'un coup de pied.

— Debout !

Le sénéchal sursauta. Son œil unique papillota le temps qu'il recouvre ses esprits.

— Je… Je crois que je me suis endormi ! bredouilla-t-il.

— C'est pour ça que tu n'es que duc et que c'est moi le roi ! fit Pellehun en réprimant un bâillement. Quelle heure est-il ?

Gorlois se leva à son tour et s'avança jusqu'à l'une des meurtrières pour jeter un coup d'œil au-dehors.

— Entre matines et laudes… Plus près de laudes.

— Il faut redescendre, dit Pellehun. Est-ce que… Est-ce que nous avons pensé à tout ?

Gorlois ramassa lui aussi ses fourrures et s'emmitoufla avant de répondre.

— Je le crois, sire. À Kab-Bag, tout est prêt, on n'attend plus que leur venue pour jouer la pièce. Et puis, là-bas, tout peut arriver ! On ne sait jamais, avec ces gnomes !

Pellehun le regarda en silence, et eut une moue dubitative.

— Oh, les gnomes…

Il se retourna vers le vieux sénéchal et secoua la tête négativement.

— Ce n'est pas assez. Trouve-moi un homme, quelqu'un d'extérieur, qui ne puisse pas remonter jusqu'à nous. Un voleur, un assassin de la Guilde, peu importe, débrouille-toi… Qu'il les suive et qu'il fasse le nécessaire. Tu m'as compris ?

Le sénéchal ferma son œil unique en signe d'assentiment.

— Nous ne pouvons pas nous permettre d'échouer, Gorlois. Ce serait…

Il s'interrompit et passa une main sur ses yeux fatigués et sur ses joues piquetées de barbe. Il lui fallait une étuve, et le barbier, et puis il avait faim… Le chapelain pourrait attendre, pour sa première messe. Quelle idée, aussi, de dire la messe avant de manger !

Le roi contempla son coffre avec une moue presque dégoûtée. Il se tourna vers Gorlois, qui attendait en silence, et hocha la tête, reprenant le cours de ses pensées.

— Si nous échouions, mon ami, ce serait terrible.

IV

Le départ

Il ne pleuvait pas quand la compagnie se mit en route pour Kab-Bag, la cité marchande des gnomes. Le roi Pellehun avait ordonné que le départ des légats du Grand Conseil ne soit entouré d'aucune pompe, mais la population de Loth s'était malgré tout massée sur le chemin de ronde, tant le spectacle d'une compagnie aussi disparate était inhabituel.

Loin devant, Till le pisteur et son chien échappaient à la curiosité de la foule. Les vêtements verdâtres de l'elfe se confondaient déjà avec la teinte des herbes aux abords de la ville, dans la grisaille matinale d'une journée d'hiver. Till voyageait toujours à pied, au côté de son chien et survolé par son faucon. Il ne parlait presque qu'à eux et prenait toujours ses repas un peu en dehors du cercle. Armé seulement d'un grand arc et d'une dague elfique longue et effilée, il ne semblait pas digne d'intérêt, ni différent des voyageurs ou des commerçants elfes qui circulaient quotidiennement à Loth ; la populace n'avait donc pas commenté son passage.

Les premiers cavaliers du groupe avaient l'air autrement plus admirables. Uter le Brun allait en tête, droit comme un i sur sa monture noire, et les damoiselles de Loth se poussèrent du coude en pouffant au passage de l'homme aux cheveux bruns, si jeune et si martial, dont les tresses tranchaient sur l'éclat mat de son armure.

La reine Lliane chevauchait derrière lui. Cette fois, ce furent les hommes qui tendirent le cou pour l'admirer. La reine allait tête nue, les cheveux nattés comme à son habitude, portant une longue cape de moire, accrochée autour de son cou par une agrafe double en argent et qui s'étendait jusque sur la croupe de sa monture. Ilra, sa jument à la robe d'un alezan clair, presque roux, et dont le chanfrein était marqué d'une étoile blanche, était l'une des épouses de Lame, le cheval libre ami du roi Llandon. La reine avait gardé sa robe de moire fendue, sous laquelle on devinait une brigandine, courte cotte de mailles en argent tissée par les nains, identique à celle que Gael avait volée sous la Montagne. La lumière bleutée de ses cuisses tranchait sur ses longues bottes de daim relevées jusqu'au-dessus du genou, et ses bras étaient nus, simplement parés de hauts bracelets d'argent protégeant ses poignets tels les gantelets d'une armure. Orcomhiela, la dague légendaire, pendait à son côté et un carquois contenant un grand arc et les flèches de Kevin l'archer était fixé à la selle de sa monture. Des vivats jaillirent dans la foule, auxquels la reine des hauts-elfes répondit par un sourire à briser le cœur. Des vivats mais aussi des signes de croix, chez les commères et les dévots qui redoutaient les elfes païens adorateurs de la lune, sûrement sorciers et maléfiques.

Maussades et renfrognés, leur capuchon ramené sur le front, les deux nains Tsimmi et Miolnir chevauchaient derrière elle, et l'acclamation qui avait salué la reine ne fit que les assombrir un peu plus. Dans la brume de la matinée, juchés sur leurs robustes poneys, ils étaient pareils à des cubes, aussi larges que hauts, d'où dépassait, dans le cas de Miolnir, tout un attirail de guerre aux reflets inquiétants. Rodéric et Freïhr le barbare fermaient la marche en devisant gaiement, ravis de cette popularité imprévue.

Les pieds du guerrier blond touchaient presque terre et sa monture semblait plier sous son poids, ce qui amusa les citadins (d'autant plus qu'ils se sentaient bien à l'abri derrière les remparts de la ville et ne risquaient rien à lui lancer quelques quolibets), mais Freïhr ne les entendait pas. Depuis qu'il avait quitté son village, c'était la première fois qu'il pouvait parler à quelqu'un, fût-ce dans ce langage commun qu'il connaissait mal, et il saoulait déjà Rodéric de ses interminables histoires.

Derrière eux, trois pages montant des mulets précédaient un équipage réduit de montures chargées de bagages, d'armes et de vivres. Le page nain, bien visible dans sa tunique rouge, paraissait aussi grand que celui des hommes, mais tous se dirent que ce devait être une illusion d'optique.

Depuis la matinée, à Loth, les récits les plus fous avaient circulé au sujet de cette expédition inhabituelle. Certains estimaient que la réunion des trois peuples libres en une seule compagnie ne pouvait signifier qu'une chose : le réveil de la guerre contre Celui-qui-ne-pouvait-être-nommé. D'ailleurs, le barbare qui chevauchait avec eux était la preuve qu'ils allaient jusqu'aux Marches, non ? D'autres parlaient d'une chasse au dragon (mais qui croyait encore aux dragons, à Loth, en dehors des enfants ?) et d'un cadavre calciné retrouvé près du lac, à l'ouest de la ville. Enfin, c'était assez pour que les citadins se pressent aux remparts…

Lorsque le dernier mulet franchit les portes de la ville, une ovation s'éleva des créneaux pour saluer le départ de la compagnie, et les citadins se dispersèrent, dans le brouhaha de leurs commentaires contradictoires D'autres encore, manouvriers venus louer le travail de leurs bras, bélîtres et mendiants refoulés à la barrière d'octroi, marchands et voyageurs payant le tonlieu, les dévisagèrent dans les faubourgs de la ville. Puis ce furent les paysans, serfs et brassiers des villages alentour et jusqu'aux humbles bergers quittant leur maison de torchis ou de pisé pour regarder bouche bée le défilé de l'étrange compagnie. Ils croisèrent aussi des elfes qui s'inclinaient gravement devant la reine, des gnomes congestionnés et fébriles, trottinant sur la route, chargés de monceaux de marchandises, des familles naines voyageant en chariot, avec lenteur et componction. Et puis, peu à peu, les rencontres se firent plus rares.

La brume du matin avait laissé place à une pluie fine, tout juste une bruine, mais qui avait suffi à détremper le chemin creux dans lequel ils s'étaient engagés, et à le rendre glissant sous le pas des chevaux.

La reine mit pied à terre et caressa tendrement la longue crinière de sa jument. Soudain, son visage se crispa. Elle s'arrêta, porta la main à sa gorge, saisie par une inexplicable angoisse.

Puis elle le vit.

L'homme-enfant à la robe bleue était là, assis en haut du talus près d'un groupe de bouleaux à l'écorce pelée, souriant comme toujours, silencieux comme toujours. Et il la regardait.

— Cœur de dragon, je t'attendrai.

Lliane recula, et vint buter contre son cheval.

— Tu le vois ? dit-elle en tendant le doigt vers l'apparition.

Ilra, l'alezane, tourna la tête, les oreilles en alerte, s'ébroua et se remit en route.

— Il n'y a rien…

Lliane lâcha les rênes de la jument, escalada en quelques enjambées le talus boueux et surgit au pied des bouleaux. Personne.

— Qu'est-ce qui s'est passé ?

Rien qu'un bosquet d'arbres et de bruyères, et au-delà la plaine, des villages, les contours déjà lointains de Loth.

— Qu'est-ce qu'il y a ? répéta Rodéric en se hissant péniblement à son côté, l'épée à la main.

Lliane le regarda comme une somnambule, peinant à reprendre le contrôle d'elle-même.

— Ce n'est rien… J'avais cru voir quelqu'un.

Les rues étaient pleines du bourdonnement des conversations. C'était une habitude des hommes de la ville que de parler autant, et pour si peu dire, chacun s'arrogeant le droit de faire part de son opinion, fort et clair, sans écouter celle des autres, bien sûr, ce qui donnait aux discussions un ton enfiévré.

Un homme au moins, parmi la foule qui descendait des remparts, restait coi. Son visage souriait comme ceux des badauds auprès desquels il se pressait, mais il n'écoutait pas leur babillage. Armé d'un poinçon aussi aiguisé qu'un rasoir, il tranchait avec dextérité les bourses des citadins, en les bousculant légèrement au moment où la lame sectionnait le cuir afin qu'ils ne remarquent rien. Ils ne remarquaient jamais rien. Blade était un des meilleurs voleurs du pays.

Les moins habiles se faisaient prendre la main dans le sac après quelques mois, ne tardant pas à se balancer aux potences de la ville. Les meilleurs survivaient deux ou trois années, puis finissaient au fond d'une sombre ruelle, la gorge tranchée par un autre voleur. Blade avait eu lui aussi la gorge tranchée. Mais son agresseur ne l'avait pas achevé, trop pressé sans doute de profiter de la bourse de sa victime. Trois mois après, Blade le retrouvait dans une taverne de Tintagel, la ville de la mer, et l'homme fut découvert le lendemain par les gens d'armes de la ville, cloué à la porte de la capitainerie.

Blade avait gardé de cette rencontre une horrible cicatrice en travers de la gorge, et l'habitude de ne se fier à personne. Depuis, il était devenu le meilleur.

S'écartant prudemment de la foule qui commençait à se disperser, il s'enfonça dans la ville basse et pénétra dans une auberge pour compter ses gains de la journée.

— Une bière ! cria-t-il en s'asseyant.

Les bourses étaient maigres. Une vingtaine de monnaies de cuivre, deux pièces d'argent. Tout de même de quoi tenir une semaine, mais pas de quoi risquer sa vie…

— Qu'ont-ils été faire, tous ces elfes, ces nains et ces chevaliers ? demanda quelqu'un près de lui.

— J'ai entendu dire qu'ils allaient tuer un dragon, dans les Terres du Nord, répondit un buveur.

— Les seuls dragons des Terres du Nord, ce sont les gobelins ! intervint un troisième larron en haussant les épaules. Non, ce qu'ils ont été chercher, c'est un trésor ! Je le sais, moi, je le tiens de l'un des nains de l'escorte de Baldwin !

— Et pourquoi pas de Baldwin lui-même ! s'esclaffèrent ses interlocuteurs.

— Puisque je vous dis que…

— Laisse-les rire, fit Blade en se tournant vers le conteur. Viens à ma table. Je t'offre une bière, mais seulement si ton conte en vaut la peine.

L'homme, plus tout jeune et ventripotent, sourit largement, découvrant une rangée assez incomplète de chicots noirâtres.

— Amène la bière, compagnon, et ouvre tes oreilles, dit-il en s'asseyant en face du voleur. Mon histoire, je la dois à l'un des gardes de Baldwin, Tillion Maison-Bleue, un des nains de la Montagne !

— Sers donc une ale à mon ami ! cria Blade à l'aubergiste.

Le gros homme, prudent, attendit que la bière ait été posée devant lui pour commencer.

— Tillion m'a dit qu'un elfe a tué le roi sous la Montagne, et qu'il lui a volé un trésor, commença-t-il après une longue gorgée. Alors selon moi, ils sont partis pour le venger et récupérer le trésor !

— Un trésor, dis-tu…

— Assurément ! Il paraît que c'est une armure en pierres précieuses, au moins !

L'homme finit sa bière goulûment et s'empressa de se lever de table avant que Blade change d'avis et la lui fasse payer. Mais le voleur était resté immobile. Le menton dans la main, il jouait distraitement avec une pièce d'argent, l'esprit ailleurs. C'était peut-être l'occasion qu'il attendait depuis si longtemps… Réaliser un beau coup, puis disparaître, acheter une terre et devenir seigneur, quelque part où les gens ne posaient pas trop de questions… Dans les Marches, par exemple. Il saurait bien se défendre contre les raids gobelins, et personne ne viendrait lui contester sa seigneurie.

Blade sursauta : un autre homme vint s'asseoir en face de lui, un pichet de vin à la main.

— Il ne faut pas croire ce que cet ivrogne raconte, messire. Il est saoul du matin au soir !

— Vous avez raison, dit le voleur. Mais je ne pensais pas à cela. Son récit m'a amusé, il valait bien une bière, après tout.

— Par dieu, c'est vrai ! dit l'homme en éclatant d'un rire sec. Pourtant…

Blade se sentit tout à coup mal à l'aise. L'inconnu, à demi dissimulé par un manteau sans forme, ne ressemblait pas aux autres buveurs. Une cicatrice impressionnante lui balafrait la joue jusqu'à l'orbite vide de son œil droit, et ses avant-bras musculeux lui parurent prompts à casser un troll en deux, malgré sa taille modeste et son âge.

L'inconnu dévisageait Blade avec intensité.

— Pourtant, il y a quelque chose de vrai dans cette histoire, poursuivit-il.

— Vraiment ? dit le voleur en se levant. Eh bien, j'en suis très heureux. Maintenant, il faut que…

La main du borgne s'abattit sur le bras de Blade et l'enserra avec puissance, le forçant à se rasseoir.

— Bois avec moi !

Il leur servit à tous deux un gobelet de vin, trinqua, et vida son verre d'un trait. Blade hésita, puis but à son tour. Après la bière, le vin avait un goût désagréable…

— Regarde, dit l'homme en lui lâchant le bras. Tu reconnais cette bague ?

Le voleur baissa les yeux. C'était une bague en or, sertie d'une pierre rouge de belle taille. Un bijou de prince, qu'il était imprudent d'arborer dans la ville basse… L'homme fit jouer un mécanisme et écarta la pierre rouge, révélant en dessous un dessin étrange. Le cœur de Blade fit aussitôt un bond dans sa poitrine. La bague était frappée de la rune de Beorn, un arbre à trois branches, désignant en langage commun un homme riche ou noble, mais qui était, pour un petit nombre d'initiés, le signe de la confrérie la plus secrète du royaume – la Guilde.

Blade ne put s'empêcher de porter le regard sur son propre doigt, qu'ornait une bague similaire, mais en cuivre.

— Dehors, murmura l'homme, il y a des soldats du roi. Ils ont ordre d'arrêter Blade le voleur dès qu'il mettra le nez dehors. Cheveux bruns, courts, ni barbe ni moustache, pas de vêtement voyant, pas de bijou, pas de signe particulier… Ah si, la cicatrice… Cela dit, avec ton col on ne la voit pas. Je me demande s'ils te reconnaîtront…

Le maître voleur tressaillit, mais l'homme souriait paisiblement. Il rabattit la capuche de son manteau, et

Blade eut un mouvement de recul en découvrant le visage du maire du palais, le sénéchal Gorlois en personne… Autour d'eux, les tables se vidèrent en l'espace de quelques secondes. Blade n'était pas le seul à avoir reconnu le duc.

Indifférent, Gorlois but à même son pichet et regarda à nouveau le voleur. Il lui sembla que son œil riait, à présent.

— Que voulez-vous ?

Le sénéchal se mit à jouer avec l'une de ses nattes tressées de rouge, en un geste familier.

— Je crois que tu es l'homme qu'il me faut, Blade… D'ailleurs, il me semble que tu n'as pas le choix.

Pendant deux jours, la compagnie chevaucha vers le nord à bonne allure, couvrant quinze lieues par journée dans un temps froid, mais sec. Le troisième jour, vers midi, une bruine glaciale et pénétrante commença de tisser entre ciel et terre un voile d'humidité et de grisaille. Hommes, elfes, nains, poneys, chevaux et chevaux libres rentrèrent la tête dans les épaules en avançant silencieusement. La compagnie avait laissé depuis longtemps derrière elle les dernières fermes du royaume de Logres et marchait dans les paysages lugubres et plats des grandes plaines humaines désertées en hiver. Il ne neigeait que rarement dans le royaume de Pellehun, tout juste quelques semaines par an, mais la terre et l'herbe prenaient durant la mauvaise saison des teintes grises, sombres et sales qui rendaient le paysage désespérant.

Les rudes hommes du pays, courtauds aux mains calleuses, gagnaient pourtant chaque année du terrain sur l'hiver, reculant chaque fois un peu plus les limites des terres incultes. Bientôt viendrait un temps où ces hommes au cœur plus dur que la terre qu'ils piochaient parviendraient à vaincre les saisons et à se rendre maîtres de la terre, des roches et des arbres…

Lassa, le cheval libre confié à Llewelin, le page des elfes, poussa un long hennissement.

— J'ai peur de la pluie, du vent, de l'hiver et de ces tristes pâtures ! jeta-t-il dans le crachin.

Llewelin ne le comprit pas. Il ignorait la langue des animaux, mais savait tout de même, comme tous les elfes, ressentir leurs états d'âme. Il se pencha sur l'encolure de Lassa et lui chantonna doucement une petite mélodie à l'oreille.

Devant lui, la monture noire d'Uter s'ébroua.

— Je croyais les chevaux de Lame plus résistants, dit le cheval domestiqué.

— Personne n'aime la pluie ou l'hiver, hennit Lassa. Mais que connais-tu du froid et de la faim, toi qui dors dans une écurie et vas où on te l'ordonne ?

Le cheval d'Uter se cabra brusquement, ce qui surprit fort son cavalier. Lliane, qui chevauchait devant lui, se retourna et, pour ajouter encore à la confusion du chevalier, poussa un doux hennissement.

Comme s'il lui obéissait, le cheval domestiqué trotta jusqu'à elle, entraînant malgré lui son cavalier au côté de la reine.

— Vous parlez aux chevaux ? demanda Uter, sans même concevoir l'énormité de ce qu'il venait de dire.

— Aux chevaux, aux chiens, aux loups ou aux oiseaux, dit Lliane sans paraître étonnée. Mais tout juste quelques phrases. Till le pisteur, lui, sait vraiment le langage des bêtes.

Uter rougit, ce qui l'énerva au plus haut point. À cet instant, il aurait souhaité ne pas avoir quitté son heaume, pour que sa confusion reste secrète.

Lliane émit quelques notes d'un rire insouciant. La pluie avait plaqué sur son visage ses longs cheveux noirs et les faisait briller comme un casque. Couverte de cette bruine givrante, elle semblait plus que jamais faite d'argent, irréelle et presque impalpable, tant sa peau et ses vêtements de moire se fondaient dans la grisaille ambiante. Et ses yeux vert doré n'en jetaient que davantage d'éclat.

— Uter ?

Le jeune chevalier se secoua et rougit de nouveau, en se rendant compte qu'il fixait silencieusement la reine des hauts-elfes depuis près d'une minute. Lliane rit encore, plus franchement, à la vue de son trouble.

— Je crois que votre cheval est calmé, maintenant, cher chevalier. Peut-être devriez-vous galoper en avant jusqu'à Till et lui demander de faire halte pour le repas ?

Uter le Brun acquiesça d'un hochement de tête et lança sa monture d'un coup d'éperons. Le page Llewelin s'avança alors vers la reine et prit sa place.

— La beauté de ma reine ne laisse pas tous les hommes indifférents, constata-t-il avec un sourire.

— On le dirait, admit Lliane en lui rendant son sourire.

— Tant mieux. Peut-être prendra-t-il plus facilement notre parti si les choses tournent mal.

La reine des hauts-elfes fronça les sourcils.

— Uter le Brun est l'un des douze preux du Grand Conseil. C'est un Ami des elfes, mais aussi un Compagnon des nains. Et c'est très bien ainsi. Je ne voudrais rien faire pour qu'il en soit autrement.

— Pardonnez-moi, ma reine, murmura Llewelin.

Le page retint sa monture et se laissa distancer. Il savait pourtant qu'il avait raison. Rares étaient les hommes qui pouvaient résister à la beauté d'une elfe, au point que la plupart des élégantes du royaume de Pellehun s'efforçaient depuis longtemps, pour plaire à leur époux, de copier la pâleur, la grâce et le calme indolent de celles que leurs légendes incertaines appelaient parfois fées, parfois sylphides, ondines, dames blanches ou esprits des bois. C'est ainsi qu'était venue au royaume la mode des guimpes de batiste, une toile de lin d'une finesse extrême qui enserrait le visage et le cou, les faisant paraître plus minces, ainsi que les longues manches recouvrant la main et fixées au doigt, ou les coiffes pointues chargées de voiles. Bref, tout ce qui pouvait rendre plus grande et plus pâle. Les damoiselles se poudraient le visage et ne mangeaient plus, au risque de tomber en pâmoison, emprisonnées en outre dans des robes tellement ajustées qu'elles ne pouvaient respirer librement. Tout cela pour ressembler aux elfes...

Llewelin haussa les épaules. La reine avait beau lui faire la leçon, il n'empêche qu'un jeune homme ne pouvait que tomber amoureux d'une elfe. À moins qu'il n'en prenne peur... Ce qui arrivait, souvent.

Des cris, en tête du convoi, arrachèrent Llewelin à ses pensées. Uter et le pisteur avaient trouvé un abri pour le repas.

Ce n'était qu'une modeste cabane de berger abandonnée pendant l'hiver, faite d'un grossier entassement de pierres qui n'arrêtait que fort peu le vent et la pluie, mais qui, le temps de leur halte, donna à la compagnie l'illusion du confort. La cabane étant petite, les elfes, nullement incommodés par la pluie, restèrent au-dehors avec les chevaux.

À l'intérieur, Guirre, le page des hommes, réussit à allumer un feu, véritable prodige compte tenu de l'humidité ambiante, ce qui fut salué par une ovation. Le chevalier Miolnir, déjà trempé, en profita pour changer de braies, bougonnant jusqu'à ce que le grand page nain à la livrée rouge mette en perce le premier tonnelet de vin de leurs provisions.

Des rires et des éclats de voix ne tardèrent pas à s'échapper de la cabane de pierre, tout comme la fumée de leur maigre feu de camp. Une fumée mêlée à celle de la pipe de terre de Tsimmi, qui répandait une douce odeur de miel, agréable à tous, et qui apaisait les âmes. Assis à la porte de la cabane, les elfes mangeaient en plaisantant, avec un évident souci de faire bonne figure aux nains ; la reine Lliane éclata même de rire à la chute d'une histoire drôle racontée par le maître maçon, ce qui contribua grandement à dérider le reste de l'assistance.

Riant toujours, elle posa sa longue main sur le bras cuirassé de Rodéric, assis à côté d'elle près de l'entrée.

— Chevalier, donnez-moi un denier…

Rodéric la regarda avec surprise, tout comme les autres membres de l'expédition, mais la reine souriait toujours (elle avait, en souriant, une fossette au coin des lèvres que le jeune homme trouva adorable), et elle tendit la main, en insistant.

— S'il vous plaît, messire.

— Oui, oui, dit Rodéric, rougissant et empêtré.

Il se mit à farfouiller dans ses affaires à la recherche de sa bourse, mais Uter le Brun le poussa d'une bourrade et tendit à l'elfe une monnaie d'argent.

— Voici, ma dame…

Lliane le remercia d'un gracieux mouvement de tête, cueillit la pièce du bout des doigts et la montra à toute l'assistance.

— Voyez, messeigneurs, noble assistance ! Une pièce d'argent ! Un beau denier tout neuf !

Elle prit Freïhr à témoin, et le barbare gloussant d'aise vérifia qu'elle n'était pas truquée, poussant le zèle jusqu'à la tordre entre ses dents, comme il l'avait vu faire.

— Je vous remercie, maître Freïhr, dit Lliane, reprenant la pièce dans sa main droite. C'est bien un denier ? Un vrai denier du roi ?

— Oui, oui !

La reine sourit, adressa un clin d'œil à Uter, puis leva la main gauche et claqua des doigts. Quand les regards se reportèrent sur sa main droite, Lliane fit une moue désolée…

— Oh, quel malheur, messire Uter ! Votre denier… Votre beau denier d'argent !

Elle ouvrit la main. Au creux de sa paume, le denier s'était transformé en une misérable monnaie de cuivre.

— Eh ben ! hoqueta Freïhr. Vous avez vu ? Vous avez vu ?

Lliane lui sourit, et fronça les sourcils, comme pour le gronder.

— Maître Freïhr ! Pourquoi avoir pris la pièce de messire Uter ?

— Moi ?

L'elfe contourna le maigre feu de camp, s'approcha du gigantesque barbare et fourragea dans son épaisse chevelure.

— Le voilà ! fit-elle, brandissant à nouveau le denier d'argent.

Freïhr la regarda, interloqué, puis partit d'un rire énorme qui gagna bientôt tous ses compagnons.

Tsimmi rit avec les autres, du bout des lèvres, trop décontenancé pour participer à l'hilarité générale. C'était un tour facile, sans doute, une illusion de bateleur tout juste bonne à amuser les enfants, et pourtant il ne parvenait pas à comprendre comment elle s'y était prise. Il emboucha sa pipe, le front soucieux, et réfléchit au problème, indifférent au vacarme des rires et des éclats de voix.

Au-dehors, Till non plus ne riait pas.

Silencieusement, il s'était levé, humant l'air à la manière de son chien de quête, scrutant l'horizon estompé comme son faucon.

Il y avait quelqu'un.

Depuis hier, déjà, il avait flairé une présence. Un être qui se tenait suffisamment à distance pour ne pas sortir de la brume, mais qui était là, silencieux et obstiné, sur leurs traces.

Le pisteur revint vers la cabane de pierre et effleura discrètement l'épaule de la reine.

— Nous sommes suivis, dit-il. Un humain, je crois. Seul, et à cheval.

— En es-tu sûr ?

Le pisteur sourit et Lliane regretta sa question. Till ne se trompait jamais.

— Dois-je le tuer ? demanda-t-il.

— Pourquoi ? Peut-être ne s'agit-il que d'une coïncidence, un voyageur qui emprunte le même chemin que nous... Et, puisqu'il s'agit d'un humain, c'est aux hommes de la compagnie de disposer de son sort... et de nous prouver qu'ils n'ont pas cherché à nous duper de quelque manière. Messires !

La reine s'était retournée vers l'assistance pelotonnée dans la maigre chaleur du refuge, et les sourires se figèrent devant sa mine grave.

— Il semble qu'un homme à cheval soit sur nos traces, en prenant bien garde à ne pas se faire voir.

Uter et Rodéric se regardèrent. La phrase de la reine avait brisé net tous les éclats de rire et flottait lourdement sur eux, comme un nuage de suspicion.

Miolnir leva un doigt avec un sourire forcé.

— Vous êtes déjà trois guerriers, dit-il en regardant Rodéric. N'est-ce pas suffisant ?

— Si réellement un homme nous suit, il n'a rien à voir avec nous, fit le chevalier en se levant.

Le jeune homme ne put retenir un frisson. Dans le mouvement, les pièces de son armure avaient joué en grinçant légèrement, et une rigole d'eau de pluie s'était déversée le long de son dos.

— Je vais aller convier cet homme à se joindre à nous et à partager notre repas, avant de passer son chemin.

— Veux-tu que Freïhr vienne avec toi ? lança le barbare, qui n'avait pas compris grand-chose à la situation, plus préoccupé par le contenu de son écuelle que par les tensions internes de la compagnie, mais qui, ayant chevauché depuis deux jours au côté du chevalier, trouvait naturel de l'accompagner où qu'il aille.

— Je te remercie, Freïhr, répondit Rodéric en souriant. Mais je crois que je ne cours pas grand risque à aller inviter un voyageur.

Le barbare haussa les épaules et grogna au page des hommes de lui resservir à boire, imité par les trois nains qui tendirent leurs gobelets en un seul et même mouvement.

Rodéric sortit de la cabane et s'éloigna dans la bruine, tandis qu'Uter le Brun venait s'asseoir à côté de la reine des hauts-elfes, au-dehors.

— Je ne voudrais surtout pas que vous pensiez que…

— Je ne pense rien, cher chevalier, le coupa-t-elle. Mais Till ne se trompe jamais. Un homme est derrière nous et se cache… Savez-vous pourquoi, chevalier ?

Uter esquissa une ébauche de sourire, se leva et fit quelques pas dans la direction où son ami Rodéric venait de disparaître, avalé par la grisaille d'un rideau de crachin. Il secoua la tête, faisant voltiger ses nattes comme un chien qui se sèche. Autour de lui, la lande était déserte et, hormis la cabane de berger, nul arbre, colline ou habitation n'était visible aux alentours. La pluie n'avait cessé de tomber depuis de longues heures, une pluie fine, lente et glacée qui pénétrait tout et rongeait comme de la rouille les cœurs les plus gais. Il entendit dans la cabane la grosse voix de Freïhr et il se retourna. Les elfes étaient adossés à la grossière façade de pierre, pâles et immobiles dans leurs vêtements moirés aux couleurs changeantes. Il lui sembla que la reine le regardait, cependant elle était trop loin pour qu'il puisse le jurer.

— Uter ! À moi !

Le chevalier se retourna d'un bond et se mit aussitôt à courir. Il avait reconnu la voix de Rodéric, mais son cri, étrangement, était à la fois faible et déchirant, gargouillant et retenu.

Malgré les plaques de fer de son armure, il courut assez vite pour entendre le galop d'un cheval qui s'échappait, au moment où il rejoignait son ami.

Tournant le dos à Uter, Rodéric vacillait. Il gardait la tête baissée, tenant sa gorge d'une main.

— Rodéric ! cria le chevalier.

Le preux tenta de se retourner vers son compagnon, mais il chancela, lâcha son épée et s'effondra sur le sol, dans le fracas métallique de son armure. Uter se laissa choir près de lui, et ne vit qu'alors l'horrible blessure. Un poignard de lancer était enfoncé jusqu'à la garde dans son cou, et la lame s'était fichée de l'autre côté dans les mailles de son gorgerin, rougi de son sang.

Rodéric ouvrit les yeux et voulut parler : un flot écarlate jaillit de sa bouche en un atroce gargouillis, étouffant ses paroles. Une brutale secousse raidit son corps une fraction de seconde, puis il retomba, inerte, entre les mains d'Uter.

Pétrifié, Uter contempla la longue rigole de sang qui s'échappait des mailles et glissait sur l'armure, tranchant cruellement sur l'éclat mat du métal. La gorge nouée, le souffle coupé, il leva les yeux vers le ciel, incapable de parler, d'appeler au secours, de faire quoi que ce soit. Le vent changea, et le crachin les gifla, délavant le sang sur l'armure, le noyant dans les tons pastel de la terre et de l'herbe. Alors il baissa la tête, offrant sa nuque à la douche glacée.

C'était la première fois qu'il voyait mourir un homme. Un ami. Rodéric et lui venaient de deux baronnies voisines, proches du Pays des dunes, et ils avaient fait leurs classes ensemble. Leur force, leur naissance ou leur habileté aux armes, les trois peut-être, leur avaient valu l'honneur de servir parmi les douze preux, chevaliers de la garde du Conseil, mais ils étaient nés trop tard pour batailler durant la guerre des Dix Années, et depuis le royaume de Pellehun vivait en paix… L'habileté de Rodéric à l'entraînement ne lui avait servi à rien.

Sans se relever, Uter allongea le bras, ramassa l'épée de son compagnon et la déposa entre ses mains croisées. Fallait-il dire une prière ? Les moines priaient toujours en enterrant les morts. Mais Uter n'en connaissait aucune, et il n'était pas certain que Rodéric ait cru dans la nouvelle religion…

Il empoigna le manche du poignard et le retira du cou de son ami. La lame en était fine et longue, comme celle d'un poinçon. C'était une arme légère, efficace, sans aucun ciselage ni la moindre trace de luxe. Une arme de tueur, non de parade, destinée à être dissimulée dans la tige d'une botte ou les plis d'une cape plutôt qu'à être portée à la ceinture… Il la planta d'un geste brusque dans la terre et reposa précautionneusement la tête du chevalier sur le sol.

En se relevant, il s'aperçut que la compagnie s'était rassemblée autour d'eux. Surplombant tout le monde de la tête et des épaules, Freïhr gardait les yeux rivés sur le corps de Rodéric, avec une expression horrifiée où se mêlaient la tristesse et le remords.

Le chevalier écarta les nains qui s'étaient glissés au premier rang, puis s'éloigna vers la cabane, les épaules affaissées.

— Uter, murmura Lliane quand il la dépassa.

L'homme ne lui accorda pas même un regard.

— Uter, je voulais…

Till retint la reine par le bras. Le preux ne s'était pas arrêté, et les paroles de Lliane étaient inutiles.

Il lui désigna le corps de Rodéric, et la bourse qu'il avait sortie pour le tour de la reine et qui pendait toujours à sa ceinture.

— Vois, dit-il. On ne l'a pas tué pour le voler… J'avais raison, ma reine. Cet homme nous suit. Veux-tu que je le retrouve ?

Lliane ne put répondre, bousculée par Freïhr qui ramassa le corps du chevalier et le chargea seul sur son épaule, malgré le poids de l'armure. Puis le barbare partit sur les traces d'Uter.

La compagnie était repartie, laissant en arrière Uter et Guirre, son page. Le corps de Rodéric avait été lié sur un mulet débarrassé de son chargement. Il fallait le ramener à Loth.

La main posée sur l'acier froid de l'armure de son compagnon, le preux semblait plongé dans ses pensées, et Guirre n'osait l'interrompre. Son cheval s'ébroua et racla le sol du sabot. Les elfes auraient sans doute pu comprendre son message, mais le page des chevaliers l'interpréta à sa façon : la nuit tomberait dans quelques heures – elle tombait vite, en hiver, dans la province de Loth – et il devrait rentrer seul, sans autre arme qu'un arc et un poignard, escortant deux jours durant le cadavre d'un chevalier égorgé, par ce temps de chien, avec en plus l'assassin du malheureux Rodéric qui devait rôder là, quelque part, attendant la nuit pour venir le dépouiller !

— N'aie crainte, dit Uter tout à coup, comme s'il avait lu dans ses pensées. Celui qui a tué Rodéric n'en voulait pas à son or… C'est nous qu'il veut. Quelqu'un nous suit… Mais pourquoi ?…

Le chevalier regarda son page avec un sourire forcé.

— Allez, va… Dès que tu seras à Loth, va voir le sénéchal Gorlois, et explique-lui ce qui s'est passé.

Uter empoigna les rênes de son cheval et se hissa en selle.

— Ce soir, nous serons à Kab-Bag, dit-il pour lui-même.

Puis il piqua des deux et disparut au petit galop vers le nord.

V

Kab-Bag

La piste de terre était devenue depuis quelques lieues une route pavée de larges dalles plates parfaitement ajustées entre elles. Aux intersections, et elles étaient nombreuses, des panneaux de bois striés d'encoches verticales, horizontales ou obliques – l'écriture des gnomes – indiquaient la direction de Kab-Bag.

Du haut de leurs chevaux, les voyageurs n'apercevaient, jusqu'aux sombres collines annonçant au loin la région des Marches, qu'une plaine déserte inculte. Kab-Bag n'était pas une ville qu'on pouvait voir de loin. Les gnomes, citadins troglodytes, avaient creusé leur capitale dans les profondeurs du sol, afin d'échapper au vent glacé de l'hiver et à la chaleur du soleil d'été.

— Nous ne devons plus être loin, dit Lliane, qui marchait en tête à côté de Till, en montrant la grotesque silhouette d'un gnome ridé et sombre comme un pruneau, minuscule sous le poids énorme des marchandises qu'il allait troquer en ville.

Il faisait presque nuit, le soleil se couchait sans s'être montré de la journée, et la troupe des hommes, elfes et nains se sentait harassée de fatigue.

La mort de Rodéric avait pesé sur eux pendant toute la durée du voyage, tassant leurs épaules, desséchant leurs paroles au fond de leur gorge. La reine, en outre, sentait sur elle le reproche muet d'Uter et du barbare, comme si elle était responsable de la mort de ce jeune chevalier. Une impression désagréable.

Les deux elfes aperçurent bientôt un monticule de terre au milieu de la route pavée. Haut d'un mètre à peine, surgissant du sol telle une pustule, il semblait interdire le passage…

En s'approchant, ils virent que le monticule était percé d'une porte et d'une fenêtre. À quelques mètres au-delà, une immense fosse abrupte s'ouvrait dans le sol, sur plusieurs lieues de circonférence, cernée par une large piste dallée descendant en colimaçon jusques aux profondeurs du trou. C'était Kab-Bag.

Les elfes étaient demeurés silencieux, et ce fut seulement à l'instant où le reste de la compagnie s'approcha du monticule que les gnomes qui l'habitaient s'aperçurent de leur présence. La porte de la cabane de terre s'ouvrit brusquement, dans un branle-bas approximatif, sur une troupe agitée, grotesque et d'aspect remarquablement peu efficace.

— Qui êtes-vous ? cria le premier gnome, dont le visage terreux ressemblait à une pomme de terre. Pourquoi ne vous êtes-vous pas annoncés ? Cherchiez-vous à nous surprendre, pour venir ainsi rôder sans bruit ?

— Ne craignez rien, sergent, dit Lliane, qui avait reconnu le grade de la petite créature en colère. Nous venons en paix…

Une poignée d'autres gnomes, tenant des lances trop grandes pour eux, sortirent encore du monticule.

— Nous ne craignons rien ! piailla le sergent. Donnez-moi vos noms et dites-moi ce que vous venez faire à Kab-Bag !

Freïhr s'avança vers lui de son pas lent et pesant, écartant de son chemin hommes, elfes et nains. Les mains crispées sur le manche de sa masse d'armes, le gnome cligna les yeux et baissa la tête en voyant le barbare s'approcher de lui jusqu'à le toucher.

— Je suis Freïhr, chef des hommes libres de Seuil-des-Roches, grogna-t-il d'une voix sourde.

Le gnome s'inclina et battit prudemment en retraite, s'effaçant comme pour ouvrir au gigantesque barbare la route de la cité.

— Excusez-moi, seigneur, je ne vous avais pas reconnu. Excusez-moi... Bienvenue, seigneur.

Freïhr grommela quelque chose d'incompréhensible et marcha droit devant lui, tenant à la main les rênes de son cheval, vers la corniche étroite qui longeait le bord de la falaise et menait aux profondeurs de la cité marchande.

Un instant figée par l'intervention du barbare, la petite troupe se mit aussitôt en branle, saluée par les sourires obséquieux des gnomes du poste de garde.

Uter le Brun traîna un peu en arrière, contemplant plus longuement l'étrange attirail guerrier des soldats gnomes qui les avaient accueillis. En dehors de curieux petits casques de fer posés comme des calottes sur leurs grosses têtes ridées, leur fourbi de guerre semblait incroyablement hétéroclite, et particulièrement inadapté à leur constitution. Au contraire des nains, qui forgeaient dans les entrailles de la terre des armes d'un acier capable de trancher la pierre, ou des hommes, dont les artisans ne cessaient d'inventer de nouveaux moyens de tuer, les gnomes n'étaient pas un peuple créateur. Les elfes non plus ne créaient rien, et ne travaillaient pas le métal, à l'exception de l'argent, dont ils tiraient leurs bijoux et toutes leurs armes ; mais s'ils ne créaient rien, c'était parce qu'ils ne souhaitaient rien posséder. Les gnomes, eux, étaient des marchands, vivant en parasites dans les faubourgs des grandes cités, dans les royaumes des hommes et aussi sans doute par-delà les Marches, jusqu'aux Terres foraines.

Les gnomes étaient peu sensibles à la beauté. L'or et les bijoux n'étaient pour eux que des valeurs d'échange. Ils n'amassaient pas mais achetaient, vendaient, volaient si nécessaire, dans un frénétique et perpétuel esprit de troc qu'aucun autre peuple ne comprenait vraiment, tant il paraissait confus et inutile.

Les soldats gnomes du poste de garde étaient vêtus de robes de velours couvrant leurs jambes torsadées comme des pieds de vigne. Des bandes de cuir cloutées en guise d'armures enserraient leur torse massif et les faisaient un peu ressembler aux massues dont ils étaient armés. Le regard d'Uter était davantage attiré par un épieu au fer sombre doté de crocs d'acier dentelés. Au cœur du fer, une longue veinure à poison était creusée, et de grossières ciselures décoraient la hampe de l'arme, jusqu'à sa garde faite de chanvre tressé, bien trop longue pour la main pataude du soldat gnome qui l'exhibait fièrement. Les yeux d'Uter croisèrent le regard du sergent et s'y fixèrent jusqu'à ce que l'autre baisse la tête. L'épieu du garde comme la dague trop grande pour lui qu'il portait à la ceinture étaient des armes gobelines…

Kab-Bag était incroyablement encombrée d'échoppes, de passants, d'animaux et de bruit. Il montait des ruelles une odeur d'épices à laquelle se mêlait celle des lampes à huile allumées pour la nuit.

On ne pouvait monter à cheval dans les ruelles de la cité troglodyte. Le passage en était rendu difficile par les cordes à linge où séchaient des étoffes tout juste teintées et par un embrouillamini de perches et de filins d'où pendait une multitude de marchandises, toutes à vendre. Et c'était ainsi jusqu'au fond de la ville, le quartier bas dans lequel s'élevaient des maisons semblables à celles des hommes, mais faites de torchis, et parfois hautes de plusieurs étages. Dans les rues et le long de l'allée circulaire qui descendait dans leur cité, les gnomes avaient tendu des ponts de singe bien au-dessus de leurs têtes, à une hauteur d'un peu moins de deux mètres, ce qui était considérable pour eux, et qui obligeait la compagnie à aller à pied, forçant même parfois Freïhr et les elfes à se courber.

— Surveillez vos bourses et les sacs fixés sur vos selles, avertit Lliane. Nul n'est en sécurité à Kab-Bag...

Les chevaux libres piaffaient à chaque arrêt, oppressés par la foule, sous le regard cupide des marchands qu'ils croisaient. Car tout était à vendre à Kab-Bag, marchandises, chevaux, hommes ou femmes. Et tout pouvait y être volé. La loi n'y était assurée que par la milice des gnomes, qui avait assez conscience de ses limites pour ne pas chercher noise à trop forte partie... La ville troglodyte était donc devenue, malgré son exiguïté, le rendez-vous de tout ce que le royaume comptait de coupe-jarrets, d'escrocs et de réprouvés de toutes races.

La nuit était tombée, mais la ville ne semblait pas vouloir s'endormir, au contraire. Plus que jamais, l'activité y était intense et la progression difficile, éprouvante. D'autant que, plus ils s'enfonçaient, plus il leur fallait s'habituer à la violence de l'odeur. Les elfes, en particulier, tenaient contre leur nez un pli de leur manteau, incapables de supporter l'invraisemblable arôme de la cité, fait de mille parfums contradictoires. À la puanteur des vases de nuit déversés dans ces ruelles et que la pluie chassait vers le fond, dans la ville basse, se mêlaient l'écœurante odeur des tanneries, les parfums de benjoin, cardamome, coriandre ou patchouli des gnomesses apprêtées qu'ils croisaient, les senteurs de cuisine et les bouffées de graillon qui, aux abords des auberges, faisaient parfois suffoquer les passants. Ajoutez à cela la confusion, le bruit et l'absence d'horizon, et le tableau de la cité des gnomes sera presque complet.

C'était comme si tous les peuples du royaume s'étaient donné rendez-vous à Kab-Bag. Les nains, à peine plus grands que les gnomes mais deux fois plus larges, jouaient les terreurs et parlaient fort. Des elfes sans clan vinrent furtivement baiser la main de la reine Lliane, et Till le pisteur s'éloignait chaque fois avec eux pour échanger quelques mots. Aucun n'avait vu Gael. Ni à Kab-Bag, ni aux Marches. Des elfes gris, pâles et mornes dans leur long manteau, affectèrent de ne pas les voir, et s'écartèrent. Attablés à la terrasse d'une taverne, deux elfes des Havres, riant fort et jouant avec leurs longues nattes grises, les saluèrent d'un signe de tête nonchalant. Comme tous ceux qui allaient sur la mer, les elfes des Havres ne se montraient jamais surpris...

Mais des trois Peuples libres, les hommes étaient de loin les plus nombreux.

Quelques marchands, déambulant tranquillement dans les ruelles bondées, suivis pas à pas de leur garde du corps, leur adressèrent des sourires prudents, un peu inquiets de rencontrer au cœur du pays gnome un chevalier en armure portant la cotte d'armes rayée bleu et blanc aux couleurs du roi. Les autres hommes, bien plus souvent, baissaient les yeux ou ramenaient sur leur visage le capuchon de leur manteau.

— La Guilde des voleurs, dit la reine Lliane en désignant un groupe qui disparaissait dans le trou béant servant de porte à une habitation creusée dans la falaise. Kab-Bag est aussi un peu leur capitale...

Instinctivement, les nains se regroupèrent autour de leurs poneys, et Miolnir dégaina sa hache.

Du fait de l'étroitesse des rues et du monde qui y circulait, la compagnie fut bientôt étirée sur une centaine de mètres, sans même s'en rendre compte. Devant, les elfes semblaient glisser à travers la foule, guidés par le faucon de Till. Freïhr et Uter marchaient plus lentement, gênés l'un par sa taille, l'autre par son armure. Mais la foule s'écartait sur leur passage, prudemment. Les deux nains, eux, paraissaient perdus dans le flot de populace. À peine plus hauts que les gnomes, ils ne pouvaient voir devant eux et craignaient de se perdre dans le dédale des ruelles, ce qui ne faisait que les rendre plus prudents encore, et plus lents. Ils ne risquaient pourtant rien. Personne, fût-il membre de la Guilde des voleurs et des assassins, ne se serait attaqué à un chevalier nain bardé de fer, ni même à Tsimmi qui, en dépit de son air moins belliqueux, tenait dans son poing noueux un marteau d'armes de bonne taille.

Mais, derrière eux, une proie semblait plus facile... Au moins en apparence.

À la queue du convoi, les pages accompagnant les chevaux de bât avaient été nettement distancés. Ils s'étaient épuisés à tirer les chevaux terrifiés par la foule, piaffant à chaque pas, sans cesse bousculés ou bloqués par les attroupements.

Accroupi sous un porche de terre, c'est eux que Thane de Logres attendait. Thane était un assassin.

Il avait eu la main droite tranchée par un seigneur nain des Hautes Collines qui l'avait surpris au pied du lit de son fils, le poignard à la main, prêt à frapper, et son moignon avait été brûlé au fer rouge. Thane de Logres était resté cinq ans dans les cachots des Hautes Collines. Ses bras et ses jambes avaient été brisés plusieurs fois par les bourreaux nains, mais il n'avait pas parlé. Les assassins de la Guilde n'avaient qu'un honneur : tuer et ne jamais rien dire. Ainsi, nul ne sut jamais qui avait commandité la mort du jeune prince des Hautes Collines.

Lorsqu'il s'évada, Thane tua le prince, remplissant ainsi son contrat, et disparut. Un an plus tard, le frère cadet du seigneur nain fut lui aussi retrouvé assassiné, sans que personne pût jamais affirmer qu'il avait été la victime de sa vengeance.

Dès lors, Thane le manchot n'avait plus été repris. Il était devenu l'un des chefs de la Guilde et portait à l'annulaire de sa main unique une bague en cuivre frappée de la rune de Beorn. Servi par une armée de coupe-jarrets, d'espions et de voleurs, il s'était fixé à Kab-Bag, la dernière ville avant les Marches, assez riche en plaisirs de toutes sortes, et assez lointaine de Loth pour ne pas craindre les archers du roi. Quoiqu'un maître assassin n'eût pas grand-chose à craindre du roi… Tant que la loi de la Guilde était respectée et que les ordres de ses chefs étaient obéis à la lettre et sans délais – quels qu'ils soient et quel qu'en soit le coût –, les porteurs de la bague jouissaient d'une relative immunité en ce qui concernait leurs menus larcins.

Dans la ville des gnomes dont il était l'un des maîtres occultes, peu de chose aurait pu échapper à Thane. Et sûrement pas une compagnie de chevaliers, d'elfes et de nains…

Marchant devant les deux chevaux de bât en les tenant par la bride, Llewelin, le page des elfes, faisait de temps à autre des petits bonds pour tenter de repérer par-dessus la foule le reste de la compagnie. Quand il passa devant l'assassin, celui-ci vit qu'il avait peur, qu'il craignait de se laisser distancer. Une proie facile, vraiment…

Thane de Logres se redressa et s'écarta du porche, puis leva la main, donnant l'ordre. Il ne tint pas compte de la silhouette massive du nain qui suivait les chevaux, drapé d'un manteau poussiéreux. Il eut tort.

Llewelin sentit quelqu'un le bousculer rudement. L'elfe se retourna, furieux, mais ses paroles se bloquèrent au fond de sa gorge. D'un coup sec, un poinçon avait traversé sa broigne de cuir et percé son ventre. Il croisa le regard froid d'un homme d'une saleté repoussante et comprit tout juste que cet homme était en train de le tuer. D'un coup de reins, le page s'arracha à la lame et tomba à terre, dans la gadoue et les immondices de la ruelle. Le sang clair des elfes ruisselait entre ses doigts crispés contre son ventre. Les yeux agrandis par la terreur, il dégaina sa longue dague elfique et se releva en chancelant pour faire face au tueur.

Aussitôt, la ruelle se remplit d'êtres en armes. Il y avait là surtout des hommes, mais le groupe des assassins comprenait également un elfe gris, qui souriait dangereusement en pointant vers lui un poignard acéré à la lame noire. Les gnomes s'éparpillaient en tous sens en piaillant, et les buveurs, dans les tavernes, se massaient déjà aux fenêtres pour jouir du spectacle. Les voleurs étaient cinq, armés de poignards ou de courtes épées aux larges rebords tranchants et à la pointe presque arrondie. L'elfe blessé tremblait, courbé sur sa blessure mortelle. Il tournait sur lui-même par petits bonds, effectuant de pauvres moulinets avec sa dague pour maintenir les assassins à distance. Ce n'était pas un guerrier.

Thane de Logres s'adossa au porche et sourit. Comment des étrangers pouvaient-ils être aussi insouciants à Kab-Bag ? Laisser deux chevaux de bât sous la seule garde d'un misérable elfe, voyons... Déjà, dans les tavernes, des rires gras et des gloussements excités attendaient la mise à mort. C'est alors que l'un des tueurs poussa un cri strident qui fit sursauter le manchot et ramena le silence dans la ruelle. L'espace de quelques secondes, l'homme battit l'air de ses bras, tentant d'arracher quelque chose de son dos, puis ses yeux se voilèrent et il roula sur le sol, révélant celui qui venait de le tuer

C'était un nain, vêtu de rouge, d'une taille surprenante et dont la longue barbe rousse était glissée dans la ceinture. Thane et ses tueurs se sentirent blêmir.

Presque aussi grand qu'un homme, le nain serrait dans ses mains puissantes une longue hache au fer ensanglanté. L'assassin crispa nerveusement sa main sur le pommeau de son épée et lança d'un geste ses hommes à l'attaque.

— Dwaaalin ! hurla Rogor en fonçant vers eux.

Le premier voleur fendit l'air d'un coup d'épée, forçant le nain à reculer. Il poussa aussitôt un cri horrible : la hache de Rogor avait vrombi à quelques centimètres du sol et, au terme de sa courbe mortelle, lui avait tranché la jambe au-dessous du genou. L'homme s'écroula, gênant deux des tueurs qui perdirent ainsi plusieurs secondes. Le troisième, l'elfe gris, s'était retrouvé seul face à Rogor au moment où, comme un balancier, la lourde hache revenait vers lui. Le fer fit exploser les mailles d'acier de son haubert et lui broya le flanc avec une puissance telle que la moitié de la hache s'y enfonça. En tombant, l'elfe arracha l'arme des mains du nain, qui dégaina son poignard et défia ses deux derniers adversaires. L'un d'eux n'hésita qu'un court instant, et s'enfuit à toutes jambes. L'autre resta, mais il suait de peur. Il s'élança vers le nain dans un assaut désespéré que Rogor put facilement éviter. La main puissante de l'héritier de Troïn se referma sur le bras du voleur et le tordit, projetant l'homme à terre. Avant même qu'il puisse se relever, Rogor l'avait cloué au sol de son poignard.

Sous le porche de terre, il n'y avait plus personne : Thane de Logres avait disparu.

Le nain à la livrée rouge acheva les mourants, les dépouilla de leurs armes et de leur or, puis récupéra sa hache, fichée dans le corps de l'elfe gris, sans prononcer la moindre parole ni se soucier des vivats de la foule enthousiaste. D'un coup de pied, il désemboîta le fer de sa hache puis l'essuya soigneusement au manteau du cadavre avant de la glisser à nouveau sous sa tunique marquée aux runes de Baldwin. Il récupéra aussi les deux chevaux, hissa le page des elfes blessé comme un paquet en travers des bagages, saisit les rênes et les entraîna dans les ruelles, loin des corps ensanglantés.

— Attends ! gémit Llewelin en essayant de se redresser. Je perds mon sang, je dois être soigné... Comment as-tu fait pour les tuer tous ? Tu n'es pas un guerrier, pourtant... Ou bien...

Rogor leva sur le jeune elfe des yeux fatigués.

— Je vais te le dire, murmura-t-il. Mais pas ici. Pas en pleine rue...

Ils laissèrent les chevaux à la borne d'une taverne sous la surveillance des gardiens que chaque établissement mettait au service de ses clients, puis Rogor prit l'elfe sur son épaule et ils s'enfoncèrent dans une des nombreuses grottes de la cité.

Mal éclairée par quelques flambeaux, la caverne bourdonnait de monde, au point que les visages en devenaient anonymes. Rogor posa l'elfe au sol, contre la paroi de pierre, et se redressa, rabattant sur sa tunique rouge le pan de son long manteau. Llewelin, abruti de douleur, ne pouvait détacher les yeux de ce nain qu'il avait cru être un page et qui paraissait plus expert dans l'art de la mort que le meilleur des maîtres d'armes.

— Je suis Rogor, neveu de Troïn, héritier du trône sous la Montagne noire, dit celui-ci en posant sa lourde main sur l'épaule du blessé.

À la lueur des flambeaux, sa barbe rousse semblait être en feu. Sous ses épais sourcils broussailleux, le page croisa l'éclair sombre de son regard et sut que le nain allait le tuer.

— Non !

Le geste de Rogor fut tellement vif que le page ne se vit pas mourir. La gorge tranchée, il glissa lentement à terre, tandis que le nain essuyait son poignard sur sa tunique de moire. Il saisit à bras-le-corps le cadavre du page et se releva sans effort. Puis il sortit sans presser le pas ni regarder personne.

Au-dehors, Rogor ferma les yeux et respira plusieurs fois, longuement. Quand ses mains ne tremblèrent plus, il jeta aux gardiens une pièce de bronze, hissa de nouveau le corps de Llewelin sur une monture et se fraya un chemin dans la foule à la recherche de la compagnie.

Sortant à demi de l'ombre d'une arcade, Thane de Logres, la dague à la main, fit un pas vers le nain. Il ne s'agissait plus de voler les chevaux, juste de venger les morts, d'achever ce qui avait été entrepris, selon le code d'honneur particulier à la Guilde. Une main ferme l'arrêta dans son élan et le ramena brutalement dans l'ombre. Le manchot se retourna, prêt à frapper, mais il retint son geste.

— Blade !

— Il est trop tôt pour assouvir ta vengeance, ami, dit le voleur de Loth. Allons boire quelque chose, et parlons...

Thane de Logres ne répondit pas tout de suite, laissant ses tempes et son pouls retrouver un rythme normal. Blade le voleur était presque une légende parmi les membres de la Guilde, et l'un des seuls à porter une bague en cuivre semblable à la sienne, preuve de la considération dont ils jouissaient dans la hiérarchie occulte des maîtres voleurs. Rares étaient ceux qui, à l'instar de Blade, osaient pratiquer l'art mortellement dangereux du vol et de l'assassinat au sein même de la cité du Grand Conseil. Thane se força à sourire et rengaina sa dague.

— Je te suis, Blade...

La compagnie s'était rassemblée au milieu d'une place grouillante de monde et suffisamment éclairée par des dizaines de lampes à huile et de flambeaux accrochés sur les murs ou sur l'armature de bois des échoppes. Au moindre souffle de vent, les flammes viendraient lécher les tentures de velours masquant les fenêtres des habitations, les bottes de paille empilées un peu partout à l'intention des animaux, ou l'étal des innombrables marchands d'étoffe de la cité, et rien ne pourrait arrêter l'incendie. Fort heureusement, il n'y avait pas de vent dans les profondeurs des bas quartiers. La ville avait néanmoins flambé plusieurs fois, mais les gnomes n'étaient pas un peuple à tirer des leçons de ce genre d'expérience. C'était la marque du destin, voilà tout. Il était plus simple de dresser çà et là des autels votifs, aux côtés des centaines de temples, de chapelles ou de niches consacrés à tout ce que le monde comptait de divinités – y compris les grandes croix de la religion des hommes ou les sombres et démoniaques idoles des gobelins des Terres gastes. Et puis les gnomes subissaient les pires calamités avec une sorte de résignation satisfaite, tirant même une certaine jouissance de leurs malheurs, s'acharnant alors à rebâtir ce qui avait été détruit avec une frénésie de fourmis qui fascinait tous les autres peuples.

Au cœur de la cité, la foule était encore plus bigarrée, encore plus dense, encore plus interlope. S'écartant furtivement à la vue de la reine des hauts-elfes, et de l'armure luisante d'Uter le Brun, les silhouettes courbées de quelques hommes-chiens se mêlaient à la foule. L'un de ces êtres grotesques et monstrueux vint percuter de plein fouet la hanche de Freïhr. Perdu dans les noires pensées de son esprit brumeux, l'homme-chien ne comprit pas tout de suite son erreur. Sa première réaction fut de retrousser ses babines pelées, découvrant les crocs de sa puissante mâchoire, dans ce rictus d'une affreuse bestialité qui faisait ressembler ceux de sa race aux hyènes ou aux chiens sauvages. Puis il releva la tête et ses yeux croisèrent le regard du géant barbare.

— Bouh ! hurla brusquement Freïhr, l'air mauvais.

L'homme-chien glapit et s'enfuit en gémissant, bousculant tout sur son passage.

Le rire de Freïhr domina quelques instants le vacarme de la foule.

— Pourquoi ne l'as-tu pas tué ? s'écria Miolnir en serrant nerveusement sa hache. C'était un maître chien, ceux que les gobelins nomment kobolds et qui nourrissent leurs loups de guerre !

— Kobolds pas dangereux, dit simplement le barbare avec un sourire. Ils vivent avec les chiens, mangent comme des chiens, sont peureux comme des chiens... Même pas dignes d'un coup d'épée...

Les deux nains se regardèrent sombrement. Dans les montagnes, les hommes-chiens menaient des hyènes et des loups jusqu'aux abords des villages nains, et dévoraient parfois des enfants.

Till le pisteur avait lui aussi frémi. Un regard de la reine l'avait retenu, il s'était accroupi pour murmurer à l'oreille de son chien les mots qui calment une fureur instinctive. Les maîtres chiens des Terres noires représentaient la face sombre de l'union des êtres qui marchent debout et des animaux. Si pour les nains tuer un homme-chien était un devoir vis-à-vis des nanillons vivant dans les villages isolés des montagnes, c'était pour les chiens elfiques et les elfes verts une sorte de mission sacrée, l'instinctif combat du bien contre le mal...

— Les voilà ! cria Uter, montrant du doigt les deux chevaux de bât qui les rejoignaient enfin, se frayant un chemin dans la foule.

Ce fut seulement lorsque les montures s'arrêtèrent devant eux que les envoyés du Grand Conseil découvrirent le corps de Llewelin, jeté en travers des bagages.

— Que s'est-il passé ? demanda Uter d'une voix blanche.

Rogor hocha la tête et se tordit les mains en signe de désespoir.

— Des bandits nous ont attaqués, messire. Trois ont péri et les survivants ont fui, mais mon compagnon a versé son sang…

Les elfes s'étaient rapprochés de leur page. Il portait la trace d'un coup de poignard à l'abdomen, et il avait eu la gorge tranchée d'une oreille à l'autre : ce n'était pas le genre de blessure qu'on pouvait récolter en combattant.

Rogor vit leurs regards emplis de surprise et se tourna vers eux, geignant toujours et se tordant les mains.

— Il s'est battu comme un lion, reine Lliane. Ils ont dû se mettre à deux pour le tuer… Un lui a tranché la gorge, et un autre lui a donné un coup d'épée…

— Et tu ne l'as pas aidé ?

— Je n'ai pas pu, dit Rogor en baissant la tête, comme s'il cachait sa honte. Je ne suis pas un guerrier…

Les elfes hochèrent la tête, et Lliane tapota l'épaule du page nain en signe de compassion.

— Tu as fait preuve d'un grand courage en escortant seul les chevaux jusqu'ici. Si notre page est mort, c'est notre faute. Nous n'aurions pas dû vous perdre de vue dans cette foule.

Till saisit les rênes des montures de bât et s'avança vers une auberge, suivi par les chevaux libres de la reine et du page, qu'on n'avait nul besoin de guider. La nuit était tombée, une petite pluie fine faisait grésiller les flambeaux, sans que la foule des gnomes et des étrangers se disperse pour autant. À Kab-Bag, on dormait, mangeait, on menait à bien des affaires à n'importe quelle heure du jour ou de la nuit. Libre à chacun de régler sa journée comme il l'entendait.

Uter et Freïhr escortèrent la reine vers l'auberge, et se baissèrent pour franchir le porche d'entrée s'ouvrant sur une petite cour carrée. Les nains furent les derniers à s'ébranler. Tsimmi marmonna dans sa barbe quelques mots à l'adresse de Miolnir, qui partit seul s'occuper des chevaux, laissant le page en arrière.

Accablés de fatigue, minés par la mort de Rodéric et de Llewelin en ce premier jour d'expédition, les hommes et les elfes ne remarquèrent pas que le chevalier nain menait lui-même les chevaux à l'écurie.

Au-dehors, Tsimmi attendit que tous aient disparu pour interroger Rogor.

— Que s'est-il passé, seigneur ?

— Nous avons véritablement été attaqués par des voleurs, maître Tsimmi. J'ai dû lutter afin de sauver ma vie, mais l'elfe m'a vu. Je ne pouvais le laisser raconter à sa reine et au pisteur qu'il m'avait vu combattre.

— Ainsi, c'est vous qui l'avez tué…

Les yeux de Rogor flamboyèrent de colère.

— Et que pouvais-je faire d'autre ? Oubliez-vous que mon identité doit rester secrète ?

Tsimmi hocha la tête calmement et lissa de sa main calleuse sa longue barbe brune.

— N'oubliez pas non plus, seigneur, que nous ne cherchons pas à rallumer la guerre entre les elfes et les nains, n'est-ce pas ?

Rogor ne répondit pas.

— N'est-ce pas ?

Le guerrier roux voulut dire quelque chose, mais ses yeux croisèrent le regard gris du maître maçon et il referma la bouche. On disait tant de choses sur les maîtres maçons. Tant de choses insoupçonnées et terrifiantes qui pouvaient se cacher derrière le regard gris de ce nain de petite taille, à l'aspect doux et inoffensif, uniquement armé d'un marteau de guerre et d'une fronde.

— Je suis votre serviteur, maître Tsimmi, dit Rogor en frissonnant sous la pluie.

— Je ne vous en demande pas tant.

Les deux nains se regardèrent encore quelques instants en silence, puis le maître maçon saisit affectueusement Rogor par le bras.

— Vous serez un grand roi, seigneur Rogor. Allons manger…

VI

Le gobelin

L'auberge était presque aussi encombrée que les rues de Kab-Bag. Il y régnait une écœurante odeur de friture, mêlée à celle de la sueur de dizaines et de dizaines de voyageurs. Surplombant la salle, une petite estrade dressée dans un coin proposait à l'assistance un spectacle ininterrompu de bateleurs des plus divers, et deux jeunes gnomesses totalement nues s'y trémoussaient au rythme des flûtes et des tambourins avec autant de grâce que des poissons sortis de l'eau.

L'arrivée des envoyés du Grand Conseil avait provoqué un brusque silence, ainsi que la fuite discrète de quelques dîneurs à la conscience aussi noire que le ciel de la cité. Puis, progressivement, les conversations avaient repris, jusqu'à retrouver l'assourdissant brouhaha habituel à ces lieux.

Les voyageurs n'étaient plus que quatre. Miolnir, plus bougon que jamais, était allé se coucher. Le page Rogor s'était retiré dans l'écurie pour garder un œil sur les chevaux durant la nuit. Quant à Till le pisteur, il avait disparu silencieusement après avoir glissé quelques mots à l'oreille de la reine. Entraînant à sa suite un cheval chargé du cadavre de Llewelin, il avait fui l'oppressante atmosphère de la cité pour rendre le corps du page à la nature et s'installer avec son chien et son faucon à l'abri d'un bosquet, à l'extérieur de Kab-Bag.

Malgré sa fatigue, Uter le Brun se forçait à prêter attention à l'interminable histoire que Tsimmi racontait en suçotant sa pipe de terre blanche. C'était un récit fort apprécié sous la Montagne, et Tsimmi était un bon conteur, mais il était presque impossible à suivre pour un homme, tant les digressions y étaient nombreuses, ainsi que les allusions aux grandes maisons naines, parées de tous leurs titres. Uter depuis longtemps avait perdu le fil. Le jeune chevalier jetait de temps à autre un bref coup d'œil à la reine des hauts-elfes, qui regardait le nain avec un sourire indéfinissable, en se tenant parfaitement droite. Cela ne voulait rien dire… Lliane pouvait aussi bien être en train de somnoler tout en gardant les yeux bien ouverts.

Freïhr, lui, ne s'embarrassait pas de convenances. Tournant franchement le dos à la table, il riait grassement ou applaudissait avec ravissement aux divers numéros, et d'après ce qu'Uter avait pu en voir il avait absorbé une quantité de vin tout à fait prodigieuse.

Cent fois, Uter crut pouvoir profiter de ce que le nain s'humectait la langue d'une gorgée de vin pour s'excuser et se lever de table. Hélas, chaque fois le maître maçon était le plus rapide, alors, comme par un fait exprès, il prenait le chevalier à témoin ou lui posait la main sur le bras pour forcer son attention.

Uter n'avait pas retiré son armure depuis trois jours, et il était presque continuellement secoué de frissons. À cet instant, il aurait même donné son épée contre un bon lit de plumes…

Soudain, le brouhaha de l'auberge se transforma en un murmure de surprise et de frayeur. Un nouveau bateleur venait de monter sur scène. Un homme âgé mais robuste, au crâne dégarni et au visage zébré de cicatrices, avec en travers de la ceinture un fouet plombé et une large dague à un seul tranchant qui ressemblait fort à un couteau de boucher. D'un geste un peu théâtral, il avait dévoilé une cage de fer jusque-là masquée par un drap noir, et l'assemblée frémit en en découvrant le contenu.

— Et voici le clou de mon attraction ! cria-t-il d'une grosse voix éraillée. Un gobelin des Terres noires, que j'ai moi-même capturé au péril de ma vie !

Uter se retourna d'un bond. Jamais encore il n'avait vu de gobelin, ces guerriers repoussants d'une force sans égale et d'une cruauté terrifiante au combat, qui n'adoraient que des dieux sanguinaires et n'obéissaient qu'à leur maître, Celui-qui-ne-pouvait-être-nommé…

Le monstre, accroupi dans la petite cage, portait sur le corps plusieurs bandages sommaires, preuve de ses nombreuses blessures. Sans doute était-il évanoui quand le montreur d'animaux l'avait découvert. Jamais, sans cela, malgré son fouet plombé et son couteau de boucher, il ne serait parvenu à le capturer vivant… Freïhr s'était levé, saisi d'une rage d'ivrogne à la vue de l'un de ces monstres qui avaient détruit son village. Avant qu'Uter ait pu le retenir, il s'était précipité sur l'estrade et, l'épée à la main, il tentait de frapper à travers les barreaux de la cage le gobelin prisonnier.

— Es-tu devenu fou, barbare ? hurla le montreur d'animaux en le saisissant par le bras.

Freïhr ne répondit pas, mais son poing gauche se détendit brusquement, frappant l'homme juste sous le nez avec une puissance telle que le coup projeta ce dernier hors de l'estrade. Dans sa cage, le gobelin glapissait comme un chien et rugissait comme un lion, hurlant des injures dans la terrible langue des Terres noires, secouant les barreaux de sa prison avec une puissance effrayante.

Les tables les plus proches de l'estrade s'étaient déjà vidées, et plus d'un buveur refluait vers la sortie tant l'affrontement de ces deux géants était terrifiant.

— Freïhr ! hurla Uter en le rejoignant. Il ne peut se défendre ! Tu ne peux pas tuer un ennemi entravé !

— Laisse-moi ! rugit le barbare en lui décochant un coup de coude qui bossela son armure.

Uter tint bon et parvint à agripper le bras droit du guerrier.

— Laisse-moi ! Laisse-moi !

Lliane avait elle aussi bondi sur l'estrade. Elle était sans arme, mais sa main gauche était tendue, paume ouverte, à quelques centimètres du visage de Freïhr. Aussitôt, sans comprendre pourquoi, il ne put détacher son regard de cette main qui ondulait doucement.

— Calme-toi, murmura l'illusionniste d'une voix si douce qu'elle était presque imperceptible. *Anmod eorl hael hlystan stylle... Anmod eorl hael hlystan stylle...*

Les mots résonnèrent pourtant avec une puissance infinie dans le cerveau du barbare, au point qu'il crut que sa tête allait éclater. On racontait que les ordres magiques de certains hauts-elfes, lorsqu'ils étaient hurlés, pouvaient définitivement faire perdre la raison.

Lliane baissa la main, Freïhr sentit la douleur s'atténuer, puis une immense fatigue l'envahit. Il chancela. Le bras armé qu'Uter retenait jusqu'alors à grand-peine devint flasque et lourd.

— Vous pouvez le ramener, messire, dit la reine sans se départir de son énigmatique sourire.

Freïhr secouait la tête comme s'il avait été assommé, et il se laissa docilement guider par Uter. Les trois envoyés du Grand Conseil retraversèrent la salle dans un silence où se mêlaient le respect et la frayeur. Du coup, une dizaine d'autres personnes quittèrent encore l'auberge.

Juché sur une table, Tsimmi n'avait rien perdu du spectacle. Il ralluma sa pipe en contemplant la longue silhouette de la reine qui revenait, indifférente aux regards lubriques ou inquiets qui glissaient sur son corps. L'un et l'autre usaient de magie, mais le nain avait maintenant un avantage sur l'illusionniste : lui ne s'était pas encore dévoilé.

Tsimmi s'apprêtait à lui tourner un compliment subtil lorsqu'un mouvement imprévu sur l'estrade attira son regard. Une gigantesque forme sombre venait de surgir de la cage…

— Attention !

Uter pivota brusquement et ne put s'empêcher d'avoir un haut-le-corps en découvrant la monstrueuse silhouette du gobelin tenant à la main le large couteau du montreur d'animaux, avec lequel il avait pu forcer la porte de sa cage.

Haut de plus de deux mètres, il était vêtu de haillons qui révélaient par endroits une peau sombre et poilue d'un gris olivâtre sous laquelle roulaient des muscles longs. Ses mains elles-mêmes ressemblaient à des armes, avec leurs ongles noirs pareils à des griffes. Le monstre hurla et se rua à l'assaut, droit vers le groupe des envoyés du Grand Conseil. Un peu de bave glaireuse perlait au coin de sa mâchoire carrée d'où émergeaient des dents ébréchées aussi acérées que des crocs de loup.

Les piaillements de terreur des gnomes qui s'enfuyaient sur son passage couvrirent un instant les cris du gobelin. Le désordre était tel que les gnomes paniqués interdisaient au monstre d'avancer, mais également aux hommes, à l'elfe ou au nain de se porter vers lui pour le combattre.

— Ne pouvez-vous les calmer, eux aussi ? hurla Uter à l'intention de la reine.

— Je ne peux rien sur une foule pareille !

Il y eut un hurlement encore plus aigu que les autres, et le corps trapu d'un gnome vola vers le plafond, laissant une traînée de sang dans les airs. Tout autour du gobelin déchaîné, des êtres de toutes races perdaient la vie en hurlant, déchiquetés par ses furieux coups de couteau, mais le monstre n'avait que faire de ces morts-là. Le carnage n'avait d'autre but que de rejoindre le barbare qui l'avait lardé de coups d'épée dans sa cage, et de lui faire payer le « wergeld », le prix du sang… Une table fut projetée vers un coin de la pièce, et le monstre perdit une fraction de seconde à la voir s'écraser contre le mur. Quand son regard revint vers son agresseur, il découvrit devant lui un jeune chevalier aux cheveux bruns tressés, vêtu d'une armure de métal poli. L'homme avait peur, comme l'indiquaient les fines gouttelettes de sueur qui parsemaient son visage, mais ses yeux brillaient de détermination. Aucun gnome ni aucune table ne le séparant de lui, le gobelin poussa un grognement affreux et se rua à l'attaque, l'arme haute.

Uter ne bougea qu'à l'ultime instant, ainsi qu'on le lui avait enseigné. Sa longue épée, tenue à deux mains, reposait à terre sur son côté gauche, de sorte que le chevalier semblait dévoiler son flanc à son agresseur. Alors que le gobelin se penchait pour frapper, Uter pivota d'une brusque détente. Emporté par son élan, le monstre buta contre sa jambe droite et tomba en avant : l'épée d'Uter fendit l'air en vrombissant, de toute la force de ses bras. Le coup était si puissant que l'épée trancha net l'horrible tête du gobelin et l'envoya rouler à plusieurs mètres, alors que son corps décapité continuait sa course et allait s'écraser à terre aux pieds de Tsimmi.

Pendant un long moment, on n'entendit plus que le crépitement des flambeaux et de la graisse des pièces de viande en train de cuire. Un sang noir et épais s'échappait en gargouillant de la tête tranchée du gobelin, formant sur le plancher une horrible mare gluante dont Uter, fasciné, ne pouvait détacher le regard.

Cette tête affreuse, cette tête de démon, c'était exactement celle des gargouilles que les moines sculptaient au fronton de leurs églises… Quelqu'un lui tapa affectueusement l'épaule et il s'arracha à sa torpeur. C'était Freïhr.

— Joli coup, dit le barbare avec un grand sourire. Je veux bien l'apprendre.

Uter hocha la tête et se força à sourire.

Autour d'eux, les gnomes et les voyageurs reprenaient place dans l'auberge, commentant les événements avec un soulagement qui ne les rendait que plus bruyants encore.

— Un bien beau coup en vérité ! renchérit Tsimmi en se rasseyant à leur table. Voilà qui mérite qu'on mette un tonnelet en perce !

Uter s'assit un peu gauchement, ses mains tremblaient.

— C'est dans la bataille qu'on peut juger de la valeur d'un guerrier, fit doucement la reine avec ce petit sourire indéfinissable qui ne la quittait jamais.

Uter hocha la tête et vida un gobelet de vin, le temps de comprendre ce qu'elle avait voulu dire.

— Eh bien, je vous souhaite une bonne nuit, messires, poursuivit Lliane. C'est assez d'émotions pour la journée.

Les trois compagnons se levèrent, y compris Tsimmi qui, debout, dépassait à peine le niveau de la table.

— Voulez-vous…

Uter hésita.

— Voulez-vous que je vous escorte jusqu'à votre chambre, ma dame ?

— Je vous remercie, chevalier. Je crois que nous ne risquons plus rien…

Uter hocha la tête et se sentit une fois de plus rougir sous le regard vert de la reine, qui tourna les talons et se fraya un chemin entre les tables. Le cœur encore battant de la fièvre du combat, il resta debout à la contempler jusqu'à ce qu'elle ait disparu dans le couloir menant aux chambres. Quand il se rassit, une bourrade de Freïhr le fit presque chuter de sa chaise.

— Ho, ho ! « Ma dame »... Elle te plaît, la jolie reine ?

— Ferme-la ! grommela le chevalier.

Freïhr frappa la table du plat de la main, secoué par un gros rire.

— Il est amoureux ! T'as vu ça, le nain ? Il est amoureux !

Uter ne jeta qu'un bref regard à Tsimmi, mais il lui sembla que les yeux du maître maçon pétillaient.

— Tu sais, moi aussi j'étais amoureux, fit le barbare d'un ton soudainement moins gai. Et même, on devait se marier...

Uter ferma les yeux. Il ne manquait plus qu'un barbare au vin triste...

Tsimmi perçut lui aussi la dérive nostalgique de leur compagnon.

— Je disais donc, avant qu'on nous interrompe...

Il était déjà reparti dans une de ses interminables histoires de bataille lorsqu'un gnome bardé d'armes diverses et de pièces d'armures hétéroclites s'approcha de leur table.

— Est-ce vous qui avez tué le gobelin ? demanda-t-il d'un ton aussi martial que possible.

— Pourquoi ? dit Uter.

Le gnome prit la question du chevalier pour une affirmation et fit signe aux gardes qui l'accompagnaient d'emmener le corps et la tête du monstre.

— Nous en serions aisément venus à bout, expliqua le gnome, cependant vous avez droit à notre gratitude pour nous avoir épargné cette peine.

Freïhr eut un petit sourire amusé et ouvrit la bouche pour dire quelque chose, mais un coup de pied de Tsimmi, sous la table, lui cloua le bec.

— Notre shérif, le seigneur Tarot, m'a chargé de vous convier à venir lui raconter vous-même la bataille.

— Les nouvelles vont vite à Kab-Bag, murmura Uter.

Tsimmi se leva prestement et contourna la table.

— C'est un grand honneur, dit-il en s'inclinant devant le gnome à peine plus petit que lui. Fais savoir au seigneur Tarot que nous acceptons avec joie et que nous serons chez lui dans l'heure.

— Mais…

Le gnome s'interrompit lui-même, ne sachant que dire. Innocemment, mais d'une main ferme, le nain le repoussait vers la porte de l'auberge tout en le tenant amicalement par l'épaule. Après tout, l'essentiel était que les étrangers se présentent devant le shérif, non ? Il aurait sans doute été préférable qu'ils l'accompagnent sur-le-champ, mais il ne s'était somme toute pas trop mal acquitté de sa mission…

Tsimmi referma la porte de l'auberge derrière lui et rejoignit rapidement ses compagnons.

— Que faisons-nous ? lança-t-il en se resservant un verre.

— Je ne sais, répondit Uter. C'est peut-être un piège… Le Grand Conseil nous a dit de nous méfier des gnomes. S'ils font véritablement du commerce avec les gobelins des Terres gastes, ils peuvent vouloir nous livrer au Seigneur noir en réparation de la mort du monstre…

— C'est une possibilité, concéda Tsimmi. Mais nous ne risquons pas grand-chose. Nous sommes trois, bien armés, et notre grand ami ici présent devrait pouvoir convaincre les esprits échauffés de renoncer à leurs mauvaises idées !

Tout en parlant, il donna une bourrade amicale au barbare, qui partit d'un grand rire et lui administra en retour une bonne claque sur l'épaule.

— Ça, c'est vrai ! dit-il en riant toujours. Ce ne sont pas quelques gnomes qui pourraient faire peur à Freïhr !

Tsimmi sourit et se massa l'épaule. Cette brute avait manqué lui démettre le bras.

— Vous avez sans doute raison, admit Uter. Et puis, c'est une occasion inespérée d'interroger directement le shérif à propos de Gael. S'il est toujours à Kab-Bag, j'imagine qu'il pourra nous révéler où il se cache.

— Il faudra cependant se méfier de ce qu'il nous proposera de boire ou de manger, conclut Tsimmi. Les peuples faibles raffolent toujours des poisons qui tuent sans qu'il leur soit nécessaire de combattre... Prévenons-nous les autres ?

— Au moins la reine, dit Uter. Elle connaît le shérif Tarot. Et c'est elle qui dirige notre compagnie...

Il y eut un silence pendant lequel tous se demandèrent s'il était raisonnable ou non d'entraîner la reine dans ce qui pouvait être un piège.

À la surprise des deux autres, ce fut Freïhr qui parla en premier.

— On la préviendra demain. Moi aussi, je connais Tarot. Si c'est un piège, pourquoi mettre la jolie elfe en danger ?

À nouveau, il fit entendre son gros rire.

— Hein, Uter ?

Le chevalier lui jeta un regard furieux, mais le barbare blond était trop content d'avoir trouvé une blague pour se laisser intimider.

— Je suis d'avis de ne pas faire attendre notre ami le shérif, dit enfin Tsimmi.

VII

La nuit des gnomes

La demeure du seigneur Tarot s'élevait à mi-hauteur de Kab-Bag comme un petit castel, sur une plate-forme qui dominait la ville basse. Elle semblait aussi fragile et aussi grossière qu'une pièce montée de pâtisserie, tant on y avait accumulé tours, échauguettes, gargouilles, préaux et cours intérieures, le tout ajouté au fur et à mesure au long des siècles par des architectes déments sur une grosse bâtisse qui, initialement, n'avait rien d'un château. Les envoyés du Grand Conseil, à l'exception de Tsimmi, s'y sentirent aussitôt oppressés et à l'étroit, mais, après tout, la demeure n'avait pas été conçue pour des êtres de leur taille.

Un garde les avait introduits dans une salle jonchée de coussins et de poufs, entièrement tendue de tentures de velours sombre, violet, bleu ou vert (un assortiment de couleurs assez choquant à l'œil) et uniquement éclairée de lanternes à huile. Tarot se faisait attendre pour se donner de l'importance.

— Si cet avorton ne se montre pas dans la minute, j'irai le chercher moi-même ! grommela brusquement le barbare.

Uter ne releva pas.

Était-il acceptable qu'un shérif gnome traite ainsi des envoyés du Grand Conseil ? Le visage calme et inexpressif du nain Tsimmi ne pouvait l'aider à résoudre cette question de protocole et d'amour-propre. Pour sa part, Uter sentait lui aussi des picotements du côté de son épée…

Il y eut enfin un flottement derrière une tenture, et une cohorte de gardes pénétra dans la pièce, précédant le shérif des gnomes en personne.

— Daignez m'excuser, nobles seigneurs ! fit celui-ci en les saluant avec un habile mélange de respect et d'ironie. Ces imbéciles ne m'ont prévenu qu'à l'instant de votre présence dans mon château ! Je suis accouru aussitôt, bien évidemment.

— Bien évidemment, répéta Tsimmi en toisant le gnome avec un regard froid.

Tarot hésita quelques secondes, puis il se ressaisit.

— La reine Lliane n'est pas avec vous ?

— La reine vous prie de l'excuser, shérif, dit Uter. La route a été longue. Elle vous verra demain, si vous le souhaitez.

— Bien sûr, bien sûr, acquiesça Tarot. Demain, très bien…

Il sourit, plissant un peu plus son visage de vieux fruit, mais Uter perçut sa contrariété. Plus qu'une contrariété, même…

— J'ai demandé qu'on apporte à boire et à manger, poursuivit Tarot. Installez-vous confortablement, nobles seigneurs ! C'est un honneur pour ma maison que d'y recevoir à la fois deux envoyés du Grand Conseil… Et aussi le seigneur Freïhr, chef des hommes libres de Seuil-des-Roches.

— Ouais ! grommela le barbare.

Chacun s'assit, dans un bruissement d'étoffes mêlé de cliquetis d'armes. Tarot avait déjà repris la parole, exigeant des détails sur la mort du gobelin, s'extasiant à chaque épisode, poussant à tout propos de petits gloussements admiratifs.

Laissant Tsimmi se charger de la relation du combat, Uter regardait nerveusement autour de lui, impatient d'en finir avec cette histoire pour pouvoir enfin interroger le gnome au sujet de Gael. Une bourrade de Freïhr le tira de ses songeries.

— Tu as vu ? murmura le barbare. Les gardes nous encerclent, maintenant…

— J'ai vu, répondit le chevalier.

À cet instant, une gnomesse entra dans la salle, portant sur un plateau une splendide carafe de cristal emplie d'un vin sombre et quatre gobelets de métal gravé. Curieusement, les gobelets étaient déjà remplis.

Le shérif fit lui-même le service, offrant à chacun des légats son verre, dans une véritable gymnastique de courbettes, de sourires et d'encouragements à boire.

Tsimmi fut le premier fourni. Le geste qu'il esquissa au-dessus du breuvage ne fut perceptible que pour Uter, assis à côté de lui et qui guettait sa réaction. Le nain fit tourner le liquide dans son verre, puis éclata de rire.

— Qu'y a-t-il ? fit le shérif d'un ton inquiet.

— Rien, rien, dit Tsimmi, toujours hilare. Alors… nous buvons ?

— Oui, un toast ! Longue vie au Grand Conseil et aux Peuples libres !

Tarot levait déjà le bras pour porter le gobelet à ses lèvres quand Tsimmi arrêta son geste.

— Bois le mien, gnome.

Les yeux du shérif brillèrent. Son visage ridé parut s'empourprer encore davantage et ses lèvres se réduisirent en un simple trait. Comment ce nain osait-il lui parler de la sorte ? Il aurait voulu réagir, appeler la garde et faire bouter ce rustre hors de son palais, mais il y avait aussi le chevalier en armure, et le seigneur Freïhr, avec sa longue épée… Malgré lui, ses doigts se crispèrent sur le verre qu'il s'était attribué.

— Faut-il être idiot ! fit Tsimmi d'un air désolé. Tu vois, gnome, tu n'as pas de chance… Tu croyais que la reine serait là, et elle n'est pas venue.

Il commença à bouger ses doigts au-dessus du gobelet.

— Tu la connais bien, la reine Lliane. Et tu connais ses pouvoirs… Même toi, tu n'es pas assez stupide pour chercher à empoisonner une elfe avec un poison végétal, pas vrai ?

Le gnome suait maintenant à grosses gouttes. Freïhr s'était redressé tout doucement et se tenait accroupi, intrigué, indécis, ne comprenant pas vraiment ce qui se passait. Il chercha des yeux le regard d'Uter, mais celui-ci était captivé par le gobelet de Tsimmi, au-dessus duquel les doigts courtauds du nain s'agitaient toujours. Il lui sembla que des bulles d'argent perçaient la surface du vin.

— Alors tu as eu une idée… Un poison, oui, mais un poison qu'aucun illusionniste elfe ne pourrait détecter. Un poison minéral…

Le nain renversa d'un coup son verre sur sa paume ouverte. Le vin éclaboussa les dalles à leurs pieds, des gouttelettes argentées restèrent prisonnières de ses doigts caleux.

— Du mercure…

Tsimmi secoua la tête.

— C'est pas bien, ça, seigneur Tarot.

Autour d'eux, sans savoir que faire, les gardes se dandinaient d'un pied sur l'autre, les mains serrées sur leur arme, guettant la moindre réaction de leur shérif.

Celui-ci mit plusieurs secondes à se remettre de l'emprise du maître maçon.

— Comment pouviez-vous imaginer nous tromper aussi grossièrement ! gronda Uter. Du poison ! Quelle stupidité, shérif Tarot ! Et pourquoi ? Qui vous a commandé notre mort ?

Le gnome redressa la tête, hoquetant comme un poisson sorti de l'eau, regardant autour de lui sans paraître savoir où il était. Son regard se posa enfin sur l'alignement grotesque de ses troupes.

— Emparez-vous d'eux !

Les gardes sursautèrent, effrayés par cet ordre quelque peu téméraire. Mais, après tout, les étrangers n'étaient que trois, dont un nain, et ils étaient, eux, une bonne vingtaine, mieux armés et mieux cuirassés que n'importe qui dans cette ville !

Le sergent de garde poussa un cri rauque, et ils se lancèrent à l'assaut.

— Tuez-en le moins possible ! hurla Uter en giflant de son gantelet de fer le premier gnome qui se présentait à lui.

Tsimmi eut un grognement menaçant qui fit hésiter les gardes, ce qui lui laissa le temps de saisir son manteau de guerre et de reculer prestement jusqu'à un angle du mur, pour éviter que l'un d'eux ne l'atteigne dans le dos.

Freïhr fut plus lent à réagir, et un garde particulièrement audacieux réussit à le toucher à l'épaule de sa masse d'armes. Ce fut comme si on avait libéré un ouragan. Freïhr se releva d'un bond en hurlant tel un ours en furie et assena à l'imprudent un coup de poing sous le nez qui le tua net, brisant os et cartilages et faisant jaillir des esquilles jusque dans son cerveau. La charge d'un deuxième gnome fut stoppée par un coup de pied qui l'envoya s'écraser contre le mur dans un bruit de ferraille, refroidissant aussitôt l'ardeur de ses congénères. Uter, bien protégé par son armure, esquivait tranquillement les coups de massue, de lance ou de dague de ses adversaires, balayant les gardes du plat de son épée ou de son gantelet de fer. Il semblait presque s'amuser.

Seul Tsimmi luttait véritablement pour sa vie. Les pouvoirs d'un maître maçon de son niveau auraient pu lui permettre cent fois de se débarrasser de ses assaillants, mais il répugnait à se dévoiler aux yeux des autres pour si peu et s'acharnait à lutter de son seul marteau de guerre. Le corps d'un gnome gisant à ses pieds, le crâne défoncé malgré son casque, prouvait ses talents de combattant ; pourtant, il commençait à ployer sous le nombre. Du sang coulait déjà de son flanc, déchiré par le fer barbelé d'une lance.

— Freïhr, à moi ! cria Uter en se jetant au secours du nain.

Deux gardes armés de courts épieux voulurent lui barrer le passage, mais cette fois le chevalier ne se servit pas du plat de son épée. Sans même ralentir sa course, il déblaya le terrain d'un revers de lame qui trancha net les deux mains de celui qui le menaçait et qui cueillit le second à la base du casque, fendant son oreille et broyant son crâne épais jusqu'à l'arête du nez.

Le combat fut bref et sanglant. La pointe d'une masse cloutée déchira la cotte de mailles d'Uter à la pliure du bras, lui lacérant la peau, Freïhr, lui, se coupa la main en saisissant la lame d'un cimeterre qu'un garde pointait dangereusement vers lui. En revanche, Tsimmi le nain était davantage touché. Du sang perlait de ses multiples blessures et il chancelait, atteint aux jambes par plusieurs coups de masse.

Quant aux gnomes, dix d'entre eux avaient péri, étaient blessés ou simplement assommés, et les survivants avaient reflué avec prudence à l'autre bout de la pièce, abandonnant leurs armes sur le sol, levant les bras en signe de soumission.

Le shérif Tarot, lui, avait disparu. Uter, l'épée haute, scruta quelques instants le groupe des gardes tremblants massés dans un coin d'ombre, puis se tourna vers le barbare.

— Freïhr ! lança-t-il d'une voix forte pour bien se faire entendre. Achève ces misérables ! N'épargne que celui qui acceptera de nous conduire chez le shérif !

Le géant barbare obéit sans discuter et avança vers les gnomes. Il y eut un concert de cris terrifiés et plusieurs gardes se jetèrent à genoux, criant qu'ils étaient prêts à faire ce que l'on voudrait, pourvu qu'on leur laisse la vie sauve.

Uter sourit. Il n'en voulait pas davantage.

Ce fut un peu plus long d'expliquer à Freïhr qu'il devait épargner les gnomes et de lui rappeler qu'ils étaient venus chez le shérif pour lui soutirer des informations…

Le bruit incessant des rires et des conversations empêchait la reine de dormir. Comme son époux, le roi Llandon, et la plupart des elfes, Lliane n'avait pas l'habitude de ces vastes rassemblements de vie qu'étaient les villes, et encore moins du grouillement abrutissant des cités gnomes. Sous la forêt d'Éliandre, les choses étaient si différentes… Tout avait une autre dimension, y compris le temps et l'espace, tout y était beaucoup plus simple. Hélas, la forêt était trop proche des Terres noires, et bien des elfes avaient déjà perdu le goût de cette vie sauvage.

Gael était de ceux-là…

Le Seigneur des Marches avait-il tué le nain Troïn ?… C'était possible. Tout était devenu possible. Le monde ne retrouverait sans doute jamais son équilibre, puisque rien ne pouvait, semble-t-il, empêcher les elfes de disparaître, tôt ou tard.

Laissant les nains s'enfoncer toujours plus avant dans leurs maudites montagnes à la recherche de ces minerais qu'ils aimaient tant, les hommes se répandaient déjà sur toute la surface des terres encore libres, clamant haut et fort qu'eux seuls pourraient vaincre les armées des Terres noires et rejeter l'Innommable dans les ténèbres qui l'avaient engendré… Pis encore, sans doute étaient-ils de bonne foi.

La reine Lliane repensa à Uter et au regard troublé du chevalier quand ses yeux se posaient sur elle. Puis elle songea à ses frères, Dorian et Blorian, et à Llandon, son mari…

Un brusque grincement, juste devant sa porte, la tira de sa rêverie. Malgré le sourd bourdonnement des discussions dans la grande salle de l'auberge, elle perçut un bref échange de mots murmurés et un cliquetis d'acier.

Sans se soucier de se vêtir, la reine glissa silencieusement hors de son lit, cueillant au passage son arc et l'une des flèches d'argent que lui avait offerts Kevin l'archer, sous la hutte de Llandon. Elle longea l'étroite fenêtre de sa chambre, tandis qu'un rayon de lune jouait brièvement avec les courbes bleutées de son corps nu, puis elle atteignit une zone d'ombre où elle se blottit, parfaitement immobile. Comme tous les elfes, Lliane discernait les choses dans l'obscurité bien plus nettement que les hommes, que les moindres ténèbres aveuglaient, et même mieux que certains nains pourtant habitués à la pénombre des souterrains. Elle vit ainsi clairement la poignée de la porte s'abaisser, centimètre par centimètre…

Enveloppé dans un manteau gris qui lui descendait jusqu'aux chevilles, Thane de Logres leva son unique main. À l'autre bout du couloir, deux de ses hommes se tenaient devant la porte de la chambre des nains. Celle du chevalier et du barbare était vide… Blade devrait se contenter de ceux qu'ils avaient trouvés au logis.

Thane fit un signe à l'un de ses tueurs et frappa doucement sur l'épaule de l'homme qui l'accompagnait.

— Vas-y…

Sans le moindre bruit, la porte s'ouvrit et Lliane distingua les contours d'une silhouette encapuchonnée s'avançant dans la pièce.

L'intrus s'immobilisa quelques instants, le temps de laisser ses yeux s'habituer à l'obscurité, puis il courut jusqu'au lit, un couteau à la main. Par la porte ouverte, la reine vit une autre silhouette tapie dans le couloir, celle d'un manchot drapé dans un long manteau, qui tenait de sa main valide une épée courbe.

— Elle n'est pas là ! cria l'homme au couteau. Nous avons été dupés !

— Mais si, murmura Lliane en s'avançant dans le rayon de lune. Je suis ici, regarde…

L'homme releva les yeux et fut saisi de stupeur. Une elfe d'une beauté magique, entièrement nue, avait surgi du fond de la pièce, fondue dans la couleur de la nuit. Il ne vit que ses seins, son ventre et son sexe lisse, ses longues jambes qui se dépliaient lentement à un pas feutré de fauve, mais il ne vit pas l'arc qu'elle tenait à la main ni la flèche étincelante. Il poussa un grognement obscène et sourit, avançant d'un pas vers l'apparition. Puis une deuxième elfe, identique à la première, émergea des ténèbres et se pencha vers une chaise pour en tirer une longue dague elfique. L'homme recula. Il ferma les yeux une seconde et secoua la tête : quand il les rouvrit, les elfes étaient trois. Une vague de panique s'empara de lui, il se rua vers la plus proche dans un hurlement de rage. Il frappa, mais son épée ne rencontra que le vide.

Lorsque l'assassin fit face à la deuxième silhouette, la longue dague elfique de la reine fendit l'air dans un sifflement et il s'écroula, le cœur traversé de part en part.

Lliane pivota vers l'homme resté dans le couloir. Au même instant, la porte de Miolnir vola en éclats, et le cri de guerre des nains du roi Baldwin explosa comme un coup de tonnerre. Un second cri – d'agonie celui-là – résonna dans le couloir, en même temps que le cognement affreux d'une hache fracassant les os et tranchant les chairs. La silhouette tourna les talons et s'enfuit vers l'escalier menant à la grande salle, poursuivie par l'ombre furtive du guerrier nain qui brandissait sa redoutable cognée.

Lliane se détendit et inspira profondément l'air de la nuit. L'illusion l'avait épuisée. Un simple assassin ne méritait pas qu'elle utilise l'une de ses flèches d'argent, et sans magie elle n'aurait pas eu le temps de se saisir de sa dague. L'arme légendaire était fichée dans le corps de l'homme qui gémissait sourdement en se tordant sur le plancher. Elle posa son pied nu sur sa poitrine, empoigna le pommeau arrondi de sa dague et tira d'un coup sec, inondant aussitôt le sol du sang de l'assassin. La dernière chose qu'il vit sur cette terre fut la pénombre où se rejoignaient les longues cuisses de la reine, et il mourut avec une ébauche de sourire. Alors seulement Lliane réalisa qu'elle était nue.

Le shérif avait perdu toute sa morgue. Ce n'était plus qu'un vieux gnome tout ridé et tremblant, l'air plus malheureux qu'une pierre et plus effondré qu'un château de sable après la marée. Il n'avait guère été difficile à retrouver, caché au fond de sa chambre comme un chien battu.

— Pourquoi avez-vous cherché à nous empoisonner ? demanda Tsimmi d'un ton las.

Il s'était assis, tant ses jambes étaient douloureuses. Un coup de masse l'avait atteint au genou et il avait du mal à se tenir debout. D'ailleurs, tout son corps lui faisait mal ; il sentait dans sa bouche le goût du sang. Heureusement, il avait dans ses bagages de quoi se soigner, ainsi qu'une herbe à fumer qui atténuerait ses douleurs. Mais les bagages étaient à l'auberge et il fallait d'abord savoir…

Uter, à l'écart, avait dénoué les lacets de cuir retenant cubitière, canon et gantelet, les pièces d'armure qui protégeaient son bras. La pointe qui avait percé sa cotte de mailles au défaut de la cuirasse n'avait heureusement fait que l'entailler légèrement, mais son bras était engourdi. Freïhr, lui, s'était contenté d'entourer sa main blessée d'un morceau de velours violet découpé dans les rideaux du shérif.

— Alors ? reprit Tsimmi.

Tarot hésita, puis sembla d'un coup renoncer à lutter.

— Vous avez tué un gobelin, gémit-il. Jamais le Seigneur noir ne me pardonnera la mort de l'un de ses gardes dans ma ville…

Uter et le barbare ne purent s'empêcher d'avoir un hoquet de surprise. Tsimmi, lui, resta parfaitement inexpressif.

— Ainsi vous connaissez Celui-qui-ne-peut-être-nommé ?

— Non ! Heureusement non !

Le gnome eut une expression affolée, suivie d'un sourire triste.

— Mais Loth est bien loin d'ici, messire. Bien plus loin que les Marches. Comment croyez-vous qu'une ville comme la nôtre ait pu survivre, si près des Terres noires ?

Il eut un geste vers Freïhr.

— Demandez-lui ce qui arrive aux villages des Marches ! Seuil-des-Roches a été détruit, malgré toute la force des barbares… Comment nous, pauvres gnomes, pourrions-nous résister ?

— Mais ce gobelin était prisonnier ! Un homme le montrait dans une cage !

— Un homme, oui, messire. Un homme, et non un gnome. J'avais ordonné qu'on l'arrête et qu'on raccompagne discrètement le gobelin hors de Kab-Bag, avec nos excuses. C'est alors qu'on m'a rapporté que vous l'aviez tué.

À ces mots, le gnome se prit la tête à deux mains, avec des gémissements si outrageusement déchirants qu'Uter eut aussitôt envie de le gifler.

— Seigneur Tarot, dit Tsimmi d'une voix douce. Que savez-vous de Gael, l'elfe gris ?

Tarot répondit sans réfléchir ni marquer de surprise devant cette question.

— Il était là… Je l'ai même reçu au palais.

— Où ? demanda Freïhr d'un air goguenard. Tsimmi fronça les sourcils pour le faire taire : inutile de froisser davantage ce qu'il restait d'honneur au shérif de Kab-Bag.

— Ici, au palais, répéta Tarot sans relever l'ironie du barbare (et d'ailleurs que pouvait-il savoir des palais, lui qui logeait dans des huttes tout juste bonnes pour les chiens !). C'est la coutume, à Kab-Bag. Tout hôte de marque doit venir me voir.

— Et qu'est-ce qu'il vous a dit ?

— Rien, rien… Mais, euh…

Il s'interrompit comme s'il répugnait à poursuivre, mais encore une fois de façon si outrée qu'Uter dut faire un effort considérable pour ne pas hurler au gnome d'arrêter ses pitreries.

— Eh bien ? insista Tsimmi.

— C'est-à-dire que mes espions m'ont laissé entendre…

— Vas-y, vas-y !

— Bon… Je crois qu'il voulait rencontrer des membres de la Guilde. Je lui ai dit, bien sûr, que c'était impossible, que nous faisions tout pour arrêter ces criminels et qu'en conséquence il m'était impossible de l'aider, comme vous vous en doutez !

— Ça suffit ! cria Uter.

Il saisit le shérif par le col et le plaqua contre le mur.

— Si tu mens encore, je te tue. C'est clair ?

Tarot papillota des yeux, trop effrayé pour pouvoir articuler un son.

— Je crois que nous nous sommes compris... Nous savons que Gael est venu à Kab-Bag, alors réponds simplement à une question : est-ce qu'il a vraiment voulu entrer en contact avec la Guilde ?

Le gnome ouvrit la bouche mais Uter leva le doigt afin de le mettre en garde.

— Réfléchis.

— Je le jure, chevalier ! Il était là pour la Guilde, c'est tout !

Les envoyés du Grand Conseil se regardèrent sombrement. Le fait que Tarot mente comme un arracheur de dents ou récite une leçon bien apprise n'avait aucune importance. Si le seigneur des elfes des marais avait rencontré des voleurs de la ville basse, c'est qu'il avait quelque chose à vendre. Quelque chose de grande valeur...

— La cotte de mailles en argent, murmura Uter.

Tsimmi pensait si fort à l'Épée de Nudd qu'il faillit se trahir et contredire le chevalier.

— Oui, approuva-t-il en se reprenant. Oui, la cotte de mailles...

— Quelle cotte de mailles ? demanda le shérif d'un air tellement innocent qu'il serait presque parvenu à tromper un enfant.

Le maître maçon le remercia d'un tapotement sur l'épaule, se releva avec une grimace de douleur et s'écarta sans un mot. Ainsi, Rogor avait dit vrai... Gael avait bel et bien volé l'Épée, ou du moins la cotte de mailles en argent, puis avait cherché à la vendre à l'un des innombrables receleurs de la Guilde. Peut-être était-elle déjà vendue. Peut-être avait-elle même déjà changé plusieurs fois de mains. Dès lors, pour la retrouver…

Tsimmi se retourna et dévisagea pensivement le gnome.

Lâche, menteur et en plus mauvais comédien… Mais qui lui avait fait jouer ce rôle ?

VIII

Blade

Après avoir dévalé quatre à quatre l'escalier menant aux chambres, le manchot surgit dans la grande salle de l'auberge et se mêla aussitôt à la foule des buveurs.

Miolnir apparut presque derrière lui, vêtu uniquement de ses braies et sa hache à la main, les yeux clignant dans la lueur de la salle. Il reposa bientôt son arme sur le sol avec découragement. Comment identifier, dans une telle foule, qui avait tenté de les assassiner l'homme, lui et la reine des hauts-elfes ?

Le tueur s'était assis à une table toute proche et il s'était défait prestement de son grand manteau gris pour ne pas être reconnu. Quand le nain tourna les talons et remonta vers sa chambre, accompagné de quelques rires moqueurs devant son air furibond qui contrastait si comiquement avec sa tenue de nuit, le manchot se détendit et commanda une bière.

Il ne l'avait pas encore terminée lorsque la porte de l'auberge s'ouvrit à nouveau pour laisser passage à Freïhr, Uter et Tsimmi. Les deux hommes et le nain, épuisés et mal en point, traversèrent la salle sans un mot et se quittèrent au bas de l'escalier, à quelques pas de la table occupée par le manchot.

— Faut-il prévenir la reine ? demanda Uter.

— À cette heure ? fit Tsimmi avec un sourire las. Elle doit dormir, nous ferions bien de l'imiter. La nuit est déjà bien avancée et une rude journée nous attend…

Uter envisagea pour la première fois cette question. Durant le trajet de retour, il n'avait songé à rien d'autre qu'à son lit, ou à l'égratignure de son bras qui l'élançait, trop harassé de fatigue pour mettre ses idées en ordre (mais il est vrai que Freïhr avait porté Tsimmi sur son dos, à cause de son genou douloureux… le nain avait eu davantage le loisir de penser au lendemain).

— Demain, expliqua le nain en grimpant quelques marches pour se mettre au niveau des deux hommes, il faudra entrer en contact avec la Guilde des voleurs. Si Tarot a dit vrai, c'est notre seule piste, non ?

Il se tourna vers le barbare et lui posa la main sur l'épaule, pas mécontent de le dominer, pour une fois.

— Toi qui connais cette ville, tu crois que tu peux nous trouver un receleur assez riche pour acheter une cotte de mailles en argent ?

— Oui, oui ! dit Freïhr avec un grand sourire. La meilleure, c'est dame Mahault !

— Une femme ? s'étonna Uter.

— La meilleure ! La meilleure ! J'ai souvent fait appel à elle !

Tsimmi gloussa dans sa barbe, salua ses deux amis et se hissa jusqu'à l'étage en boitillant.

— Tu fais souvent appel à des receleurs, Freïhr ? demanda Uter en lui emboîtant le pas.

— Euh… des fois, pas souvent… Tu vois, parfois, dans des batailles, on récupère…

— J'aime mieux que tu ne me dises rien, Freïhr. Vraiment.

Sur le palier, Freïhr s'immobilisa et Uter, malgré la pénombre, frémit en distinguant un corps allongé en travers du couloir qui menait aux chambres. L'homme s'était vidé de son sang, dont une longue traînée sombre, déjà absorbée par le plancher, conduisait jusqu'à une porte. La porte de la reine Lliane. À l'autre bout du couloir, Tsimmi était en grande conversation avec Miolnir. Il se retourna vers le chevalier et lança de sa voix forte : « Ils ont été attaqués ! »

Uter ouvrit à la volée la porte de la reine. Il s'arrêta un instant sur le seuil, le cœur battant, le temps que ses yeux s'habituent à l'obscurité. Le sombre sillage de sang s'étendait jusqu'au centre de la pièce, où une flaque encore humide luisait sous les rayons de la lune.

— Uter ?

La reine s'était redressée sur un coude. Comme le tueur avant lui, le chevalier ne devina d'elle que le mince contour bleuté de son épaule et de son bras.

— Ma reine ! Vous n'avez rien ?

Sans même s'en rendre compte, il s'était jeté au pied du lit et tenait la main froide de l'elfe.

— Vous n'avez rien ?

— Mais non, dit Lliane, et Uter vit qu'elle souriait. Des hommes nous ont attaqués, mais nous les avons bien reçus. C'est fini.

Uter eut un coup d'œil vers la flaque de sang et revit le cadavre, dehors, dans le couloir.

— C'est vous qui l'avez…

Il s'interrompit.

— Si c'est moi qui l'ai tué ? reprit Lliane. Bien sûr… Et c'est moi qui l'ai traîné dehors. Je n'avais pas envie de passer la nuit avec lui.

Elle sourit encore, mais Uter se sentit glacé. Le drap de lin avait glissé sur la poitrine de Lliane, et la lueur de la lune dessinait à présent les courbes de ses seins. La respiration calme de la reine les berçait d'une douce ondulation, amenant parfois le rai de lumière jusqu'à leur sombre aréole. Il n'y avait plus que leurs souffles retenus, et l'écho assourdi de la rue et de la taverne. Uter n'osait bouger les yeux, ni ôter sa main, ni esquisser le moindre geste. Son bras lui faisait mal, son front était en sueur, il se sentait sale et puant. La reine, elle, avait une odeur d'herbe coupée. Une odeur de rosée, au petit matin.

Elle se dégagea doucement de la main du chevalier et s'allongea sous ses draps de lin.

— Je ne risque rien, maintenant, dit-elle. Il faut dormir, chevalier.

Uter hocha la tête et se releva d'un bloc, dans un assourdissant bruit de ferraille. Il battit en retraite, referma la porte derrière lui sans se retourner, et s'adossa au mur, à côté du cadavre.

Elle l'avait tué, puis, tranquillement, l'avait traîné dehors et était retournée se coucher… L'avait-il vue nue ? Uter poussa du pied le corps qui s'affaissa sur le plancher.

Le manchot avait attendu qu'ils aient disparu pour quitter l'auberge. Un autre homme le guettait dans la cour.

— Alors ?

— Ton plan a échoué, Blade. L'elfe et les nains nous guettaient, ou alors leurs oreilles sont plus fines que celles d'un chat.

Blade toisa son interlocuteur avec mépris.

— … ou alors tes hommes sont plus bruyants qu'un troupeau de porcs, Thane de Logres.

L'assassin blêmit de fureur.

— Nul ne m'a jamais parlé ainsi ! Par le sang, je n'ai pas de leçons à recevoir, fût-ce de toi, Blade de Loth. Deux de mes hommes sont morts, et nous n'avons pu récupérer la moindre pièce de bronze ! Paie-moi mon dû, plus dix pièces d'argent pour chaque homme tué ! C'est la Loi de la Guilde.

— Tu seras payé, Thane… Mais tout est à refaire. Il faudra une nouvelle occasion… Et ils sont sur leurs gardes, désormais.

— Elle viendra peut-être plus vite que tu ne penses !

Blade entraîna le maître assassin hors de la cour, à l'abri de la nuit.

— Explique-toi.

Thane de Logres sourit et, pour toute réponse, tendit sa paume. Blade eut un instant d'hésitation, puis sourit à son tour.

— D'accord…

Il passa une main dans son dos, sous son manteau, effleurant au passage une rangée de dagues, et cueillit une bourse accrochée à sa ceinture, qu'il jeta à l'assassin.

— Ils seront demain chez Mahault, la receleuse, dit-il en soupesant la bourse. Elle habite en plein cœur de Scâth, le quartier des femmes, des plaisirs et des voleurs. Chez moi, quoi…

— Oui, je la connais, murmura Blade pensivement.

— Je peux y réunir autant d'hommes que je veux, poursuivit l'assassin. Ou des elfes, si tu préfères. Ou même des kobolds ! Tout est une question de prix.

— Tes hommes, dit Blade en croisant ses mains dans son dos, sous son manteau, ne sont que des chiens et tu ne vaux pas mieux qu'eux. Tu n'auras rien… Même pas mon argent.

Thane de Logres ouvrit des yeux ronds, tardant à comprendre. Puis il lâcha la bourse pour dégainer son épée courte. Trop tard. Avant même qu'il ait pu sortir l'arme de son fourreau il était mort, un poignard fiché jusqu'à la garde dans son cou…

Le manchot gigota encore quelques instants à terre, baignant dans son sang, puis il se raidit, la main gauche toujours crispée sur la poignée de son épée.

Blade resta immobile, les tempes battantes, guettant le moindre bruit suspect. Enfin, il s'agenouilla, ramassa sa bourse et ôta prestement de la main du cadavre la bague de la Guilde. Il ne fallait pas qu'on puisse l'identifier, sinon la Guilde n'aurait de cesse de retrouver son meurtrier et de faire justice. Telle était la Loi. Ôter la bague n'était pas suffisant. Il fallait le rendre méconnaissable.

Qui reconnaîtrait un cadavre défiguré, le nez coupé, le visage lacéré, les vêtements en lambeaux ? Tant d'hommes perdaient la vie, la nuit, à Kab-Bag. Un de plus, un de moins… Blade ramassa l'épée courte et en posa la lame tranchante contre la joue de sa victime.

— Désolé, Thane, murmura-t-il.

À l'instant où l'épée entama la chair du visage, un faucon gerfaut poussa son cri, en planant au-dessus de lui.

— Au diable !

Comme s'il obéissait, le rapace prit son essor en deux coups d'ailes et s'évanouit dans la nuit. Il s'éleva haut, bien au-dessus du cratère de Kab-Bag, jusqu'à ce que toutes les lueurs de la ville clignotent et disparaissent dans l'obscurité. L'oiseau de proie traversa les nuages glacés, vira sur l'aile et se laissa retomber comme une pierre, s'enivrant de sa propre vitesse. À quelques mètres du sol, il se mit à cercler, humant l'air, puis cingla vers un bosquet de genévriers.

Till dormait là, avec son chien, enveloppé dans son manteau de moire aussi sombre que la nuit. Ses yeux s'ouvrirent lorsque le gerfaut s'immobilisa sur une branche, au-dessus de lui.

Le pisteur des elfes bâilla, s'étira et s'assit. Il saisit du bout des doigts une pincée de baies noires de genièvre qu'il lança en l'air et que le rapace happa au vol. Ses lèvres s'allongèrent, émettant un long sifflement modulé, aigu.

— Alors ? demandait-il.
— Je l'ai vu, dit le faucon. Et il a encore tué.

Le nouveau jour s'était levé sur Loth avec un pâle soleil d'hiver. Mais au moins il ne pleuvait pas. De bonne humeur, le sénéchal Gorlois arpentait les remparts, saluant les gardes transis par leur veille de la nuit, se penchant de temps à autre aux créneaux pour examiner, au pied des murailles, les lices d'entraînement installées dans les fossés. Chaque matin, les maîtres d'armes, munis de lourds bâtons plombés, y enseignaient rudement l'art de la guerre à toute la jeunesse du royaume. Il y avait là des archers, équipés d'arcs d'if hauts de cinq pieds et parfois aussi grands que les novices qui les manipulaient péniblement. Avec de telles armes, l'exercice n'avait rien d'une partie de plaisir. Ces arcs étaient capables de tirer jusqu'à cent toises [1] plusieurs flèches à la minute avec une force assez grande pour percer une armure, et les meilleurs archers étaient assurés de trouver dans l'armée du roi un emploi bien payé et peu fatigant, tant que leur bras ne faiblirait pas.

Plus loin, des piquiers s'entraînaient inlassablement à former leurs rangs, genou en terre et lance fichée au sol, pour constituer une muraille double ou triple de pointes acérées, de taille à briser la charge de chevaliers lourdement montés ; d'innombrables piétons au torse ceint d'un corselet de cuir clouté qu'on appelait sayon, et sur lequel ils passaient une tunique rayée bleu et blanc, aux armes du roi Pellehun, s'exerçaient qui à la hache, qui à la masse ou à l'épée courte ; puis il y avait les nobles, écuyers, chevaliers ou bannerets qui, eux, s'entraînaient à l'écart, loin du bas peuple, dans un champ clos entouré

1. Environ deux cents mètres.

d'un hourd de trois tribunes, dont celle, tendue d'un dais rouge, réservée au roi et à la cour.

Toute une armée, et qui se préparait à la guerre…

Pellehun était là, vêtu d'une broigne de cuir épais, s'escrimant au bâton contre l'un des preux, que Gorlois ne reconnut pas à cause de la distance. Il quitta les remparts et descendit prestement.

Quand il pénétra dans l'arène, le roi avait cessé de se battre et se désaltérait, adossé à la lice de bois entourant le champ clos, tandis qu'on installait une quintaine pour l'entraînement à la lance. Gorlois sourit en voyant qu'on avait affublé le gros mannequin d'un casque et d'un large bouclier gobelins, souvenirs des guerres anciennes. Tandis qu'un chevalier montait déjà en selle, impatient de prouver sa valeur au roi, deux valets d'armes fichèrent le mannequin sur un pieu planté au milieu de la lice, et vérifièrent qu'il pivotait bien autour de son axe. Le bras droit du mannequin était équipé d'un fléau d'armes sans piques, simple boule d'acier pendant au bout d'une chaîne, mais d'une taille à assommer proprement les maladroits.

Le sénéchal s'avança jusqu'au roi et le salua d'une inclination de tête.

— Attends, dit Pellehun.

D'un geste, il fit signe au chevalier. Celui-ci piqua des deux, son épieu serré contre le corps, et lança son cheval au galop contre le mannequin, visant le cœur du bouclier. Il frappa à faux et la quintaine pivota brutalement, lui envoyant dans le dos un coup de masse qui lui arracha un cri de douleur et faillit le jeter à bas de sa monture.

Pellehun éclata de rire.

— Maladroit !… Tu veux lui montrer, Gorlois ?

— Une autre fois, dit le sénéchal. Il faut que je vous parle.

Le roi reposa son gobelet en équilibre sur la lice et emmena son vieil ami sous le dais. Ils s'assirent au premier rang des tribunes, surveillant d'un œil le deuxième essai du chevalier. Chacun avait le droit de tenter cinq fois sa chance contre la quintaine, d'où le nom donné au mannequin.

— Alors ?

— Ce matin, un page a ramené le corps de Rodéric.

Pellehun se retourna vers le sénéchal.

— Mort ? Déjà ?

Gorlois confirma d'un battement de paupière de son œil valide.

— Et Uter ?

— Il vous fait dire qu'il continue vers Kab-Bag.

— Évidemment... Qui l'a tué ?

Gorlois ne répondit pas. Dans la lice, le chevalier venait de frapper correctement la quintaine, arrachant le mannequin de son pieu, dans un fracas de tous les diables.

— Il n'est pas si mal, murmura-t-il en caressant du pouce la longue cicatrice qui lui barrait le visage. Vous devriez le regarder.

— Qui a tué Rodéric, Gorlois ? répéta le roi. C'est ton homme ?

— Qu'est-ce que j'en sais ? C'est possible... Ou bien des brigands, une bande en vadrouille.

Pellehun frappa du plat de la main la rambarde de bois.

— Je n'aime pas ça ! Pas du tout !

— Moi non plus. Pourtant, ça pouvait arriver... C'est pour ça que nous avons choisi deux novices.

Il désigna d'un geste négligent le groupe des preux qui, tête nue, plaisantaient ou encourageaient le chevalier en selle.

— Sinon, il fallait envoyer Ulfin, ou Rodomond… Mais eux, ils auraient bien été capables de réussir et de nous ramener l'elfe. Vous imaginez ça ?

— Ouais…

— D'ailleurs, insista le sénéchal, je vous rappelle que c'est vous qui m'avez demandé de désigner Rodéric et Uter… Particulièrement Uter, à cause de la reine Ygraine et de ce que…

— Oui, bon !

Nerveusement, le roi se releva et quitta le hourd.

— J'ai froid et je pue la sueur. J'ai besoin d'un bain… Retrouve-moi aux étuves.

Deux preux en armure se précipitèrent pour lui ouvrir la porte de la lice et l'escorter, épée à la main, mais il se retourna, revint en arrière et se pencha à l'oreille du sénéchal.

— Je veux des nouvelles de ton homme. Et vite !

— Il nous en donnera, dès que possible. Il sait ce qu'il risque s'il faillit.

Pellehun respira fortement et se redressa. Il sourit et salua d'un geste le chevalier qui revenait s'aligner pour son troisième assaut.

— C'est bien ! cria-t-il d'une voix rude. Frappe fort, et au cœur !

L'homme chargea comme un taureau furieux. Trop vite. Sans contrôler son cheval, qui fit un écart, affolé par le mannequin. Il voulut frapper quand même, et l'épieu se ficha sous le bouclier gobelin, se brisant net. Cette fois, la boule d'acier vrombit et le toucha à la tête. Il s'écroula à terre comme un sac de linge sale, inanimé.

— Tu vois, j'avais raison, fit Pellehun en secouant la tête, il ne vaut rien. Renvoie-le dans la piétaille. Qu'il commande une escouade, ça suffira bien…

Le vieux roi soupira de nouveau et resta un long moment silencieux, appuyé à la rambarde.

— Et le page ? Celui qui est revenu avec le corps de Rodéric ? dit-il enfin, sans regarder Gorlois. Il ne faut pas qu'il parle…

Le sénéchal hocha la tête avec un sourire sans joie.

— Je l'ai fait étrangler.

IX

Mahault de Scâth

Au tréfonds des entrailles de Kab-Bag, Scâth – le Pays de l'ombre – semblait plongé jour et nuit dans le même clair-obscur, tant le ciel pur était lointain, et tant la lueur des lumignons, chandelles de suif, torches et lampes à huile l'emportait sur celle du soleil. En hiver, Scâth exhalait une touffeur d'orage, moite, lourde, et en été les bas quartiers devenaient proprement une fournaise. Ce n'étaient que quelques rues (si on peut appeler ainsi cet alignement indécis de bicoques de torchis, de planches ou de toiles qui surgissaient ou s'évanouissaient d'un jour à l'autre), mais les limites du quartier étaient connues et respectées par tous les habitants de Kab-Bag, et surtout par la milice gnome.

Scâth était le territoire réservé de la Guilde, un sanctuaire gardé par cent assassins invisibles, une armée entière de coupe-jarrets prompts à trancher la gorge de l'intrus assez fou pour venir s'égarer sans escorte dans ce dédale. La plupart des villes du royaume possédaient de pareilles cours des miracles, mais le Pays de l'ombre, du fait de la licence qui régnait dans la ville gnome, ne connaissait pas d'égal. Et c'est là que les brigands, pirates et malandrins des quatre vents venaient cacher leur or, protégés par la loi de la Guilde, dans ces masures misérables, branlantes sur leurs fondations et décorées comme des palais, débordantes de velours et de fourrure de vair, d'armes précieuses, de coffres de perles.

Il y avait là à profusion du vin, de la bière et les mets les plus riches, ainsi que toutes les putains du monde, pourvu qu'on en paie le prix : de longues elfes des Havres qui nouaient leurs jambes nues au cou de leurs amants, de lascives filles du Sud aux cheveux noirs, des blondes à la peau diaphane et aux hanches larges, des naines aux seins durs comme du bois, des gnomesses peinturlurées et ridicules… Des courtisanes dignes d'un prince s'abandonnaient dans des palais de soie, enivrant leurs amants fortunés de parfums rares et de vins coûteux, de vieilles mendiantes s'allongeaient à même le sol pour un verre d'hydromel, des eunuques maquillés massaient longuement des bourgeois enfiévrés et honteux dans les arrière-salles des étuves, à l'abri de longues tentures de lin… Nulle part ailleurs on ne trouvait une telle gamme de plaisirs.

Ici, les porteurs de l'anneau frappé de la rune de Beorn ne risquaient rien. Car la Guilde punissait de la mort la plus atroce le vol ou le meurtre d'un membre de la confrérie. Et, en fait, tous s'en trouvaient bien. Malgré sa puanteur, malgré la chaleur humide qui s'exhalait de ce trou de terre, boueux pendant les pluies, noyé de poussière durant l'été, malgré la foule qui s'y pressait sans cesse, les assassins aux mains rougies, les voleurs chargés de leurs rapines venaient chercher là le plus riche des trésors : la paix d'une nuit sans rêves.

Les envoyés du Grand Conseil s'étaient arrêtés à l'entrée du quartier, ou du moins ce que Freïhr leur avait désigné comme telle : une simple poutre plantée en terre et ornée de motifs damasquinés formant un arbre à trois branches, la rune de Beorn, emblème de la Guilde. Il était parti seul, à la recherche d'un guide qui les mènerait jusqu'à Mahault la receleuse. La troupe avait quitté tôt l'auberge et tous n'avaient que très peu dormi (sauf Rogor qui, à l'écurie, était resté en dehors de tous les drames de la nuit et avait ronflé comme un sonneur). Déjà, la rumeur circulait que la milice gnome les recherchait pour les expulser, et ils n'avaient aucune envie de vérifier si l'information était exacte…

Ils avaient caché les chevaux sous un auvent et s'étaient retirés à l'écart de la ruelle, en dehors du passage et de la foule. Tsimmi, les jambes toujours douloureuses, s'était assis par terre et fumait avec des grimaces de dégoût une mixture qui répandait autour de lui une odeur méphitique, mais qui, selon lui, avait le pouvoir de guérir les douleurs osseuses. Même Rogor et Miolnir, qui, à l'écart, commentaient les événements de la nuit et gardaient un œil sur les chevaux, en étaient incommodés.

La reine Lliane avait fermé les yeux et semblait dormir, droite comme un i, enveloppée dans sa cape de moire. Uter, bien sûr, la contemplait. Elle avait défait sa natte et ses cheveux noirs encadraient librement son visage, accentuant la pâleur de sa peau bleutée. Son calme, son immobilité, cette pâleur lui donnaient l'air d'une morte, et le chevalier luttait pour ne pas la secouer.

— Elle te plaît, la jolie reine ?

Uter sursauta et, de saisissement, se cogna le front contre la charpente basse d'une boutique.

— Freïhr ! Tu sais, tu es vraiment…

Il n'acheva pas sa phrase, un peu pour ne pas blesser le barbare qui pouffait de son rire bête, ravi de sa plaisanterie, aussi parce que la reine avait ouvert les yeux et le regardait, avec ce petit sourire agaçant qu'il n'arrivait toujours pas à définir.

— Alors ? dit-il rudement. On t'attend depuis des heures ! Tu l'as vue, ta Mahault ?

Freïhr hocha la tête, souriant fièrement à la compagnie qui se regroupait autour de lui.

— Elle veut bien vous voir, mais un seul, dit le barbare.

— Quoi, un seul ? fit Tsimmi. Elle ne veut voir qu'un seul d'entre nous, c'est ça ?

— Plus moi, bien sûr ! dit Freïhr en souriant toujours.

— Pourquoi ? reprit Uter. Elle se méfie de nous ?

Freïhr éclata d'un rire énorme.

— Bien sûr qu'elle se méfie de vous ! C'est une receleuse !

Uter sentit naître des sourires sur les visages de ses compagnons. Pourquoi fallait-il toujours qu'il parle trop ?

— Bon, fit-il. Qui y va ?

— Vous.

Le chevalier dévisagea la reine. Elle lui adressa un bref sourire, puis se tourna vers les nains.

— N'est-ce pas ?

Miolnir et Rogor cherchèrent l'accord de Tsimmi, qui hocha la tête sans les consulter. Uter le Brun était le seul en qui l'elfe et les nains pouvaient avoir confiance. Il cligna de l'œil en direction du chevalier, puis retourna s'asseoir, la pipe à la bouche. Miolnir haussa les épaules et croisa ses bras noueux au-dessus de la hache fixée à sa ceinture. Attendre, on ne faisait que ça au service du roi Baldwin. Alors, il avait l'habitude.

Lliane vint s'asseoir à côté de Tsimmi, qui vida sa pipe et en racla le fourneau avec l'ongle de son pouce avant de la ranger précautionneusement au fond de l'une de ses nombreuses besaces.

— Puis-je vous demander quelque chose, reine Lliane ? dit le nain d'une voix timide, sans la regarder.

— Bien sûr…

Le nain hésita encore, et lissa pensivement sa longue barbe brune.

— Ce tour, avec la pièce... Vous pouvez me le refaire ?

Lliane, surprise, lui sourit. Devant son air si sérieux, elle adopta une expression grave et lui tendit sa main ouverte.

— Donnez-moi un denier d'argent...

À quelques mètres de là, Rogor secoua la tête rageusement. Parfois, le vieux Tsimmi ne semblait pas avoir plus de cervelle qu'un nanillon... Il s'écarta avec un soupir dégoûté et reporta son attention sur les deux hommes qui s'enfonçaient dans les ruelles de Scâth, indifférents aux catins demi-nues qui s'accrochaient à eux ou les interpellaient du haut de leurs balcons de bois sculptés de figures obscènes. Il s'arrêta tout contre le poteau qui en marquait la limite, se hissant sur la pointe des pieds pour mieux les suivre des yeux.

— Bientôt, murmura-t-il en touchant sous sa tunique le fer de sa hache. Bientôt...

Très jeune, Mahault devait déjà être laide, et avec l'âge elle ne s'était pas arrangée. La chaleur et l'humidité des bas quartiers, alliées au manque de soleil, d'exercice, d'eau pure ou de légumes frais, lui avaient donné l'apparence d'un batracien. Bouffie, globuleuse, flasque et pâle, enrobée dans une superbe parure de soie rayée ornée, au col et aux manches, de revers de martre zibeline luisants et noirs comme la nuit, elle masquait sa calvitie sous un bonnet de laine d'où pendaient quelques mèches filasse.

La receleuse tendit à Uter une main lourde de bagues et de bracelets, et le chevalier s'inclina en louchant sur la plus grosse émeraude qu'il ait jamais vue, sans remarquer qu'elle portait à l'annulaire l'anneau gravé de la Guilde.

Mahault habitait une tour, l'une des rares constructions de pierre de Scâth, qui dominait d'un étage les échafaudages branlants de la cité des voleurs. L'atmosphère de son repaire n'en était pas pour autant plus respirable. La vieille femme avait tout le temps froid, et maintenait à l'année autour d'elle des braseros où elle jetait de l'encens. La chaleur et le parfum étaient si lourds que les murs suintaient et que leurs tentures étaient tachées de larges auréoles de moisissure.

Uter se redressa et recula respectueusement d'un pas. Il était en nage et sentait des rigoles de sueur couler dans son dos, sous sa maudite armure de plaques.

— Merci de nous recevoir, ma dame.

— Une dame ?

Mahault pouffa, d'un rire sifflant d'asthmatique. Quel âge pouvait-elle avoir ? Sa graisse la rajeunissait, lissant ses rides, mais elle semblait pourtant si vieille !

— Je ne suis pas une dame, mon mignon, dit-elle en secouant devant elle sa main baguée, comme pour écarter cette pensée grotesque.

Uter jeta un coup d'œil en biais vers Freïhr. Le torse luisant à la lueur des braises, le barbare s'était planté derrière lui, avec l'impassibilité d'une statue, immense et rassurant. Puis il balaya du regard le reste de l'assemblée. Il y avait là une dizaine d'hommes et de femmes, sans compter un groupe d'enfants presque nus assis au pied du trône de Mahault, malingres, les yeux baissés, indifférents, résignés. Des esclaves.

— Freïhr m'a dit ce que tu voulais, et j'ai décidé de t'aider, dit-elle. Oui, oui…

Elle eut de nouveau ce geste fataliste de la main.

— Je n'ai jamais aimé les elfes, de toute façon… Trop maigres. Et puis (elle frissonna) ils me font peur.

L'image de la reine passa fugacement devant les yeux d'Uter.

— Gael est venu me voir, c'est vrai, reprit Mahault. C'était pas la première fois, d'ailleurs…

— Il avait quelque chose à te vendre ? demanda Uter.

— Bien sûr ! Tous ceux qui viennent me voir ont quelque chose à vendre… À vendre ou à acheter. C'est pareil… De l'or, des bijoux, des trésors, à en vomir. Et alors, attention ! Je vais voir ce que je vais voir ! Le plus beau ceci, le plus fabuleux cela… Qu'est-ce qu'ils croient, tous ces jeunots ? J'en ai vu, tu sais, j'en ai vu. Et, chaque fois, ça vaut au moins ceci, ça vaut le double, c'est une pièce unique, et j'ai failli y laisser ma peau ! Et qu'est-ce que ça peut me faire, hein ?

Elle s'agita sur son trône et tendit la main derrière elle. Un jeune homme nu jusqu'à la ceinture, la taille ceinte d'une écharpe de toile, glissa sous les doigts de la vieille receleuse un large plateau de dragées, avec un sourire et des mines parfaitement écœurants. Elle en cueillit une poignée qu'elle posa dans les replis de sa robe de soie, entre ses cuisses, et fit soigneusement son choix avant de se décider pour une dragée dorée, qu'elle entreprit de suçoter avec un air d'extase.

— Hein, qu'est-ce que ça peut me faire ?

Uter hocha la tête, un peu perdu. Le sang lui battait aux tempes, il était étourdi par les vapeurs d'encens et avait perdu le fil.

— Une cotte de mailles, dit-elle.

— Quoi ?

— Mais attention, une cotte en argent. Une broigne tissée par les nains sous la Montagne. Tu en as déjà vu une, mon joli ?

Uter secoua la tête.

— Attends. Tu vas voir…

Elle se tourna de l'autre côté et claqua des doigts. Un homme vêtu de gris, le regard sombre et brillant, s'avança vers Uter et lui présenta un mouchoir de soie rouge qu'il déplia soigneusement, comme les pétales d'une fleur, jusqu'à ce qu'il révèle, en son cœur, un fragment scintillant de ce qui pouvait passer pour de la simple toile. Uter en éprouva la consistance du bout des doigts. L'argent tressé était aussi léger que de la laine, mais semblait dur comme de l'acier.

— On n'en voit pas tous les jours, tu sais, dit Mahault avec un regard gourmand. Même moi... Pourtant, on a vu de tout ici ! De tout, de tout, de tout.... Alors, bon, j'ai dit d'accord !

Uter se concentra à nouveau sur la vieille. Il avait mal à la tête, ses yeux lui brûlaient, son visage était luisant et il se sentait cuire, comme si son armure tout entière était rougie au feu. Elle jacassait toujours, d'une voix de gorge grasseyante qui passait tour à tour d'une sinistre caricature des accents huppés de la cour à des borborygmes proprement répugnants, et elle s'enivrait de ses paroles.

Uter comprit qu'elle était devenue folle, sans doute depuis longtemps déjà, pitoyable reine prisonnière régnant sur les quelques toises de sa tour surchauffée, assise sur tout l'or du monde, avec ses esclaves, ses mignons, ses dragées et son encens. Triste à mourir.

— Vous avez acheté à Gael la broigne en argent ? s'enquit-il.

— Nooooon... Trop cher ! Ce maudit bâtard ne m'a laissé que ce misérable morceau, pour me faire envie ! Mais maintenant, c'est différent, hein, mon mignon ?

— Oui... Non... Je ne sais pas. Pourquoi ?

La vieille éclata de son rire assourdi et sifflant.

— Parce que c'est toi qui vas me l'acheter !

L'homme aux vêtements gris reprit le fragment des mains d'Uter et le replia avec précaution dans le carré de soie. Le chevalier le regarda avec hostilité. Le cheveu brun et court – contrairement à la mode du palais de Loth –, le teint grisâtre et la silhouette ramassée, c'était un être fait pour se fondre dans la masse, passer inaperçu. Seuls ses yeux noirs brillants et l'horrible cicatrice qui lui barrait la gorge révélaient sa vraie nature : l'homme était un voleur, ou un assassin. Mais à quoi d'autre fallait-il s'attendre, à Scâth ?

— Lui, c'est Blade, dit Mahault. Un voleur, bien sûr. Un chenapan. Mais il faut lui faire confiance, si, si, si… Il va t'expliquer, mon joli !

Uter lut une brève lueur de joie mauvaise dans les yeux du voleur, bientôt remplacée par une mimique obséquieuse.

— Je sais où se trouve Gael, dit-il. Et je peux te conduire à lui. Alors, ce que Mahault te propose…

Il s'interrompit pour saluer cérémonieusement la vieille receleuse qui lui fit signe de continuer, les yeux pétillant d'avidité.

— … c'est de lui offrir la cotte de mailles, en échange de notre aide, reprit Blade.

Uter le regarda de telle façon que le voleur comprit qu'il lui fallait être plus explicite.

— Je t'amène jusqu'à Gael, sous le prétexte de lui acheter la broigne. Je lui dis que Mahault a dégoté un acheteur, et je lui donne l'argent… Ton argent. Tu me laisses acheter la cotte de mailles et tu me laisses partir. Après, tu fais ce que tu veux de lui.

— Mais… Je n'ai pas d'or ! dit Uter.

— Oh, pas d'or, coassa Mahault du haut de son trône. Pas d'or, pas d'or, pauvre petit chevalier. Pas d'or, la belle reine Lliane, pas d'or, les petits nains, pas d'or, dans les chevaux de bât, pas de bijoux, pas de colliers, rien, rien ! Pas d'or, au Grand Conseil ! Pauvre roi Pellehun…

Elle s'interrompit brusquement et changea de ton.

— Tu vois, on te connaît, Uter le Brun.

Le chevalier frémit. D'un seul coup, le regard et la voix de la vieille Mahault avaient perdu tout accent de folie.

— Ce que tu veux à Gael, je m'en fous. Mais pour le retrouver, tu n'as pas le choix : tu marches avec la vieille Mahault... Et moi, ce qu'il me faut, c'est la broigne. Payée par l'or du roi. Ça me ferait plaisir... Tu veux bien, joli puceau ?

— Je ne suis pas...

— Et puis bast ! dit Blade à côté de lui. Tu pourras toujours récupérer ton or après coup, puisque tu vas arrêter Gael. Pas vrai, messire ?

— Ha ! C'est vrai ! pouffa Mahault. Voilà un beau marché de dupes ! Oui, oui ! En fait, ça ne te coûtera rien, beau sire ! À toi l'elfe, et à Mahault la broigne ! La broigne des nains sous la Montagne !

D'autres rires firent écho à son pénible gloussement. Uter tenta de réfléchir froidement. Mais quelle autre solution pour retrouver l'elfe gris ? Freïhr, toujours immobile, ne lui fut d'aucun secours.

— D'accord, dit-il. J'accepte.

Il s'inclina devant Mahault et se tourna vers Blade, qui le regardait avec un sourire servile.

— Soyez dans deux heures à la sortie de la ville, dit le voleur. Prenez des montures et des vivres. Il faudra chevaucher vers le nord, jusqu'aux marais, jusqu'aux Marches... Jusqu'aux Terres gastes.

Blade guetta sa réaction avec un sourire supérieur, comme s'il s'attendait qu'Uter manifeste la terreur commune aux hommes du lac à l'évocation même des Terres noires. Il en fut pour ses frais.

Uter se contenta d'acquiescer d'un hochement de tête et sortit de la pièce, Freïhr sur ses talons.

Au-dehors, l'air tiède et douceâtre de la rue le revigora comme une douche glacée.

Il avait neigé pendant la nuit, et le froid saisit les envoyés du Grand Conseil quand ils quittèrent Kab-Bag. Ils s'étaient assis en cercle autour d'un feu de brindilles, absorbés par leurs pensées. Uter et le barbare avaient confirmé le récit du roi Baldwin. Ainsi, Gael avait bien volé la broigne d'argent. Plus personne, pas même la reine Lliane ni Till le pisteur, ne doutait qu'il ait également tué le roi Troïn. Le moins stupéfait de tous était sans doute Rogor, qui avait déjà son opinion depuis longtemps et qui n'avait nul besoin qu'on lui prouve la culpabilité de l'elfe gris. Tout au plus ne ressentait-il que l'agacement, en ce quatrième jour de route, de devoir jouer son rôle de serviteur et de se taire, encore et toujours, durant les palabres de la compagnie.

Pour l'heure, chacun mangeait en silence du pain et du jambon tranché sur l'os, et ce morne repas n'améliorait pas leur moral. Les trois nains, frigorifiés, se tenaient serrés les uns contre les autres, avec cet air renfrogné qui leur était naturel. Tsimmi, dont on ne voyait que la barbe brune sous le capuchon vert du manteau qu'il serrait autour de lui, se sentait triste. La nuit à Kab-Bag n'avait rien eu de drôle, et ses jambes le faisaient encore souffrir des horions reçus dans la demeure du shérif. Il s'était lié d'amitié avec Uter et même avec ce bougre de Freïhr, et il avait l'impression de les trahir en se taisant. Pour un peu, il aurait préféré que Rogor se dévoile, qu'il laisse éclater sa hargne ; pourtant, l'héritier du trône de Troïn était resté maître de lui.

— Quel est votre avis, maître Tsimmi ? interrogea la reine Lliane, le tirant abruptement de ses sombres pensées.

Le maître maçon s'ébroua, bredouilla quelques mots, n'ayant pas la moindre idée de ce qu'on lui demandait… Il fut heureusement bientôt sauvé par un éclat de Miolnir.

— Et à quoi bon parler encore ! grogna le chevalier nain en se redressant, rejetant d'un coup d'épaule sa cape derrière lui. Nous sommes venus chercher Gael ? Eh bien, nous savons où le trouver, à présent ! Il est retourné chez lui, dans ces foutus marais écœurants ! C'était prévisible, après tout ! Qui le retrouverait, là-bas ?... Et alors, qu'est-ce qu'il y a ? Vous avez peur ?

Il ôta son casque, ébouriffa ses cheveux, puis défia l'assemblée en s'arrêtant sur la reine des hauts-elfes, avec un regard mauvais.

— ... ou peut-être que vous n'avez plus autant envie d'aller jusqu'au bout et de faire justice ?

— Personne n'a peur, intervint Tsimmi, conciliant. Mais on ne sait même pas si Gael est dans les marais. Ce Blade a parlé des Marches, et des Terres noires...

Il avait relevé la tête vers Uter, sollicitant son appui.

— C'est vrai, dit ce dernier en reposant son écuelle. C'est comme si...

Il s'interrompit, gêné par la présence de la reine et de Till le pisteur, qui d'un seul regard comprit ce que celui-ci avait en tête.

— C'est comme si le seigneur Gael était au service de Celui-qui-ne-peut-être-nommé, c'est ça ? Eh bien, dis-le !

Le ton cinglant de Till fouetta Uter.

— Et pourquoi pas ? rétorqua-t-il sèchement. Ton « seigneur », comme tu dis, a tué le roi Troïn et volé une broigne précieuse qu'il est allé proposer chez ses amis les receleurs de Kab-Bag ! Tu n'as pas compris ? C'est un voleur ! Un voleur et un assassin ! Alors oui, pourquoi pas, je dis qu'il peut être au service des Terres noires !

Uter s'était levé, dominant de toute sa taille le mince pisteur elfe dont les yeux brillaient d'un éclat mauvais.

— Gael et moi avons combattu l'Innommable côte à côte dans les marais alors que tu n'étais qu'un morveux mouillant ses couches, homme ! souffla l'elfe d'une voix blanche. Qui es-tu pour oser parler des Terres noires ?

— Ça suffit, Till...

La reine s'était dressée, encore plus pâle qu'à l'ordinaire. Le vent glacé de l'hiver faisait voler sa cape de moire et ses longs cheveux noirs. Sa tunique elle-même claqua au vent, révélant au-dessus de ses hautes bottes de daim la peau bleutée de ses cuisses. Uter, qui après l'étuve de Scâth gelait dans son armure, constata qu'elle était à peine vêtue et qu'elle semblait ne souffrir aucunement du froid.

— Le Mal, chevalier, ne réside pas seulement dans les Terres noires. Il est en nous, dans chacun de nos peuples, comme si la guerre nous avait tous contaminés... Vous savez qu'il y a des hommes voleurs, meurtriers et violeurs, et vous ne vous en étonnez pas. Or c'est pareil, chez nous. Les elfes ne sont ni des êtres parfaits ni des monstres assoiffés de sang, ainsi qu'on le lit dans vos contes pour enfants. Les elfes sont un peuple, avec ses bonnes et ses mauvaises gens, comme chez vous. Et comme chez les nains, n'est-ce pas ?

Miolnir haussa les épaules, mais Tsimmi approuva la reine d'un hochement de tête.

— Alors, oui, Gael a tué, il a volé... Ça ne veut pas dire que tous les elfes sont des voleurs et des meurtriers. Et puis, nous ne savons pas ce qui s'est passé. Aucun d'entre nous... Peut-être a-t-il agi pour son seul compte, peut-être pour l'appât du gain, peut-être pour se défendre, peut-être même sur ordre de l'Innommable... Nous ne le saurons qu'en le retrouvant, et en le laissant s'expliquer.

— Ouais ! grogna Miolnir. Je serai content d'entendre ça !

— Pour autant, seigneur Miolnir, le Mal n'est pas la règle commune, ni chez les elfes, ni chez les nains, ni chez aucun des Peuples libres !

Elle avait parlé d'une voix forte, résonnante, qui les obligea tous à se taire et à la regarder. Tsimmi se demanda si elle avait usé d'un sortilège, ou si cette voix inconnue lui était naturelle.

— Nous irons dans les marais, reprit-elle en s'asseyant et en refermant autour d'elle son manteau. Nous retrouverons Gael, quel qu'en soit le prix. Et nous ne le ferons ni pour l'honneur des elfes ni pour la mémoire du roi sous la Montagne noire…

Rogor serra les dents en l'entendant prononcer ces paroles.

— Nous le ferons pour rendre justice et pour préserver la paix… Et, s'il le faut, nous irons jusqu'au pays de Gorre, jusqu'aux Terres noires.

Tsimmi secoua la tête. Pénétrer dans les marais était déjà pour un nain une folie suicidaire. Les elfes gris leur vouaient une haine absolue (et sans doute justifiée), depuis l'époque où les guerriers nains, avant la guerre des Dix Années, s'amusaient à les chasser à travers les collines et jusque dans leurs marécages. Mais s'il fallait véritablement franchir les Marches et s'aventurer dans les Terres noires… Le nain balaya du regard leur maigre compagnie. Ils n'étaient qu'une poignée. Que pèseraient-ils face aux légions gobelines ?

— C'est une folie, marmonna-t-il dans sa barbe. Peu d'entre nous en reviendront… Folie, folie…

Hochant la tête pour souligner ses paroles, il quitta le cercle, les mains croisées dans le dos, et marcha jusqu'à une petite butte d'où l'on pouvait voir le gigantesque trou que formait la cité de Kab-Bag.

La neige n'avait tenu qu'en de rares endroits, et la campagne présentait uniformément un aspect sale et triste, désert et plat comme la main.

Un lourd silence était retombé sur la compagnie. Le nain avait raison. C'était une folie, et certains d'entre eux la paieraient peut-être de leur vie. Mais la reine aussi avait raison. Renoncer à poursuivre Gael, revenir bredouille à Loth serait plus grave encore. Personne ne pourrait jamais prouver l'innocence de l'elfe des marais, ni sa culpabilité, et le meurtre du roi Troïn resterait inexpliqué et impuni. Jusqu'à ce que les nains sous la Montagne décident de se faire justice eux-mêmes. Et on savait ce que ça voulait dire.

— Hé !

Tous se retournèrent vers Tsimmi, qui agitait la main en direction de la ville.

— Le voilà ! Je crois que c'est notre homme !

Après le départ d'Uter et du barbare, Mahault avait congédié sa cour pour étudier en tête à tête avec Blade les détails de son expédition. Le maître voleur, de son propre aveu, n'avait jamais mis les pieds dans les marais, et il ne lui serait pas aisé de guider les envoyés du Grand Conseil jusqu'à la cachette de Gael. D'autant que Blade, enfiévré par son plan, écoutait à peine les explications et les avertissements de la vieille femme.

— Maître Blade, je vous en prie, écoutez-moi ! répéta-t-elle pour la dixième fois.

Le voleur hocha la tête distraitement, debout devant l'une des rares fenêtres de la pièce, que les petits carreaux de mauvais verre jaune éclairaient d'une lumière glauque. Perdu dans ses pensées, il laissa à nouveau son regard dériver sur l'agitation grouillante de la rue, qu'il ne percevait pas nettement à travers les carreaux translucides. Puis Blade leva les yeux vers le ciel, ou du moins le vague rectangle de lumière qui en faisait office. Le jour était déjà bien entamé. Ils n'auraient que quelques heures de chevauchée avant la nuit, mais demain, à midi, ils auraient atteint les Marches.

Jusqu'ici, Blade n'avait fait qu'obéir aveuglément au sénéchal porteur de la bague d'or de la Guilde, tout comme lui obéissait à la vieille Mahault, sans délai ni poser de questions. D'ailleurs, il n'avait pas eu d'autre choix que d'obéir aux ordres : se joindre à la compagnie, d'une façon ou d'une autre, et utiliser tout le pouvoir de la Guilde pour retrouver Gael avant eux. Et le tuer.

Mais rien ne l'empêchait de réaliser en même temps un beau coup... Qu'est-ce que ça pouvait lui faire, du moment que la mission était remplie ?

Blade sourit en repensant au prix exorbitant que l'elfe gris avait exigé pour la cotte de mailles tissée à Ghâzar-Run : cent pièces d'or. Une fortune. De quoi refaire sa vie dans un autre royaume, loin de tout, et vivre comme un seigneur. Et puis, s'il se débrouillait bien, là-bas, dans les marais, pourquoi ne parviendrait-il pas à faire coup double, garder l'or et emporter la broigne ?

Il éclata d'un rire sec qui fit sursauter Mahault. Elle le dévisagea avec un mélange de suspicion et de crainte. Faudrait-il partager avec elle ? Sans doute. C'était la loi de la Guilde. Mais ne venait-il pas d'enfreindre la plus sacrée de ses Lois en prenant la vie de Thane de Logres ?

— Est-ce que tout est prêt ? demanda-t-il, un sourire aussi franc que possible sur ses lèvres.

— J'ai donné des ordres, rappela la vieille. Tu auras bientôt ton cheval, tes vivres et tes armes. On viendra nous prévenir.

— C'est bien. Alors rends-moi encore un dernier service. Tu sais écrire ?

Mahault haussa les épaules. Pour qui la prenait-il, ce jeunot ? Bien sûr qu'elle savait écrire, c'était indispensable, dans son métier. Et elle parlait dix langues, dont le caquetage des gnomes et le grondement immonde de la langue gobeline.

— Alors tu feras parvenir un message à notre maître, avec le sceau de Beorn.

— Où ça ?

— Tu n'as pas besoin de le savoir. Il y a dans mes bagages trois pigeons voyageurs. Utilise-les, ils sauront le retrouver. N'omets aucun détail. Dis-lui que je serai de retour dans une semaine, dix jours au plus, et que ses ordres auront été exécutés.

Il essaya à nouveau d'afficher un sourire confiant.

— Je repasserai ici en revenant, comme convenu. Nous ferons part à deux. C'est la Loi.

— C'est la Loi, dit Mahault.

X

Le marais

Il était midi passé, mais les brumes montant du marais obscurcissaient à tel point le paysage que les envoyés du Grand Conseil ne voyaient qu'à quelques mètres devant eux. Tous se sentaient las, transis jusqu'aux os (hormis les elfes, sur lesquels le froid n'avait que peu de prise) et de mauvaise humeur. Ils avaient quitté Loth cinq jours auparavant pour ce qui apparaissait comme une simple chevauchée, et sur chacun d'eux pesait le sentiment pénible de leur situation : ils étaient si peu préparés à s'aventurer dans le marais, sous la conduite d'un guide de sac et de corde qui pouvait tout aussi bien les attirer dans quelque coupe-gorge. Blade chevauchait en tête, regrettant déjà de ne pas avoir prêté davantage attention aux indications de la vieille Mahault. Fort heureusement pour lui, l'unique chemin pierreux de la région menait tout droit à l'embarcadère et à la maison du passeur.

Autour du chemin, l'herbe était rare, et presque tous les arbres étaient morts, à demi enfouis sous un inextricable maquis de buissons épineux. Chacun des membres de la compagnie était à la fois maussade et tendu. Le pays lui-même semblait leur donner un avertissement de ce qui les attendait de l'autre côté des marais, dans les Terres noires. Quelqu'un éternua bruyamment, un nain, sans doute, vu l'importance de l'éclat, et Uter émit un rire un peu forcé. Puis le silence retomba sur la compagnie, troué de loin en loin par le cri rauque d'un corbeau ou le hennissement d'un cheval.

— Halte ! ordonna Freïhr à voix basse, qui marchait juste derrière le voleur, tenant sa monture par la bride.

À plusieurs toises de là, une masure délabrée venait de surgir brusquement du brouillard.

— C'est la cabane du passeur ? demanda Lliane en s'approchant de Blade.

Le voleur hocha la tête en guise de réponse.

— Restez là, dit-il. C'est mieux que j'aille lui parler seul. Trop de monde l'effraierait…

Sans plus attendre, il mit pied à terre et se dirigea de son pas agile vers la cabane. La brume l'engloutit bientôt, et on ne vit plus que sa vague silhouette. Les coups qu'il frappa à la porte de la cabane résonnèrent dans le silence angoissant des abords du marais. Un aboiement de chien lui répondit, puis on entendit une voix criarde qui fit taire l'animal.

— Qui va là ? demanda la voix d'un gnome.

— C'est Mahault qui m'envoie ! Mahault de Kab-Bag ! Ouvrez, maître Oisin ! Nous voulons passer les marais. Nous payons en or…

Le gnome se tut mais, après quelques secondes, sa porte s'ouvrit en grinçant. De nouveau, le chien aboya.

— La paix ! cria le passeur.

— Je te salue, Oisin.

Le gnome dévisageait l'homme aux courts cheveux bruns et aux vêtements gris qui se tenait devant sa porte. Oisin, comme tous les gnomes, avait un visage ridé et le teint rougeaud, mais, à la différence de ses congénères, il était vêtu de hardes et de fourrures qui n'obéissaient qu'au seul souci de confort et ne s'accordaient pas à leur conception si particulière de l'élégance.

— Vous avez déjà franchi les marais ? demanda-t-il enfin.

Blade secoua la tête en silence, affichant un sourire bienveillant. Puis il se tourna vers les autres et leur fit signe d'avancer.

— Je ne suis pas seul, maître Oisin, dit-il doucement.

Le gnome plissa les yeux et pencha la tête au-dehors pour tenter d'identifier les formes qui émergeaient peu à peu du brouillard.

— Des elfes…, murmura-t-il en frémissant.

Blade le saisit amicalement par l'épaule.

— Nous allons… (il dut lire le parchemin de Mahault pour déchiffrer le nom et peina à le prononcer)… Nous allons à Gwragedd Annwh, la cité des marais. Fais ton prix !

— La cité des marais, hein ? s'exclama le passeur avec un rictus hilare. Elle est bien bonne, celle-là !

Il reporta son attention sur l'étrange compagnie qui s'était alignée devant sa demeure. Un chevalier du Grand Conseil en armure au côté d'un barbare des Marches… Des guerriers nains côtoyant des elfes accompagnés d'un chien et d'un faucon… Et tout ça parlant de Gwragedd Annwh comme si c'était une ville !

— Vous êtes si nombreux, messeigneurs. Il faudra au moins trois radeaux… Et puis, chargés comme vous l'êtes, avec tous ces chevaux, la traversée sera longue !

Ilra, la jument alezane, hennit doucement, et la reine Lliane hocha la tête.

— Nous ne gardons que les chevaux de bât, dit-elle. Les autres s'en vont. Ton prix, passeur !

Tsimmi donna un coup de coude à la jambe cuirassée d'Uter le Brun.

— C'est de la folie ! souffla-t-il. Comment ferons-nous sans montures dans les Terres noires ?

Uter ne répondit pas tout de suite. Oisin venait de fixer son prix : une pièce d'or par radeau. Une somme exorbitante, comme on pouvait s'y attendre.

Du coup, les nains ne songèrent plus aux chevaux. Rouges d'indignation, Tsimmi et Miolnir se lancèrent dans un âpre marchandage, se faisant tour à tour menaçants, implorants, amicaux ou complices, mais en vain.

Uter, lui, s'était rapproché de la reine.

— Pourquoi renvoyer les chevaux, ma dame ? demanda-t-il à voix basse.

Lliane lui sourit et plongea un court instant ses yeux d'un vert insondable dans ceux du chevalier. Malgré elle, la reine se sentit heureuse qu'il lui parle de nouveau et l'appelle encore sa dame…

— On ne peut forcer un cheval libre à aller là où il ne le veut pas, gentil chevalier. Quant à vos montures, elles risqueraient de rendre notre progression bien trop bruyante. Là où nous allons, marcher est déjà imprudent. Dans les marais, on ne peut avancer qu'à pied. Et galoper à travers les Terres noires ne servirait qu'à nous faire repérer un peu plus vite !

Uter hocha la tête, cherchant ses mots, mais la grosse voix traînante de Freïhr interrompit le cours de ses pensées.

— Venez. Ils sont tombés d'accord.

L'elfe laissa le chevalier retrouver le reste de la compagnie sur les rives du marais, puis rejoignit Till, qui se tenait près d'Ilra et lui caressait doucement l'encolure.

— À bientôt, dit l'alezane en s'ébrouant. Nous reviendrons près de cette berge vous attendre chaque jour !

— À bientôt, Ilra, murmura Lliane. Mais ne nous attends pas. Rentre chez nous… Et si tu revois le roi Llandon et les nôtres… dis-leur que… Dis-leur que nous reviendrons vite.

Till lui jeta un coup d'œil en biais, et respecta son silence jusqu'au départ des grands chevaux.

La reine se sentait triste, et des larmes lui vinrent aux yeux en les voyant s'éloigner. Ils galopaient vers Llandon, vers ses frères, loin de ce marécage glacé et hostile dans lequel, pourtant, vivaient des elfes.

— Allez, dit-elle avec un pauvre sourire. Il faut les aider à charger les radeaux…

— Ma reine ? demanda Till en la retenant. Pour ce Blade, que faisons-nous ?

Dès l'instant où le maître voleur avait rejoint la compagnie, le pisteur l'avait reconnu. C'était lui dont il avait flairé la trace depuis leur départ de Loth, lui qui avait tué Rodéric, lui que son faucon avait suivi jusqu'au cœur de Kab-Bag, lui qui avait tué à nouveau, au tréfonds de la ville basse. Till ignorait ses raisons, mais il savait que le voleur ne les avait pas rejoints par le hasard d'une rencontre. Il avait averti immédiatement la reine ; Lliane avait pourtant décidé de ne rien dire aux autres.

— Rien n'est changé, dit-elle de sa voix chantante aux accents elfiques. Cet homme nous attire peut-être dans un piège, mais en ce cas pourquoi se donner tant de mal ? Il pouvait nous tuer cent fois, à Kab-Bag… Je crois qu'il sait vraiment où se trouve Gael, et qu'il peut nous mener à lui. Il n'y a que ça qui compte. Pour l'instant.

Un silence de plomb régnait sur le marécage, à peine troublé par le clapotis des gaffes s'arrachant de la vase. La compagnie s'était répartie en trois grands radeaux. Sur le premier étaient montés les nains, dont la petite taille rassurait un peu le passeur, et Freïhr, qui avait autrefois déjà traversé les marais, au temps où les hommes osaient porter la guerre dans les Terres noires.

Sur le deuxième avaient pris place la reine, Uter et le voleur, tandis que les chevaux de bât, sous la garde du page des nains et de Till le pisteur, s'étaient massés sur le dernier radeau.

En quelques encablures, la brume devint si épaisse qu'il fallut allumer des torches pour s'apercevoir d'une embarcation à l'autre. La progression était d'une lenteur extrême, et tous se protégeaient avec des couvertures ou des fourrures, tant la brume était glaciale. Même les elfes semblaient avoir froid.

— Pas assez d'eau pour ramer, trop de vase pour pousser ! grogna Freïhr, arc-bouté sur sa perche.

Déjà en nage, il jetait des regards furibonds vers Oisin qui, malgré sa petite taille, maniait la sienne de l'autre côté du radeau avec une déconcertante facilité.

Sur le radeau suivant, Uter et Blade ruisselaient également sous l'effort. À chaque poussée, les perches s'enfonçaient si profondément dans la vase qu'il fallait les en arracher au prix d'une douloureuse traction qui leur déchirait les muscles et les éclaboussait d'une boue noirâtre et puante, grouillante de vers blancs minuscules.

— Je n'en peux plus ! s'exclama brusquement Uter dans un souffle en se tournant vers la reine. J'étouffe sous mon armure, il faut que je l'enlève !

Perçant la brume, la voix d'Oisin lui parvint.

— N'en faites rien, seigneur ! Dans moins d'une heure nous entrerons dans le marais des moustiques !

— Quoi ? cria Uter, mais le gnome ne répondit pas.

Le chevalier se tourna vers ses compagnons et ne rencontra dans leurs regards que l'expression d'abandon et de lassitude qui devait être la sienne. La corde les reliant au premier radeau se tendit brusquement, et la voix de Freïhr s'éleva à son tour.

— Poussez ! Vous nous retenez !

Uter sursauta malgré lui et se remit à la tâche, imité par Blade. Ils étaient partis depuis plus de deux heures et ils avaient imaginé se trouver maintenant près du but. Quel était donc ce marais des moustiques dont parlait le gnome ? Combien de temps la traversée allait-elle encore durer ?

La reine Lliane se leva, saisit une perche et rejoignit le preux. Ses longs cheveux noirs étaient plaqués sur son front par l'humidité, et sa tunique de moire, trempée et constellée d'éclaboussures de boue, collait aux mailles de sa broigne d'argent, soulignant ses formes graciles. Elle avait déposé au centre du radeau son arc et les flèches de Kevin, et défait la ceinture qui soutenait sa longue dague. Campée sur ses longues jambes découvertes par sa tunique fendue jusqu'en haut des cuisses, luisante comme eux tous sous le brouillard, elle semblait faite d'argent...

Uter aperçut dans le regard de Blade un désir obscène qui le révolta.

— Rame ! aboya-t-il.

Le voleur eut une moue étonnée, puis poussa sur sa perche en riant tout bas, ce qui eut le don d'agacer prodigieusement le chevalier.

— Oisin ! cria-t-il en allant à l'avant du radeau. Combien de temps encore allons-nous nous traîner sur ce maudit marais ?

— Des années, si vous ne poussez pas ! beugla Freïhr, qui avait l'impression d'être le seul à tirer les trois radeaux.

— ... Et pas moins de trois jours, messeigneurs ! compléta le passeur avec un petit gloussement de joie.

Tous, hommes, elfes et nains, levèrent les yeux, abasourdis, anéantis par la nouvelle. Blade lui-même, qui s'employait depuis leur départ à ne s'étonner de rien, comme s'il avait déjà effectué par le passé cette traversée, ne put s'empêcher de grimacer.

Trois jours dans ce marais puant. Trois jours dans cette brume humide et glaciale. Trois jours à suer sang et eau pour faire avancer ces radeaux de quelques pieds à chaque poussée. Trois jours à se serrer les uns contre les autres, couchés sur des rondins de bois trempés de vase, pour tenter de trouver un peu de chaleur...

Il se tourna vers la reine et détailla sans vergogne ses longues jambes, dénudées jusqu'à la courbure de sa taille. En tout cas, il saurait où la trouver, la chaleur ..

Oisin sourit à ses compagnons de radeau.

— Le marais est comme un monde. Un monde sans soleil, sans terre ferme, sans vie. Juste de la vase, des vers et des moustiques...

Il ferma le poing et le fit danser quelques instants devant ses yeux. Ni Tsimmi ni Miolnir ne lui demandèrent s'il cherchait par ce geste à mimer la grosseur des insectes, mais cette pensée horrible les fit frémir de dégoût.

— J'ai déjà traversé les marais, murmura le géant derrière eux. Deux fois... Les Terres noires paraissent presque belles lorsqu'on en sort. Les moustiques qui rendent fou, les choses, sous l'eau, le froid...

Personne ne répondit, et les paroles de Freïhr se perdirent dans un silence pesant.

— Quelles choses sous l'eau ? interrogea Miolnir, bien plus tard, d'un ton qui se voulait dégagé.

— Nul ne le sait, messire, répliqua le gnome. Mais rares sont ceux qui tombent à l'eau et survivent.

Le nain hocha la tête et échangea un long regard avec Tsimmi.

— Ce ne sont que les Marches, Miolnir, murmura le maître maçon dans sa barbe. Les Terres gastes nous réservent sans doute bien d'autres désagréments... Tiens, remplace-moi.

Il tendit sa perche au chevalier nain, qui s'était coiffé de son casque à l'évocation des « choses sous l'eau ».

Tsimmi se tint les reins et s'étira en gémissant, puis il gagna l'arrière et, les mains en porte-voix, apostropha la reine et ses compagnons.

— Si nous devons rester trois jours sur ces radeaux, il va nous falloir des vivres et de l'eau ! cria-t-il. Faites passer !

— Oui, c'est juste, dit Uter en regardant Lliane. Vous pouvez vous en occuper ?

— Les nains pensent à tout dès qu'il s'agit de manger, constata-t-elle en souriant.

À son tour, elle appela le radeau de Till, et le pisteur commença à transférer les provisions chargées sur l'un des chevaux de bât.

À l'avant, Tsimmi poussa un soupir fataliste en contemplant le pénible paysage aquatique qui les entourait, et dans lequel un nain ne pouvait que se sentir angoissé (c'est une chose connue que les nains nagent en général comme des pierres). Il entreprit de fouiller son sac, jusqu'à ce qu'il ait retrouvé sa longue pipe de terre et son tabac de maïs, puis, assis au milieu du radeau, le dos calé contre leurs maigres bagages, le fourneau de sa pipe réchauffant les paumes de ses mains calleuses, le nain ne tarda pas à somnoler.

Tout à coup, un brusque hennissement le réveilla en sursaut.

Malgré la brume qui estompait tous les sons, on perçut distinctement un bruit de sabots frappant les rondins de bois du dernier radeau. Le page des nains jura bruyamment, puis on entendit une étrange succession de hennissements modulés.

— Que se passe-t-il ? cria la reine, d'une voix haute et claire.

— Les chevaux ont senti quelque chose ! répondit Till. Je leur ai dit de se calmer, mais je doute qu'ils se maîtrisent bien longtemps !

À l'arrière du grand radeau, un autre cheval se mit à son tour à piaffer et à s'agiter dangereusement, au point que Rogor dut se jeter à genoux pour ne pas être renversé par le brusque tangage de l'embarcation.

— Aidez-moi à leur recouvrir les yeux et les oreilles ! hurla le pisteur.

Le silence retomba, à peine troublé par des raclements de sabots et des bribes de phrases échangées entre l'elfe et le nain.

Sur les deux radeaux de tête, tous retenaient leur souffle.

— Qu'ont-ils bien pu sentir ? murmura Uter, qui s'était rapproché de la reine.

— Attendez ! chuchota-t-elle en suspendant sa perche, tous les sens aux aguets.

Elle souleva ses cheveux pour mieux écouter, et Uter eut un mouvement de surprise en apercevant ses oreilles, fines et pointues à leur extrémité. À la stupeur du chevalier (qui en réalité ne connaissait pas grand-chose aux elfes), la reine pouvait les orienter, comme un chat ou un chien, dans la direction du bruit qu'elle guettait… Le chevalier plissa les yeux et tenta de percer le brouillard. Pendant plusieurs secondes, il n'entendit ni ne vit rien. Puis, soudainement, il prit conscience d'une sorte de bourdonnement, d'un frémissement diffus semblable au bruit du vent dans des hautes herbes.

— Nous y sommes ! avertit Oisin le passeur. Le marais des moustiques ! Couvrez-vous le visage et les mains, et ne laissez surtout pas vos torches s'éteindre !

Saisis d'une brusque frénésie, les envoyés du Grand Conseil perdirent en quelques instants toute dignité dans leur hâte de se protéger du brouillard de moustiques. À l'arrière, les bêtes s'affolèrent à nouveau, et leur radeau recommença à tanguer dangereusement.

— Calmez-vous ! souffla Till dans les naseaux des chevaux terrorisés. Nous les écarterons avec nos torches. Vous n'avez rien à craindre...

— Mais ne les entends-tu pas ? répondirent les montures. Rien ne pourra les empêcher de nous piquer le ventre, les oreilles, les naseaux. As-tu jamais été piqué dans les naseaux, Till ?

— Si vous ne vous taisez pas, je vous mordrai les pattes ! jappa brusquement le chien de Till. Et je vous précipiterai dans le marais, où vous serez engloutis à jamais !

Les chevaux frémirent d'horreur et se calmèrent un peu, jetant des regards apeurés vers les crocs du chien. Till, lui, ne cessait d'aller et venir entre eux en brandissant deux torches.

— Le feu les écartera, hennit-il. Le feu est notre ami.

Rogor, cramponné à sa perche, secoua sa barbe d'un geste nerveux. Ce marais immonde et la menace des moustiques étaient déjà difficiles à supporter, sans qu'en plus un elfe vienne hennir dans la bouche des chevaux, à son nez et à sa barbe !

— Par le sang, elfe, que se passe-t-il ? hurla-t-il brusquement.

— Ne crie pas, nain. Cela ne servirait qu'à les effrayer davantage.

— Ainsi tu parles aux chevaux ?

— Aux chevaux, aux plantes, et à tous les êtres vivants !

Till s'interrompit soudain. Il venait de se rendre compte qu'il avait dû forcer sa voix tant le bourdonnement des moustiques était devenu assourdissant. Tout à l'avant du radeau, son faucon secoua nerveusement ses plumes et enfouit sa tête sous son aile.

— C'est pas possible, murmura Rogor entre ses dents.

Le voile gris de la brume laissait entrevoir d'innombrables scintillements ; le bourdonnement diffus se précisait rapidement, dans toutes ses nuances. Rogor crut même entendre le bruit distinct de milliers d'ailes s'entrechoquant.

Sur le premier radeau, Oisin avait commencé à dresser un mât au centre de l'embarcation.

— Inutile de pousser ! rugit-il. Il y a désormais un peu de courant jusqu'aux Marches. Protégez-vous, et bonne chance !

Sitôt dit, il recouvrit entièrement son radeau d'une grande toile huilée noire, semblable à la couleur de l'eau.

Uter hésita un instant. Autour de lui, Blade et la reine déployaient fébrilement une bâche. Malgré l'angoisse qui le faisait trembler, il lui parut indigne d'un chevalier du Grand Conseil de se terrer durant des jours sous une tente de fortune, en se laissant dériver au fil de l'eau, tout cela à cause de vulgaires moustiques.

Il regarda derrière lui et aperçut la tache brillante des torches de Till. Il ne se protégeait pas, lui, semblait-il... Quelque chose fourragea dans ses cheveux et il s'ébroua instinctivement, faisant claquer ses nattes contre son armure luisante d'humidité. Presque aussitôt, une vive douleur lui cingla la joue, puis une autre le front. Il se passa vivement la main sur le visage et se retourna vers l'avant. L'air était rempli de formes furtives et scintillantes, et des points noirs ne cessaient de passer devant ses yeux. À nouveau, quelque chose le piqua, cette fois à la main droite. Il baissa les yeux vers les formes pelotonnées de ses compagnons et réprima un frisson d'horreur. Leur bâche était littéralement recouverte d'une masse luisante d'insectes qui semblaient s'acharner à les dévorer. Deux autres piqûres lui arrachèrent un gémissement de douleur. Il se secoua et regarda sa propre armure. Elle aussi était jonchée d'une multitude de points noirs ou scintillants, grouillant comme une cotte de mailles animée d'une vie propre.

Saisi de panique, Uter hurla et se débattit frénétiquement, dispersant sur le radeau le contenu de son sac pour en extirper une longue cape sous laquelle il se jeta, emportant avec lui plusieurs centaines de moustiques... Son corps entier était en feu. Des insectes s'étaient glissés sous son armure et lui dévoraient les bras, le dos ou le cou, l'obligeant à se contorsionner sous son frêle abri de tissu, engoncé et maladroit, dans de dérisoires gestes de défense, inutiles contre un aussi implacable ennemi.

Soudain, il sentit quelque chose le bousculer, et sa cape fut arrachée. En un éclair, il vit une toile de tente tendue au-dessus de lui, et les visages crispés de la reine Lliane et de Blade. Uter voulut dire quelque chose, mais la flamme d'une torche vint lui brûler la face : il poussa un hurlement de douleur. Le traitement cessa aussi brusquement qu'il avait commencé. Haletant, le visage et le corps douloureux, il lui semblait avoir été plongé dans une marmite d'huile bouillante. Uter ne se débattit plus et retomba sur les rondins du radeau. Ses yeux rencontrèrent le regard de la reine, ses lèvres tentèrent de formuler une question.

— Ne dites rien, chevalier, fit Lliane en lui posant doucement la main sur la bouche. Nous avons brûlé la plupart des moustiques qui vous recouvraient. Mieux vaudrait retirer votre armure pour que nous terminions la besogne... Laissez-vous faire.

Uter hocha faiblement la tête. Sans discontinuer, des piqûres semblables à des coups d'aiguille lui cinglaient le corps, mais la douleur ne parvenait plus à son cerveau que comme une impression bizarre et étrangère. Il sentit qu'on le soulevait et qu'on le débarrassait de ses épaulières et de ses gantelets de fer. Avec peine il discerna Blade, le front ruisselant de sueur, penché sur lui, le visage éclairé par les flammes de sa torche. Son corps se contracta malgré lui sous le coup d'une douleur fulgurante.

Il lui fallut quelques secondes pour s'apercevoir que son bras et son flanc étaient nus, et que le voleur le débarrassait d'une nuée de moustiques en promenant la flamme sur sa peau. Alors, seulement, il s'évanouit.

Le front écrasé contre les rondins grossiers du radeau, les cheveux baignant dans l'eau vaseuse qui en emplissait les interstices, la reine Lliane s'était abîmée dans un profond sommeil, malgré l'assourdissant bourdonnement des moustiques du marais, malgré le manque d'air et la chaleur irritante régnant sous la tente de fortune qu'ils avaient installée. Elle avait veillé Uter toute la nuit et une grande partie de la journée, jusqu'à la limite de ses forces, chantant à son oreille la monodie de l'Apaisement de l'Âme.

Anmod deore haeleth
Sar colian
Feothan
Feothan
Breost frofur
Hael Hlystan.

Et la tête du chevalier reposait encore sur sa poitrine.

Blade, le corps en sueur et douloureux, ne dormait que par à-coups. Un remous du radeau dérivant le réveilla, et il connut un instant de terreur, le visage englué dans la bâche trempée, assourdi par le crissement de milliers d'ailes et le martèlement de moustiques tombant comme de la pluie, encore et encore... Puis il parvint à reprendre ses esprits.

Il donna un coup de poing rageur dans la toile, et au-dehors le bourdonnement métallique redoubla. La gaffe qui avait fait office de mât central à leur tente de fortune avait glissé sous l'action du clapotis, et la bâche les recouvrait comme un linceul. À tâtons, le voleur retrouva la perche et la redressa, donnant aussitôt un peu d'air frais, ainsi qu'une infime lumière, filtrant de mille trous minuscules. Était-ce le deuxième ou le troisième jour ? Combien de temps encore devraient-ils vivre ce cauchemar ? Blade s'assit, jambes tendues devant lui, et se massa la nuque.

De l'autre côté du radeau, Uter gisait, les sourcils à demi brûlés, le visage boursouflé, suant et d'une teinte affreuse, gris-vert (l'éclairage indigent n'arrangeait rien). Blade se demanda s'il était mort, mais, à bien l'observer, il lui sembla que la tunique rayée de bleu et de blanc – couleurs du roi Pellehun – qui lui couvrait le torse se soulevait encore faiblement au rythme de sa respiration.

Puis il reporta son attention sur la reine.

Ses cheveux noirs, glissant comme des algues entre les rondins, cachaient son visage. Comment pouvait-elle dormir ainsi, à même les troncs d'arbres à peine dégrossis du radeau, tout le corps trempé par cette eau visqueuse, dégoûtante, qui suintait de partout ? Sa longue tunique de moire collait à ses formes, et Blade contempla encore, longuement, les interminables cuisses de l'elfe.

Il se redressa, avança à croupetons vers la silhouette endormie, s'arrêta, se pencha sur elle. Ses yeux s'étaient habitués à la pénombre plombée, et il la voyait mieux, à présent. Sous la masse de ses cheveux, on distinguait le bleuté de sa joue, et celui, plus sombre, de ses lèvres entrouvertes. Une mèche sinueuse telle une rigole de pluie avait glissé jusqu'à sa bouche, et Blade tendit les doigts pour l'ôter délicatement. Les yeux fermés, les traits apaisés, elle était d'une beauté qui émut le maître voleur. Il avait déjà connu des elfes, mais ce n'étaient que des catins des Havres, une expérience exotique dans les bordeaux des quartiers réservés, trop maigres et trop longues, d'ailleurs, d'une froideur qui n'attirait guère le client… Celle-là était différente.

Accroupi à côté d'elle, il laissa son regard – son regard seulement – caresser le corps endormi de Lliane, de l'arrondi de ses épaules nues aux bottes de daim, au-dessus de ses genoux. Il remarqua que le lacet cousu en croix qui serrait sa tunique, en haut de ses cuisses, était défait, révélant encore quelques centimètres de peau, presque jusqu'à la hanche, et, comme il esquissait un geste pour la recouvrir, il fit grincer l'un des rondins.

Lliane, des tréfonds de son sommeil, entendit la plainte du bois. Les arbres qui avaient servi à construire l'embarcation étaient morts depuis longtemps, et ils ne parlaient plus guère, même aux oreilles d'une elfe initiée au langage de la Nature. Pourtant, Lliane perçut une mise en garde, l'imminence d'un danger. Elle s'éveilla en sursaut, le cœur battant. Voyant le visage de Blade penché sur elle, elle poussa un cri de frayeur.

— Non, non, dit Blade, tout aussi surpris par son brusque réveil. Je voulais seulement…

L'elfe tendit vers lui sa paume ouverte.

— *Bregean ! Bregean hael hlystan !*

Le maître voleur écarquilla les yeux, le cœur empli d'effroi. L'elfe lui parut tout à coup affreuse, laide à faire peur, hideuse comme les vampires de la légende, créatures de la nuit qui dévorent les enfants au berceau. Il retira prestement sa main comme s'il avait peur de la toucher et battit en retraite, détournant les yeux pour ne pas la voir, grimaçant de dégoût.

Lliane se redressa et, la paume toujours tendue vers lui, murmura quelques mots dans sa langue étrange, si faiblement que le voleur les entendit à peine. Mais ce fut suffisant. Le sommeil s'abattit sur lui d'un seul coup, et il s'endormit, comme une masse.

XI

Le poison

Une étrange impression tira la reine Lliane de son sommeil. C'était comme un cri perçant, à la fois rauque et pur, menaçant et pourtant familier. Elle se releva, repoussant du dos de la main la bâche qui les recouvrait. Son visage se crispa de douleur. Il lui semblait que chacun de ses os, chacun de ses muscles était endolori, glacé, brisé. La reine reposa un instant son front sur les rugueux rondins de bois du radeau, puis elle s'accroupit. Autour d'elle, les deux hommes dormaient, affalés telles des brutes, à même la vase qui baignait le plancher du radeau. Uter tremblait de fièvre et gémissait faiblement, le visage constellé de gouttelettes de sueur.

Au-dehors, le cri résonna à nouveau. Un faucon... Sans doute le gerfaut de Till. Mais ce qui frappa surtout Lliane, c'était le silence que l'appel venait de déchirer.

On n'entendait plus de bourdonnement...

La reine des hauts-elfes resta de longues secondes aux aguets. Il n'y avait pas de doute... l'incessant bourdonnement du marais des moustiques s'était tu.

Elle sentit son cœur s'accélérer, ivre d'espoir. Un nouvel appel du faucon la décida, et elle souleva la bâche d'un large geste.

L'air était froid et vif, et sa première inspiration lui brûla les poumons. Vacillant sur ses jambes engourdies, elle regarda autour d'elle avec ravissement. Le marais, comme apaisé, n'était plus voilé que par de minces filets de brume. Les radeaux dérivaient doucement dans une mer de roseaux et de plantes marécageuses. Elle acheva de découvrir les formes étendues de ses compagnons, en arrachant d'un seul coup la bâche constellée d'insectes morts et en la jetant à l'eau.

Aussitôt, Blade se réveilla, clignant les yeux et claquant des dents, mais avec un sourire d'enfant devant la fin de l'épreuve. Lorsque son regard se posa sur Lliane, ce sourire se figea et une impression désagréable s'empara de lui. Pour une raison étrange, sa seule vue lui était devenue pénible…

Dans le ciel presque dégagé, le faucon blanc de Till planait toujours en décrivant des cercles autour des radeaux, jetant de temps à autre son cri perçant.

— Holà ! cria la reine. L'air est libre ! Sortez de là-dessous !

La bâche huilée du premier radeau s'anima sur l'instant, et la gigantesque silhouette de Freïhr en jaillit. Le guerrier observa quelques instants le nouveau décor dans lequel ils dérivaient, humant l'air glacé avec délices, puis il éclata d'un rire vainqueur, énorme, qui gagna peu à peu tous les membres de la compagnie.

Mais le rire se tarit aussi brusquement qu'il avait commencé. Sur le deuxième radeau, Uter le Brun restait étendu, secoué de tremblements incoercibles. Son visage était d'une pâleur effrayante et son corps recouvert de petites boursouflures, là où des centaines d'insectes l'avaient piqué.

— Que sont devenus les chevaux ? s'écria Blade en désignant le troisième radeau.

Tous se tournèrent vers l'embarcation de Till et du page nain, où l'on ne voyait plus, sous la bâche luisante, qu'une forme basse, imprécise et immobile.

— Till ! appela la reine des hauts-elfes.

Nulle réponse. Pas le moindre mouvement.

— Tirons-les jusqu'à nous, dit Blade en empoignant la corde qui les reliait au dernier radeau.

Lliane vint le rejoindre et, brasse après brasse, l'embarcation se rapprocha, écartant le rideau de roseaux qui s'était reformé dans le sillage des deux premiers radeaux. Sur l'esquif de tête, les deux nains, dressés sur la pointe des pieds, tendaient le cou en vain. Il leur aurait fallu escalader Freïhr pour dominer les hautes tiges de la roselière…

— Sacredieu ! jura brusquement Blade. Regardez ça ! Quelle horreur !

— Que se passe-t-il ? demanda Tsimmi à Freïhr qui surplombait aisément la forêt aquatique.

Le barbare resta coi, et l'expression de dégoût qui déformait sa bouche et arrondissait ses yeux n'avait rien pour rassurer ses compagnons.

— Mais que se passe-t-il donc ? explosa Miolnir. Freïhr !

Le géant répondit sans détourner les yeux.

— Blade a retrouvé deux chevaux. Ou ce qu'il en reste…

— Comment ça ? dit le nain en se hissant désespérément sur la pointe des pieds.

— Les chevaux ont été dévorés.

— Les monstres, sous l'eau ! gémit Oisin en se prenant la tête dans les mains.

À l'arrière, Blade et la reine avaient sauté sur le dernier radeau. Arrachant d'un coup sec la couverture, Lliane poussa un soupir de soulagement devant les silhouettes recroquevillées de Till, de son chien et du page des nains. Elle les secoua pour les réveiller, mais seuls le nain et le chien retrouvèrent leurs esprits.

Till portait lui aussi au visage et aux bras d'innombrables traces de piqûres et, tout comme Uter, il était recouvert d'une pellicule de sueur glacée. En outre, il semblait avoir reçu au front un terrible coup qui l'avait sans doute assommé et lui avait ouvert la peau sur une longueur de plusieurs pouces. Le côté droit de son visage était maculé de sang séché, et des ailes de moustiques s'agitaient encore faiblement dans les replis de sa blessure.

Lliane vacilla. Blade venait de trancher d'un coup de poignard les longes qui retenaient les deux chevaux à demi dévorés, et leurs cadavres s'enfoncèrent aussitôt dans les abîmes du marais avec un bref bouillonnement.

— Ainsi, nous nous en sommes sortis, murmura Rogor dans sa barbe en s'asseyant.

Blade l'empoigna sans ménagement par les épaules et le força à se redresser.

— Que s'est-il passé ? cria-t-il.

Le nain se débattit et, l'espace d'une seconde, ses yeux brillèrent d'une lueur dangereuse. La reine frémit malgré elle, frappée par l'aspect soudainement terrifiant du grand nain. La longue barbe rousse qu'il passait d'habitude dans sa ceinture s'était embroussaillée et révélait, sous sa tunique rouge marquée des runes du roi Baldwin, l'éclat d'une armure.

Rogor vit le regard de la reine et se rajusta prestement.

— Dites-nous ce qui est arrivé, insista-t-elle.

— Ces jours ont été terribles, majesté, dit Rogor en baissant les yeux, s'efforçant de retrouver son calme. Le seigneur Till voulait sauver les chevaux, mais c'était une tâche impossible. Ils étaient devenus fous, à cause des moustiques. Un premier cheval est tombé à l'eau, avec toute sa charge, et on a bien failli chavirer. Malheureusement, il était toujours retenu au radeau par sa longe, et il s'agitait tellement dans l'eau qu'il a fait glisser les autres.

Le nain se tourna vers ses compagnons et montra ses vêtements maculés de vase.

— J'y suis moi-même tombé, vous voyez ? En fait, la boue m'a protégé des moustiques, je crois bien...

— Et alors ? trancha Blade, impatiemment.

Rogor lui jeta un regard où la colère et l'exaspération n'étaient qu'à peine dissimulées, ce que la reine remarqua.

— Alors, l'elfe Till s'acharnait à sauver ces maudits bourrins ! poursuivit Rogor d'un ton plus vif. Ils s'empêtraient dans le marais en hennissant comme des damnés, on voyait des espèces de serpents ou de poissons, j'en sais rien, des bestioles énormes, écailleuses, qui faisaient un remous terrible et qui les dévoraient à petits coups de dents, pendant des heures ! Et lui, il tirait, un vrai fou, il criait, il pleurait, il poussait des hennissements comme s'il était lui-même un cheval, son chien hurlait à la mort et on était couverts de moustiques. Qu'est-ce qu'il fallait faire, d'après vous ?

— Calmez-vous ! ordonna une voix autoritaire, derrière eux.

C'était Tsimmi. Freïhr avait halé à la force des bras les deux derniers radeaux jusqu'au leur, et le nain à la longue barbe brune était accouru sur les lieux de l'altercation.

— Vous oubliez que vous parlez en présence de la reine des hauts-elfes ! cria-t-il en foudroyant Rogor du regard.

Les yeux de l'héritier de la lignée de Dwalin flamboyèrent de colère contenue, mais, une fois encore, il se retint et baissa humblement la tête.

— Excusez-moi, majesté, dit-il à Lliane d'un ton misérable. Mais ces heures furent tellement dures...

— Elles le furent pour nous tous, admit-elle doucement. Mais sans doute plus encore pour vous, page. Poursuivez votre récit...

Rogor salua la reine en signe de remerciement.

— Le seigneur Till semblait… excusez-moi, il semblait avoir perdu la raison, reprit-il plus calmement. Vous comprenez, il s'acharnait à hisser ces pauvres bêtes, au risque de nous faire définitivement chavirer, alors qu'elles étaient fichues, on voyait leurs entrailles flotter autour d'elles et du sang gicler jusque sur le radeau… J'avoue que j'ai craint pour ma vie, et la sienne. Et… et je l'ai assommé.

— Ha ! fit Blade. Elle est bonne, celle-là !

— C'était assurément la seule chose à faire, intervint la reine. Nous connaissons tous l'amour que Till, l'elfe vert, porte aux animaux. Mais cet amour l'a aveuglé… Sa vie et celle du page nain nous étaient plus précieuses que celle de nos chevaux de bât.

Elle jeta un coup d'œil sur ce qui leur restait de bagages. La plupart des vêtements, des vivres et des armes avaient été engloutis.

— Nous vous devons des remerciements, page. Sans vous, il est probable que Till aurait été dévoré, lui aussi.

Rogor s'inclina à nouveau, et entreprit de se laver sommairement, à genoux au bord du radeau, tandis que la reine et Tsimmi rejoignaient leur embarcation. Il fut convenu que Blade demeurerait en arrière avec le page des nains, tandis que la reine et le maître maçon, sur le radeau du milieu, prodigueraient leurs soins à Uter et à Till.

Lorsqu'ils furent partis et que les cordes se retendirent entre les embarcations, recreusant leur écart, le voleur émit un rire discret :

— Ainsi tu as assommé cet elfe ? murmura-t-il de façon que seul Rogor puisse l'entendre. Tu as bien fait, mais à ta place je me méfierais de son réveil.

— Sans doute, seigneur, répondit Rogor en s'emparant de la perche.

Sa première poussée fut si vigoureuse que Blade manqua perdre l'équilibre.

Au milieu de l'après-midi du troisième jour, on aperçut enfin la ligne sombre d'un îlot de terre ferme. À la suite de la chaleur malsaine qui avait régné sous les bâches, tous se sentaient transis de froid, trempés jusqu'aux os et bien peu enclins à se lancer dans un périlleux voyage. Seule la perspective de retraverser le marais aux moustiques empêcha la plupart des envoyés du Grand Conseil de faire immédiatement demi-tour.

Quelques minutes plus tard, Oisin le passeur accosta auprès d'un rudimentaire ponton de bois, et tous débarquèrent de mauvaise grâce.

— Seigneur Freïhr, dit Lliane en désignant Uter et Till toujours inconscients, aidez-moi. Il faut les mettre à l'abri…

Elle sourit en le voyant ramasser le corps du chevalier et le porter dans ses bras comme s'il s'était agi d'un enfant. Le barbare montra d'un mouvement de menton interrogatif son armure réduite en un tas de ferraille, sur le radeau.

— Il n'en aura pas besoin, ici, constata la reine. Son haubert de mailles suffit bien.

Lliane dégaina sa longue dague et, suivie du barbare, s'enfonça dans un bosquet, se frayant à coups de lame un passage dans l'enchevêtrement d'arbustes d'osier, de ronces et de broussailles qui en interdisait l'accès. Elle parvint bientôt au pied d'un grand saule, dont les branches basses s'étendaient comme un voile sur le sol tourbeux recouvert d'un matelas de sphaigne.

Freïhr y déposa précautionneusement le chevalier, puis repartit sans un mot chercher le pisteur.

Lorsqu'il arriva au ponton, les nains et le voleur avaient fini de décharger les radeaux. Le chien de Till s'était couché à côté de son maître inanimé, et son faucon tournoyait lentement au-dessus d'eux, comme une menace.

Freïhr ne put croiser le regard de personne. Blade était resté sur le ponton, avec Oisin, et les trois nains lui tournaient le dos, affairés autour de leurs maigres bagages. Sans pouvoir vraiment se l'expliquer, le barbare éprouva une impression de gêne.

Il ramassa le corps gracile de l'elfe et, suivi par ses animaux, disparut à nouveau dans le bosquet.

Blade considéra les alentours avec un profond dégoût. Des joncs, des arbres mangés par la moisissure et les ronces, mais nulle trace de civilisation, hormis ces quelques planches sur lesquelles ils avaient débarqué.

— Qu'est-ce que c'est que ce trou ? grommela-t-il. Où est-ce que tu nous as conduits ?

— Là où vous vouliez aller ! dit le gnome avec un sourire assez peu réussi. Gwragedd Annwh ! La cité des marais, comme vous dites !

Il eut un ricanement de crécelle plutôt désagréable.

— Et où elle est, ta cité ? tonna le voleur.

À nouveau, Oisin fit entendre son pénible ricanement.

— Mais c'est vous, seigneur, qui avez parlé d'une cité ! C'est vous ! Gwragedd Annwh est juste le nom de cette île, la plus grosse du pays des elfes gris… Je pense que vous en trouverez bien quelques-uns, par là…

Il marqua une pause, et jeta un coup d'œil malicieux vers les trois nains qui parlementaient à voix basse.

— … à moins que ce ne soit eux qui vous trouvent !

Le gnome haussa les épaules. Des nains au pays des elfes gris… Fallait-il qu'ils soient fous !

— Eh bien, adieu, messires ! Et bonne chance, quelle que soit votre quête !

— Un moment ! cria Blade alors que l'autre était déjà arc-bouté sur sa perche. Comment rentrerons-nous, si tu repars avec les trois radeaux ?

— C'est juste, messire, dit Oisin avec un sourire goguenard. Mais vous n'avez payé que pour un seul passage.

— Comment ? s'écrièrent presque ensemble Tsimmi et Miolnir, sur la berge.

— Aurais-tu l'audace d'exiger une nouvelle somme pour ces radeaux ? renchérit le maître maçon, ulcéré.

Blade sauta prestement sur l'embarcation du passeur et le prit amicalement par les épaules.

— Laissez-moi m'occuper de ce détail, dit-il en se tournant vers la compagnie. Partez rejoindre la reine, je vous retrouverai !

Les trois nains, un instant interdits, ne savaient que faire, peu enclins à laisser le voleur sans surveillance.

— D'ailleurs, reprit Blade, je me demande où elle est passée... C'est vrai, elle est partie avec le barbare, l'autre elfe et le chevalier. Il n'y a plus que nous !

Miolnir et Rogor sursautèrent, échangèrent un bref regard et partirent au petit trot sur les traces de Freïhr sans attendre Tsimmi, toujours plus lent à se décider.

— Allez-y ! lança Blade depuis le radeau. Pour ma part, je suis sûr de trouver un arrangement avec maître Oisin.

Tsimmi hésita encore, mais la perspective de rester seul avec ce malandrin issu des bas-fonds de Scâth dans des marécages hantés par les elfes gris ne lui parut guère attirante : il disparut à son tour dans les fourrés de l'inhospitalière Gwragedd Annwh.

— Bien, fit Blade en sortant de sa besace une flasque protégée par un tissage de raphia. Nous voilà seuls. Alors, combien veux-tu pour le passage du retour ?

Le gnome eut un sourire commerçant et s'avança jusqu'au milieu de son radeau pour y saisir une boîte recouverte d'une large pièce d'étoffe.

— Lorsque vous voudrez rentrer, lâchez cette colombe, dit-il en soulevant le tissu, ce qui dévoila l'animal enfermé dans une petite cage. Où qu'elle soit, elle me rejoindra et, trois jours après, au plus tard, je vous attendrai ici avec mes trois radeaux.

Blade but une longue rasade, poussa un soupir de contentement et, tout naturellement, tendit la flasque au gnome.

— C'est du marc. Ça réchauffe…

Oisin hésita, dévisageant le voleur avec méfiance.

— Bien sûr, c'est un peu fort, ajouta Blade en faisant la moue. Une boisson d'homme…

Le passeur, piqué au vif, saisit la flasque et but à même le goulot.

— Trois jours, tu dis ? s'étonna Blade en lui souriant. C'est beaucoup, surtout pour quelqu'un de pressé… Non, le mieux serait que tu restes là à nous attendre. Il n'y en aura pas pour longtemps…

Le gnome fit la grimace (et il n'avait vraiment pas besoin de ça !).

— Attendre ici, seigneur, c'est dangereux… Ce sera cher !

Blade pouffa de rire, en connaisseur. Décidément, on trouvait toujours plus voleur que soi, sur terre…

— Allons, gnome, fais ton prix.

— Deux pièces d'or par radeau. Six pièces d'or, donc, s'il vous faut les trois.

Le maître voleur eut une petite moue amusée.

— Le double de l'aller, hein ?

Le passeur prit une expression désolée et balaya du bras l'étendue du marais, derrière lui.

— Seigneur, vous avez pu juger des dangers que je cours à chaque passage. Et si je dois attendre ici, tout seul, songez à ce que je risque ! Il y a les elfes (à ce mot, il cracha dans l'eau) mais aussi les monstres, dans le marécage, et que sais-je encore ! D'ailleurs, seigneur, peut-être n'aurez-vous plus besoin au retour d'autant de radeaux ? Vous savez, les elfes gris n'aiment pas trop les nains… Non, pas trop…

Le gnome laissa planer son sous-entendu, ponctuant sa phrase d'un sourire veule qui exaspéra le voleur. Son marchandage lui ayant donné soif, il but à nouveau une longue lampée. Le marc de Blade n'était pas si fort, après tout, mais il avait un drôle de goût. Pas désagréable, au demeurant, plutôt inhabituel. Blade sourit, lui cueillit la flasque des mains et la reboucha.

— C'est le poison qui lui donne ce goût, dit-il en la rangeant dans sa besace.

— Quoi ?

Blade brandit une petite fiole en terre, saisit la main du gnome stupéfait et la lui déposa au creux de la paume.

— Voilà un antidote. Prends-en quelques gouttes par jour, juste de quoi te tremper les lèvres. Tu auras peut-être des vertiges et des suées, mais rien de grave.

Il sourit et tapota l'épaule du passeur.

— Avec ça, tu as de quoi tenir un jour ou deux. C'est largement suffisant… Je serai de retour demain, ou après-demain au plus tard, et je t'en donnerai encore. Quand nous aurons franchi les marais au retour, tu viendras avec moi à Kab-Bag, je te donnerai un remède définitif.

Oisin, les yeux écarquillés, regardait la fiole sans oser comprendre. Puis une brusque douleur, comme une longue déchirure de ses entrailles, le plia en deux. Il déboucha fébrilement la petite bouteille et commença de boire.

— Holà ! fit Blade en riant. Pas trop d'un coup, maître Oisin ! Sinon, il ne vous restera bientôt plus rien !

Le gnome, agenouillé dans la vase baignant son radeau, leva les yeux vers le voleur.

— Mais… Vous en avez bu avant moi ! Je vous ai vu !

— Oui, hein ? Mais, tu sais, il faut du temps pour s'y faire… Si je te disais qu'il y a quelques années j'ai failli en crever ! Si, si… Un idiot de marchand de soie, à Mag Mor, la cité de la plaine. J'ai dû boire trois fois avant qu'il soit rassuré.

Il adressa un clin d'œil au gnome.

— Toi, il t'a suffi d'une gorgée pour être convaincu, pas vrai ? Sacredieu, quel cauchemar, ce marchand ! Si tu savais ! J'ai vomi toute la nuit et j'ai souffert la malemort ! Mais au matin ce gros porc était raide comme une planche et son chargement de soie était à moi ! Que veux-tu… Il faut parfois payer de sa personne, dans mon métier.

Blade jeta un regard rapide aux alentours, puis empoigna le passeur par sa cotte et le releva de force.

— Tu avais raison, gnome. Nous n'aurons pas besoin de trois radeaux. En fait, je pense même qu'un seul radeau suffira. Un seul, et pour moi seul… Les autres ne viendront pas !

Oisin hocha la tête, les tripes en feu et le visage plus rouge que jamais.

— … Mais ils ne doivent rien savoir, tu me suis ? Ce sera notre petit secret.

L'autre acquiesça à nouveau.

— Bien, dit Blade. Donne-moi la colombe.

Le gnome s'exécuta à contrecœur. Blade ouvrit la petite porte de la cage et y plongea la main.

— Bien belle colombe. Comme c'est dommage…

Sans laisser au gnome le temps de réagir, il tordit le cou de l'oiseau et le jeta sur la rive.

— Qu'avez-vous fait ! cria Oisin, au désespoir.

Sans répondre, Blade sauta lestement sur le deuxième radeau, qu'il détacha du ponton. Il en fit autant avec le troisième avant de bondir sur la berge. Il les regarda quelques instants dériver au fil de l'eau et disparaître dans les nappes de brume. Alors seulement il se tourna vers le gnome. Son ton n'avait plus rien d'amical.

— Va te cacher avec le radeau, et sois ici chaque soir, à la tombée de la nuit, jusqu'à ce que je revienne. Souviens-toi, gnome : avec la fiole, tu n'en as que pour quelques jours. Je suis ta seule chance de vivre. Alors sois au rendez-vous…

Restée seule avec Uter après le départ de Freïhr, la reine Lliane s'était collée au tronc du grand saule. L'oreille et la joue contre l'écorce, elle parla au cœur de l'arbre, mêlant à ses incantations magiques ce qu'elle savait du langage des plantes : bruissement de feuilles, grincement des branches, craquement du bois…

Bientôt, le vieux saule endormi frémit, depuis ses racines jusqu'au bout de ses longues tiges feuillues. Lentement, imperceptiblement, celles-ci balayèrent le sol de tourbe. Les branches se redressaient, le tronc se tordait, les feuilles se nouaient entre elles. Il se forma autour du chevalier et de la reine un inviolable rideau, une chambre secrète, à l'abri des regards.

Quand Freïhr revint, chargé du corps inanimé de Till, Lliane l'attendait à l'orée du bosquet. Elle le guida jusqu'au saule et, tandis qu'il déposait le corps de Till sous l'abri de feuillages, elle entraîna ses bêtes à l'écart. Elle caressa la tête du chien qui gémissait doucement, inquiet de l'état de son maître, et tendit le poing au gerfaut, pour qu'il s'y pose.

— Noble oiseau, toi qui voles plus haut et qui vois plus loin que n'importe quel être vivant, hormis les grands aigles des montagnes de Moiran, déploie tes ailes et cherche les herbes et les plantes de guérison. *Oll-iach*, le gui qui guérit tout, samole et morgeline, jusquiame, trèfle et bétoine… Va !

Elle jeta le poing en l'air, et le grand faucon blanc s'envola d'un trait, au-delà de la cime du saule.

À côté d'elle, le chien gémit encore.

— Nous les guérirons, dit-elle en passant à nouveau ses doigts dans sa fourrure. Ne t'en fais pas…

Uter s'éveilla en sursaut, avec un cri de terreur. Puis il sentit sur son front des mains d'une infinie douceur, chassant comme par magie la fièvre qui le brûlait. Quelqu'un lui releva la tête et porta une gourde à ses lèvres.

— Buvez, dit la reine. C'est de l'eau de chêne… Du gui, et diverses autres choses. Ça va vous guérir…

Uter avala une gorgée et laissa retomber sa tête en arrière. Il aperçut Till, près de lui, accroupi contre le tronc du saule. L'elfe vert hocha la tête dans sa direction, avec un plissement des yeux qui pouvait passer pour un sourire amical. Puis tout redevint noir.

Le faucon planait dans le ciel sombre, alourdi par la pluie qui avait trempé ses ailes d'un blanc tacheté de gris. À perte de vue s'étendait un dédale végétal d'étangs, de tourbières et de buissons touffus, sans aucune trace de vie. Il aperçut non loin les hautes collines qui marquaient le début des Marches noires et il frémit malgré lui. Virant sur son aile droite, il survola un bosquet où Freïhr le barbare, parti éclairer le terrain, progressait à grands pas, courbé sous ses fourrures, les bras et les jambes recouverts de boue pour mieux se camoufler. L'oiseau poussa un bref gloussement amusé. Il fallait être un homme pour se croire invisible des habitants des cieux !

Près de l'embarcadère du marais, une petite tache blanche attira son attention et le gerfaut piqua brusquement vers elle.

C'était une colombe. Le cou brisé, elle tressautait dans les derniers sursauts de l'agonie, battant désespérément des ailes pour échapper à la mort.

L'oiseau de proie se posa doucement près d'elle et la contempla d'un air triste.

— Inutile de te débattre, dit-il enfin, et sa voix fit bondir la colombe qui ne l'avait pas vu. Ton cou est brisé. Je vais t'achever, ce ne sera pas douloureux.

— Non ! s'écria la colombe. Laisse-moi repartir, gerfaut ! Laisse-moi rentrer chez moi, de l'autre côté de ces marais !

— Ainsi tu n'es pas d'ici ?... Je m'étonnais aussi de trouver une colombe dans un endroit pareil.

— C'est mon maître, Oisin le passeur, qui m'a emmenée jusqu'ici. Laisse-moi repartir, gerfaut !

Le faucon hocha la tête doucement.

— Tu n'y arriveras pas, colombe. Ta chute était mortelle...

— Je ne suis pas tombée ! piailla faiblement l'oiseau blessé. C'est un homme qui m'a brisé le cou. Et mon maître est parti !

Le gerfaut poussa un long cri sourd.

— Je ne te tuerai pas, colombe. Ne crains rien, tu vivras et tu retrouveras ton maître bientôt.

La colombe cessa de se débattre et se détendit. Déployant ses ailes, le gerfaut prit son envol après l'avoir saluée une dernière fois. Il plana au-dessus d'elle durant quelques secondes, hors de vue, puis fondit brusquement sur l'oiseau au cou brisé, toutes serres en avant. Ses griffes s'enfoncèrent dans le cœur et la nuque de la colombe, la tuant net. Il la redéposa sur le sol et alla rejoindre Till le pisteur. La colombe avait cessé de souffrir.

XII

Gwragedd Annwh

Il faisait glacial dans le pigeonnier, une haute tour circulaire aux murs de brique grise délavés par de longues traînées de fiente, percés de centaines d'alvéoles ouverts aux quatre vents. En pénétrant à l'intérieur, le sénéchal et maire du palais Gorlois dut se couvrir les oreilles. Entre les roucoulements sourds et les incessants battements d'ailes, le vacarme des volatiles était assourdissant. Il ne se passait pas une seconde sans que l'un ou l'autre des pigeons enchaînés tente de prendre son envol et ne s'abatte piteusement sur son perchoir, que deux mâles se battent à coups d'ailes et de serres, ou sans que retentisse le claquement d'un bec sur les dalles de pierre jonchées de graines de maïs, de millet et de fientes. Gorlois fronça le nez. L'odeur qui régnait dans la tour était proprement écœurante.

— Comment pouvez-vous supporter un tel bruit ! cria-t-il aux deux hommes qui vivaient là, avec pour seul abri une petite cabane de planches elle aussi constellée de fientes.

Les prisonniers de la tour ouvrirent des yeux ronds, s'entre-regardèrent et revinrent vers le sénéchal en secouant la tête, un sourire imbécile aux lèvres.

— Ah oui, c'est vrai, vous êtes sourds, grommela le vieux guerrier.

Sourds et muets. L'un de naissance, l'autre parce qu'on lui avait coupé la langue et crevé les tympans. Une idée du roi, pour adoucir sa condition. D'ailleurs, qui d'autre qu'un sourd aurait pu survivre dans un tel boucan ? Et puis, bien sûr, le fait qu'ils soient muets garantissait que les messages confiés à ses pigeons voyageurs resteraient confidentiels.

Les deux hommes étaient des condamnés de droit commun, qui avaient échappé au cul-de-basse-fosse ou à l'estrapade du bourreau pour cet enfer puant dont ils ne sortiraient jamais. Mais de quoi pouvaient-ils se plaindre ? En ces temps anciens, un condamné était soit racheté soit pendu au gibet. La prison était un luxe dont bien peu profitaient. Tout ce qu'ils avaient à faire, c'était de nourrir les pigeons grâce aux provisions de graines qu'on leur glissait sous la porte, et qui avaient fini par constituer leur propre ordinaire. Lorsqu'un oiseau arrivait, les gardiens de la tour sonnaient la cloche. Une fois, deux fois ou trois, selon l'importance du message, qu'ils mesuraient à la couleur de la bague fixée à la patte de l'oiseau. Bague rouge : message réservé au roi ou au sénéchal. Trois coups de cloche. Importance extrême. C'était le cas, aujourd'hui.

Gorlois n'avait été prévenu qu'une heure plus tard, et quand il pénétra dans le pigeonnier les deux sourds-muets étaient surexcités. Depuis des mois ils attendaient l'occasion de le voir pour lui transmettre leurs doléances, et le moment était enfin arrivé.

— Alors, dit Gorlois. Ce message ?

Le plus grand des deux hommes (enfin, le moins bancal) tendit le ruban de cuir rouge qu'il avait détaché de la patte du pigeon voyageur, et à l'intérieur duquel était fixée une longue lanière de parchemin. Gorlois s'en saisit, commença à le dérouler et vit que le message portant la rune de Beorn provenait de Mahault, la vieille folle de Scâth… Il enfouit le parchemin dans une poche et repartit vers la porte, mais le prisonnier poussa des ahanements gutturaux pour attirer son attention.

— Qu'est-ce qu'il y a ?

L'homme eut un mouvement de recul, cligna plusieurs fois les yeux et se fendit d'un sourire édenté et stupide.

Haussant les épaules, Gorlois frappa du poing contre les lourdes planches de chêne. Un cliquetis de clés lui répondit aussitôt, de l'autre côté de l'huis. Au moment où il allait sortir, il se sentit tiré en arrière par sa cape et manqua de perdre l'équilibre. L'agrafe en argent qui retenait son manteau se brisa sous la traction et tomba sur le sol, baigné d'un infâme mélange de paille, de graines et d'une boue formée par des années et des années de fientes.

— Qu'est-ce qui vous prend, croquants ? hurla Gorlois en leur arrachant son manteau des mains.

Les deux bougres reculèrent à nouveau, frappés de terreur par l'expression furieuse du sénéchal borgne. Le plus grand s'enhardit jusqu'à lui tendre le message qu'il avait péniblement rédigé au dos d'un débris de parchemin, et sur lequel ils fondaient tant d'espérance.

— Quoi, encore !

Gorlois saisit le chiffon de papier d'un geste agacé et entreprit de déchiffrer les lettres malhabiles.

— « Pri... Prison fini... » C'est pas croyable d'écrire aussi mal, tout de même ! Remarquez, c'est déjà bien de savoir écrire, surtout pour deux croquants comme vous... C'est en lisant les parchemins que vous avez appris ?

Le plus grand secoua la tête, les yeux brillant d'espoir, et lissa ses cheveux immondes comme pour se faire reconnaître.

— C'est vrai, tu étais au service du roi, autrefois... Bailli ou chambellan, c'est ça ? Qui s'en souvient encore, hein ? Faudra que j'en parle au roi, ça va l'amuser.

Il se remit à lire, un sourire aux lèvres, plissant son œil unique et retournant le parchemin en tous sens pour tenter d'en déchiffrer les gribouillages.

— « Nou… veu… So… Sortir » ? C'est ça, « sortir » ? Vous voulez sortir d'ici, c'est ça ?

Gorlois montra la porte ouverte derrière lui, et fit signe au garde de s'écarter. Il haussa les sourcils et sourit, pour mieux appuyer ses paroles.

— Vous voulez partir d'ici ?

Les malheureux comprirent enfin et se mirent à hocher la tête frénétiquement, avec des sortes de hoquets de gorge assez peu ragoûtants en guise de rire.

Le sénéchal se tourna vers le garde.

— Depuis combien de temps sont-ils ici ?

— Euh… Je ne sais pas, messire. Je ne suis en poste que depuis dix ans, et ils étaient déjà là bien avant…

— Ouais…

Tout en jouant pensivement avec le parchemin crasseux, il baissa les yeux vers les visages abrutis et repoussants des deux condamnés, et leur sourire niais cessa de l'égayer. D'ailleurs, le vacarme du pigeonnier était proprement insupportable, et puis il faisait trop froid.

— Non ! dit-il en secouant la tête pour qu'ils comprennent.

Et il tendit le doigt vers son agrafe brisée, à terre.

— Vous avez cassé un bijou de valeur, c'est mal !

Il agitait le doigt comme pour les gronder, prenant le garde à témoin.

— N'est-ce pas ?

Le soldat eut un sourire hésitant, ne sachant pas trop ce qu'il devait répondre.

— N'est-ce pas ? insista Gorlois.

— Oui, messire.

— Voilà ! ajouta le vieil homme. Je vous condamne à dix ans de plus pour bris de bijou !... Et pour avoir appris à lire sans la permission du roi. Il ne faut pas lire le courrier des gens, on ne vous l'a pas dit ?

Il froissa leur torchon de papier, le jeta à terre et sortit sans se retourner. Derrière lui, le soldat repoussa lentement la lourde porte de bois et frémit devant l'expression d'horreur et de désespoir des deux prisonniers. Il donna deux tours de clé, accrocha le trousseau à un anneau scellé au mur et redescendit pesamment l'escalier de pierre qui menait à la salle de garde. Il contempla avec dégoût le couloir par lequel Gorlois avait déjà disparu dans les entrailles du palais et cracha sur les traces du sénéchal.

Le jour tombait lorsque Till put se mettre debout. Il avait repris conscience rapidement, mais la reine l'avait forcé à rester immobile et lui avait enjoint de respirer amplement l'épaisse et odorante fumée qui s'échappait d'un minuscule feu de brindilles et de tourbe allumé au centre de l'abri. Till avait reconnu la plupart des plantes médicinales disposées autour du foyer, et les gestes lents que traçait la reine dans la colonne de fumée lui rappelaient des souvenirs anciens. Quand sa vue cessa d'être trouble, il découvrit Uter, allongé sur un matelas de sphaigne. Toujours inconscient, le chevalier avait été dévêtu de son haubert de mailles et de sa cotte d'armes, ne conservant que ses braies et ses chausses. Dans un coin, son épée et son armure luisaient faiblement à la lumière vacillante des flammes. Son torse, ses bras et son visage, toujours aussi gris mais moins boursouflés, étaient recouverts de runes dessinées à la cendre par la reine. Sur ses propres doigts et sur l'arête de sa main, elle avait tracé les runes maîtresses de la guérison, *os, ear, ac, tir*, formant ce dessin cent fois répété :

La reine, penchée sur Uter, se balançait comme un serpent, et psalmodiait le vieux poème des runes :

Byth ordfruma aelcre spraece,
Wisdomes wrathu ond witena frofur,
and eorla gehwam eadnys ond tohiht.

Byth egle eorla gehwylcun,
Thonne faestlice flaesc onginneth,
Hraw colian, hrusan ceosan
Blac to gebeddan ; bleda gedreosath,
Wynna gewitath, wera geswicath.

Byth on eorthan elda bearnum,
Flaesces fodor, fereth gelome
Ofer ganotes baeth ; garsecg fandath
Hwaether ac haebbe aethele treowe.

Byth tacna sum, healdeth trywa wel
With aethelingas, a bith on faerylde,
Ofer nihta genipu, naefre swiceth.

Ce qui, en langage commun, pourrait se traduire ainsi :

La bouche est l'origine de toute parole,
Siège de sagesse, consolation du sage,
Repos et espoir du noble.

Les cendres effraient le noble,
Quand soudain la chair se glace
Et que le corps doit choisir la terre comme morne compagnon.

Les beaux fruits pourrissent, la joie s'en va,
l'alliance échoue.

Le chêne sur cette terre est utile aux hommes,
Comme le fourrage aux cochons, de même il le
nourrit.
La mer aux vagues pointues comme l'épieu
Éprouve la noblesse du bois de chêne.

Tir est une rune spéciale.
Aux princes elle conserve la foi,
Toujours victorieuse sur l'obscurité de la nuit,
elle ne fait jamais défaut.

Sous le couvert végétal, dans le silence de la nuit et le crépitement du feu, le chant monotone plongeait Till dans une léthargie hypnotique, peuplée de rêves étranges. Parfois, il émergeait du brouillard profond dans lequel il s'abîmait, puits sans fond sombre et glacial, pour de courtes phases de lucidité durant lesquelles il parvenait même à parler avec son chien et son faucon. Jappements, piaillements, grognements… Même la reine n'y comprenait rien.

Quand enfin il put se relever, ce fut pour se rapprocher de Lliane. Il lui prit les deux mains et inclina la tête.

— Ma reine, merci…

L'elfe releva la tête et lui sourit. Dans la nuit noire, la maigre lumière dispensée par le feu de brindilles et d'herbes médicinales était si faible qu'un homme n'aurait rien distingué d'autre, sous leur hutte végétale, que ces flammes minuscules. Mais les elfes étaient des créatures de la nuit, adorateurs de la lune, et leurs yeux perçaient les ténèbres comme ceux des bêtes sauvages. Agenouillée à côté d'Uter, Lliane avait l'air épuisée ; Till comprit qu'elle avait usé de magie pour les arracher tous deux au poison des moustiques et à la mort, jusqu'au bout de ses propres forces.

— Comment va-t-il ?

La reine considéra le chevalier.

— Je ne sais pas… Les hommes ne sont pas comme nous, Till. Ils ont l'air si forts… pourtant leur âme est si fragile…

Elle poussa un soupir de découragement.

— Et puis je n'arrive pas à parler à son esprit. Ses oreilles sont closes, ses yeux sont clos, son cœur est clos. Je ne sais pas où il est… Il n'a ouvert les yeux qu'une seule fois depuis qu'on vous a amenés ici. Freïhr est venu apporter des baies de genièvre et des oiseaux rôtis, mais nous n'avons pas réussi à le faire manger. Heureusement, il a bu…

Lliane se ressaisit et esquissa un sourire.

— Et toi, cher Till, mon ami, tu vas bien ?

L'elfe vert sourit et se massa le crâne.

— Ça me brûle de partout… Et en plus, j'ai une sacrée bosse sur la tête. J'ai dû me cogner en tombant, sur le radeau.

La reine lui jeta un regard en coin. Jouait-il la comédie, ou avait-il vraiment perdu le souvenir de sa lutte contre le nain Rogor ?

Il ne lui laissa pas le temps de s'interroger davantage.

— Ma reine, il faut tenir conseil, dit-il d'un ton redevenu grave. Mon faucon m'a appris que l'homme Blade a tué une colombe utilisée par le passeur pour rester en contact avec nous. Je ne sais pas ce que cela signifie, mais tu te souviens que c'est sans doute cet homme qui a également tué le chevalier Rodéric…

— Oui. Et, si c'est le cas, ça veut dire que ce n'est pas par hasard qu'il s'est joint à notre groupe… Cet homme nous suit depuis le début, dans un but bien précis. Comment a-t-il fait pour se trouver sur notre route ? Comment pouvait-il savoir que nous irions voir cette femme, à Scâth ? Nous-mêmes ne le savions pas la veille !

— Je l'ignore…

La reine des elfes se redressa, effleurant la voûte de feuilles formée par le saule. Elle aussi s'était débarrassée de ses armes et de ses équipements de route, ne conservant que sa longue tunique de moire fendue. Elle avait défait sa natte, et ses longs cheveux flottaient librement jusqu'au bas de ses reins. Pieds nus sur le doux matelas des sphaignes gonflées d'eau, elle étira ses membres engourdis, croisa dans son dos ses mains couvertes de runes et s'appuya contre le tronc de l'arbre.

— C'est un espion, dit-elle enfin. Il sait où se trouve Gael, et il nous manipule pour nous conduire jusqu'à lui. Pourquoi ?

— Parce qu'il a besoin de nous pour l'approcher, estima Till. Les elfes des marais n'aiment pas les étrangers. Si Gael est sous leur protection, seuls des elfes pourront parvenir jusqu'à lui.

Lliane regarda pensivement le pisteur et acquiesça d'un signe de tête.

— Tu as sans doute raison. Mais cela ne répond pas à la question… Pourquoi veut-il tant approcher Gael ? Pour cette simple cotte de mailles d'argent ?

Elle désigna d'un geste presque méprisant son propre haubert de mailles tressées, posé négligemment contre les racines du saule, avec le reste de son équipement.

— Elles ont une grande valeur, bien sûr. Et je ne doute pas que lui ou ses semblables aillent jusqu'à tuer pour s'en emparer. Mais, dans ce cas, qu'est-ce qui l'empêchait de m'attaquer, sur le marais, pour voler la mienne ? Il aurait pu couper les liens qui nous retenaient aux autres radeaux et se débarrasser aisément du pauvre Uter, dans son état… Or il n'a rien tenté.

La reine s'interrompit. Ce n'était pas vrai. Blade avait bien tenté quelque chose durant le voyage… Mais sa convoitise était d'une nature différente, elle en était certaine.

— Il y a quelque chose que nous ne savons pas, poursuivit-elle. Quelque chose qu'on nous cache depuis le début.

Till, qui caressait silencieusement son chien couché tout contre lui, regardait le corps inerte d'Uter, étendu à côté du feu.

— Beaucoup trop d'hommes, murmura-t-il.

— Quoi ?

Le pisteur se tourna vers la reine des hauts-elfes.

— Je me disais que c'est une histoire entre les nains et nous, mais que ce sont des hommes qui nous ont envoyés sur la piste de Gael, que c'est un homme qui manœuvre dans l'ombre et qu'après tout ce sont deux hommes, Uter et ce grand barbare, qui sont allés parler à cette receleuse de Scâth... Nous ne savons pas, en fait, ce qu'ils ont pu se raconter. Et ce sont eux, en fin de compte, qui sont revenus avec ce Blade. Au mieux, un voleur... Au pire, un assassin. Et si tous ces hommes étaient liés ?

— Tu oublies que Blade a tué le chevalier Rodéric, dit la reine. Nul doute que, si Uter et Freïhr le savaient, ils lui feraient payer le prix du sang... Non, ils ne marchent pas ensemble. Ce n'est pas possible...

Till recommença à caresser son chien, qui en soupira d'aise et s'étira langoureusement.

— Mais, ainsi que tu l'as dit, ma reine, les hommes ne sont pas comme nous.

Il faisait froid dans la chapelle, plus encore que dans n'importe quelle autre pièce du palais. Les moines n'y avaient prévu aucune cheminée, et aucune tenture ne venait réchauffer les pierres nues de l'édifice, hormis un dais aux couleurs royales, blanc, symbole de pureté et de droiture, et azur, la couleur du ciel. Agenouillé sur un prie-Dieu tapissé de velours à côté de la reine Ygraine, face au chœur, Pellehun laissait son regard dériver sur la voûte peinte et les hauts piliers de la nef. Comme chaque fois, il sourit en s'attardant sur leurs chapiteaux, ornés de monstres griffus, cornus, tirant la langue, tout un bestiaire de gargouilles et de démons inspirés des guerriers gobelins des Terres gastes, ce que seuls les anciens de la guerre des Dix Années pouvaient deviner. Pour le reste, la chapelle était d'un ennui…

— Sire, vous n'écoutez pas, souffla Ygraine.

— Mais si, grommela Pellehun en ramenant son attention sur le catéchiste.

Désespéré par l'inattention du roi, le moine s'était tu et le regardait avec une expression tellement découragée que cela en devenait presque amusant.

— Alors ! Vous nous parliez des péchés, c'est ça ?

— Oui, sire, dit le chapelain avec un soupir résigné. Les sept péchés capitaux : orgueil, envie, ire, paresse, avarice, luxure et gloutenie.

— Eh bien, fit Pellehun en souriant à la jeune reine, je crois que je les ai tous ! Qu'est-ce que j'ai gagné ?

— Chacun de ces péchés est une branche du même arbre, et cet arbre est le Mal, continua le prêcheur. Et chaque branche se divise elle-même en brindilles. Ainsi, l'orgueil enfante déloyauté, dépit, présomption, ambition, vaine gloire, hypocrisie, vergogne ! Et de chaque brindille partent encore de nouveaux rameaux. De la déloyauté, par exemple, naissent les ingrats, forcenés et renégats. Le moindre péché remonte alors jusqu'au Mal lui-même !

Pellehun ne souriait plus. Il se leva lentement, et le raclement du fourreau de son épée sur les dalles résonna longuement dans la chapelle.

— Pourquoi parles-tu de déloyauté ? dit-il d'une voix blanche. Forcené, hein ? Renégat ? Tu te prends pour quoi, moine ?

Le chapelain bafouilla, chercha des yeux l'appui de la jeune reine, qui tenta d'agripper son époux par la manche.

— Ce n'était qu'un exemple, sire…

— Laissez-moi, madame ! grogna Pellehun en se dégageant. Et puis sortez ! C'est assez de moineries pour le jour !

Le vieux roi se rapprocha dangereusement du catéchiste, qui reculait pas à pas dans le chœur, jusqu'à l'autel. Il perçut derrière lui le claquement saccadé des pas d'Ygraine et le grincement de la porte lorsqu'elle quitta la chapelle.

— Je viendrai dans votre chambre, ce soir ! cria-t-il. Il ne faut pas oublier le péché de luxure !

Puis, tout bas, à la face du moine :

— Pas vrai, l'abbé ?

Une voix forte résonna dans son dos.

— Messire !

Pellehun se retourna lentement, avec un dernier rictus méprisant. C'était le duc Gorlois, qui remontait la nef à grandes enjambées.

— Un message ! dit-il en brandissant le parchemin noué d'un ruban rouge. Des nouvelles de notre homme !

Pellehun l'arrêta d'un geste.

— Qu'est-ce qui te prend ? Tu entres dans une église comme un soudard, tu parles haut, tu vas, tu marches, tu ne te signes même pas devant la Sainte Croix ? Mais tu n'as donc aucune religion ?

— Oui, bon, d'accord, fit le sénéchal, s'agenouillant et se signant d'un geste rapide.

— C'est mieux comme ça, dit Pellehun, qui se tourna vers le moine avec un sourire réjoui. Pas vrai, l'abbé ?

Au cœur de la nuit, Uter commença à délirer.

Ses gémissements, puis ses cris, réveillèrent la reine des hauts-elfes, qui revint à son chevet. Elle ajouta de la samole et de la morgeline dans le feu de brindilles, selon les rites de la magie des plantes : n'utiliser que sa main gauche et prendre soin de ne pas regarder en arrière pour ne pas attirer les mauvais esprits.

— C'est inutile, fit Till dans son dos. Les fumigations ont guéri ses yeux et son corps, mais c'est son âme qui s'en va…

— Tais-toi !

Till n'insista pas. Lliane poussa un long soupir et baissa la tête. Il avait raison, bien sûr… Les cloques et les boursouflures qui parsemaient le corps du chevalier s'étaient résorbées, mais il était en train de glisser vers l'oubli, il renonçait à lutter.

— Ce n'est pas fini ! dit la reine.

Elle ramassa un bouquet de jusquiame aux fleurs jaunes rayées de pourpre, rapporté par le faucon de Till, et entreprit de le piler contre un galet. Ses longs cheveux collant à ses joues et son cou, les lèvres serrées, elle broya la plante jusqu'à en obtenir une pâte qu'elle mêla à un peu d'eau.

— Aide-moi ! ordonna-t-elle au pisteur.

Till saisit fermement la tête du chevalier et ouvrit ses mâchoires en forçant, tandis que Lliane versait dans sa gorge l'épaisse bouillie.

— Ça va le calmer, murmura-t-elle. Ça va le guérir…

Till hocha la tête sans rien dire. Il savait que la jusquiame n'était pas seulement un calmant. Depuis toujours, les mages et les devins de toutes les communautés elfiques connaissaient ses propriétés vaticinatoires et l'utilisaient avec parcimonie pour provoquer leurs visions. Il savait également – comme Lliane – que la jusquiame, à trop forte dose, était un poison.

Il tint la tête du chevalier jusqu'à ce qu'il déglutisse et avale la mixture. Puis il battit en retraite et observa en silence l'effet de la médecine.

Uter ouvrit les yeux. Lliane était là, sous la voûte de feuilles. Son étrange regard en amande d'un vert presque jaune le caressait, et ses lèvres formaient des mots qu'il ne connaissait pas. Il n'avait plus mal. Les mille aiguillons qui le mettaient au martyre avaient disparu. La fièvre était retombée, et il baignait dans une torpeur infiniment agréable.

La reine posa sur son front un linge humecté d'eau de chêne, puis l'essuya de ses mains. Uter sourit, parvint à lever le bras pour lui saisir l'épaule et la rapprocher doucement de lui.

— Ma reine, murmura-t-il.

Mais elle lui posa un doigt sur les lèvres.

— Tu reviens, dit-elle. Tu reviens pour moi…

Uter l'attira encore et leurs corps se touchèrent. Peau contre peau.

Lliane était nue, comme lui, étendue de tout son long sur le corps massif du chevalier, aussi légère qu'un souffle d'air frais. Il la caressa en fermant les yeux, de peur de briser le charme, ne les rouvrant que lorsqu'il sentit les cheveux de l'elfe effleurer ses joues. Lliane lui souriait toujours, et ce fut elle qui se pencha pour l'embrasser. Sa peau, sur son ventre, était aussi douce que du velours.

Till sourit et jeta un coup d'œil vers la reine, accroupie à côté de lui contre le tronc du saule, les genoux serrés entre ses bras.

— Je crois que je sais à quoi il rêve, ma reine, murmura l'elfe vert.

Lliane ne répondit pas. À la lueur du feu de brindilles, ses yeux brillaient comme de l'or dans le bleu argenté de son visage. Et son regard était fixé sur Uter.

Le seigneur Rassul était parti droit devant lui, sans réfléchir, de ses longues enjambées aussi vives que le galop d'un cheval, si prestement que seul Assan, son elfe lige, put remarquer son départ.

Lame et les chevaux libres étaient revenus la tête basse au campement de Llandon, le pas lourd, chargés du poids des mauvaises nouvelles. Honteux et inquiet, l'étalon blanc aimé du roi peina à leur avouer la mort du page Llewelin, l'échec de la compagnie à Kab-Bag et leur embarquement vers les marais, sur de mauvais radeaux, accompagnés seulement de chevaux de bât sans âme et sans courage…

Nul n'avait posé de question. Les seules paroles de Llandon avaient été pour réconforter Lame et ses compagnons, mais Rassul avait senti peser sur lui le poids de ce silence. Si la reine Lliane avait poursuivi son chemin vers les marais et au-delà, c'est qu'elle était sur la piste de Gael, assez convaincue de sa culpabilité pour s'aventurer dans une aussi dangereuse traversée… Llandon n'avait rien dit, mais le déshonneur de Gael pesait sur tous les elfes gris, et plus particulièrement sur lui, leur roi. Pauvre roi sans royaume et sans pouvoir, risée de ces nains ridicules, pleins de morgue et de mépris, qui réclamaient justice et agitaient leurs haches de bourreaux, encore dégoulinantes du sang de son peuple ! Et s'ils retrouvaient Gael, faudrait-il le livrer en implorant leur pardon ? Et s'ils ne le retrouvaient pas ? Et si Lliane était tuée ?

Rassul courait toujours, indifférent aux branches qui giflaient son visage, sous les premiers flocons de neige de l'hiver. Il courait en pleurant, de honte et de rage, et les larmes gelaient sur son visage glacé. Il courut jusqu'aux berges du lac, jusqu'à ce que l'eau sombre et les roseaux brisent son élan. Et alors il s'abattit comme une masse dans l'eau glaciale, cédant à ce désespoir absolu qui souvent broyait les elfes jusqu'à l'anéantissement.

Quand enfin Assan le rejoignit, le roi des elfes gris rampait dans la vase des berges, suffoqué par ses pleurs, poussant de longues plaintes qui lui brisèrent le cœur. Il pataugea jusqu'à lui, le saisit sous les épaules et le traîna doucement à la rive, où Rassul se terra dans ses bras jusqu'à ce que ses sanglots se tarissent.

La nuit tomba ainsi sur les deux elfes enlacés, mouchetés de neige et luisants de givre, pareils à un rocher baigné des eaux du lac.

XIII

Un jour de brume

La plainte sonore des engoulevents, ces prédateurs nocturnes de la longueur de la main dont les plumes ressemblent à de l'écorce, se tarit avec l'aube, et Tsimmi réalisa qu'il avait à peine dormi. C'était l'heure grise du petit jour, les marais étaient parfaitement silencieux. Immobiles. Figés entre ciel et eau dans la même brume terne et fade.

Le nain contempla les corps de ses compagnons, enroulés dans des couvertures. Freïhr n'était pas là. Il jeta un coup d'œil vers le saule aux branches étrangement tordues qui formaient une cabane naturelle. La reine des elfes, décidément, avait d'étranges pouvoirs...

Du bout de la botte, il cogna Miolnir qui se réveilla avec un grognement.

— Par ma barbe ! fit-il en se redressant sur son séant, promenant autour de lui un regard morne. Je rêvais que j'étais chez moi, dans les montagnes, sur mon lit de fourrures !... Quel pays !

Tsimmi approuva d'un hochement de tête. Les marais représentaient tout ce qu'un nain pouvait détester : le froid, l'humidité, la nature sauvage et presque pas de terre ferme pour y poser le pied. Un pays haïssable en tout point.

Il se leva sur ses courtes jambes, se massa longuement le dos et entreprit de peigner sa barbe à l'aide d'une brindille (on insiste rarement sur ce sujet, mais les nains sont assez soucieux de leur apparence). Puis il se frotta les dents avec la même brindille, se rinça la bouche d'une gorgée d'eau et fouilla dans son sac à la recherche de quelque chose à manger.

— Il va falloir songer à chasser, dit-il. On n'aura bientôt plus que des biscuits d'avoine...

Rogor et Blade s'étaient également réveillés, tout aussi maussades.

— Le bon jour, mes doux sires ! lança-t-il avec une révérence assez pataude. Quelle belle journée ! Un vrai temps d'elfe, les pieds mouillés et la pluie sur la tête !

Blade leva les yeux vers le ciel et haussa les épaules.

— Tu dis n'importe quoi, le nain. Il ne pleut pas...

— Et alors ? Ça va venir ! Depuis qu'on est partis, il pleut, il neige et on est trempés. Pourquoi ferait-il beau ?

— Ah, tais-toi... Tiens, je préfère aller pisser.

Le voleur repoussa ses couvertures, se redressa souplement et s'éloigna dans les fourrés.

Au même moment, le rideau de feuilles formé par le saule frémit, et la reine Lliane en sortit, suivie de Till et de son chien.

— Regardez qui voilà ! dit Miolnir. Un revenant !

Le pisteur lui jeta un regard sombre, mais Tsimmi s'avança au-devant de la reine avec un sourire jovial.

— Vous l'avez sauvé ? s'exclama-t-il, admiratif et incrédule en examinant le pisteur d'un œil de spécialiste. J'aimerais bien que vous m'appreniez comment... Et Uter ?

— Ça va !

Tsimmi fit un pas de côté et découvrit derrière la reine la haute stature d'Uter le Brun, encore vacillant, mais en vie.

— Ça va, répéta le preux. Ça va aller…

— Mon ami ! murmura le nain en trottinant vers Uter pour lui prendre les mains. Je suis bien content !

Le chevalier lui rendit son sourire, mais son teint grisâtre et son air défait ne plurent guère au maître maçon.

— Attends, dit-il en ramassant l'une de ses précieuses besaces. J'ai là un remède qui te rendra des forces…

Il redressa la tête et lança un clin d'œil complice au chevalier.

— C'est-à-dire… Si la reine veut bien !

Lliane laissa échapper quelques notes d'un rire argentin.

— Maître Tsimmi, si vous avez de quoi nous redonner des forces, je serai votre première cliente !

Tsimmi se rengorgea, tout content, mais un cri étouffé l'immobilisa net.

— Paix ! souffla Blade, accroupi dans les broussailles. Quelqu'un vient !

D'un seul mouvement, tous saisirent leurs armes et se jetèrent à l'abri, qui d'un tronc d'arbre pourri, qui d'un buisson ou d'une butte de terre. Tapi derrière un gros rocher, sa fronde à la main, Tsimmi se rongea les lèvres, tous les sens aux aguets. Soudain, le craquement d'une branche, tout proche, le fit sursauter et il se retrouva nez à nez avec le gros visage de Freïhr, effrayant sous sa carapace de boue séchée.

— Bouh ! cria le barbare en roulant de gros yeux.

— Par le sang, seigneur Freïhr, ce n'est pas drôle ! protesta Tsimmi en portant la main à son cœur.

Le guerrier sourit et s'avança jusqu'au milieu du bosquet, satisfait de sa plaisanterie, mais aussi de la démonstration qu'il venait de faire de son habileté à progresser en terrain broussailleux.

Voyant Uter adossé à un arbre, occupé à se laver le visage à l'eau claire, le barbare sourit encore un peu plus.

— Tu n'es plus malade, dit-il en lui donnant dans le dos une claque qui faillit le projeter à terre. Freïhr est bien content.

— Merci, mon ami, dit Uter avec un sourire las. La reine Lliane a bien des talents…

L'elfe remercia Uter d'un bref sourire, puis se détourna pour achever de s'équiper. Le regard du chevalier restait accroché à elle, sans qu'il parvienne à s'en détacher. Le souvenir de la nuit enfiévrait encore son esprit, mais l'attitude distante de Lliane l'emplissait de doute. Se pouvait-il qu'il ait rêvé ? Non, c'était beaucoup plus précis qu'un rêve. Il se souvenait encore du goût de ses lèvres, de la chaleur de sa peau ; les rêves ne donnent jamais de telles sensations.

— Tu as vu quelque chose ? demanda Blade.

Le barbare s'accroupit, l'épée entre les jambes. D'un seul coup, son front était redevenu grave. Tous les regards convergèrent vers lui, y compris ceux des trois nains postés un peu à l'écart, en sentinelle.

— Il y a des huttes, plus loin, à une heure de marche, révéla-t-il en tendant le bras vers le nord. J'ai vu quelques elfes, ce matin, mais uniquement des femmes et des enfants. Les autres doivent se cacher…

— Oui, ou nous préparer une embuscade, fit Tsimmi.

— À vous, peut-être, mais pas à moi ! lança Blade d'un ton confiant. Il me suffit d'y aller et de leur demander de nous mener à Gael, voilà tout !

— Voilà tout, oui, grogna Miolnir. Et on tombera tous dans leurs sales pattes, comme du gibier !

Till réagit à l'insulte proférée contre les elfes gris, mais la main de la reine se posa aussitôt sur son bras.

— Il est vrai, reconnut-elle, que nos amis nains ne sont pas les bienvenus à Gwragedd Annwh. Et comme je pense que vous ne serez pas d'avis de nous laisser chercher Gael, je ne crois pas que nous ayons le choix…

— Vos paroles sont la sagesse même, approuva Blade en s'inclinant vers l'elfe avec une déférence de circonstance. Pourquoi les elfes gris me feraient-ils du mal, alors que j'apporte à leur seigneur la prospérité ?

Le voleur se tut, laissant à chacun le temps de la réflexion.

— Bien, c'est dit ! Si messire Freïhr accepte de me guider, nous retrouverons Gael et je mènerai ma transaction, comme prévu. Après, je vous le laisse…

Freïhr renifla et se dandina d'un pied sur l'autre. Il chercha du regard Uter, qui s'avança lentement jusqu'à eux. Il avait abandonné son armure, trop lourde et trop bruyante pour les marais, et n'avait conservé que son camail de fer tressé, couvrant son cou et ses épaules. Ses bras et ses jambes n'étaient plus protégés que par une simple cotte de mailles. Une longue cotte d'armes de drap teinté de grosses rayures horizontales bleues et blanches recouvrait le tout, des épaules jusqu'aux chevilles, et se balançait au rythme de ses pas. Uter prit le temps de boucler le baudrier qui retenait à son flanc sa lourde épée avant de lever les yeux vers Blade le voleur.

Les deux hommes se dévisagèrent en silence durant de longues secondes. Uter était encore pâle, le visage recouvert d'une mauvaise sueur froide, les traits tirés, les sourcils roussis par les flammes et les joues mangées par une barbe de trois jours. En y regardant bien, les runes que la reine Lliane avait tracées à la cendre sur son front et ses pommettes étaient toujours visibles. Le fier chevalier qui avait quitté Loth sous les acclamations de la foule n'était plus que l'ombre de lui-même, hormis l'éclat sombre de ses yeux. Le corps ramassé et le regard en dessous, Blade cessa rapidement de sourire, ne comprenant pas ce qui lui valait un tel examen. Puis, brusquement, la main du chevalier s'abattit sur son épaule et le fit tournoyer sur lui-même, avant de le saisir par le col pour le jeter à terre, sur les genoux.

Avant que quiconque ait pu réagir, Blade s'arracha à la poigne défaillante du chevalier et se redressa, la main déjà armée de l'une des nombreuses dagues de jet qu'il cachait dans son dos. Il comprit aussitôt son erreur.

Au réveil, il avait négligé d'enfiler son long manteau gris. Le chevalier avait eu le regard attiré par cette sombre rangée de dagues passées à la ceinture du maître voleur, et son sang s'était glacé en reconnaissant la facture des armes.

Blade jeta un rapide coup d'œil à la ronde, son poinçon toujours tendu devant lui. Le chevalier n'avait pas tiré son épée. Les elfes n'avaient pas bougé et l'observaient en silence, mais les nains tenaient toujours leurs chères haches en main. Freïhr se rapprochait dangereusement.

— Qu'est-ce qui te prend ? cria le voleur d'un ton moins assuré qu'il ne l'aurait voulu.

— Mon frère d'armes a eu la gorge percée, il y a moins d'une semaine, par une dague semblable aux tiennes, dit Uter.

— Et alors ! Tout le monde en a, des dagues !

— Oui, mais il en manque une à ta ceinture…

Blade commit une seconde erreur, celle de vérifier.

— C'est toi qui as tué Rodéric, n'est-ce pas ?

Le voleur n'eut pas le loisir de répondre. Un hurlement bestial le fit sursauter, et il eut juste le temps de se jeter de côté pour échapper à la charge furieuse de Freïhr. Blade roula à terre et se redressa dans le même mouvement, avec une souplesse inouïe. Avant même que le colosse se soit retourné, il projeta sa dague droit sur lui et fonça à corps perdu dans les buissons. Pendant quelques secondes, il perçut les cris du groupe et les hurlements de Freïhr. Puis il n'entendit plus que le vacarme d'un poursuivant, derrière lui, si bruyant que ce ne pouvait être qu'un nain. Blade força encore l'allure, et il n'y eut bientôt que le bruit de sa propre course. Alors seulement il osa regarder en arrière. Il était seul.

Hors d'haleine, les tempes en feu, il se laissa tomber à terre, l'esprit vide. Les cris de Freïhr montraient assez bien qu'il avait raté sa cible. Une maladresse inconcevable pour un maître voleur habitué à dominer ses nerfs... Quand il eut repris son souffle, il se releva et inspecta les alentours. Rien que des buissons d'ajoncs, quelques aulnes rabougris, des touffes de fougères. Pas de ciel, pas de vue... La brume s'était maintenue, et le froid commençait à le saisir. Il n'avait ni vivres, ni manteau, pas d'autres armes que ces maudites dagues qui l'avaient trahi.

— Qu'ils crèvent, grogna-t-il. Qu'ils crèvent tous comme des chiens !

Blade réprima une quinte de toux, les poumons en feu tant il avait couru. C'était fini. Il fallait quitter ce pays maudit, retrouver le marais et attendre jusqu'au soir, en espérant qu'Oisin le passeur serait au rendez-vous.

— Sacredieu !

Il venait de s'apercevoir qu'il n'avait plus sa besace : il n'avait donc rien sur lui qui puisse passer aux yeux du gnome pour un contre-poison. Tant pis, qu'il crève, lui aussi.

Blade se mit en marche vers le tronc blanc d'un peuplier émergeant d'un rideau de fougères et d'ajoncs chargés de fleurs jaunes. En y grimpant, peut-être pourrait-il se repérer et revenir jusqu'au ponton...

Il dégaina l'une de ses dagues et se fraya un chemin dans les longues tiges des fougères, pataugeant à nouveau dans la fange tourbeuse du marais. La dague était une arme d'estoc et non de taille, et sa lame n'avait d'autre effet que d'écarter le rideau végétal sans l'entamer, mais les grands coups rageurs que donnait le maître voleur apaisaient sa hargne.

Soudain, un piaillement aigu le fit sursauter. Ramassé sur lui-même, retenant son souffle, il scruta le ciel, guettant le gerfaut de Till. Le brouillard était trop épais, mais peut-être était-il là, à tournoyer au-dessus de lui... Une fois encore, le cri aigu retentit, tout près cette fois, à ras de terre. Blade pointa sa dague vers l'insondable rideau des fougères et recula, le souffle court, jetant de vifs coups d'œil autour de lui.

Au moment où il s'élançait pour fuir à nouveau à toutes jambes, une main empoigna son bras et le projeta dans la vase. Blade hurla, rampa dans la boue noire et parvint à se retourner vers son agresseur.

Ils étaient dix, peut-être plus, maigres à faire peur et le visage gris.

— Alors ? demanda Tsimmi en voyant revenir Miolnir.

Dès qu'il croisa le regard furieux et honteux de son ami, il sut que sa question était inutile. Les nains étaient de redoutables guerriers en combat rapproché, les terribles moulinets de leurs lourdes haches faisant des ravages à hauteur des hanches de la plupart de leurs adversaires, mais ils ne donnaient rien de bon quand il fallait courir, ainsi que tout le monde le savait bien. Non seulement Miolnir s'était rapidement fait distancer, mais de plus il s'était perdu dans ces marais écœurants envahis d'ajoncs et de bosquets d'osier qui, vu sa taille, formaient un véritable écran tout autour de lui. Il s'était perdu et il avait eu peur (sentiment désagréable pour un chevalier nain d'une telle réputation).

— Aussi, pourquoi n'a-t-il rien fait, lui ? cria-t-il en désignant Till. Jamais là quand il y a du danger ! Tu parles d'un pisteur !

Till pâlit sous l'insulte et, ramassant son arc, saisit une flèche dans le carquois fixé à sa ceinture. Déjà, son chien s'avançait en grognant vers le chevalier nain, le poil hérissé tout le long de son échine. Le gerfaut prit aussitôt son envol, prêt à fondre sur leur adversaire pour l'aveugler à coups de bec et de serres.

— Nous avons tous été surpris par la réaction de Blade, intervint doucement la reine Lliane sans faire un geste pour s'interposer entre l'elfe vert et le nain.

Till et le chevalier nain sentirent leur rage mortelle s'estomper. Il y avait quelque chose dans la voix de l'elfe qui apaisait l'âme et vous forçait à l'écouter.

— Vous avez été le seul, seigneur Miolnir, à être assez prompt pour lui donner la chasse, poursuivit la reine.

— Ha !

Le guerrier nain se rengorgea et releva fièrement son menton (c'est-à-dire que sa barbe eut une sorte de frémissement d'orgueil). Il toisa le pisteur et son chien avec une moue méprisante, leva un œil négligent vers les cieux où planait le gerfaut, leur tourna le dos en ricanant et rejoignit Rogor.

Le silence retomba sur la compagnie. Un silence de brume, épais et ouaté, lourd de paroles non prononcées et de questions sans réponses. Ce fut Miolnir, à nouveau, qui céda le premier.

— Alors, par le sang, qu'est-ce qu'on fait ?

— Eh bien, voilà la question, murmura Tsimmi, qui essayait vainement de battre son briquet pour allumer son habituelle pipe de terre blanche.

Il y renonça, et rangea pipe et briquet dans sa besace avant de réaliser que tous avaient les yeux fixés sur lui, comme si sa simple phrase en faisait le porte-parole des noires pensées du groupe tout entier. Regards fuyants, fronts soucieux, lèvres closes.

— Bon, dit le maître maçon en se levant. Voici où nous en sommes : si les soupçons de messire Uter sont fondés – et la fuite même de Blade en est, il me semble, une preuve suffisante –, l'homme qui devait nous conduire jusqu'à Gael nous suivait en fait probablement depuis notre départ de Loth. Il a tué le seigneur Rodéric, il a bien failli réserver le même sort à messire Freïhr (et là il souligna son propos en hochant la tête vers le barbare, qui pressait encore contre sa joue profondément balafrée par la lame du maître voleur une compresse de sphaigne), et s'il savait vraiment où se trouve le seigneur Gael il ne nous le dira plus, maintenant… Donc…

— Donc il nous faut aller au village que Freïhr a repéré, et demander l'aide des elfes gris, conclut la reine Lliane. J'irai leur parler. Ils m'écouteront…

— Pardon, fit Tsimmi, je poursuis. Donc, disais-je, la question qui se pose est : Pourquoi cet homme nous suivait-il et pourquoi…

— Donc il est clair que ces pitreries ont assez duré !

La voix puissante du seigneur Rogor les pétrifia. Dressé de toute sa taille (et elle était considérable pour un nain), les jambes solidement plantées sur le sol, il se défit de sa tunique de page rouge, marquée des runes du roi Baldwin et souillée de la vase du marais, et la jeta à terre. Puis il dégagea de sa ceinture un fer de hache de dimensions redoutables et le fixa sur le solide manche de cognée que Miolnir, respectueusement placé deux pas en arrière, lui tendait.

— Oh, non, murmura Tsimmi, coupé net dans son discours.

Malgré lui, il chercha des yeux Uter, puis la reine. Le chevalier semblait fasciné par chacun des gestes de Rogor, mais Lliane le regardait, lui, Tsimmi, avec un air de reproche, de douleur et de lassitude qui déchira le cœur du maître maçon.

— Je suis Rogor, neveu du roi Troïn, et héritier du trône sous la Montagne noire ! dit le grand nain de sa voix terrible en assujettissant la lourde hache à deux mains. L'elfe Gael a tué mon oncle, et je le vengerai !

Il écarta sa longue barbe rousse et révéla son armure ornée d'un blason noir frappé d'une épée dorée.

— Dwalin ! Dwaaalin !

— Longue vie, longue barbe, terreur de ses ennemis ! lança Miolnir derrière lui d'une voix un peu exaltée, à la stupeur de Tsimmi.

Uter, abasourdi et dépassé par les événements, chercha des yeux l'aide de ses compagnons. Il frémit en découvrant que Till tenait son arc prêt, une flèche encochée. La reine elle-même semblait sur le point de dégainer sa longue dague elfique, mais son visage, surtout, et l'expression de défiance sauvage qu'elle affichait à cet instant stupéfièrent le chevalier.

— Messire Uter !

Le jeune preux se rapprocha du prince Rogor.

— Sur ma foi, c'est à moi qu'on a fait du tort ! dit le nain. Toi, compagnon, tu as été dépêché par le Grand Conseil dans un seul but : châtier l'elfe meurtrier. Aussi tu dois m'aider, et toi aussi, seigneur Freïhr… Car, si nous ne vengeons pas les mânes de mon oncle, je n'aurai pas d'autre choix que de lancer sur le peuple de l'assassin le Courroux des nains !

Comme Freïhr le regardait de son air habituel (c'est-à-dire qu'il semblait ne rien comprendre à la diatribe du nain), Rogor frappa le sol de sa hache formidable.

— La guerre !

Derrière lui, Miolnir dressa fièrement sa propre cognée, les yeux brillants d'excitation.

— La guerre ! La guerre !

— L'elfe Gael doit être châtié, et c'est ce qui sera fait, avec ou sans vous ! Le sang lavera l'injure ! Ce n'est que justice ! C'était la décision du Conseil ! Il faut marcher droit sur le village de ces chiens et les forcer à nous le livrer !

L'injure noua les tripes de Tsimmi, qui se tourna à nouveau vers la reine pour tenter d'atténuer les propos de Rogor, mais le visage de l'elfe le terrifia. Le souvenir fulgurant des légendes effrayantes et merveilleuses qu'on lui racontait autrefois à la veillée lui traversa l'esprit. Les fées-dragons aux yeux qui brûlent, vampires livides, mirages froids, sortilèges mortels, flèches d'argent. La reine, à cet instant, semblait tout droit sortie de l'un de ces horribles contes. L'elfe de la nuit, serpent glacé qui vient dévorer les pauvres nanillons encore au berceau, ou qui vous agrippe de ses doigts bleus et vous broie le cœur si vous vous risquez seul dans la forêt…

Comme deux fauves, fixant de leurs yeux jaunes le groupe des nains, Lliane et le pisteur s'avançaient vers eux d'un pas glissant, imperceptible, le visage déformé par un rictus bestial, les lèvres retroussées sur leurs dents tels les vampires de la légende, dont la beauté féerique se transforme d'un seul coup en une hideur mortelle.

Uter et Freïhr leur tournaient le dos, essayant désespérément de parlementer avec Rogor. Leurs paroles étaient couvertes par Miolnir, inconscient et fanfaron, qui chantait à pleine gorge le vieux péan des nains sous la Montagne noire :

Om, Om, Ghâzar-Run,
Or et fer,
Tambour tonne
Roule le vent
Mort et guerre

Tambour tonne
Ghâzar-Run

Vacarme ridicule.

Tsimmi, terrifié, recula précipitamment et chuta sur le sol tourbeux. La reine était tout près de lui, avançant sans lui jeter un regard, comme s'il n'existait pas, les yeux fixés sur le groupe des guerriers. Dans la brume rampante et les hautes herbes qui masquaient ses pieds, elle avait l'air de flotter au-dessus du sol, blême et silencieuse. Un fantôme... Les yeux du nain furent attirés irrésistiblement par la lame d'argent d'Orcomhiela, la longue dague à double tranchant que l'elfe pointait devant elle, à ras de terre. Il chercha à tâtons une arme à sa ceinture : son marteau de guerre était hors de portée, posé sur ses bagages. Puis Miolnir hurla, le doigt tendu vers les elfes, et tous se retournèrent d'un bloc, à l'instant où Till décochait sa flèche. Tsimmi eut le temps de voir Uter et Freïhr se jeter en avant vers le pisteur. Il perçut encore le cri de Miolnir à l'instant où la flèche lui traversait la main, puis la reine s'élança à l'attaque et le maître maçon se jeta dans ses pieds pour la faire chuter.

Lliane tomba à plat ventre, perdit sa dague et se retourna telle une furie, dardant sur lui ses yeux jaunes de bête fauve. Tsimmi était déjà debout, la dominant de sa petite taille, une simple poignée de terre à la main. Il la lança sur elle et frappa violemment du pied sur le sol. Lliane ferma les yeux quand la pluie de terre lui gifla le visage. Dès qu'elle les rouvrit, elle croisa son regard et vit le nain secouer la tête avec une expression désolée. L'instant suivant, une levée de terre noire et boueuse jaillit jusqu'à la cime des arbres dans un grondement assourdissant, puis s'abattit sur la reine et l'engloutit.

XIV

Les elfes gris

Dans la plaine, la neige n'avait cessé de tomber depuis deux jours. À perte de vue, tout était blanc, et le lac lui-même se couvrait de plaques de glace. Seuls les remparts de Loth et, au-delà, les tours du palais, visibles à des lieues, tranchaient sur le paysage immaculé. Le sénéchal-duc Gorlois, emmitouflé dans une cape de fourrure et chaussé de brodequins épais en cuir clouté, se laissait bercer sur sa selle, savourant le silence opaque de la première neige, la résonance ouatée des pas de son cheval, le cliquetis à peine perceptible des armes de son escorte. La tête ceinte d'un chaperon de velours rouge rehaussé d'un liripipion, longue bande de tissu qui s'entortillait autour de la coiffe pour redescendre autour de son cou à la façon d'une écharpe, les mains protégées par de hauts gants de cuir doublés de fourrure, il ne ressentait du froid qu'un agréable engourdissement du visage, vivifiant, piquant, au contraire de ses gens d'armes qui grelottaient dans leurs hauberts aux mailles gelées.

Gorlois se sentait bien.

À perte de vue, c'était la terre des hommes. Dans sa jeunesse, la forêt s'étendait encore jusques aux portes de Loth, alors simple bourgade fortifiée, mais les paysans libres et les serfs avaient brûlé les bois, défriché, labouré les champs et bâti des villages. Le royaume de Logres était devenu immense, plus puissant que Pellehun et lui ne l'auraient jamais rêvé.

— Messire ! Les voilà…

L'apostrophe du cavalier qui ouvrait la marche tira le sénéchal de ses pensées. Il piqua des deux et son cheval prit le petit trot, dépassant son escorte pour se porter au-devant du seigneur Rassul, roi des elfes gris des marais, qui l'attendait au bord du lac. Gorlois leva la main droite en signe de salut, puis mit pied à terre avec moins de prestance qu'il ne l'aurait souhaité. Les années commençaient à peser…

Rassul, ainsi que le sénéchal le lui avait recommandé, était venu seul au rendez-vous, accompagné uniquement de son elfe lige, Assan, lequel ne semblait armé que d'une longue perche démunie de fer, pas même taillée en épieu.

Les deux elfes, immobiles sur les berges du lac, pâles et minces, étaient seulement vêtus, à leur habitude, de leurs longues robes de moire, et Gorlois eut froid pour eux.

Il jeta un coup d'œil en arrière, vérifiant que ses gardes restaient à distance, puis ôta son gant et tendit la main au roi.

— Merci, seigneur, d'avoir répondu à mon message, dit-il en inclinant la tête avec humilité.

— Eh bien ?

Gorlois s'avança encore et prit familièrement l'elfe par le bras. Seigneur Dieu, il n'était même pas armé ! Pas même une dague !

L'espace d'un instant, le vieux guerrier joua avec l'idée de lancer son escorte sur les deux elfes et de les tuer, là, sur les berges. Ce serait facile. Il suffirait de jeter leurs corps dans le lac. La glace ne les rendrait qu'au dégel, et les elfes gris n'auraient plus de roi…

— Alors ? insista Rassul.

Gorlois lui sourit et l'entraîna à l'écart.

— Seigneur, j'ai reçu des nouvelles de notre délégation. Par pigeon voyageur, en provenance de Kab-Bag.

— Oui, eh bien ?

— Le roi Pellehun et moi-même avons pensé que vous deviez être informé avant que le Grand Conseil tienne séance. Car il devra se réunir à nouveau, avant même que la reine Lliane et nos légats reviennent à Loth… Ce sont de mauvaises nouvelles, je le crains.

Rassul s'arrêta et arracha son bras de l'emprise de Gorlois.

— Ils ont retrouvé Gael ?

— Non, pas encore… Mais ils ont la preuve de sa culpabilité. J'ai bien peur que les nains n'aient dit vrai, seigneur. Gael est sûrement le meurtrier du roi Troïn.

— Par le sang !

L'elfe gris donna un coup de pied rageur dans un buisson chargé de neige, projetant un nuage blanc dans les airs, et jura longuement dans sa langue, un dialecte elfique des marais que Gorlois ne connaissait pas. Il jeta un coup d'œil en arrière vers Assan, qui piaffait comme un étalon dans une stalle, inquiet de la fureur de son maître. Gorlois réprima un sourire, se demandant quelle était la nature exacte des liens qui unissaient Rassul à son elfe lige. On disait que chez les elfes les sexes étaient parfois mal définis… Puis il reprit un air de circonstance et reporta son attention sur le seigneur des marais.

— J'entends déjà Baldwin et sa cour ! pesta Rassul. Personne ne croira que Gael ait agi de son propre fait, ou pour le compte de qui que ce soit d'autre. Non, on dira que c'est moi, le responsable ! Moi, le commanditaire du meurtre de Troïn ! Encore et toujours, tout est la faute des elfes gris !

Gris, Rassul l'était totalement. Ses longs cheveux non tressés lui dessinaient une crinière argentée qui coulait dans son dos comme une cascade gelée et qu'on distinguait mal de sa peau d'un bleu exsangue. Voûté, le corps étroit, les membres longs, Rassul avait un visage dur, aigu, aux arcades et aux pommettes saillantes. Il pouvait sembler beau, comme tous les elfes, mais à cet instant sa maigreur et sa rage le rendaient plutôt effrayant.

— Seigneur, nous tenons avant tout à éviter un conflit, reprit Gorlois avec onctuosité. Et nous redoutons que votre présence, au Grand Conseil, ne déclenche l'hostilité des nains.

Il s'interrompit un moment, comme pour chercher ses mots.

— Voilà pourquoi, seigneur, je vous conseille de fuir…

— Quoi ?

Les yeux écarquillés, les lèvres blanches, Rassul le regardait, près de suffoquer.

— Fuir devant des nains…

— Vous avez vu le vieux Baldwin, la dernière fois… On aurait dit qu'il était décidé à déclencher une guerre.

— Qu'il le fasse ! hurla Rassul. Bouffeur de pierres ! Nabot ridicule ! Cette fois, nous ne nous laisserons pas faire ! C'en est fini du temps où les elfes se traînaient dans la vase, terrifiés par leurs galopades !

— Seigneur, je vous en conjure, laissez le Conseil se charger…

— Non ! C'est fini ! Toute cette histoire pue le complot. Les nains sont comme ça, toujours à dresser des plans, toujours à s'entre-tuer pour leurs maudites montagnes. Eh bien, ça suffit ! Ils ne se serviront pas de nous !

— Mais, seigneur, les elfes gris ne pourraient jamais résister au Courroux des nains ! Ce serait votre perte !

— Ah, tu crois ?

Rassul empoigna le vieux sénéchal par sa cape de velours et l'attira à lui, dans un geste d'une telle violence que Gorlois se sentit décoller du sol et faillit perdre l'équilibre.

— Pour ma part, siffla l'elfe avec un regard insane et meurtrier, j'aimerais voir ça…

Près des chevaux, les gardes de l'escorte réagirent aussitôt. Certains avaient déjà dégainé leur épée, prêts à se ruer à l'assaut, mais le grand elfe lâcha Gorlois et, criant quelque chose à son comparse dans leur langue impossible, ils s'enfuirent à longues enjambées, aussi rapides que le galop d'un cheval.

Le capitaine des gardes se précipita vers le sénéchal, à genoux, prostré dans la neige. Il tendait les mains pour l'aider à se relever lorsqu'il s'immobilisa, décontenancé.

Plié en deux dans la neige, le corps secoué de spasmes, Gorlois riait.

Quand Tsimmi reprit concience, l'air était encore chargé d'escarbilles, obscurci et irrespirable. À demi enseveli par l'effroyable levée de terre qu'il avait déclenchée, le nain eut du mal à se dégager. Il toussa, cracha, rejeta son capuchon vert en arrière pour ébouriffer ses courts cheveux bruns, puis il épousseta tant bien que mal de ses mains pataudes son haubert maculé de tourbe. Ses doigts glissèrent sur l'une des nombreuses besaces qu'il portait à la ceinture, et il en sortit avec un gémissement désolé sa chère pipe de terre cuite, qui n'avait pas résisté au séisme. Il jeta au sol le tuyau brisé, conservant tout de même le fourneau, et, d'un pas mal assuré, s'écarta du nuage de poussière. Ses jambes le faisaient encore souffrir depuis les coups reçus à Kab-Bag, le sortilège l'avait vidé de ses forces, aspirant jusqu'au tréfonds de son être ses moindres parcelles d'énergie vitale.

Parvenu près d'un gros rocher, à quelques toises du magma terreux, il s'assit avec un soupir plaintif et contempla son œuvre.

Il ne restait rien de la clairière dans laquelle ils avaient passé la nuit. Le saule à moitié arraché laissait voir ses racines, et le sol haché, retourné comme par le soc d'une charrue formidable, avait enseveli la reine sous un amoncellement titanesque de tourbe, d'herbe et de roches. À cette pensée, le nain se remit sur ses pieds et se plongea à nouveau dans le nuage terreux qui obscurcissait encore toute la scène. Pendant un moment, il ne vit rien, et son cœur se serra à l'idée qu'il les avait peut-être tous tués, les hommes, les nains et les elfes, qu'il restait seul, sans vivres et sans armes, trop épuisé pour pouvoir user de magie avant de longues heures et incapable de s'orienter dans cet immonde pays de marécages.

Puis il perçut l'éclat mat d'une armure.

À genoux, se servant de sa cuirasse comme d'une pelle, Uter fouillait la terre frénétiquement, le visage noir de poussière et zébré de rigoles de sueur. À son côté, Freïhr creusait, lui aussi, avec des « han » de bûcheron, arrachant d'énormes mottes qu'il rejetait derrière lui à une cadence prodigieuse. La joue en sang, ses cheveux blonds maculés par la boue, ses fourrures en bataille, le barbare ressemblait ainsi à un ogre ou à un géant. Tsimmi s'arrêta à quelque distance, n'osant s'approcher davantage.

Mais le barbare l'aperçut.

— Tsimmi ! Nain stupide ! C'est toi qui as fait ça ?

Uter tourna la tête et, le voyant, il bondit sur ses pieds et le crocheta au collet.

— C'est toi qui as fait ça ? dit-il à son tour.

Tsimmi, presque étranglé, gargouilla une vague réponse que le chevalier ne prit pas la peine d'écouter.

— Sors-la de là !

Il précipita le nain à terre et Tsimmi, piqué au vif, se redressa aussitôt, dans un sursaut d'orgueil, le visage mauvais et les poings serrés.

— Je ne peux pas ! cria-t-il. Qu'est-ce que tu crois ? Que je peux faire et défaire le monde à l'envi ? Eh ben, non ! Je ne peux pas !

À nouveau, Uter l'attrapa et le jeta à terre sans ménagement.

— Alors, creuse !

Sans un mot, les trois compagnons se mirent au travail, déblayant le chaos de terre et de pierres avec sauvagerie, épuisant leur rage en un combat silencieux et acharné.

— Là, regarde ! cria tout à coup Freïhr.

Tsimmi se releva trop brusquement, et des points lumineux dansèrent devant ses yeux. Il chancela, papillotant des paupières, saisi d'un vertige affreux alors qu'il s'efforçait de distinguer ce que le barbare désignait. Une main. C'était cela. Une main bleue, féminine, et dont les longs doigts bougeaient faiblement.

Tsimmi se laissa basculer en arrière, roula sur le sol et appuya son front sur la terre, reprenant son souffle dans l'attente que le vertige se dissipe. Lliane était vivante… Les yeux fermés, les tempes battantes et le cœur au bord des lèvres, incapable d'ordonner ses pensées, le nain se sentait assailli d'un flot de questions. Pourquoi la violence de son sortilège l'avait-elle lui-même surpris, au risque peut-être de lui coûter la vie ? Pourquoi était-il fatigué à ce point ? Avait-il vraiment voulu tuer la reine, mais alors pourquoi se sentait-il si heureux de la découvrir en vie ? Et puis où étaient Rogor, et Miolnir, et Till le pisteur ? Étaient-ils tous enfouis là ?

Lentement, avec des précautions de convalescent, il se releva et, le corps à demi fléchi, les mains en appui sur ses cuisses, il regarda les deux hommes creuser à mains nues pour dégager la reine. Il entendait Uter lui parler de façon ininterrompue, il le vit la serrer dans ses bras, l'arracher du tumulus et l'emporter, comme une enfant, hors de ce chaos minéral.

D'un pas hésitant, Tsimmi les rejoignit jusqu'à un bosquet de bouleaux et s'accroupit à l'écart, la gorge nouée par une émotion incontrôlable. Uter trempait dans une flaque un coin de son manteau pour nettoyer le visage meurtri de la reine des hauts-elfes. Adossée au tronc blanc d'un bouleau, les vêtements déchirés et les cheveux pleins de terre, saignant de mille coupures sur le visage et sur le corps, Lliane se laissait faire, sans quitter des yeux le chevalier, avec une telle insistance qu'Uter en devenait maladroit.

— J'ai eu... J'ai eu peur, ma reine, lâcha-t-il enfin.

Lliane ne répondit pas, mais ses doigts se posèrent sur les lèvres du chevalier, caressant leurs contours avant d'effleurer sa joue, faisant crisser sa barbe de deux jours. Puis les doigts glissèrent sur son cou, étreignirent sa nuque et l'attirèrent vers elle, lentement, jusqu'à ce que leurs lèvres se touchent. Uter gardait les yeux baissés, le souffle court, hors du temps. Elle caressa les lèvres du jeune homme du bout de la langue, sourit devant sa surprise (les hommes, alors, n'embrassaient pas ainsi), et s'abandonna en un baiser retenu, prolongé, infini, d'où ils émergèrent tous deux comme des somnambules, ravis, gênés, incrédules.

Freïhr lui-même, debout à quelques mètres, n'osait respirer de peur de rompre le charme, et quand ils se séparèrent, avec des sourires fuyants de jouvenceaux, le barbare se dandina d'un pied sur l'autre, hochant la tête et pouffant de plaisir. Il alla relever Tsimmi et lui administra sur les épaules une claque joviale à assommer le nain pour le compte.

— Hein ! Qu'est-ce que tu en dis ?

Tsimmi resta silencieux, trop bouleversé pour pouvoir parler. Ses yeux brillaient et sa gorge était encore nouée (une sensation peu commune pour un nain). La reine le vit enfin, et elle tendit le bras vers lui, avec un sourire.

— La folie et la mort ont failli nous emporter tous, dit-elle. Je vous demande pardon, messire Tsimmi.

Le maître maçon en hoqueta de surprise.

— Mais non, c'est moi ! C'est moi qui vous demande pardon ! J'ai bien cru…

Il ne put achever sa phrase. Le soulagement, la fatigue, l'émotion, le bonheur eurent raison de lui. Et, pour la première fois depuis des années, Tsimmi pleura à chaudes larmes.

Ils restèrent là, hébétés et heureux, jusqu'à ce que le nuage de terre se soit totalement dissipé et que leur fièvre retombe, dans l'air glacé et humide du marais. Puis, quand le froid les saisit, ils se levèrent tous d'un même mouvement et revinrent fouiller la clairière dévastée à la recherche des restes de leurs bagages ou de leurs armes.

Lliane retrouva l'arc et les flèches de Kevin, ainsi que sa dague, Orcomhiela, intacte, pas même souillée par la terre. Ils récupérèrent le casque bosselé de Miolnir, la tunique rouge que Rogor avait jetée à terre, mais aucune trace des deux nains. Ce fut Freïhr qui fit la plus macabre découverte. Le chien de Till, l'échine brisée et la langue pendante, gisait sans vie sous les décombres. Quant au pisteur et à son faucon, ils avaient disparu.

Les quatre survivants s'équipèrent en silence, évitant de s'entre-regarder, mais pour des raisons tellement diverses…

— Il faut atteindre Gael avant eux, dit Uter, puis il se tourna vers la reine : Pouvez-vous nous guider ?

Lliane eut un geste d'impuissance.

— Je ne connais pas ces régions, et j'ignore même où chercher… Mais je sais que les elfes gris m'écouteront, si nous en croisons.

— En tout cas, intervint Freïhr de sa voix puissante et calme, la piste des nains est facile à suivre… Ils vont vers les huttes que j'ai aperçues ce matin.

Tous regardèrent dans la direction qu'il indiquait, et des herbes piétinées comme par une harde de cerfs montraient assez bien le chemin des deux lourdauds.

— Ils n'ont aucune chance, murmura la reine.

— Sauf si on les rattrape à temps, dit Uter. Allons-y. Freïhr, pars en avant, éclaire notre route. Toi, Tsimmi, reste avec la reine. Je fermerai la marche.

Le barbare s'élança aussitôt, l'épée à la main, et disparut dans les broussailles. Tsimmi profita des quelques secondes de répit pour ramasser des pierres, qu'il glissa dans l'une de ses besaces. Puis il sortit sa fronde et ajusta soigneusement un caillou bien rond dans la lanière de cuir avant de se mettre en mouvement. Derrière lui, la reine avait encoché l'une des flèches de Kevin sur son arc. Elle adressa un bref sourire à Uter, puis s'accorda au pas du nain, aussi silencieuse qu'il était bruyant. Uter jeta un dernier regard sur la clairière dévastée, sourit et se mit en marche.

La compagnie progressait sans un mot, chacun étant attentif au moindre bruit, les doigts crispés sur la garde de son arme. Autour d'eux, les bosquets et les hautes herbes des marais devenaient de plus en plus denses, au point que Freïhr devait parfois tailler leur route à coups d'épée. Malgré ses talents de pisteur, il crut cent fois avoir perdu la trace des nains, mais cent fois il repéra une empreinte de botte, lourdement imprimée dans la boue gluante du marécage.

Uter, à l'arrière, sentait des bouffées de chaleur lui monter au visage et des rigoles de sueur lui couler dans le dos. La fièvre lui enserrait encore la tête et l'affaiblissait au point qu'il avait du mal à tenir droite sa longue épée. Maudit orgueil qui l'avait poussé à demeurer debout dans la nuée de moustiques et qui avait fait de lui cette ombre de combattant, à peine capable de se déplacer sans aide ! Il secoua la tête pour tenter de recouvrer ses esprits. La compagnie s'apprêtait à livrer bataille, et il fallait qu'il se montre digne de la confiance du Grand Conseil…

Soudain, il s'aperçut que Lliane et Tsimmi s'étaient immobilisés. La reine lui fit signe de se dissimuler dans les fourrés, posa un doigt sur ses lèvres, puis s'avança, courbée en deux, l'arc à la main. Elle disparut rapidement dans les hautes herbes, sans un bruit.

Uter dressa l'oreille, mais les marais étaient plongés dans un silence insupportable, sans même un cri d'oiseau, sans même un bourdonnement de moustique, comme si la nature tout entière retenait son souffle. Tsimmi se retourna vers lui avec un haussement de sourcils interrogateur, et le chevalier s'avança à croupetons jusqu'au nain. La reine était partie depuis maintenant une minute, une durée considérable dans l'imminence du danger.

— Qu'est-ce qu'on fait ? souffla Tsimmi.

Uter tendit le cou en se relevant à demi pour tenter d'apercevoir quelque chose au-dessus du rideau d'herbes, lorsque la voix traînante de Freïhr résonna à proche distance.

— Venez…

Tsimmi et le jeune chevalier s'avancèrent à travers les ajoncs. Freïhr et la reine leur tournaient le dos, immobiles devant une mare de boue. Uter fut le premier à les rejoindre, et il frémit d'horreur. Puis Tsimmi les écarta et lui aussi il vit.

— Par le sang !

C'était Miolnir. Étalé à plat dos dans une vase épaisse et noirâtre et déjà à demi embourbé, le torse et les jambes percés de flèches malgré son haubert de cuir, il s'enfonçait inexorablement, aspiré par l'immonde margouillis. Ses yeux restés ouverts, fixés avec une expression de stupeur sur le ciel blafard de sa dernière journée, ne laissaient transparaître aucune souffrance. Les flèches avaient dû l'atteindre toutes ensemble, en une seule volée, et aucun des légats du Grand Conseil ne doutait de la nature des archers. Sous leur regard las et écœuré, la fange se mêla bientôt aux poils de sa barbe brune, s'immisça entre ses lèvres, dans ses narines, dans ses orbites, puis son visage disparut lentement dans le bourbier. Pendant un temps, détail atroce, seul l'empennage des flèches qui l'avaient tué resta à la surface de la mare, puis elles-mêmes furent englouties et il ne subsista plus rien de Miolnir, chevalier banneret du roi Baldwin venu trouver une mort sans gloire si loin de ses chères montagnes… Tsimmi secoua la tête tristement.

— Je le connaissais depuis au moins cinquante ans, dit-il. Et en même temps nous ne nous étions jamais vraiment parlé avant de partir pour cette aventure… C'était un guerrier, quoi. Ils ne parlent pas beaucoup, de toute façon…

Uter considéra gravement le maître maçon. La mort de Miolnir lui rappelait celle de Rodéric, si récente et pourtant déjà si lointaine dans son esprit. Ils avaient fait leurs classes ensemble et se côtoyaient depuis toujours.

Enfin, au moins dix ans… Mais qu'est-ce que cela pouvait représenter aux yeux de ces nains bicentenaires, pour qui le temps est sans fin ?

— Tu as quel âge, Tsimmi ? demanda-t-il tout à coup, et l'incongruité de sa question fit sourciller Lliane et le barbare.

— J'ai cent trente-deux ans, répondit le maître maçon. Plus près de cent trente-trois, en fait. La force de l'âge…

— Comment pouvez-vous vivre aussi longtemps sans dégoût ?

Tsimmi hocha à nouveau la tête et sourit, comme s'il comprenait l'état d'âme du jeune homme, et l'étrange cheminement de sa pensée.

— La vie est un cycle, Uter. Et le cycle des nains est plus long que celui des hommes. Le dégoût, la fatigue de vivre, la perte de la foi ou de l'enthousiasme ne nous viennent qu'après de longues années. Il vous vient plus vite, mais votre vie est plus courte. La nature est bien faite… Malgré tout, en ce qui te concerne, tu me parais un peu jeune pour te poser de telles questions !

— C'est la nature humaine, dit Lliane en se rapprochant d'eux.

Elle prit le visage d'Uter entre ses longues mains et le regarda avec tendresse. Non… Pas seulement de la tendresse. Quelque chose d'autre, aussi : de la curiosité, de l'incompréhension, de l'envie ?

— Les hommes n'aiment pas la vie et pourtant ils ont peur de la mort, poursuivit-elle en continuant à le fixer, son corps tout contre le sien. Et c'est pour ça qu'ils traînent cette amertume, cette violence, ce besoin de construire, de se perpétuer, d'imprimer leur marque sur cette terre. Pauvres hommes qui n'existent pas s'ils ne gravent pas leur nom sur l'écorce d'un arbre…

— Mais non ! dit Uter en s'écartant de la reine, mécontent de ses paroles. Les hommes…

Il chercha ses mots, troublé par le regard clair de l'elfe et celui, aigu et broussailleux, du nain. Agacé, il détourna les yeux et contempla la mare de vase qui servait de tombeau à Miolnir.

Et puis, tout à coup, un piaillement déchirant, semblable à un cri d'oiseau, les fit sursauter, et ils dressèrent leurs armes.

— Ce sont eux ! souffla la reine. Ce sont les elfes !

Tsimmi se tassa sur lui-même, contractant son corps dans l'attente d'une volée de flèches, serrant nerveusement son lourd marteau de guerre devant lui.

Il y avait tout autour d'eux des frémissements dans les hautes herbes, de longs hululements, des ombres furtives entre les bouleaux à l'écorce blanche. Les elfes gris se rapprochaient, indécis, forcément indécis, à cause de la présence d'une représentante de l'antique race de Morigan, l'une de ces hauts-elfes à la peau bleutée et au port altier qu'on ne voyait que fort rarement dans les marécages de Gwragedd Annwh.

Lliane s'était avancée vers eux. Redressée de toute sa taille et les épaules tirées en arrière, immobile et hiératique, elle contemplait sans frémir la progression sinueuse et agile des elfes des marais. Puis, quand ils furent à moins de cinquante mètres, elle commença à parler, dans leur dialecte chuintant qui ressemblait au bruit de l'eau coulant en torrent, sans élever la voix et sans cesser de s'adresser à eux, comme un charmeur de serpents ou un montreur d'ours, les deux mains levées et les paumes grandes ouvertes pour bien montrer qu'ils venaient en paix. Une flèche se ficha dans le sol tourbeux, presque entre ses jambes. Elle ne s'interrompit pas. Il y eut encore d'autres flèches, s'abattant parcimonieusement autour d'eux comme pour les tester, comme pour les inciter à fuir ou les forcer à attaquer, mais ils ne bougèrent pas.

Il s'écoula encore de longues minutes avant que le frémissement des herbes se rapproche et que les silhouettes hâves des elfes gris se dessinent entre les ajoncs. Uter et Freïhr, dressés dos à dos, protégeant Tsimmi de toute leur taille, échangèrent un regard nerveux. Les mains moites sur la garde de leur épée, ils n'étaient pas loin de se ruer droit devant eux dans les hautes herbes, à l'assaut de ces archers fantômes. Tout, plutôt que d'attendre encore la volée de flèches, silencieuse et invisible, qui les frapperait sans qu'ils aient pu se battre.

— *Heh alyhia eho !*

Une voix, derrière eux, les fit se retourner d'un même mouvement. Épées fendant l'air, corps ramassés, regards brillants, dents serrées.

— *Hialiya kio dà dinyia !*

L'elfe avait l'air d'un vieux mendiant. La peau vraiment grise, maigre comme un jour sans pain, le cheveu rare et long, il n'était pas vêtu de moire, mais d'une tunique, de braies et de hautes bottes de sauvagine, un cuir encore garni de fourrure d'un fauve pâle, de la couleur des roseaux. Il les tenait en joue de son arc court, si différent de celui de la reine, et parlait d'un ton brusque, haché.

La reine s'avança vers lui, adressant au passage un clin d'œil à Tsimmi.

— *Hi Hyala Ellessa Hyeh kolotialo...*

L'elfe gris hocha la tête aux paroles de Lliane, mais n'eut pas l'air de se radoucir. Désignant le nain, il lâcha une longue diatribe qui, aux oreilles d'Uter, semblait souvent déraper dans les aigus. Soudain, celui-ci sentit quelque chose le bousculer au niveau des cuisses. C'était Tsimmi, qui reculait à leur abri. Uter jeta un coup d'œil par-dessus son épaule. Les elfes s'étaient approchés et les avaient maintenant complètement encerclés, se tenant prudemment à une dizaine de mètres de leur petit groupe, hors de portée de leurs épées mais prêts à les larder de flèches au moindre mouvement.

— *Dech'yhio o Rassul iad Gael edehya.*

Uter tendit l'oreille en croyant reconnaître des noms dans les paroles de la reine, mais la réaction du vieil elfe gris le prit de court. Il poussa un cri modulé (à moins qu'il n'ait voulu dire quelque chose, mais, décidément, sa langue était incompréhensible aux humains), fit demi-tour et disparut dans les ajoncs.

Le jeune chevalier se retourna et n'eut que le temps de voir les autres archers s'enfuir, vifs comme des fantômes, sans un bruit. Puis le silence du marais retomba sur eux, avec le sentiment de renaître à la vie. Tsimmi lâcha son marteau de guerre et s'assit par terre en soufflant de soulagement. Uter remit son épée au fourreau, inspirant avec reconnaissance l'air glacé des marécages. Il souriait quand la reine prit la parole.

— Il a refusé de nous conduire jusqu'à Gael, mais il ne nous empêchera pas de le voir, dit-elle. En tout cas, c'est ce que j'ai compris. Dès que j'ai parlé de lui, ça l'a… C'est étrange…

— Quoi donc ? interrogea Uter.

— Je ne sais pas. Il avait l'air… Il avait l'air de ne pas beaucoup le porter dans son cœur, non ?

Uter haussa les sourcils et réprima un rire sans joie.

— Ça, on peut pas dire qu'il avait l'air ravi…

La reine se tut, pensive.

— Bon, allons-y…

Il claqua l'épaule de Freïhr et lui fit signe d'ouvrir le chemin.

— Amène-nous jusqu'aux huttes que tu as vues ce matin, dit-il.

Les quatre compagnons se mirent en route en file indienne, la reine et Tsimmi fermant la marche.

— Pourquoi il est parti si vite ? demanda le nain. Ils sont toujours comme ça, les elfes des marais ?

Lliane évita son regard. Des cris, au loin, répondirent à sa place.

— Je crains qu'ils ne soient en chasse, maître Tsimmi.

XV

Gael

Comme à son habitude, Llandon allait à pied. Le matin même, il avait laissé les chevaux libres aux portes de Loth, pour se rendre une fois de plus à la convocation du Grand Conseil, avec dans le cœur l'espoir d'y obtenir des nouvelles de Lliane. Depuis le retour de Lame, son étalon blanc à la longue crinière, le roi des hauts-elfes ignorait ce qu'elle était devenue. Il ignorait même ce qu'elle était allée faire dans les marais...

Le Conseil n'avait duré que quelques minutes.

À son arrivée, le vieux Baldwin, roi des nains sous la Montagne rouge, était déjà là, ainsi que Pellehun et le sénéchal Gorlois. Et tous arboraient des mines de dix pieds de long.

Llandon était le seul représentant des elfes. Au dernier Conseil – il paraissait déjà si loin ! –, la reine Lliane et son ami Rassul étaient à son côté. Mais Lliane était partie pour une quête plus lourde de conséquences et plus dangereuse qu'ils ne l'avaient tous cru, et Rassul... Par tous les génies de la forêt, était-il vraiment possible que Rassul se soit enfui ?

Escorté par Blorian et Dorian, les frères de la reine, ainsi que par Hamlin le ménestrel et Kevin l'archer – tous les proches de son propre Conseil –, le roi des hauts-elfes marchait à grands pas à travers les ruelles crasseuses de la cité des hommes du lac, pressé de retrouver l'air frais de la campagne et de se libérer de cette population bruyante.

Sur son passage, il croisa des regards obliques qui l'étonnèrent, parfois même des attitudes de défi chez certains jeunes hommes bombant le torse, la main sur leur poignard. Il y avait dans le dédale de la ville basse une quantité considérable d'hommes d'armes portant la livrée rayée de bleu et de blanc de Pellehun, donnant à la cité l'allure surprenante d'une ville de garnison. Toute la population de Loth semblait être dehors, grouillante d'activité, bourdonnante de conversations enfiévrées qui s'interrompaient à leur approche, fébrile, excitée.

Comme ils sortaient du quartier des tanneurs, Llandon dut se frayer rudement un chemin parmi un groupe de soldats qui traînaient devant le porche menant aux faubourgs et aux enceintes. Ils s'écartèrent de mauvaise grâce, toujours avec ces regards hostiles et fuyants que les elfes ne comprenaient pas.

Blorian et Dorian, inquiets, peinaient à suivre les grandes enjambées de leur beau-frère. Llandon n'avait rien dit à sa sortie du Grand Conseil, mais les nouvelles n'étaient assurément pas bonnes. Les deux elfes craignaient pour la vie de leur sœur, même si le roi des hauts-elfes semblait plus furieux que triste.

Furieux, Llandon l'était de plus en plus devant l'inconcevable attitude des citadins de Loth. Furieux, incrédule et humilié par ce qu'il avait entendu lors de la réunion des rois. Le vieux Baldwin n'était resté que le temps de lancer un ultimatum, exigeant que le seigneur Rassul dépose immédiatement les armes, sous peine d'une attaque préventive des nains sous la Montagne.

Llandon était tombé des nues.

Il ignorait que Rassul avait abandonné les abords de Loth et ne pouvait même imaginer que le seigneur des elfes gris ait pu prendre les armes sans lui en parler.

Baldwin et sa suite avaient quitté le Conseil avec des regards de mépris pour ses bredouillements confus et maladroits ; ce fut comme s'ils lui avaient craché au visage.

Après leur départ, le roi Pellehun lui avait enfin fourni quelques explications. Des messages provenant de la compagnie avaient, semble-t-il, confirmé la culpabilité de Gael, et la fuite inexplicable du roi Rassul faisait peser de graves soupçons sur le peuple des elfes gris tout entier… S'étaient ensuivies des protestations d'amitié et de sympathie plus diplomatiques que sincères formulées par le sénéchal Gorlois, auxquelles Llandon avait coupé court en demandant la permission de se retirer.

Parvenu sur le glacis séparant les dernières habitations du mur d'enceinte, Llandon s'arrêta brusquement.

Une masse compacte d'humains des deux sexes et de tous les âges se pressait autour d'un bûcher de fagots, près duquel vociférait un moine vêtu d'une robe de bure, agrippé à une gigantesque croix. Ni le roi ni aucun des elfes de sa suite ne parvenaient à comprendre les invectives enfiévrées du moine, tant la foule hurlait autour de lui.

— Qu'est-ce qui se passe ? demanda Blorian en se rapprochant de lui.

— Je ne sais pas…

Instinctivement, les elfes s'étaient regroupés, la main sur la garde de leur arme. Kevin avait lentement glissé une flèche hors de son carquois et se tenait prêt à l'encocher, surveillant leurs arrières. Hamlin, dont le visage n'avait plus rien de doux, contourna le roi pour se placer devant lui et lui faire un rempart de son corps. Puis les elfes se remirent en marche, surveillant la foule qui s'écartait devant eux, progressant lentement jusqu'à la poterne gardée qui menait hors de la ville.

Soudain, les cris redoublèrent en un tonitruant concert d'acclamations et de huées, de sifflets, de rires et de haros. Il y eut aussi le piaillement aigu d'un appel à l'aide terrifié, qui glaça le sang des elfes.

Car c'était l'un des leurs qui criait.

Llandon, pétrifié d'horreur, vit deux brutes encagoulées hisser sur le bûcher un elfe des marais, entravé et pitoyable dans ses vêtements en loques, qui se débattait comme un pauvre diable sous leur poigne robuste. Les bourreaux le lièrent à un poteau planté dans les fagots, puis saluèrent joyeusement la foule avant de sauter à terre. Le moine prêchait toujours en hurlant, les veines saillantes sous l'effort, agitant sa gigantesque croix à la façon d'un étendard. Il y eut de la fumée noire et un jaillissement de flammes qui fit reculer la foule. L'elfe poussa un hurlement déchirant lorsque ses vêtements prirent feu, mais ses cris atroces furent bientôt étouffés par les rires et les quolibets de la foule en liesse qui prenait plaisir à ce spectacle hideux.

Llandon, un instant frappé d'une stupeur horrifiée, se ressaisit et se tourna vers Kevin avec un regard de fou.

— Tire ! cria-t-il. Tue-le !

L'archer elfique banda son arc et sa flèche frappa le supplicié en plein front, coupant net ses hurlements terrifiants et, du même coup, les acclamations obscènes du peuple de Loth.

Il y eut sur la place un silence absolu, au point qu'on entendait craquer le bois en flammes. Puis un grondement sourd, une rumeur haineuse qui drossait la masse humaine vers le groupe des elfes comme des vagues contre un bateau.

Llandon et les elfes dégainèrent, et leurs longues dagues brillant d'un éclat d'argent firent reculer les premiers rangs. Mais la poussée était trop forte, et le rideau de populace se reforma presque aussitôt, à les toucher.

Llandon alors se redressa de toute sa taille. Les yeux blancs, révulsés, il lança un ordre impérieux, d'une voix qui résonna jusque dans le cœur des hommes, provoquant leur effroi.

— *Bregean ! Bregean earm firas ! Hael hlystan !*

Tous ceux qui étaient assez proches de lui pour voir son visage poussèrent un cri d'horreur et reculèrent, frappés de terreur. Les elfes en profitèrent pour se jeter en avant et franchir à toute vitesse les derniers mètres les séparant de la poterne, où les gardes portant la livrée de Pellehun n'avaient pas bougé.

— Qui vous commande ?

Les gardes hésitèrent, jusqu'à ce qu'un sergent les bouscule et se présente devant le roi des hauts-elfes.

— Seigneur, je...

— Tu sais qui je suis ? dit Llandon.

— Bien sûr, seigneur.

— Alors comment se fait-il qu'un roi elfe soit menacé dans la cité du Grand Conseil ?

Il désigna d'un geste brusque le bûcher encore embrasé.

— Et ça ? Qu'est-ce que ça veut dire ?

— Je n'ai rien pu faire, seigneur, bredouilla le sergent. Je n'ai que quelques hommes d'armes, ici... Mais j'ai envoyé un garde chercher du renfort !

— Trop tard !

Le soldat baissa la tête sans répondre. D'ailleurs, qu'aurait-il pu dire ? Llandon le bouscula et s'engouffra sous la poterne, suivi par le groupe des elfes.

Quand ils furent dehors, la populace sortit de sa léthargie, chacun commentant les événements dans un brouhaha assourdissant. Le moine en robe de bure se signa frénétiquement et lança un cri nouveau, bientôt repris par toute la foule :

— Sorciers ! Sorciers !

Le village des elfes ressemblait à un fouillis de broussailles au pied d'une haute futaie d'ormes et de peupliers. Nulle fumée ne s'échappait des dômes de branchages qui s'élevaient çà et là, sans ordre apparent, à l'abri des grands arbres, et on n'y voyait ni enclos ni barrière, ni quoi que ce soit qui puisse évoquer les cités des hommes ou les forteresses des nains. Mais il y régnait une agitation extrême, peu commune au discret peuple des elfes, et Tsimmi les trouva même... bruyants. Ils s'avancèrent jusqu'à l'attroupement des êtres gris, massés devant l'une de leurs pauvres huttes, et fendirent la foule derrière Lliane. Il n'y avait là que des vieillards et des enfants, comme si tout ce que le village comptait d'elfes des deux sexes en âge de porter les armes l'avait déserté. Sur leur passage, tous changeaient d'expression : étonnement ravi en découvrant la reine des hauts-elfes, mouvement de défiance puis soulagement en reconnaissant le gigantesque Freïhr, dont le village, à vol d'oiseau, n'était distant que de quelques lieues, et stupeur devant le jeune chevalier humain, grave et mal à l'aise. Lorsque enfin ils posaient les yeux sur Tsimmi – un nain, barbu et renfrogné, comme dans les contes ! –, les plus jeunes s'enfuyaient en piaillant de terreur, et les vieux qui, dans les Temps anciens, avaient connu les raids sanguinaires des nains des montagnes serraient les poings et tremblaient de rage. Bientôt, le cercle des elfes gris se fit plus compact, plus hostile, et la reine elle-même ne put plus avancer.

Une nouvelle fois, elle se redressa, dominant légèrement de sa haute taille les êtres gris longiformes mais voûtés.

— *Geswican, deor bearn !*

Et les enfants qui n'avaient pas fui à la vue du nain se retirèrent sans un mot.

— *Geswican, dyre leod !*

Et tous les elfes gris, maigres vieillards des deux sexes, frémirent et s'écartèrent.

— *Eal hael hlystan !*

Et les derniers elfes des marais courbèrent la tête, vaincus, craintifs, n'osant même plus la regarder.

— N'ayez pas peur ! dit Uter assez stupidement, et Freïhr lui jeta un regard aigu pour le faire taire.

La reine se relâcha. Il leur sembla qu'elle vacillait, épuisée par l'effort, mais sa faiblesse ne dura qu'un instant. Quand les derniers elfes s'écartèrent, Uter aperçut devant eux l'une de ces huttes de broussailles, avec une ouverture qui devait servir de porte, haute de quelques pieds. Il se mit à quatre pattes et se faufila sous les branchages.

Au début, il ne vit rien qu'un entrelacs de végétation et quelques claies d'osier à même la terre battue. On aurait cru un terrier de blaireau, tout aussi sombre et à peine mieux aménagé, mais d'une taille considérable, s'enfonçant sous terre, par paliers. En avançant sur ces larges marches, le plafond fut bientôt assez haut pour pouvoir se redresser, mais il ne voyait maintenant plus rien. Tout à coup, la lumière vacillante d'une flamme éclaira le décor : c'était Tsimmi qui venait de battre son briquet.

Uter le remercia d'un hochement de tête, aperçut derrière Freïhr (qui devait tout de même se tenir courbé) et la reine Lliane ; il se mordit la lèvre et reprit sa progression, une main sur la garde de son épée, prêt à dégainer.

Plus ils s'enfonçaient, plus l'humble hutte de broussailles se révélait spacieuse, enfouie profondément sous terre, les paliers se transformant peu à peu en restanques retenues par les murets de pierre, séparées par des volées de marches. Il croisa le regard de plusieurs elfes, silencieux et graves, qui s'écartaient devant eux en se tassant contre les murs de terre. Il faisait sombre dedans, trop sombre pour un humain, mais des puits de lumière grimpant jusqu'en surface dispensaient malgré tout un semblant de clarté. Les dernières salles étaient décorées à la manière elfique. Des rideaux d'ajoncs tressés masquaient les parois, des racines de bouleau dégagées de la terre servaient d'étagères ou de bancs, et des guirlandes de feuilles découpées avec art tombaient en pluie du plafond. Tout cela avait une odeur d'herbe coupée et d'humus. Sur la droite, un râtelier, inattendu dans ce décor végétal, contenait une profusion d'armes de toutes sortes, y compris des haches naines et des piques barbelées gobelines. Un véritable étal d'armurier...

— Regardez ! dit Tsimmi.

Uter plissa les yeux (le nain, habitué à ses sombres souterrains, y voyait mieux que lui dans l'obscurité). Au fond de la demeure, adossé à la paroi ornée d'ajoncs et entouré de vieilles agenouillées et muettes, se tenait un elfe habillé de vêtements humains. Velours, broderies, une courte épée au côté, une dague de belle facture à la ceinture. La tête penchée en avant, ses longs cheveux noirs en rideau devant lui, les bras ballants, affalé et inerte, sa présence paraissait incongrue dans ce terrier.

Uter adressa un regard interrogatif à la reine, qui hocha la tête.

C'était Gael.

Lliane s'avança lentement, adressa quelques mots aux vieilles elfes agenouillées à ses côtés puis, doucement, elle releva le visage de celui qu'ils traquaient depuis des jours. Aussitôt, elle eut un mouvement de recul et montra à ses compagnons sa main souillée de sang.

— Seigneur ! murmura Uter.

De la base du cou jusqu'au milieu du torse, un coup de hache d'une rare puissance avait à demi décapité l'elfe gris. Le velours avait bu le sang, et son visage était resté intact, figé dans un rictus d'épouvante, les yeux vitreux et les lèvres retroussées. Près de sa main, un gobelet roulé à terre avait formé une flaque sombre, déjà bue par le sol de terre battue.

— Rogor, murmura Tsimmi d'un ton désespéré.

Il releva les yeux vers ses compagnons, mais Uter évita son regard. Bien sûr, Rogor... Qui d'autre que le prince héritier du trône sous la Montagne noire pouvait avoir assouvi sa vengeance avec une telle violence ?

Freïhr, lui, ne détourna pas les yeux, mais à son expression Tsimmi sut qu'il n'avait pas non plus le moindre doute sur l'identité du meurtrier.

— Un coup de hache, dit le barbare en réponse à la supplication muette du maître maçon. Ce sont les nains qui se servent de haches...

Le silence retomba dans la loge souterraine où Gael avait trouvé la mort. Puis une voix s'éleva, grêle et hésitante, utilisant avec peine le langage commun.

— Pas un nain...

La reine et ses compagnons, d'un même mouvement, dévisagèrent la vieille elfe qui venait de parler. Tapie contre la paroi ornée de claies d'osier tressé, elle secoua la tête, le regard farouche.

— Pas tué par un nain...

Les joues griffées par les ronces, la barbe emplie des brindilles qui s'y étaient accrochées, le prince Rogor courait droit devant lui, soufflant comme un bœuf, tenant des deux mains sa hache formidable, dont le fer était éclaboussé de sang. Du sang d'elfe, de tous ceux qui s'étaient dressés devant lui. Une flèche lui avait traversé les reins, mais sa rage était plus forte que sa douleur. L'elfe pâle qui l'avait décochée gisait à présent dans la boue, le crâne ouvert et la cervelle répandue. D'autres archers avaient tiré sur le seigneur nain, et ils auraient juré l'avoir atteint : leurs flèches n'avaient pas réussi à entamer l'armure de Rogor, les plongeant dans l'effroi devant l'apparente invulnérabilité de leur ennemi séculaire, le nain aux yeux fous, poilu comme une bête fauve, et sa hache terrifiante.

Hors d'haleine, Rogor s'abattit contre un orme, les poumons en feu, puis s'adossa au tronc de l'arbre, brandissant sa hache devant lui, plus comme un rempart que comme une arme. À cet instant, le nain était au bout de ses forces, prêt à accepter la mort. D'ailleurs, que pouvait-il souhaiter d'autre ? Il avait échoué. Il n'avait pas tué Gael. Il n'avait pas même réussi à l'approcher. Jamais il ne retrouverait l'Épée de Nudd. Miolnir était mort par sa faute, en vain, lardé de flèches dans leur immonde bourbier, et il avait dû fuir, lâchement, lui, l'héritier de Troïn ! Quelle honte… Quel gâchis !

D'un coup puissant, il ficha sa hache dans le tronc de l'arbre et se dressa de toute sa taille, face au rideau mouvant des roseaux agités par le vent d'où viendrait la flèche salutaire qui mettrait un terme à sa lamentable existence. Il arracha de sa longue barbe rousse les débris végétaux qui l'encombraient, la lissa et la passa dans sa ceinture. Puis il attendit, les yeux levés vers le ciel déjà assombri comme un présage de mort, en chantant de sa voix grave une monodie funèbre des nains sous la Montagne noire.

Didostait, bugale
Ar serr-noz hag ar goulou deiz,
Didostait, didostait…

Approchez, les enfants
Du crépuscule et de l'aurore,
Approchez, approchez…

Mais seul le silence du marécage fit écho à son chant. Les elfes étaient partis. La mort ne voulait pas de lui.

Rogor demeura immobile de longues minutes encore, jusqu'à ce que son souffle redevienne normal et que la sueur sèche sur son front. Puis il arracha sa hache, regarda autour de lui pour s'orienter et se mit en route vers le ponton.

XVI

Magie !

La tanière de Gael était maintenant vide. Les vieux elfes gris avaient emporté ses armes et tous ses biens, jusqu'aux étoffes et aux claies d'osier qui paraient les murs et le sol de la pièce creusée dans la terre. Il ne restait plus que Freïhr, Uter et Tsimmi, assis à même le sol, à la lueur d'un flambeau de fortune que le nain avait allumé grâce à son briquet, non loin d'un catafalque de terre sur lequel gisait le corps de l'elfe gris, les bras croisés sur la poitrine.

La reine était partie depuis plus d'une heure avec les anciens du village pour préparer les funérailles de Gael. Elle leur avait juste glissé quelques mots avant de les quitter, leur recommandant de ne pas bouger de là jusqu'à son retour. Ils avaient obéi, mais cette longue attente en compagnie d'un cadavre commençait à leur peser.

— Comment crois-tu qu'ils font, pour les morts ? demanda Tsimmi en bourrant d'un coup de coude la cuisse d'Uter, assis près de lui.

Il avait parlé d'une voix assourdie, pour ne pas réveiller Freïhr qui ronflait comme un bienheureux.

— On dit qu'ils mangent leurs morts… insista-t-il. Tu crois que c'est vrai ?

— Mais comment veux-tu que je le sache !

— Oh, bien, dit Tsimmi. Je croyais qu'en tant qu'Ami des elfes tu connaissais au moins leurs coutumes, c'est tout...

Uter soupira. Il se releva, coupa une bande de tissu dans sa cotte d'armes, l'entortilla autour de la torche dont la flamme faiblissait, et revint s'asseoir à côté de son compagnon. À la lumière vacillante du flambeau, l'ombre du cadavre surélevé ondulait sinistrement sur les parois de terre en une danse macabre. Il croisa le regard de Tsimmi et trouva le nain peu vaillant. Son bonnet vert enfoncé jusqu'aux oreilles, la barbe en bataille, il se tenait les genoux entre les bras, recroquevillé sur lui-même, bougonnant et inquiet. Le nain vit le regard du chevalier sur lui, fouilla dans l'une de ses innombrables poches et en sortit une pièce d'argent qu'il brandit sous le nez d'Uter avec un grand sourire.

— Un denier ! dit-il d'un ton de bateleur. Un vrai denier du roi !

Le jeune homme sourit et se prêta au jeu.

— Oui, dit-il après avoir examiné la pièce avec attention. C'est bien un denier...

Tsimmi le récupéra de la main droite, cligna de l'œil et leva brusquement la main gauche pour claquer des doigts.

— Oh, pas de chance, messire, le denier a disparu !

Il montra sa main droite, effectivement vide.

— Ça commence à venir, admit Uter. Mais la reine arrivait à changer l'argent en cuivre...

— Oui, bon...

Tsimmi leva le doigt, observa l'oreille du chevalier, puis lui frôla le lobe en exhibant fièrement la monnaie d'argent disparue.

— Magie !

— Oui, dit Uter. Magie...

Il regarda avec sympathie le nain ranger sa pièce, tout content d'avoir maîtrisé ce tour. Se pouvait-il que ce fût le même qui, quelques heures auparavant, avait déchaîné des forces occultes capables de ravager la terre et d'engloutir une armée ?

Il se cala contre la paroi humide et inconfortable et se perdit dans ses pensées, qui dérivèrent bientôt vers la reine et, par association d'idées, sur les cérémonies mortuaires des elfes.

— Tout ce que je sais, dit-il, reprenant le fil de la conversation, c'est qu'ils ne mettent pas leurs morts en terre.

— Ça, c'est sûr ! fit Tsimmi en gloussant dans sa barbe. Il n'y a que vous, les hommes, pour avoir envie d'être grignotés par les vers. Pouah ! Quelle idée écœurante !

Le nain ricanait encore en bourrant sa pipe, ou ce qu'il en restait après son sortilège dans la clairière, mais son rire s'étrangla dans sa gorge. Il venait d'avoir la même idée qu'Uter.

Tsimmi se tourna vivement vers le corps de Gael, son regard balaya la salle vide et, au-delà, la volée de restanques menant jusqu'à l'air libre.

— Tu crois qu'ils nous auraient enterrés avec lui ?

— Ben… J'y ai pensé, fit Uter sans le regarder. Mais la reine ne le permettrait pas. Enfin, je crois…

Tsimmi eut une moue alarmée, puis son visage se détendit.

— Bah ! L'elfe qui arrivera à enterrer un maître maçon n'est pas encore né, crois-en ce que je te dis !

Le nain battit à nouveau son briquet et enflamma les herbes sèches dans le fourneau. Amputée de la majeure partie de son tuyau, sa pipe était réduite à un brûle-gueule qui dépassait à peine des touffes de sa barbe, et Uter sentit quand il l'alluma une odeur de poils grillés.

— Il y a des elfes qui brûlent leurs morts sur des bûchers, comme vous, dit-il au nain. Il paraît que c'est pour ça qu'ils détestent le feu. Ça leur fait penser à la mort…

— Moi, je n'ai pu enterrer aucun des miens…

La voix de Freïhr avait résonné lugubrement, leur causant une surprise d'autant plus vive qu'ils le croyaient endormi.

— J'ai dû fuir tandis que mon village brûlait… Ils doivent être encore là, ou ce qu'il en reste. Je suppose que les loups ont fait bombance, ce soir-là.

Ni Uter ni Tsimmi ne surent quoi répondre, et un silence sinistre s'installa entre eux.

Uter croisa les bras sur son ventre et ferma les yeux pour tenter de dormir un peu. Il y était presque parvenu quand le nain le secoua d'un nouveau coup de coude.

— Je crois qu'on vient !

Un groupe d'enfants portant des plateaux chargés de vivres déboucha bientôt dans la pièce de terre battue, suivis de la reine Lliane. Elle les remercia dans leur langue étrange et vint s'asseoir en tailleur devant ses compagnons après qu'ils furent repartis.

— Messeigneurs, le dîner est servi ! fit-elle d'une voix qui se voulait enjouée.

— On mange pas à l'air libre ? grommela Freïhr sur un ton qui montrait assez le déplaisir qu'il avait d'être confiné à côté d'un cadavre dans ce qui lui semblait à peine plus grand qu'un terrier.

— Encore un peu de patience, répondit Lliane avec un sourire apaisant. Les elfes gris préparent la cérémonie mortuaire. Quand ils viendront chercher le corps, nous pourrons sortir.

— Qu'est-ce qu'ils t'ont dit ? demanda Uter.

Et Tsimmi leva les sourcils d'un air amusé parce qu'il avait employé le tutoiement.

— Tiens, goûte ça, c'est bon, dit la reine en lui tendant une sorte de pâté serré entre deux feuilles d'un vert tendre.

— Qu'est-ce que c'est ?

Lliane sourit.

— Je ne crois pas que tu aies vraiment envie de le savoir…

Uter jeta un coup d'œil vers Tsimmi. Le nain leva les sourcils, et sa bouche forma un message muet qu'Uter ne comprit que trop bien : « Ils mangent leurs morts ! » Mais, devant l'insistance de la reine, le chevalier grignota prudemment un bout de pâté. Ça ressemblait à du poisson, un peu fort et croquant sous la dent. Il ignorait quel goût pouvait avoir un elfe des marais, mais sans doute ne devait-il pas avoir une saveur de poisson. Du coup, il adressa un clin d'œil rassurant au nain et finit le pâté. Freïhr, lui, ne faisait pas tant de manières et engloutissait les petits pâtés comme on gobe des raisins (mais avec plus de bruit).

— Quand même, dit le barbare avec un bon sourire. C'est quoi ?

La reine se pencha vers lui afin que les autres n'entendent pas.

— Les monstres, sous l'eau…

Dégoûté, Freïhr la dévisagea et faillit reposer son pâté. Mais il avait faim, et la reine riait de bon cœur, de sorte qu'il ne sut pas si c'était vrai.

— Un homme a été amené ici par les guerriers, ce matin, reprit la reine d'un ton plus grave. D'après la description qu'on m'en a faite, je crois que c'était Blade… On l'a conduit jusqu'à Gael, ils ont échangé quelques mots en langage humain. Gael a eu l'air ravi et il l'a invité dans sa hutte. L'homme en est sorti quelques minutes plus tard, un paquet sous le bras, et il a quitté tranquillement le village. Ce n'est qu'après son départ qu'ils ont découvert le meurtre.

— Alors c'est Blade qui l'a tué, et non Rogor, murmura Uter.

— En tout cas, ils n'ont pas vu de nain dans le village, assura Lliane. C'est-à-dire… Jusqu'à votre arrivée, maître Tsimmi.

— Mais pourquoi il l'a tué ? demanda Freïhr, la bouche pleine.

— Pour le voler, pardi !

Uter se sentait furieux contre lui-même. Tout cela était sa faute. C'était lui qui avait accepté que Blade se joigne à la compagnie. Un voleur, un assassin… Fallait-il qu'il soit fou pour avoir cru qu'il respecterait sa parole !

— Voilà ! grogna-t-il d'un ton hargneux. Ce vil, ce malfaisant, ce démon a tué Gael et lui a volé la cotte de mailles ! On ferait mieux de foncer à sa poursuite au lieu de perdre du temps. Il va forcément tenter de rejoindre les radeaux !

— On n'est pas certains qu'il ait volé le haubert, dit Lliane.

— Mais si ! Il portait un paquet sous le bras, non ?… Qu'est-ce que ça peut être d'autre ? Allons-y, par le sang !

— Non…

Tous les regards se portèrent sur Tsimmi.

— Non, répéta-t-il.

Il s'essuya soigneusement la barbe pour se débarrasser des restes de pâtés et joignit les doigts d'un air soucieux.

— Il y a quelque chose que vous ignorez, dit-il gravement. Gael… Gael a bien volé ce haubert d'argent, et je ne doute pas qu'il ait tué le roi Troïn, prince de la cité souterraine de Ghâzar-Run et roi sous la Montagne noire. Longue barbe, longue hache, maître de l'or et des métaux…

Uter faillit intervenir pour lui demander de couper court, mais un regard de Lliane le retint.

— Mais ? s'enquit-elle doucement.

Le nain hocha la tête.

— Mais il y a pire, bien pire, dit-il. L'elfe Gael a volé l'Épée de Nudd...

Tous retinrent leur souffle. Le talisman sacré des nains conservé sous la Montagne noire était connu de chacun des Peuples libres, et même des troupes immondes de Celui-qui-ne-pouvait-être-nommé, au-delà des Marches.

— Le prince Rogor, comme il l'a dit, est l'héritier du trône de Troïn. Mais il ne régnera que s'il retrouve l'Épée Caledfwch. C'est comme... (Il chercha ses mots.)... Comme la Pierre de Fal, le Fal Lia du roi Pellehun : le symbole même de la royauté. Si Rogor ne la rapporte pas sous la Montagne, l'honneur des nains de la lignée de Dwalin sera flétri à jamais, et ils n'auront d'autre choix que de semer la mort et la destruction, comme une horde de fauves, pour laver cette infamie.

Il tourna vers la reine un visage triste et défait.

— Ce sera la fin de la paix, à jamais... Le courroux des nains ravagera les plaines, les bois et les marais, jusqu'à ce que le dernier descendant de Dwalin ait péri, ou que le dernier elfe ait payé l'insulte.

Uter secoua la tête, effaré.

— Pourquoi a-t-il fait ça ? s'exclama-t-il, regardant Lliane comme s'il lui posait directement la question. Je veux dire : pourquoi Gael a-t-il volé l'Épée ? Pour déclencher la guerre ? C'est absurde ! Les elfes gris n'ont aucune chance contre les légions naines !

Lliane, si tant est que la question ait appelé une réponse, ne releva pas. Descendante de Morigan, fille de Dagda, le grand dieu des Tuatha Dê Danann, elle n'avait pas oublié l'ancienne religion et connaissait le pouvoir des quatre talismans de la déesse Dana. Elle dévisagea Tsimmi, mais le nain, malgré sa science – ou à cause d'elle – ne semblait pas comprendre que la perte de Caledfwch provoquerait la disparition de son peuple.

Elle songeait à Rassul, son ami, seigneur des marais. Rassul si prompt à s'emporter, prince d'un peuple insaisissable et humilié, vivant dans des conditions tellement difficiles, même pour un elfe… Se pouvait-il que le seigneur des elfes gris ait commandité la mort du roi Troïn et le vol de l'Épée ? Pensait-il ainsi se venger du peuple sous la Montagne ? Insensé… Rassul était membre du Grand Conseil depuis la fin de la guerre des Dix Années. Il avait connu le vieux roi sous la Montagne noire, tout comme elle, du temps où Troïn y siégeait. Nul n'aurait pu dire que Rassul l'aimait, mais il le respectait, elle en était certaine. Et puis pourquoi subitement se lancer dans une aventure aussi folle ?

Lliane ne pouvait y croire.

Ce n'était pas lui. Le roi Rassul était vif, colérique même. Un plan aussi tortueux et aussi sacrilège ne lui ressemblait pas. Et les elfes gris avaient tout à y perdre… En fait, l'ensemble du peuple elfique avait tout à y perdre.

Une guerre entre deux des trois Peuples libres ne bénéficierait qu'au Seigneur noir. Elle regarda Freïhr et songea à ce qu'il avait dit au Grand Conseil. Son village avait été rasé par un parti de gobelins. La guerre et la destruction frémissaient aux marches du monde libre. S'agissait-il d'une simple razzia, comme les Marches en connaissaient depuis toujours (et les barbares eux-mêmes n'hésitaient pas à s'aventurer dans les Terres noires, pillant des avant-postes et des donjons gobelins), ou les deux événements étaient-ils liés ?

Était-il possible qu'un elfe se soit mis au service de Celui-qui-ne-pouvait-être-nommé dans le dessein de déclencher une guerre qui affaiblirait la coalition ?

Lliane écarta aussitôt cette hypothèse monstrueuse. Elle savait que certains elfes étaient aussi dévoyés que des nains ou des hommes, prêts à tout pour de l'or ou le pouvoir. Mais, si Gael avait trahi son peuple, pourquoi revenir se cacher parmi les siens ?

Il devait y avoir quelqu'un d'autre.

Un maître puissant, cruel et ambitieux, auquel une guerre entre elfes et nains profiterait. Quelqu'un d'assez croyant et d'assez instruit dans l'ancienne religion pour connaître le pouvoir terrifiant des talismans de Dana. Quelqu'un comme…

L'énormité de ce qu'elle entrevoyait interrompit le cours de ses réflexions. Malgré elle, la reine dévisagea Uter. Un homme. Un représentant de cette race humaine capable du pire et du meilleur, si faible et si dévorée d'ambition, capable des pires crimes pour s'imposer sur le monde. Prête à tout…

Lliane était horrifiée. Elle s'ébroua, chassant ces pensées éprouvantes, et vit que ses trois compagnons débattaient encore de la conduite à tenir. Uter s'évertuait à convaincre Tsimmi de se lancer à la poursuite de Blade, tandis que le nain insistait pour fouiller d'abord la tanière de Gael, à la recherche de l'Épée de Nudd.

Elle contempla le profil du cadavre, en haut de son catafalque de terre. À la lueur du flambeau, sa peau grise prenait des reflets rosâtres, presque humains.

— Il y a peut-être un moyen de savoir ce qui s'est passé, dit-elle en se relevant.

Tous firent silence. Freïhr lui-même interrompit sa bruyante mastication. La reine s'approcha du corps, posa ses longues mains sur ses tempes et ferma les yeux. Ses pouces caressèrent les contours du visage osseux de Gael, redessinant ses pommettes, l'arête de son nez, ses arcades sourcilières et ses orbites aux paupières closes. Doucement, elle les releva et plongea ses yeux dans le regard sans vie de l'elfe.

— Quand les yeux contemplent la lumière du soleil, ils en conservent le souvenir longtemps, même après que les paupières se sont refermées, dit-elle tout bas. Ils gardent aussi le souvenir de tout ce qu'on a vécu, et même de ce qu'on n'a pas vu. C'est pour ça qu'on rêve, et que les rêves sont plus beaux que la vie… Après la mort, il reste toujours un souffle d'âme au fond du corps, et la mémoire de ses derniers instants. Il reste ce qu'on a vu avant de mourir.

Maintenant, ses mains s'étaient écartées du visage de Gael, flottant à quelques pouces de sa chair glacée. Elle referma les yeux, renversa brusquement sa tête en arrière. Son corps se mit à onduler, d'abord tout doucement, puis de plus en plus fort, jusqu'à être secoué tout entier d'un tremblement violent et désordonné. Seules ses mains, qui effleuraient toujours le visage de Gael en un lent mouvement circulaire, semblaient échapper à ces spasmes brutaux. Uter frissonna. Brusquement, la grotte lui semblait glacée. Se pouvait-il que la température soit tombée d'un seul coup, comme si le royaume des morts venait de s'entrouvrir ?

À nouveau, Lliane lui parut effrayante. Comme dans la clairière, elle n'avait plus rien… d'humain. On aurait dit que des forces abominables modelaient et déformaient son visage si pur pour l'assécher, le tendre en un masque terrible. La pâleur de sa peau devenait glaciale, ses longues mains étaient pareilles à des serres, et ses yeux verts si lumineux brillaient d'un éclat animal. Effrayant. Soudain, elle poussa un cri suraigu et interminable, qui leur vrilla à tous les oreilles, et rejeta d'un mouvement de tête ses cheveux en avant, pluie noire qui lui masqua le visage.

Grimaçant de douleur, les mains pressées contre ses oreilles tant le cri était insupportable, Uter se mit à pousser des jappements rauques et, malgré lui, recula fébrilement vers la paroi, aussi terrifié que Freïhr ou Tsimmi.

Il les entendait hurler, mais leurs plaintes de forcenés ne parvenaient pas à couvrir les incantations stridentes de la reine. Il crut que la terre tremblait, que la voûte de la tanière s'effritait et menaçait de céder en les ensevelissant tous. Il y avait dans cette clameur insoutenable les vagissements de tous les démons de l'enfer, les hurlements des damnés et les pleurs des goules, le rugissement des flammes, le sifflement du vent, le fracas de la fin du monde… Puis il n'y eut plus rien. Rien que leurs oreilles qui sifflaient et leur souffle haletant.

Lliane ne bougeait plus. De tout son corps émanait un halo bleuté, qui s'étendait comme une nappe de brume sur le cadavre de Gael. Uter retint sa respiration et s'aperçut qu'il tremblait et claquait des dents, gelé jusqu'aux os, sans pouvoir se contrôler.

Les yeux écarquillés, il vit le halo se modeler, prendre forme humaine, dessiner peu à peu les contours de Gael et se détacher de son corps, tel un fantôme. Bientôt, il put reconnaître les traits de l'elfe, ses vêtements et ses membres. Bientôt, il put discerner le gobelet qu'il tenait à la main et voir son sourire quand il le porta à ses lèvres. Enfin, il distingua une deuxième forme humaine, celle de Blade, tel qu'il était apparu à l'elfe gris quelques instants avant sa mort.

Son ouïe martyrisée n'était pas capable de discerner ce qu'ils se disaient, et pourtant il comprenait leurs paroles, par bribes, comme si elles s'imprimaient directement dans son esprit.

Il vit Blade montrer sa bague, et Gael lui répondre de la même façon en tendant sa main, où brillait un anneau semblable. Il vit Gael fouiller un coffre et en sortir la cotte de mailles d'argent. Il le vit tourner le dos au voleur pour lui servir à boire, puis il vit Blade s'emparer d'une hache sur le râtelier, et frapper.

C'est tout ce qu'il vit.

Roulé en boule, emmitouflé dans une couverture, Oisin grelottait. Le poison lui causait parfois d'atroces élancements, lui tordait les entrailles à en hurler, puis la douleur s'estompait et le laissait pantois, haletant, terrifié par la souffrance ou l'expectative de la souffrance. Un jour seulement s'était écoulé depuis le départ de la compagnie, et il avait déjà bu la moitié de la fiole que lui avait donnée le voleur, lapant fébrilement l'antidote à chaque nouvelle attaque du venin.

Comme Blade le lui avait ordonné, il était revenu, à la tombée du jour, amarrer son radeau au ponton dans l'espoir de son retour. Il s'était même aventuré de quelques toises à l'intérieur de Gwragedd Annwh, l'île des elfes gris, jusqu'aux abords de la clairière dévastée par le sortilège de Tsimmi. Mais la vue de ce monstrueux chaos de terre et de roches l'avait horrifié, et il s'était enfui de toute la vitesse de ses courtes jambes, jusqu'au précaire abri de son radeau.

Oisin avait trop froid et trop peur pour dormir. Et puis son esprit enfiévré ne cessait d'échafauder des plans pour tuer Blade. Quelle que soit la façon dont il tournait et retournait la question, il achoppait toujours sur le même point vital : tant qu'il n'aurait pas le contrepoison, le voleur devait rester en vie ; mais, s'il lui faisait traverser les marais, comment pourrait-il l'obliger à tenir sa parole ?

Tout à coup, des craquements sur la berge lui firent dresser l'oreille. Quelqu'un venait. Quelqu'un qui marchait à grands pas, seul et sans chercher à être discret.

Le gnome se redressa vivement, le cœur battant, et scruta la rive, dans l'obscurité naissante. Une haute silhouette émergea enfin des broussailles. Oisin ne le reconnut que lorsque ses bottes résonnèrent sur le ponton de bois. Malgré sa haine et sa peur, il éprouva un sentiment de soulagement.

Les bras chargés d'un volumineux balluchon de fortune, tenant à la main une hache de guerre semblable à celle des chevaliers nains, Blade sauta à bord du radeau, et le brusque tangage manqua de faire perdre l'équilibre au passeur.

— Alors ! fit Blade d'un ton joyeux. Toujours en vie, maître Oisin ? J'en suis bien heureux !

Le gnome dut se faire violence pour ne pas lui sauter à la gorge, et même pour ravaler sa haine. Il bénit les dieux que l'obscurité tombante empêche le voleur de voir son visage.

— Eh bien, dit Blade. On y va ?

Oisin haussa les épaules.

— On ne traverse pas les marais la nuit. Les monstres, sous l'eau...

— Encore tes monstres, hein ?

Le voleur laissa tomber son balluchon d'étoffe, empoigna brutalement le passeur par le col et le rapprocha du tranchant de sa hache.

— Dis-toi que tes monstres sont une plaisanterie en regard de ce que je te ferai si on ne part pas tout de suite !

Oisin, fou de haine et à demi étranglé, ne put que bredouiller des mots incompréhensibles en rouant de coups désespérés les bras du voleur. Alors Blade le repoussa brutalement, en éclatant de rire.

— Allez, le gnome, sois gentil, on part ! Ç'a été une journée...

Il écarta les bras et sourit en inspirant avec délices l'air piquant du crépuscule.

— ... une journée vraiment merveilleuse ! Je te raconterai...

Mais l'autre, pétrifié, ne l'écoutait plus. Les yeux écarquillés, il détaillait les vêtements du voleur. L'homme n'avait plus sa besace, ni quoi que ce soit qui puisse contenir le contrepoison. Frénétiquement, il bouscula Blade et se rua sur le balluchon.

— Lâche ça ! hurla le voleur dans son dos.

Il lui sauta dessus et tenta de lui arracher le sac de fortune, mais Oisin s'acharnait et parvint à défaire le nœud de tissu. Aussitôt, ce fut comme si une pluie d'argent s'écoulait sur le radeau, formant une flaque scintillante.

Blade réussit enfin à repousser le gnome, qui roula jusqu'à l'autre bout de l'embarcation. Il se retourna vers lui, reprit son souffle, et le menaça du poing.

— Ne fais plus jamais ça, tu entends ? Sinon je te jette à l'eau !

Oisin se releva d'un bond, rouge de colère.

— Eh bien vas-y, et jamais tu ne sortiras de ces marais !

Blade considéra le petit être avec une moue amusée.

— C'est bon, dit-il en hochant la tête. Tu as raison… Nous avons tous les deux besoin l'un de l'autre. J'ai perdu mon calme, excuse-moi. Ça ne se reproduira plus.

Il revint vers le balluchon défait et brandit, à la lumière blafarde de la lune, la cotte de mailles d'argent volée sous la Montagne par Gael.

Oisin resta muet, émerveillé par la pure beauté du haubert. Blade s'approcha de lui et glissa sa paume sous le vêtement, comme un marchand de tissu.

— Vas-y, touche ! Jamais plus tu n'en auras l'occasion… C'est beau, non ? Qu'est-ce que tu en dis ? Tu sais, j'ai bien cru que ces maudits elfes allaient me couper en rondelles. Enfin, tu vois, je m'en suis sorti, une fois de plus… Écoute, voilà ce que je te propose : on part tout de suite et, à notre arrivée, je t'en donne un bout. Assez pour que tu te paies tes plus beaux rêves, à Kab-Bag ou ailleurs. Ça te dirait ?

Mais, à nouveau, Oisin n'écoutait plus. La cape de laine qui avait servi de balluchon s'était dénouée en entier, suffisamment étalée sur les rondins pour qu'il ne subsiste aucun doute : en dehors de cette maudite cotte de mailles, elle ne recelait rien d'autre.

— Et les fioles ? hurla-t-il au visage du voleur. Et le contrepoison ?

Blade eut une seconde de perplexité.

— Ah oui… Le contrepoison. Ce sont les elfes, tu vois…

Il chercha des yeux une arme, mais sa hache gisait à l'autre bout du radeau, derrière Oisin.

— … ils m'ont tout pris. J'ai dû fuir. Cela dit, ne t'inquiète pas, tu en as encore assez pour au moins deux jours. Raison de plus, d'ailleurs, pour partir tout de suite, non ?

— Mais la traversée dure trois jours ! couina le gnome d'une voix étranglée par le désespoir et la fureur.

Blade recula. Le gnome venait de sortir un poignard d'on ne savait où. Son visage grotesque embué de larmes et grimaçant de rage faisait peur à voir. Un instant, le voleur perdit son sang-froid. La précieuse cotte de mailles serrée contre lui, il reculait pas à pas devant le gnome jusqu'au bord du radeau. Il faillit tomber à la renverse dans l'eau noire, reprit son équilibre et s'écarta d'un bond. Oisin frappa dans le vide, se retourna et son nez éclata sous la botte du maître voleur. Il lâcha son poignard qui se ficha entre deux rondins, fit face et reçut un coup du tranchant de la main qui lui écrasa la glotte.

Il lui fallut deux minutes pour mourir, asphyxié, se tortillant sur le bois rugueux de son radeau à la manière d'un poisson sorti de l'eau.

Blade le regarda crever en caressant la broigne d'argent, l'esprit vide, le visage crispé dans un rictus haineux. Quand ce fut fini, il empoigna le petit corps noueux et le jeta sur la berge comme un vulgaire paquet de linge sale.

Le jour était tombé sans que le soleil se montre. Il n'y avait pas eu de crépuscule, tout juste un affaiblissement progressif de la lumière jusqu'à ce que les ténèbres se répandent sur les marais. Il resta encore là un long moment sans réagir, dans le coassement des grenouilles et les bruits de la nuit, les yeux fixés dans le vague, sachant qu'il devait fuir avant que les elfes gris ne cherchent à venger la mort de Gael, mais il semblait paralysé par les dangers de la traversée qui l'attendait.

Puis une masse s'abattit brusquement sur le radeau et Blade roula à terre. Il n'eut pas le temps de se relever. La hache monstrueuse de Rogor fendit le ciel avec un vrombissement sinistre avant de lui fracasser l'épaule, brisant ses os et tranchant ses chairs, se fichant profondément dans les rondins éclaboussés de son sang. Le voleur hurla à s'en déchirer la gorge, mais l'héritier du trône sous la Montagne noire ne lui accorda pas même un regard. Au bout du bras tranché et encore agité de soubresauts, la main de Blade serrait toujours la précieuse cotte de mailles. Rogor se pencha avec déférence, ramassa le vêtement de métal et en arracha le bras ensanglanté, qu'il jeta à l'eau.

— Comment as-tu eu ça ? demanda-t-il en s'agenouillant près du corps mutilé.

Fou de douleur, baignant dans son sang, Blade parvint tout juste à lui cracher au visage.

— Tu vas mourir, dit Rogor sans même s'essuyer. Mais tu peux encore beaucoup souffrir... Parle, et tu mourras vite. Où as-tu pris cette cotte de mailles ?

Blade, haletant et trempé de sueur, contempla le visage épais du nain. Dans l'obscurité, il ressemblait davantage à un ours qu'à une créature humaine. Puis il ressentit une douleur encore plus atroce, au point qu'il en eut le souffle coupé et qu'il ne parvint même plus à hurler. Rogor avait planté sa dague dans les chairs sanguinolentes de son moignon d'épaule.

— Parle, et tout sera fini…

Blade pressa ses paupières noyées de larmes, en signe d'assentiment, et Rogor ôta sa dague. Le voleur laissa retomber sa tête sur les rondins, rassemblant ses dernières forces en un murmure :

— Gael… J'ai tué Gael.

Les épais sourcils du nain se relevèrent et son regard brilla.

— Alors justice est faite, murmura-t-il avec une ébauche de sourire. Le roi Troïn est vengé…

Vengé par la main d'un homme, d'un voleur, de surcroît, indigne et malfaisant, mais vengé tout de même… Ainsi, tout n'était pas perdu.

Rogor se tourna vers la cotte étalée sur les rondins boueux du radeau et sourit plus franchement. Il rapporterait le haubert, preuve du crime de Gael ainsi que de son châtiment… Mais une pensée lui traversa l'esprit et il se rembrunit.

— Et l'Épée ? rugit-il en empoignant à nouveau Blade par le col. Où est l'Épée de Nudd ?

Blade ne répondit pas. Vidé de son sang, il râlait, déjà emporté par la mort.

— Parle ! hurla le prince Rogor. Où est l'Épée ?

De sa poigne formidable il secoua frénétiquement le corps sans vie du voleur, dont la tête renversée en arrière ballottait en tous sens, offrant son cou barré par l'ancienne cicatrice. Rogor serra les dents avec un rictus sauvage. Il posa la lame effilée de sa dague sur le cou du cadavre et l'égorgea lentement, soigneusement, en suivant avec application la ligne violacée laissée par son prédécesseur.

Comme le sang lui éclaboussait les mains, Rogor le lâcha avec dégoût et resta là, longuement, agenouillé près du corps sans vie, l'esprit en feu. Caledfwch, l'Épée d'or de Nudd… Dire qu'elle était là, proche et inaccessible. Dire que ce Blade l'avait peut-être aperçue…

Rogor regarda la berge, à peine visible dans l'obscurité de la nuit, au-delà de laquelle s'étendait le territoire maudit des elfes des marais. Repartir seul dans ces marécages de cauchemar à la recherche de la Hache aurait été un suicide.

Il se tourna vers l'étendue brumeuse du marais. Trois jours de traversée, puis il atteindrait les Marches, et les avant-postes nains, dans les collines. En moins d'une semaine, il pouvait être de retour à la tête d'une armée, et ravager ces marécages jusqu'à ce que le talisman des nains lui soit rendue…

XVII

La fuite

Le gerfaut volait en silence dans les premières lueurs de l'aube. Sous ses ailes, tout le petit monde du marais saluait le soleil levant. Il aperçut sous l'eau boueuse un immense poisson-chat au dos noir, long de plus de deux mètres, qui achevait sa nuit de chasse en gobant une grenouille dans un brusque bouillonnement, avant de rejoindre sa tanière aquatique. Il vit des rats, des loirs et des lapins quitter l'abri des buissons ou des haies d'osier pour grignoter fébrilement les dernières pousses d'herbe, les oreilles aux aguets et les moustaches frémissantes, inconscients du danger qui planait au-dessus d'eux. Comme il aurait été facile de les attraper ! Mais le grand faucon redonna un coup d'ailes et poursuivit son vol jusqu'à l'intérieur des terres, où l'attendait son maître, Till.

L'elfe avait changé, sans que l'oiseau parvienne réellement à savoir pourquoi. Oui, bien sûr, le chien était mort, écrasé par cette avalanche de terre qui avait soudain jailli du sol, et l'oiseau ressentait une douleur chaque fois qu'il y pensait. Till lui-même avait été renversé, enseveli, roulé dans les cailloux et la terre en furie, submergé tant par la boue que par la peur, et il avait fui, abandonnant son arc brisé, abandonnant son chien, abandonnant la reine, trahissant la parole donnée au roi Llandon et flétrissant son honneur à jamais. Mais cela, le gerfaut ne pouvait pas le comprendre.

L'elfe était déjà réveillé (si tant est qu'il ait dormi de toute la nuit) et, dès qu'il aperçut son faucon, il leva le bras d'un geste impérieux pour qu'il s'y pose. Till avait le visage fatigué, la mine sombre. Il caressa le plumage blanc moucheté de gris d'un geste machinal et las. L'oiseau raconta ce qu'il avait vu, prenant bien garde à ne rien oublier. Quand il eut fini, le pisteur secoua la tête, mécontent et contrarié. Le gerfaut quitta son poignet et se percha sur une souche envahie de mousse, un peu inquiet de la colère de son maître. Comment aurait-il pu comprendre que le pisteur n'avait plus qu'une raison d'être, et que cette raison venait de lui échapper ?

Till retrouva enfin son calme et, les mains en porte-voix, lança dans l'air glacé du petit matin un trille modulé auquel, bientôt, répondirent de partout des sifflements identiques. Des elfes gris apparurent presque aussitôt, armés de leurs étranges arcs courts, de bâtons et de dagues.

— Le nain Rogor s'est enfui, annonça Till dans le langage des elfes des marais. Et le voleur avec lui… Ils n'ont laissé derrière eux que le corps du gnome Oisin.

— Alors le voleur marchait avec le nain, dit l'un des guerriers elfes.

— Sans doute… Et maintenant le mal est fait. Ils ont tué la reine Lliane, ils ont tué Gael, ils ont pris ce qu'ils étaient venus chercher et ils sont repartis sans être inquiétés.

Les elfes gris baissèrent la tête, de rage et de honte.

— Rentrons.

— Debout ! Debout !

Uter se crispa instinctivement, puis son sang se remit à circuler dans ses veines quand il reconnut Freïhr. Il s'ébroua, regarda autour de lui comme s'il avait eu une absence et se remit sur ses pieds, le cœur battant. Ses oreilles sifflaient toujours et il se sentait encore glacé jusqu'aux os, engourdi comme au sortir d'un mauvais rêve. Il vit enfin la reine, agenouillée près du catafalque, le visage entre les mains, et son premier mouvement fut de se précipiter vers elle pour l'aider à se relever, mais le masque terrifiant de l'elfe, quelques instants plus tôt (ou étaient-ce quelques heures ?), lui revint en mémoire, et il ne bougea pas. Tsimmi, à côté d'elle, se hissait sur ses courtes jambes afin d'atteindre le corps de Gael. Il farfouilla sans que Freïhr ni Uter puissent voir ce qu'il faisait, puis enfin il se tourna vers eux, un éclat triomphant dans le regard.

— Voilà ! dit-il en les rejoignant.

Au creux de sa main brillait la bague de Gael, frappée de la rune de Beorn.

— Qu'est-ce que c'est ? demanda Freïhr.

— La bague, voyons ! grogna le nain en haussant les épaules. Tu dormais, tout à l'heure, ou quoi ? Tu n'as pas vu qu'ils se montraient leur bague ?

Uter hocha la tête. L'image des fantômes de Blade et Gael était encore bien présente à son esprit, et chacun de leurs gestes resterait probablement gravé à jamais dans sa mémoire.

Il saisit l'anneau et l'examina. Il y avait une rune, en effet, semblable à un arbre à trois branches. Une rune qu'il connaissait et qu'il avait déjà vue… À Scâth, à l'entrée du quartier des voleurs, dans la ville basse de Kab-Bag. Et sur la bague de Blade. Et où encore ?

— C'est l'anneau de la Guilde, dit Freïhr de sa voix traînante, en regardant la bague par-dessus son épaule.

— Bien sûr ! grogna Tsimmi (il était toujours un peu agacé par la lenteur des déductions du barbare). Et, si Gael portait cette bague, c'est qu'il faisait lui aussi partie de la Guilde. C'est la Guilde qui l'employait, tu comprends ?

— Non…

— Autrement dit, poursuivit Uter, c'est la Guilde qui a commandité la mort du roi Troïn et le vol de l'Épée de Nudd !

Les yeux de Tsimmi brillaient d'excitation. Il reprit l'anneau des doigts du chevalier et le serra fermement dans son poing.

— Il faut rentrer au plus vite à Loth ! s'exclama-t-il. Avec ça, nous pourrons prouver que les elfes sont innocents et qu'il ne s'agit que d'un vol crapuleux ! Ce sera au roi Pellehun de faire justice et de mettre de l'ordre dans cette association de voleurs et d'assassins. La paix peut encore être sauvée !

À cet instant, Lliane poussa un gémissement, et les trois compagnons s'aperçurent qu'elle était tombée à terre, presque sans connaissance, épuisée.

Tsimmi donna un coup de coude à la cuisse de Uter.

— Tu devrais l'aider, quand même, suggéra-t-il d'un ton de reproche.

Le jeune homme ouvrit la bouche pour répliquer mais, comme souvent, il ne trouva rien à répondre et se contenta de hausser les épaules, tandis que le nain et le barbare ricanaient niaisement.

En deux pas, il fut auprès de Lliane et, s'agenouillant, il lui souleva doucement la tête. Il écarta les cheveux noirs collés par la sueur et contempla le visage apaisé de l'elfe, si belle et semblant aussi fragile que du verre. Comment pouvait-elle abriter une force aussi sauvage, aussi bestiale, si peu humaine ? Jusque-là, tous les elfes que le preux avait rencontrés étaient doux et pacifiques, calmes jusqu'à l'indolence, détachés de tout. Certes, de vieux soldats qui avaient connu la guerre des Dix Années parlaient de la cruauté des elfes et des prodiges accomplis par leurs magiciens, de l'atrocité de leurs maléfices et de leurs regards de vampires, mais jamais Uter ne les avait crus. Les vieux soldats en rajoutent toujours, c'est bien connu.

Maintenant lui aussi avait vu l'autre visage des elfes. Les ombres de la nuit, lutins, poulpiquets, farfadets et ces fantômes noirs du crépuscule que les nains appellent korrigans, tous ces personnages de contes que l'on inventait pour les enfants prenaient un sens nouveau, effrayant et fascinant. Lliane la magicienne était-elle tout cela à la fois, fée et monstre, terrifiante et adorable ? Les elfes étaient-ils tous ainsi ?

Lliane recouvra ses esprits, ses yeux verts si clairs se posèrent sur lui avec tendresse. Pauvre humain pris dans la ronde des fées, enchanté, l'âme ravie à tout jamais...

— Comme tu me regardes, murmura-t-elle.

Uter ne dit rien, mais son cœur battait fort. C'est vrai, il la contemplait éperdument, ravagé par des bouffées de sentiments diffus, en un écheveau embrouillé d'amour, de crainte, de désir, de malaise et de fascination qu'il était bien incapable de démêler.

Elle lui sourit.

— Ainsi tu m'aimes ? demanda-t-elle.

— Oui...

Elle pencha sa joue sur la main du chevalier et lui caressa le bras.

— Il faudra que tu m'apprennes...

Uter hocha la tête et la boule qui lui serrait la gorge se dénoua. La joue de Lliane, sur sa main, le corps de Lliane, étendu à son côté, les yeux de Lliane, ses lèvres, sa beauté, sa force... Ne venait-elle pas d'avouer qu'elle l'aimait ? Non, pas vraiment, mais quand même... On prétendait que les elfes ne connaissaient pas l'amour. Qu'ils étaient trop semblables aux bêtes pour éprouver de réels sentiments. Ne se pouvait-il qu'une elfe aime un humain, alors ? Que la reine des hauts-elfes aime un chevalier ? D'un seul coup, il se sentit fort, bouillonnant, prêt à l'action.

— Allez-y ! cria-t-il aux autres. Il ne faut plus perdre de temps !

Puis, tandis que ses compagnons s'élançaient vers les degrés de terre, il aida Lliane à se relever et lui parla de l'anneau de Gael en la soutenant pour ses premiers pas.

Tsimmi et le barbare éprouvaient le même débordement d'énergie. Ils grimpèrent les restanques presque en courant, jusqu'aux premières salles où Freïhr dut à nouveau se baisser, ce qui permit au nain de le doubler et de sortir le premier à l'air libre, de toute la vitesse de ses courtes jambes.

Il jaillit à la lumière du jour avec un sourire triomphant, qui se figea aussitôt.

Au centre de la clairière se tenait une petite troupe d'elfes gris en armes qui palabraient avec les vieux. L'un des anciens tendit le doigt dans sa direction, et tous se tournèrent vers lui avec un frémissement à la fois hostile et hésitant. Un elfe de plus haute taille les bouscula, fendit leur petit groupe et se rua vers lui, si vite qu'il eut à peine le temps de le reconnaître.

— Toi ! hurla Till, les yeux écarquillés par la haine, le visage grimaçant. Tu vas payer !

Tsimmi recula, tenta maladroitement de saisir le marteau de guerre fixé dans son dos et buta contre la tête courbée de Freïhr, qui sortait à cet instant de la hutte souterraine.

Dans la même fraction de seconde, Till frappa avec un cri de rage. La lame effilée de sa longue dague fendit le cuir épais de la broigne du nain, trancha les chairs et fit jaillir le sang.

Tsimmi poussa un cri de douleur. Le bras profondément entaillé, il roula à terre, juste sous les pieds du pisteur qui frappa à nouveau, comme un forcené. L'instant suivant, Freïhr le percutait de plein fouet, d'une ruée prodigieuse, la tête la première, l'envoyant bouler à plusieurs toises.

Le barbare jeta un coup d'œil au nain qui se blottissait contre la hutte, blessé mais vivant, et il dégaina sa formidable épée à deux mains, juste à temps pour contenir l'assaut des elfes gris qui accouraient au secours de Till.

Sous terre, Lliane et Uter avaient perçu le cri de Tsimmi. Ils restèrent un moment interdits, retenant leur souffle. Bientôt, ils reconnurent le bruit d'un combat. D'un même élan, ils se précipitèrent au-dehors.

Freïhr, dressé de toute sa taille, tenait en respect un groupe d'elfes par de larges moulinets de son épée, dont la lame vrombissait dangereusement devant eux, telle une faux. Tsimmi, adossé à la hutte, titubait comme un homme ivre, sans parvenir à brandir son marteau de guerre.

— Arrêtez !

La reine avait crié de sa voix de commandement, une intonation puissante qui s'imposait et vous forçait à l'entendre. Les elfes reculèrent et lui lancèrent des regards inquiets. Freïhr lui-même ne put s'empêcher de jeter un coup d'œil vers la reine, par-dessus son épaule. Lliane chancela. Sans le bras d'Uter, elle se serait écroulée. Lui qui la voyait de près devina le tremblement de ses membres et les rigoles de sueur qui encadraient son visage. Ce cri semblait l'avoir vidée de ses dernières forces.

Uter sentit, avant même de le voir, un elfe courir vers eux, et il pointa son épée pour lui barrer le chemin. Il lui fallut un temps pour reconnaître Till, tant le pisteur semblait hors de lui.

— Reine Lliane !

Il paraissait incapable d'en dire plus, dardant sur la reine des hauts-elfes un regard fiévreux, terrible.

Lliane le prit par le bras, abaissant du même coup sa dague rougie du sang de Tsimmi.

— Je suis contente de te revoir, Till, murmura-t-elle.

— Ma reine, j'étais sûr que vous aviez été tuée, ce matin. J'ai… Je ne…

L'elfe vert jeta un coup d'œil vers le maître maçon, toujours tapi contre la hutte de Gael, puis revint sur la reine, bouleversé et bafouillant.

— C'est fini, dit Lliane.

Elle remercia Uter d'un signe de tête et, s'appuyant à présent sur Till, s'avança au-devant des elfes gris comme s'il ne s'était rien passé. En croisant son regard, Uter eut la conviction qu'elle avait déjà repris des forces et qu'elle ne se tenait au bras du pisteur que pour le maîtriser.

— Nous avons tous été trompés, dit-elle d'une voix forte. *Yelessa eh anna kolotialo. D'hya ne etio lassaleo.* Le nain n'y est pour rien !

Uter, d'un mouvement du menton, signifia à Freïhr de surveiller les elfes tandis qu'il se portait au secours de Tsimmi. Adossé au mur de branchage de la hutte, le maître maçon comprimait sa plaie en grimaçant de douleur. Du sang coulait entre ses doigts. Il y en avait plein sa broigne de cuir, et ça ruisselait le long de son bras pour former une flaque noirâtre à ses pieds, vite bue par le sol de tourbe.

— Laisse-moi voir, dit le jeune homme.

Tsimmi obtempéra ; Uter fit la grimace.

L'os était visible, sous les chairs sanguinolentes que la lame effilée de Till avait tranchées comme du jambon. Le chevalier arracha d'un coup sec la manche de sa tunique verte. Il bourra le tissu dans la blessure, puis en noua les extrémités pour maintenir le bandage de fortune.

— Décidément, j'ai pas de chance, geignit Tsimmi dans sa barbe. D'abord les gnomes qui manquent de me briser les genoux, et maintenant cet imbécile qui me coupe le bras. Mais qu'est-ce que je lui ai fait ?

Uter s'abstint de lui dire qu'il l'avait juste enseveli sous des monceaux de terre, et que lui-même, la veille, n'avait pas été loin de le couper en rondelles. Les nains sont susceptibles.

Il y eut des cris, des interjections haineuses, dans l'étrange langue des marais à laquelle Uter et ses compagnons n'entendaient rien. Mais, lorsqu'un elfe gris désigna un objet brillant sur le sol de tourbe, le jeune chevalier se précipita pour le ramasser avant eux. C'était la bague de Gael. La bague frappée de la rune de Beorn, leur seule preuve…

— Donne-la-moi ! dit Tsimmi.

Uter obéit sans réfléchir, et la main noueuse du nain se referma sur la bague à l'instant où un elfe gris, bousculant Till et la reine, se plantait devant eux, les yeux révulsés, hurlant à leurs oreilles son charabia incompréhensible.

— Qu'est-ce qu'il veut ? lança Uter en s'interposant entre l'elfe et le maître maçon.

Question stupide. Il voulait la bague.

— Il nous accuse d'avoir dépouillé Gael ! traduisit la reine. Il faut lui rendre la bague, Tsimmi. Vraiment !

— Non, non, répondit le nain, avec un sourire crispé à l'adresse de l'elfe. Si on la lui rend, on n'aura plus aucune preuve de ce qui s'est passé…

Il souriait toujours, malgré son visage exsangue, malgré le sang qui avait noirci son bandage de fortune, le poing gauche serré sur la bague de Gael. L'elfe gris, se balançant d'un pied sur l'autre et secouant nerveusement sa dague, le regardait en se demandant visiblement quelle raison il pourrait bien avoir de ne pas le tuer tout de suite.

Avec une grimace de douleur, Tsimmi tenta de lever son bras blessé et fit claquer ses doigts. L'elfe jeta un coup d'œil étonné vers la main ensanglantée du nain et, quand son regard revint se poser sur lui, Tsimmi lui montra sa main gauche, vide à présent.

— Partie ! dit-il de son ton de bateleur. Envolée, la bague !

L'elfe marqua le coup et fronça les sourcils, ce qui eut le don de ravir Tsimmi.

— Magie ! dit-il, et il pouffa d'un rire goguenard.

L'elfe frémit sous l'insulte.

— *Hyalla eh n'eta lo !*

Il porta à Tsimmi un coup si fort que du sang macula son poing. Lliane et Uter se précipitèrent en même temps vers lui pour le maîtriser, mais il avait déjà levé sa dague et l'abattait avec un « han ! » de bûcheron, pour clouer le nain au sol.

La reine et le chevalier ripostèrent en même temps, et nul ne sut laquelle, de la dague elfique de Lliane ou de la lourde épée d'Uter, fut la première à tuer l'elfe gris.

Ce fut aussitôt une effroyable bousculade.

Les elfes des marais hurlèrent de rage et se ruèrent aveuglément à l'assaut, en une masse désordonnée et furieuse, assaillant de toutes parts le groupe dispersé des légats du Grand Conseil. Freïhr, déjà sur ses gardes, cueillit l'un d'eux d'un moulinet de son énorme épée, lui séparant la tête du corps. Dans le mouvement, son flanc se découvrit et un guerrier piqua droit sur lui, tenant sa dague à deux mains. Le barbare l'arrêta net d'un coup de pied dans le ventre puis, comme par un effet de balancier, l'épée monstrueuse vrombit et vint se ficher profondément dans le corps de l'elfe.

— Comme tu m'as montré ! cria Freïhr dans l'ivresse de la bataille avec un regard triomphal vers Uter.

Le chevalier ne l'entendit même pas. Lui et Lliane combattaient dos à dos, formant un rempart devant le corps inanimé de Tsimmi, submergés par la charge furieuse et désordonnée des elfes gris. L'un d'entre eux se jeta littéralement sur la reine, rugissant comme une bête, les yeux fous. Uter la protégea de son corps. Son épée se planta dans le front du forcené qui, en tombant, la lui arracha des mains. Il vacilla, atteint simultanément par une grêle de coups à la pommette, au bras, au corps. Une lame entailla son flanc. Un bâton le heurta durement à l'épaule, anesthésiant son bras. Des étoiles se mirent à danser devant ses yeux et il sentit le goût du sang dans sa bouche. Alors, il se mit à hurler et se dégagea en tapant dans le tas, comme un forcené. Ce n'était plus lui qui se battait mais un animal primitif luttant pour sa survie, oublieux des règles tant de fois apprises à l'entraînement, frappant du poing, du pied, mordant comme une bête, dans la mêlée furieuse d'un combat à mort, sans même savoir si Lliane, à côté de lui, était encore vivante. Les visages grimaçants des elfes le cernaient comme dans un cauchemar et il frappait, frappait à poings nus, avec une rage telle que les elfes reculèrent, saisis de cette crainte superstitieuse qui si souvent s'emparait d'eux. L'homme était devenu ce que les barbares du Nord appelaient un « berserker », un fou de guerre, ivre de sang, inconscient du danger, insensible aux assauts de ses ennemis. Bientôt, Uter ne rencontra plus que le vide, et il regarda autour de lui, titubant et hébété.

— Viens !

Il tourna la tête, le temps de voir Lliane l'entraîner à sa suite, et il se précipita derrière elle, sa rage se transformant en peur, en peur panique, un peu plus terrifié à chaque pas. Et ils coururent droit devant eux à travers les broussailles, les ajoncs et les fougères, pendant un temps infini, jusqu'à ce que la peur elle-même cède la place à la fatigue, puis la fatigue à la souffrance, puis la souffrance à l'abrutissement… Les jambes du chevalier se dérobèrent et il s'abattit face contre terre, incapable de faire un pas de plus. Freïhr buta contre lui et chuta à son tour, envoyant bouler le malheureux Tsimmi qu'il portait dans ses bras comme un enfant endormi.

La gorge convulsée et les poumons en feu, le corps baigné de sueur, Uter avait l'impression de n'être plus que plaies et horions. Il roula sur le dos, face au ciel, grimaçant et soufflant comme une forge, puis, quand il put à nouveau respirer à peu près normalement, il se redressa sur son séant et chercha des yeux la reine. Lliane était là, pantelante et le visage couvert d'ecchymoses, mais toujours debout et paraissant capable de courir encore indéfiniment. C'était comme si l'effort physique n'existait pas pour elle ; comme si ses propres enchantements étaient seuls capables de l'épuiser… Tous les sens aux aguets, l'une des flèches de Kevin déjà encochée à son grand arc, elle revint en arrière, s'assura qu'ils n'étaient pas suivis et disparut dans les fougères. Quelques instants plus tard, elle les rejoignit et rangea sa précieuse flèche dans son carquois.

— Il semble que nous ayons un répit, mais il ne faut pas traîner, dit-elle, adressant à peine un regard à Uter (et, à cet instant-là, il la trouva détestable).

Puis elle se pencha sur Tsimmi et l'examina en silence.

— Alors ? demanda Uter d'un ton brusque.

— Il vit. C'est tout ce qu'on peut dire. Je le soignerai plus tard.

— Plus tard !

Uter sentit la rage monter en lui.

— Sache que, s'il est blessé, c'est parce qu'il a risqué sa vie afin de récupérer la bague de Gael et d'innocenter ton peuple !

La reine posa sur lui ses yeux froids.

— Si je le soigne ici, les elfes gris nous retrouveront et nous mourrons tous. Tsimmi survivra bien encore une heure ou deux.

— Vous pouvez compter là-dessus ! fit le nain d'une voix pitoyable, en ébauchant un vague sourire à l'intention d'Uter.

Lliane enfila son arc dans son dos, plaçant la corde entre ses seins, avec un coup d'œil en biais vers le jeune chevalier, ce qui lui donna à penser qu'elle était consciente du fait que la corde plaquait sa tunique contre sa poitrine et en révélait les courbes de façon provocante. Elle passa pourtant devant lui comme s'il n'existait pas et alla même aider Freïhr à se relever. Freïhr ! On se demande un peu ! Uter se redressa en gémissant. Il se pencha, ramassa son épée tombée à terre et la rengaina avec une nouvelle grimace de douleur. Chaque geste, chaque pas était une souffrance. Du sang maculait sa cotte d'armes à son flanc, là où une dague elfique l'avait entaillé. En fait, il était constellé de sang. Il y en avait partout. Et parfois c'était le sien.

— Partons, dit la reine.

À la tombée de la nuit, ils étaient sortis de Gwragedd Annwh. Le sol était redevenu ferme, la végétation avait changé. Aux bosquets d'osier, aux roseaux, aux fougères et aux buissons d'ajoncs avaient succédé de sombres broussailles, jusqu'aux abords d'une forêt de hêtres tordus, aux formes ravagées par le vent, que les hommes appelaient des faux et qui leur faisaient peur, tant ces arbres noués, torturés, ressemblaient à une caricature sinistre de formes humaines. Le sol de tourbe, spongieux et souple, avait cédé la place à une terre de plus en plus rocailleuse, encombrée de racines et de lierre rampant qui les faisaient sans cesse trébucher, les obligeant à garder les yeux baissés pour voir où ils posaient les pieds. Chaque fois qu'il relevait la tête, Uter se sentait oppressé par la sombre forêt qui se dessinait peu à peu autour d'eux. Les arbres noirs aux troncs mangés de lierre, les rochers pourris d'un lichen verdâtre, les longues branches pareilles à des mains de sorcière, squelettiques et griffues, tout cela prenait des allures de cauchemar, et il préféra garder les yeux baissés pour échapper à ce décor funeste.

Trop de légendes avaient circulé parmi les Peuples libres à propos de cette lugubre forêt pour qu'aucun des quatre compagnons n'ignore où ils se trouvaient. La sombre hêtraie marquait la frontière des Terres noires. Au-delà s'élevaient les collines des Marches, puis le Pays de Gorre, l'empire de Celui-qui-ne-pouvait-être-nommé.

Ils continuèrent à avancer en silence (hormis les gémissements et les récriminations de Tsimmi, toujours juché sur le dos de Freïhr et qui n'avait repris conscience que pour se plaindre) jusqu'à ce que l'obscurité les empêche d'aller plus loin. Alors ils s'arrêtèrent, exténués et aussi sombres que la forêt, taciturnes et fermés, perdus dans de mornes pensées.

Uter défit sa ceinture, ôta la cotte d'armes maculée de sang qui recouvrait son haubert de mailles et la jeta au loin avec une moue écœurée. À quoi bon porter les couleurs du roi Pellehun, quand elles n'étaient plus guère visibles ! Le jeune homme se gratta convulsivement les joues, envahies par une barbe naissante qui le démangeait. Il se sentait sale, il avait faim, il en avait assez. Et puis il avait le sentiment déplaisant d'être le seul à ne pas savoir où ils allaient, depuis des heures dans cette forêt maudite qui ne menait nulle part. Comme la reine ne lui parlait pas, il gardait ses questions pour lui, ce qui ne faisait qu'attiser sa rancœur.

Sans doute auraient-ils été incapables de dire combien de temps ils restèrent là à ruminer chacun dans son coin, mais d'un seul coup ce fut comme si tous se réveillaient. Lliane et Tsimmi commencèrent à s'occuper des blessures du nain (et le maître maçon ne cessait de donner des conseils à la reine ou de piailler dès qu'elle lui faisait mal), et Uter entreprit de ramasser du bois mort pour faire du feu.

— Prends la garde, dit Freïhr, je vais chasser pour le dîner…

Le preux se releva et dégaina son épée à tout hasard. Il ne savait pas en réalité ce qu'il devait garder ni d'où pouvait survenir le danger, mais au moins étaient-ils tous sortis de leur torpeur morbide…

Il s'écarta un peu dans la direction prise par le barbare. On entendait encore le bruit de ses pas s'éloignant rapidement dans la nuit, sans qu'il fût possible de distinguer quoi que ce soit dans les sombres taillis et les troncs noueux des hêtres. Si la lune était levée, il devait y avoir trop de nuages pour que sa lumière atteigne le sous-bois. Uter le suivit un moment au jugé, en se demandant comment on pouvait bien chasser dans une telle obscurité, jusqu'à ce qu'il ne perçoive plus rien du barbare. Il balaya d'un coup d'épée des brindilles qui s'étaient accrochées à sa cotte de mailles et fit demi-tour, mais il s'immobilisa aussitôt. On ne voyait plus le feu qu'il avait allumé. On ne voyait rien. Le néant. Une obscurité totale et insondable. Seules les formes torturées et menaçantes des branches se découpaient dans le gris sombre du ciel.

Le jeune homme déglutit, se força au calme et s'avança à tâtons, tendant son épée devant lui comme un aveugle, trébuchant à chaque pas contre des racines ou des souches mortes, se heurtant aux arbres dont il ne parvenait à deviner la silhouette qu'au dernier instant. Il marcha quelques minutes dans la direction supposée de leur campement de fortune sans rien voir, ensuite dans le sens contraire, enfin à angle droit parce qu'il lui semblait avoir entendu une voix. À nouveau il dut s'arrêter pour maîtriser l'angoisse qui sourdait en lui.

L'oreille aux aguets, il tenta de repérer Tsimmi et la reine, mais il ne perçut que les bruits de la forêt : craquements, hululements des oiseaux de nuit, sifflement entêtant du vent dans les branches. Et un rire…

Il sursauta, raffermit sa poigne autour de la garde de son épée. Était-ce bien un rire ? On aurait dit le crissement du sable dans un tamis, un ricanement spasmodique et étouffé, tout près de lui.

— Qui va là ?

Encore ce rire sourd, et des trottinements légers dans les feuilles mortes… Uter retint son souffle, écarquilla les yeux à en pleurer sans distinguer personne. Soudain, il y eut le craquement net d'une branche, derrière lui, puis un autre à droite, et encore plus loin. Et ce ricanement insupportable…

— Montrez-vous, par le sang !

— Uter !

Le jeune homme tourna la tête. C'était la voix de Lliane, pourtant il ne vit que la haute silhouette de Freïhr, tenant une torche, au loin. Aussitôt, il se sentit frôlé, bousculé, environné de mille choses fuyantes qui disparurent en un éclair dans les taillis insondables de la forêt, sans qu'il ait pu les identifier.

— Uter ?

— Je suis là ! cria le jeune homme.

Il s'avança de quelques pas à peine vers la lueur de la torche et faillit buter sur la reine, qui n'avait nul besoin de lumière pour se frayer un chemin dans les sous-bois.

— Lliane ! Vous les voyez ? Vous les voyez ?

Il la saisit par le bras et désigna d'un geste vague les obscures broussailles et les troncs noueux de la hêtraie.

— Quoi donc ? demanda la reine en plissant les yeux. Il n'y a rien…

— Si, regardez bien, partout… Il y avait des bêtes, je ne sais pas quoi, mais j'avais l'impression qu'elles riaient…

— Ah, c'est des kobolds, intervint Freïhr en les rejoignant. C'est rien. Pas méchants. Tu sais, on en a vu à Kab-Bag.

Uter repensa avec dégoût aux hommes-chiens, répugnants mangeurs de charogne qui rôdaient aux abords des villes et des villages, et que les nains accusaient d'être des voleurs d'enfants… L'idée d'avoir été environné par une meute de kobolds sauvages au cœur de la forêt ne lui plut pas particulièrement.

— Qu'est-ce qu'il y a ? demanda Freïhr. Tu as eu peur ?

Il lui donna une claque sur l'épaule en éclatant de son gros rire stupide, puis l'entraîna à sa suite, vers leur campement de fortune.

— Bon, ça va, je n'ai pas eu peur ! dit Uter avec humeur, en glissant un regard en biais vers la reine (qui, lui sembla-t-il, réprimait un sourire). Et puis, si tu pouvais éviter de me démettre l'épaule sans arrêt, ce serait bien aimable de ta part, merci d'avance !

Lliane émit quelques notes de son rire argentin et le prit par la main.

— En tout cas, moi, j'ai eu peur, lui souffla-t-elle à l'oreille. J'ai eu peur que tu ne te sois perdu…

Le jeune homme la regarda avec stupeur et se laissa guider jusqu'au campement, où Tsimmi, adossé à une souche, alimentait son feu de brindilles et de mousse. Il y avait chez la reine quelque chose qu'Uter ne comprenait pas. Ni les jeunes filles qu'il avait connues, ni aucune femme de la cour ne se comportaient ainsi. Quand une femme s'offrait à un homme, elle devenait sa compagne, et tout le monde était content (l'amour des hommes, en ces temps lointains, était une chose simple, pour des cœurs simples), mais Lliane semblait prendre un malin plaisir à se refuser au moment où il avait besoin d'elle ou à le reprendre dans ses filets dès qu'il s'en détachait, comme si l'amour, pour l'elfe, était un jeu subtil et cruel, et non cette certitude grave qui s'était ancrée dans le cœur du jeune homme. Il y avait de quoi devenir fou…

— La forêt est trop dense pour la traverser, dit Freihr, repu, en se suçant les doigts. Trop de broussailles, trop d'épines. Il faudrait des jours… J'ai vu un chemin, mais il mène aux collines.

Uter avala avec une grimace de dégoût la bouchée qu'il mastiquait péniblement. La viande de loir rôti à la broche avait vraiment un goût infâme…

— Quelles collines ? interrogea-t-il. Tu veux parler des Marches ?

— Les Marches noires, murmura Tsimmi sombrement.

Uter sourit en voyant l'état dans lequel il s'était mis. Son bras blessé avait été fixé à sa poitrine et il se servait pour manger de sa main gauche, ce qui n'arrangeait pas les choses…

— N'y a-t-il aucun autre moyen de passer ? demanda la reine.

À nouveau, Uter eut la pénible sensation d'avoir raté une partie de l'histoire.

— Mais enfin, passer où ? lâcha-t-il brusquement. Et puis qu'est-ce qu'on fait, ici ?

— On rentre, bien sûr ! ricana Tsimmi.

— Après ce qui est arrivé à Gwragedd Annwh, expliqua Lliane, le seul moyen de revenir à Loth sans traverser les marais est de rejoindre le village de Freïhr, Seuil-des-Roches…

Elle marqua un temps.

— … mais c'est de l'autre côté.

Uter hocha la tête.

— Tu veux dire : de l'autre côté des Marches noires.

— Oui…

— Eh bien moi, je préfère encore tenter ma chance avec les elfes gris.

— Uter…

— Quoi, Uter ? Mais vous êtes tous devenus fous, ou quoi ?

Il prit à partie Tsimmi, qui le regardait d'un air intéressé en rongeant une minuscule cuisse de loir.

— Toi, au moins, parle-leur ! À Kab-Bag, tu étais le premier à clamer que ce serait une folie d'aller dans les Terres noires ! Mais enfin, regardez-vous ! On a déjà perdu la moitié de la compagnie. D'abord Rodéric, puis les pages, puis le seigneur Rogor – Dieu sait ce qu'il est devenu, celui-là –, et Miolnir, et Till, et même le voleur ! On n'est plus que quatre ! Qu'est-ce qu'on fera si on tombe sur une patrouille gobeline ?

— Et qu'est-ce qu'on pourrait faire d'autre ?

La reine le fixa jusqu'à ce qu'il retrouve son calme.

— Il ne faut pas sous-estimer les elfes gris, reprit-elle enfin. Si nous retournons là-bas, nous serons tous tués avant d'atteindre les marais. Seuil-des-Roches n'est distant que de quelques lieues. On a peut-être une chance de passer sans être repérés…

— Et si on est repérés ?

— Alors nous mourrons. Mais au moins nous aurons mené notre mission jusqu'au bout, Uter. Au moins nous aurons tenté de préserver la paix… Je ne sais pas pourquoi Gael a tué le roi Troïn, ni ce qu'il faisait dans la Guilde, ni quel maître il servait. En revanche, je sais que la nation des elfes n'est pour rien dans ce meurtre ni dans le vol de l'Épée sacrée de Nudd. Et je veux en témoigner… Témoigner s'il en est encore temps, et éviter une guerre entre elfes et nains.

Elle s'interrompit. À la lueur du feu, ses yeux brillaient de larmes.

— Et si nous échouons, Uter, je crois que je préfère mourir que de voir ça…

Un lourd silence tomba sur la compagnie, jusqu'à ce que Tsimmi se racle la gorge pour attirer l'attention.

— Afin de répondre à votre question de tout à l'heure, dit-il du ton pédant qu'il prenait souvent lorsqu'il délivrait une information, il n'y a pas que les Marches. On peut traverser par les collines !

Il se tut, le temps de ménager son effet.

— Nous avons conservé dans les archives du royaume sous la Montagne la saga des nains d'Oonagh, reprit-il en fixant pensivement le feu de camp. Les nains d'Oonagh étaient une grande lignée, menés par Fenris Barbe-Bleue. Je vous parle de ça, c'était à une époque où je n'étais pas encore né, c'est dire… Fenris est parti de la Montagne rouge et a suivi à peu près le chemin que nous empruntons aujourd'hui. À la différence près qu'il était à la tête de la plus grande armée naine jamais rassemblée…

Tsimmi se tut un instant et ferma les yeux, savourant quelques secondes l'évocation de ce glorieux passé légendaire.

— Et alors ? fit un peu sèchement Uter.

Le nain cligna les paupières, comme s'il se réveillait d'un bref sommeil.

— Hein ? Ah oui, pardonnez-moi. La saga des nains d'Oonagh rapporte que les collines elles-mêmes n'appartiennent pas au Seigneur noir, mais au peuple libre des trolls.

— Les trolls ? dit Uter, qui ne connaissait pas ce nom.

— Vous les nommez ogres, je crois, précisa Tsimmi, et Uter approuva avec une mine dégoûtée. Et tu sais comment ils vous appellent, vous, les hommes ?... Des jambons ! Ha ! Parce que votre chair est rose et plus fine que le cuir des nains ! Miam, miam !

Freïhr éclata de rire (oubliant qu'il était lui aussi l'un de ces « jambons » dont les trolls ne feraient qu'une bouchée). Sa bonne humeur finit par avoir raison de l'agacement d'Uter.

— Eh bien, je n'ai nulle envie de servir de repas aux ogres des collines, dit-il en souriant.

— Certes, mon ami, approuva Tsimmi. Et c'est pour cela que l'Innommable leur a laissé ce territoire. Les trolls attaquent quiconque s'aventure dans leurs contrées. Je crois bien que même une armée ne passerait pas.

— Et comment ont fait Fenris et tes nains d'Oonagh ? demanda le chevalier.

Tsimmi eut un petit sourire rusé, visiblement, il attendait cette question.

— Ils sont passés *sous* les collines. La saga rapporte qu'il existe dans les Marches de nombreuses grottes qui communiquent à la fois avec les Terres noires et avec le monde libre. Des tunnels, de vrais tunnels...

— Jamais vu de troll, grommela le barbare. Mais vous savez ce qu'on dit des Marches ? On dit qu'elles sont gardées par le clan des loups noirs.

Le barbare secoua la tête.

— Un jour, ils ont attaqué Seuil-des-Roches, mon village...

Il tendit la main devant lui, et ses trois compagnons se tournèrent sans réfléchir dans la direction qu'il indiquait. Évidemment, ils ne virent rien d'autre que le sombre rideau des arbres éclairés par les flammes, et leurs propres ombres fantomatiques dansant au rythme de leur maigre feu de camp.

— Personne n'a jamais vu de troll, corrigea Tsimmi. On prétend que leur seul aspect glace de terreur le voyageur égaré dans leurs collines, et qu'ils le dépècent vivant pour le dévorer. J'aime autant ne pas savoir si c'est vrai... Les loups noirs sont de véritables monstres, et certains sont assez gros pour porter un gobelin en armure, comme les destriers du roi Pellehun... Mais ce ne sont que des loups. Au moins, on peut les tuer.

Il eut un ricanement sans joie qui s'acheva en grimace de douleur. Son bras le faisait souffrir...

De sa main gauche, il fouilla dans l'une de ses besaces à la recherche de son moignon de pipe et de l'une de ses herbes à fumer qui atténuaient la douleur.

Uter vint s'asseoir à côté de Lliane, qui baissa la tête pour masquer ses larmes silencieuses derrière le rideau de ses longs cheveux noirs. Il l'entendit renifler et la vit s'essuyer furtivement les yeux avant de lui accorder un sourire forcé.

— Ça va aller ?

Elle hocha la tête et lui sourit plus franchement. Un sourire de petite fille, qui formait au coin de ses lèvres deux fossettes touchantes.

— Ce n'est rien. Je pensais à Llandon... Mon mari.

Uter se mordit la lèvre. Sur la peau bleue de ses joues couvertes de poussière, on voyait le sillon clair de ses larmes. Les yeux dans le vague, Lliane tentait encore de sourire, mais des ondes de tristesse venaient plisser son menton, et il la sentait au bord des sanglots. Si humaine...

— Tu l'aimes ? demanda-t-il.

Elle hocha la tête sans le regarder.

— Il me manque... Souvent, je pense à lui. Je vois son visage quand je ferme les yeux. J'ai besoin de ses mains sur moi, de son regard sur moi... Est-ce que c'est ça, l'amour ?

Uter soupira.

— Bien sûr…

— Alors je t'aime aussi, dit-elle en levant sur lui des yeux de ce vert si clair, brillants de larmes à la lueur des flammes.

Elle caressa la joue piquée de barbe du jeune homme, et le contact de ses doigts glacés le fit frissonner.

— Je crois.

XVIII

Le passage

Durant la nuit, Hamlin le ménestrel joua de la flûte à travers toute la cité, depuis les remparts jusqu'aux douves du château en passant par les moindres ruelles de la ville basse. À l'aube, les elfes avaient quitté la ville de leur pas lent et silencieux. Tous les elfes : seigneurs et pages résidant au palais, mendiants ou bateleurs des bas quartiers, elfes des Havres, narquois et distants, commerçants ou quémandeurs de toute sorte, musiciens, danseurs et courtisanes, et au petit matin Loth s'éveilla avec la sensation d'un manque.

La haine tomba d'un coup, alors que les cendres du bûcher étaient à peine refroidies, puis après la stupeur vint la honte, et les hommes se mirent à craindre la vengeance des elfes. Les gens baissaient la tête, les regards fuyaient ; même les sombres nuages d'une nouvelle journée d'hiver pesaient comme un présage funeste sur la cité. Chacun éprouvait la sensation d'une souillure, d'un déshonneur. C'était comme si la magie et la grâce avaient quitté la ville. Les hommes – et ce n'était pas nouveau – se sentaient patauds, vulgaires et laids (d'ailleurs, les nobles, qui depuis toujours singeaient les manières des elfes, appelaient le petit peuple les « vilains »), mais ce jour-là leur propre lourdeur leur pesait encore davantage. Et puis, oui, il y avait la peur de représailles, d'une vengeance aveugle, qui rayerait Loth et ses habitants du monde des vivants. Et les rues furent bientôt pleines de rumeurs terrifiantes. Ceux qui étaient près des remparts lorsque l'elfe gris avait été mis au bûcher parlaient du sort mortel lancé par le roi Llandon pour abréger les souffrances du supplicié, soit parce qu'ils n'avaient pas vu Kevin tirer sa flèche, soit parce qu'ils ne pouvaient concevoir qu'un arc puisse faire mouche à une telle distance. Ceux qui n'étaient pas là et qui n'avaient rien vu assurèrent que Llandon avait jeté un sort semblable à toute la cité, que le ciel allait vomir des flèches d'argent et que tous périraient. Puis ils montraient les gros nuages noirs qui s'amoncelaient dans le ciel de Loth et tremblaient de peur en faisant le signe de la croix.

Au palais, le sénéchal Gorlois en personne menait ses gardes dans le quartier des elfes, fouillant chaque chambre, chaque recoin, mais ils avaient bel et bien disparu jusqu'au dernier, au son de la flûte de Hamlin. Alors Gorlois alla voir le roi, et Pellehun lui-même se mit à trembler.

Quand le jour se leva sur la hêtraie, les quatre compagnons cheminaient déjà depuis plusieurs heures. La brume des marais avait cédé la place à un froid vif qui transperçait les os mais dégageait la vue, et les sombres collines formant les Marches noires les surplombaient de leur masse imposante.

Freïhr allait en tête, loin devant, éclairant leur route le long de l'unique chemin traversant la forêt. Parfois il s'arrêtait pour les attendre, et ils se reposaient en silence, grignotant pour tromper leur faim les fruits huileux des hêtres. À la cinquième heure, la neige se mit à tomber. C'était de la neige qui ne tenait pas, presque déjà fondue lorsqu'elle touchait terre, une sorte de pluie glacée. Tsimmi grelottait et se sentait brûlant de fièvre. Uter marchait comme un spectre. La reine elle-même ressentait le froid, la fatigue et la faim.

Tout à coup, elle aperçut la silhouette de Freïhr, tapi derrière un buisson d'aubépine chargé de baies rouges. Elle crut un instant que le barbare s'était accroupi pour en cueillir afin d'améliorer leur maigre ordinaire, mais, lorsque Freïhr se tourna vers elle, elle comprit à son regard qu'il n'en était rien.

D'un geste, elle indiqua à Uter et Tsimmi de se tenir sur leurs gardes, et les trois compagnons rejoignirent le barbare à pas feutrés.

— Il y a une caverne devant nous, expliqua Freïhr à voix basse. Je ne sais pas si elle est gardée…

Uter tendit le cou avec précaution. La neige gênait la visibilité. Tout ce qu'on voyait, c'est que la colline était là, à une centaine de toises, s'élevant apparemment jusqu'au ciel.

— Est-ce qu'il y a des loups ? souffla Tsimmi.

— Pas vu, répondit Freïhr.

Lliane hésita. Dans les Terres noires, le danger était partout, et la moindre imprudence leur serait fatale. Mais la neige pouvait les protéger et masquer leur approche… Elle réfléchissait encore sur la tactique à adopter lorsqu'un reflet brillant, sur sa droite, attira son regard. Elle tourna la tête et étouffa un cri de surprise. L'épée à la main, son haubert de mailles d'acier luisant sous la pluie de neige, Uter s'avançait au milieu du chemin. Elle fit mine de se relever, mais Tsimmi l'agrippa par le poignet et la força à rester à l'abri.

— Il sait ce qu'il fait, reine Lliane. Les loups ne se méfieront pas d'un homme seul…

L'elfe se dégagea d'un geste agacé et changea de position pour trouver un meilleur angle de tir. En voyant que la reine avait encoché une de ses flèches d'argent, Tsimmi et Freïhr échangèrent un regard amusé.

Quand Uter disparut de leur champ de vision, masqué par les arbres et la neige, ils progressèrent silencieusement, renouvelant l'opération d'abri en abri, jusqu'à atteindre la lisière de la hêtraie, et jusqu'à ce que l'ouverture béante d'une grotte se dessine sur les flancs de la colline.

Uter, à quelques toises devant eux, se tenait devant la caverne, le corps légèrement en retrait, son épée tendue le long de sa jambe, comme s'il masquait son coup.

D'abord, il ne distingua rien. Mais, à l'instant où il allait leur faire signe de le rejoindre, un mouvement dans la grotte le pétrifia sur place. C'était à peine perceptible... il y avait quelque chose. Uter sentit son cœur s'accélérer, avec l'impression de revivre son angoisse de la nuit précédente, quand il avait été cerné par la meute invisible des kobolds. Le clan des loups noirs était là, il en était sûr, l'épiant de leurs yeux jaunes, grondant dans l'obscurité de leur tanière.

— Les loups noirs craignent-ils la neige ? cria-t-il brusquement en se campant solidement au milieu du chemin.

Des profondeurs de la grotte, un sourd grognement lui répondit.

— Je sais que tu es là, vieille bête ! cria Uter. Viens te battre, je te défie !

Les loups mangeurs d'hommes avaient beau être au nombre des plus immondes et des plus cruelles bêtes qui rôdaient sur la terre, ils obéissaient à un très ancien code d'honneur. Le loup qui ne s'y soumettait pas, quel que soit son rang, se voyait bientôt banni des clans de guerre et vivait le reste de sa triste existence en ermite, sans louve ni espoir de louveteaux. Et, au-dessus de toutes les lois de ce code, le défi était sans aucun doute la tradition la plus ancienne et la plus sacrée.

Uter le savait. Et aussi qu'en défiant à l'aveuglette une meute c'était le chef du clan qu'il défiait. Le loup le plus gros, le plus fort, le plus cruel…

Un autre grognement résonna dans les profondeurs de la grotte, et les envoyés du Grand Conseil virent Uter reculer d'un pas avant de se ressaisir. Quand ils regardèrent à nouveau vers l'entrée de la caverne, ils connurent le même instant d'effroi. Un énorme loup noir venait d'en sortir, avançant lentement sur le sol rocailleux de son pas silencieux, fixant le chevalier de ses insondables yeux dorés où semblaient luire tous les feux de l'enfer. Son corps était long de près d'une toise, et haut de plus de trois coudées au garrot, aussi grand qu'un âne. Lorsqu'il retroussa les babines dans un rictus hargneux, ses longs crocs brillants de bave parurent, aussi pointus que des poignards. D'autres loups surgirent de la grotte, tête basse et queue pendante en signe de soumission, et vinrent l'un après l'autre lui lécher les babines et lui donner de petits coups de museau. Queue dressée et oreilles pointées, le maître de la meute se tenait immobile. Il semblait indifférent au chevalier qui l'avait défié, poussant parfois un grognement lorsqu'un de ses loups ne se soumettait pas assez ostensiblement, jusqu'à ce que l'inférieur se couche devant lui sur le dos, les pattes en l'air en gémissant comme un chien.

Sans oser quitter le grand loup des yeux, Uter perçut un bruit de piétinement sur sa gauche. Il affermit son épée dans sa main, plissa les yeux pour tenter d'en chasser les rigoles de neige fondue qui coulaient de son front et commença à se déplacer vers la droite. Ce faisant, le chef du clan des loups noirs se mit à son tour en mouvement, s'écartant enfin de sa meute et de la grotte.

La neige n'avait cessé de tomber depuis le début de la matinée. Trempé jusqu'aux os, grelottant à la fois de fièvre, de nervosité et de froid, Tsimmi tremblait de tous ses membres, recroquevillé derrière un buisson de ronces. Soudain, un énorme éternuement lui échappa, et ce fut comme le signal de la bataille…

La meute, jusque-là silencieuse, éclata brusquement en un vacarme de grognements et d'aboiements d'excitation. Uter détourna les yeux une seconde, quand son regard revint sur son adversaire, le grand loup noir galopait sur lui de son pas silencieux, le regard fixe, les babines retroussées sur ses crocs monstrueux. Le loup bondit, toutes griffes en avant, et Uter le cueillit d'un moulinet de son épée qu'il tenait à deux mains, frappant de toutes ses forces. La lame entailla le museau et fit gicler le sang, heurtant les dents du monstre sans les ébrécher. Le coup résonna dans les bras d'Uter, qui perdit l'équilibre et manqua tomber à terre alors que, déjà, la bête se retournait sur lui. De sa patte griffue, il entailla le haubert du chevalier et déchira les mailles d'acier ; Uter lui échappa en roulant contre le corps immense du fauve. À l'aveuglette, il porta encore un coup dans la masse de crin gris et de fourrure noire entaillant le cuir et faisant jaillir le sang tiède qui l'éclaboussa au visage. Uter recula, submergé par la peur, griffé et à demi assommé par la patte formidable du loup. Il chancela, reculant encore, fendant l'air devant lui pour maintenir le fauve à distance, alors que des cris parvenaient à ses oreilles sans qu'il les comprenne. Uter ne reconnut même pas la voix de Lliane qui lui criait de s'écarter pour la laisser tirer. Le loup ouvrit sa gueule monstrueuse, rendue plus horrible encore par les chairs sanguinolentes mêlées d'écume, et poussa un feulement surgi du plus profond de ses entrailles. Son haleine se répandit jusqu'au visage glacé du chevalier en une vague de chaleur, juste avant qu'il ne s'élance d'un bond prodigieux, les deux pattes en avant, le frappant aux épaules et le projetant à terre.

Uter ne ressentit que le poids de la bête, les crins rugueux de son ventre raidis par l'urine gelée qui s'écrasaient sur son visage, et la méphitique odeur asphyxiante. Il n'éprouvait pas de douleur, juste l'impression réconfortante que tout était fini, rien d'autre que la certitude de la mort.

Et puis une flaque chaude et gluante traversa son haubert et sa tunique, lui inondant le torse et le visage. Écœuré, la bouche et le nez envahis par le sang du fauve, Uter se démena furieusement et réussit à glisser son visage à l'air libre.

Le loup était mort.

Se pouvait-il qu'il l'ait tué ?

Il s'arracha du corps pesant de la bête et se traîna à quatre pattes vers un buisson chargé de neige, avec laquelle il se lava fébrilement le visage.

Alors, il regarda autour de lui.

La première chose qu'il vit fut son épée, tombée à terre lorsque le loup l'avait assailli, puis la flèche d'argent fichée dans l'échine du monstre. C'était la flèche qui l'avait achevé... Enfin, il aperçut Lliane et ses compagnons, debout à la lisière du bois, en armes, le corps tendu, prêts au combat, les yeux fixés sur la caverne. Il rampa jusqu'à son épée et se releva en grimaçant.

Les loups noirs quittaient leur tanière au flanc des Marches en une longue procession, marchant en file indienne, posant avec précision leurs pattes dans les mêmes empreintes, ne formant ainsi qu'une unique trace. Déjà menés par un nouveau chef, ils jetaient en quittant leur abri des regards obliques vers l'homme qui avait vaincu leur maître, et ce groupe de guerriers qui prendrait possession de leur antre.

Leur lent défilé se poursuivit en silence durant un temps infini. Uter compta cinquante loups, puis perdit le fil ; il rejoignit ses compagnons d'un pas prudent, sans quitter la meute des yeux.

Lliane lui jeta, le temps d'un éclair, un coup d'œil qui lui fit chaud au cœur, mêlé d'amour, de soulagement et même, peut-être, d'un peu d'admiration, mais son expression se mua aussitôt en une moue dégoûtée et elle détourna le regard.

— Uter, mon ami, tu fais peur à voir ! dit Tsimmi à voix basse, comme pour ne pas provoquer les loups.

Le chevalier hissa à hauteur de son visage la lame de son épée et se regarda dans l'acier. Il y vit la silhouette floue d'un homme des bois hirsute et couvert de sang.

— Et puis, tu pues ! grogna Freïhr, qui se mit à pouffer de rire.

— Taisez-vous ! souffla la reine.

Les derniers loups s'étaient arrêtés et les regardaient, hésitants, les oreilles en arrière et la queue à demi relevée, des signes que l'elfe savait reconnaître. Uter se tourna vers la meute, encore ruisselant du sang de leur maître, chargé de son odeur et les cheveux en bataille, d'un aspect à ce point inhumain que les loups reprirent leur attitude de soumission et s'en allèrent sur les traces de leur clan, abandonnant la grotte. Sans bouger, ils les suivirent des yeux jusqu'à ce qu'ils aient disparu dans les hautes collines, avalés par le rideau de neige qui tombait toujours.

— Tu crois qu'ils vont revenir ? demanda Tsimmi sans que l'on sache à qui il s'adressait.

Personne ne répondit, au grand étonnement d'Uter. Lliane, à côté de lui, semblait aux aguets, nullement détendue par le départ des loups. À nouveau, il la vit orienter ses oreilles au pavillon légèrement pointu, et ce phénomène lui causa une fois de plus une impression mitigée, à la fois amusée et réprobatrice. Pour dissiper sa gêne, il se tourna vers Freïhr. L'attitude du géant l'alarma : le nez en l'air, les narines écartées, Freïhr flairait les effluves de la grotte, reniflant, avec la même expression de défiance que la reine.

— Qu'est-ce qu'il y a ? questionna Uter.

Freïhr se tourna vers lui, pour une fois le visage grave.

— Kobolds.

Et il courut d'un trait vers la grotte, traînant sa longue épée derrière lui, avec un hurlement sauvage.

Aussitôt, de courtes silhouettes surgirent de la caverne et s'égaillèrent aux alentours. Le front bas et allongé, avec un museau en pointe et de larges oreilles arrondies, le poil ras et grisâtre, sauf le long de l'échine où il formait une sorte de panache, les kobolds ressemblaient à des hyènes. À leur différence, ils se tenaient debout et se paraient d'oripeaux humains, allant parfois jusqu'à s'équiper d'armes suffisamment petites pour leurs mains embryonnaires, des glaives ou des poignards. Freïhr, emporté par sa course, saisit l'un des hommes-chiens par ce qui lui servait de tunique et l'écrasa contre la paroi de pierre. Il se retourna d'un bloc, l'épée haute, mais aucun kobold n'avait été assez fou pour rester à portée du barbare.

— Tuez-les ! hurla Freïhr en pourchassant l'un d'eux. Tuez-les tous !

Lliane décocha l'une de ses précieuses flèches d'argent, presque sans viser, et Uter aurait juré que le trait décrivit une courbe, comme s'il suivait à la trace l'homme-chien glapissant qu'il traversa de part en part. Déjà, Tsimmi avait ramassé une pierre et fait tournoyer sa fronde, mais il ne pouvait utiliser que sa main gauche et il rata sa cible.

Uter essaya de se lancer à la poursuite d'un kobold. Hélas, son corps lui causait trop de douleurs et la petite créature était trop rapide. Il renonça au bout de quelques toises, ne comprenant pas l'acharnement de Freïhr à les exterminer. Il s'arrêta, hors d'haleine ; presque aussitôt,

Lliane le bouscula pour bondir sur un rocher qui mettait l'homme-chien à la portée de son arc. Elle poussa un aboiement sonore qui, l'espace d'une seconde, fit hésiter l'immonde créature, et décocha aussitôt sa flèche. Ce n'était pas l'un des traits magiques de Kevin l'archer, cependant la reine n'avait nul besoin de magie pour toucher à vingt toises de distance un kobold affolé. La flèche le frappa au beau milieu du dos alors qu'il se retournait pour fuir. Il fit encore plusieurs pas, emporté par son élan, puis s'abattit comme une masse, mort avant d'avoir touché terre.

— Il en reste ? hurla Freïhr en courant vers eux.

— J'ai raté le mien ! cria Tsimmi, devant l'antre des loups.

— De toute façon, il y en a au moins deux ou trois qui ont filé, ajouta Uter. Qu'est-ce que ça peut faire ?

— Kobolds vont prévenir les gobelins, grogna le barbare. Il faut se dépêcher.

Il se précipita vers la grotte, bondissant d'un pas assuré sur les rochers couverts de givre et de neige, puis revint jusqu'à la lisière de la forêt afin de ramasser leur équipement.

Lliane et Uter redescendirent plus prudemment des contreforts de la colline et rejoignirent Tsimmi qui sortait de la caverne.

— C'est bien un passage, dit le nain. Si nos sagas ont tendance à embellir les histoires, le fond est toujours vrai… Les loups noirs gardaient un chemin sous les Marches.

Uter poussa un cri de joie et lui claqua l'épaule, prenant l'habitude du barbare. Mais il avait oublié la blessure de Tsimmi, le nain gémit de douleur.

— Oh, pardon…

— Par le sang, tu pourrais faire un peu attention ! cria le maître maçon.

Il se tut et Uter, gêné, se dandina d'un pied sur l'autre, rougissant, comme toujours quand il était pris en faute.

— Il faut fabriquer des torches, reprit le nain d'un ton bourru. Même moi, je n'y verrais rien, là-dedans. Et puis, il faut débiter le loup, on aura besoin de sa viande…

— J'y vais, dit Uter.

— Non, laisse, fit la reine. Ce serait peut-être mieux que tu profites de la neige pour te débarrasser de tout ce sang…

— Ouais, grogna Tsimmi.

Uter n'aurait pu rougir davantage, mais il s'efforça de conserver un semblant de dignité en s'écartant jusqu'à un bosquet couvert de neige. Il défit le ceinturon qui retenait son épée, puis ôta son camail et son lourd haubert de mailles en le glissant par-dessus sa tête. Grelottant dans sa tunique et ses braies, il étala le haubert sur le sol et comprit l'écœurement de ses compagnons. Du sang, des viscères, des poils et des excréments formaient une bouillie infâme qui recouvrait les anneaux d'acier et les liens de cuir de la cotte de mailles. Avait-il éventré le loup au cours de la bataille, ou était-ce l'œuvre de la flèche d'argent de Lliane ? Quoi qu'il en soit, Uter eut toutes les peines du monde à débarrasser son haubert de cette immondice. La cotte restait rouge de sang, et de nombreux rangs de mailles avaient sauté sous les coups de griffes et de dents de la bête, donnant au vêtement une allure piteuse. Néanmoins, il semblait à peu près propre et ne puait plus autant.

Résolu à ne plus subir de remarques blessantes, Uter s'efforça de se laver consciencieusement le visage, le torse et les bras avec de la neige, et de nettoyer un peu sa tunique. Quand il la renfila, il était transi de froid et claquait des dents de façon irrépressible. Malgré tout, il prit encore le temps de défaire ses nombreuses nattes et de les débarrasser de la bouillie sanguinolente qui les emmêlait avant de ceindre son épée et de rejoindre ses compagnons.

Uter avait trop froid pour vouloir plaisanter, mais, maintenant, c'était Freïhr qui, après avoir taillé au couteau les cuisses monstrueuses du loup, était couvert de sang et puait à cent lieues…

XIX

Sous la montagne

Le seigneur Bran ronflait comme un sourd, et le garde nain dut abdiquer toute forme de respect et le secouer à pleines mains pour parvenir à le réveiller.

— Quoi ! Qu'est-ce qu'il y a ?

Le soldat recula prestement de la couche princière et rectifia la position.

— Seigneur, il y a un nain à la poterne qui prétend être le prince Rogor.

Bran ouvrit les yeux et se redressa sur un coude.

— Mon frère ?

Le garde hocha la tête.

— Eh bien ! Tu connais le prince Rogor, non ? C'est lui ou c'est pas lui ?

— Seigneur, je ne sais pas… Il faudrait que vous veniez voir.

Bran se réveilla tout à fait, rejeta draps et fourrures et, en chemise, s'assit au bord du lit, découvrant du même coup une jeune naine parfaitement nue, pelotonnée contre lui. Le garde sourit, et son regard s'attarda un peu trop sur les formes généreuses. Mal lui en prit. D'un coup de pied, Bran l'envoya bouler sur le dallage de granit, dans un fracas de fin du monde qui réveilla la jeune beauté.

— Qu'est-ce qui se passe ?

— Dors, ma belle… Je reviens.

Le soldat se releva, penaud, sous le regard lourd du prince Bran. Frère cadet de Rogor, neveu du défunt roi Troïn, il avait été nommé régent de la cité de Ghâzar-Run et garant du trône de la Montagne noire, un rôle qu'il n'aimait pas et auquel il ne se sentait en aucune façon préparé, plus enclin au plaisir de la chair, de la chasse et de la guerre qu'aux responsabilités écrasantes d'une charge royale.

— Mes bottes, ma cape ! grogna-t-il.

Le garde se précipita et l'aida à revêtir son épais manteau de fourrure, puis il le précéda à travers les rues souterraines de la vaste cité sous la Montagne, jusqu'à la poterne du septentrion, une arcade majestueuse taillée dans la falaise à l'aplomb d'un gouffre sans fond, enjambé par un pont de pierre hérissé d'échauguettes et lui-même protégé par une barbacane fort avancée qui en interdisait l'accès.

C'est là que le seigneur Bran retrouva Rogor, assis sur un bat-flanc sous la garde de deux soldats indécis, ne sachant trop comment se comporter avec lui.

À vrai dire, l'héritier du trône de Troïn était méconnaissable. Sa tunique rouge était maculée de boue, déchirée de partout, pitoyable. Il se tenait le côté, là où une flèche elfique l'avait atteint, dans les marais, et du sang noir avait séché sur ses doigts et raidi le tissu. Sa barbe rousse était dans un état effrayant, pleine de nœuds et de brindilles (un laisser-aller que seule une fatigue extrême pouvait excuser). Rogor avait davantage l'air d'un mendiant que d'un prince de sang royal. L'indécision des gardes avait quelque excuse…

Bran reconnut cependant tout de suite son frère aîné, et les deux princes se tombèrent dans les bras, ce qui provoqua aussitôt un changement d'attitude radical chez les gardes. Quand ils cessèrent leurs embrassades, les soldats de la poterne s'étaient alignés en une file impeccable et rendaient les honneurs.

— La ville est à toi ! dit Bran. Ordonne et je t'obéirai. Tu as faim ? Tu as soif ?

Rogor se détacha de son frère et se redressa, de sa taille imposante. Au-delà du pont de pierre, les portes grandes ouvertes révélaient le décor familier du quartier du septentrion aux vastes demeures éclairées pour la nuit, paisibles, opulentes avec leurs tentures damassées accrochées aux fenêtres, leurs façades sculptées de bas-reliefs et le parfait dallage des ruelles.

Rogor s'arracha brusquement à ses pensées, saisit la hache d'un garde et traversa le pont à grandes enjambées, sans un mot.

Il s'arrêta sous l'arcade monumentale, leva les yeux jusqu'en haut des lourdes portes de chêne qui la défendaient et cogna de toutes ses forces, plantant le fer profondément au cœur du bois.

— Je suis Rogor, neveu de Troïn, et j'ai tué Gael ! hurla-t-il à pleins poumons, et l'écho de son cri résonna longuement dans la ville endormie. Je suis Rogor, roi sous la Montagne noire, et j'en appelle au Courroux des nains ! Vengeance ! Vengeance !

Tsimmi marchait en tête et parlait sans cesse, requinqué par l'atmosphère de la caverne pourtant si pénible à ses compagnons, commentant la qualité du roc ou la longueur des galeries comme s'il faisait le tour du propriétaire, indifférent aux grognements de Freïhr qui, de toute façon, ne l'écoutait pas, davantage préoccupé par les nombreuses aspérités de la voûte humide du tunnel, auxquelles il ne cessait de se cogner. On sentait tellement que le nain était avide de prendre sa revanche sur ces longues journées passées dans les marais que c'en était touchant, mais son babillage incessant, entrecoupé de refrains tonitruants tirés des chants de guerre des nains d'Oonagh ou d'interminables extraits de la saga de Fenris Barbe-Bleue, avait fini par lasser tout le monde.

De plus, la galerie, au départ éclairée de loin en loin par la lumière du jour qui filtrait des goulets ou des avens effondrés, s'était peu à peu enfoncée dans l'obscurité la plus profonde, assombrissant du même coup l'humeur de la petite troupe. Leurs torches, confectionnées à la hâte à la lisière de la hêtraie, éclairaient autour d'eux un décor immuable de roches suintantes couleur de boue, de draperies minérales tombant de la voûte comme des tapisseries, d'aiguilles calcaires, de stalactites trempées, de roches fondues comme des cierges et de colonnes tordues qui donnaient à l'ensemble des allures de temple en ruine. Presque toujours, ils marchaient dans l'eau, côtoyant de temps à autre de véritables torrents souterrains qui s'engouffraient en grondant dans d'étroits siphons. Parfois ils ne pouvaient marcher qu'en colonne tant les parois étaient resserrées, et parfois ils débouchaient dans des salles immenses, si hautes que leurs torches n'en révélaient pas la fin.

C'est dans l'une de ces salles, gigantesque et à peu près sèche, qu'ils firent halte pour se reposer et rôtir sur les flambeaux la viande du loup. Uter avait perdu la notion du temps. Depuis quand marchaient-ils ? Deux heures ? Dix heures ? Il n'en avait plus la moindre idée… Et Tsimmi qui ne cessait de parler, encore et encore, comme s'il n'avait rien vu de plus beau que ce misérable tunnel sans fin, dégoulinant d'humidité et fleurant la pourriture et le salpêtre, menant Dieu sait où !

Peu après leur départ, Uter avait réalisé que le passage sous les collines serait sans doute aussi long que leur traversée des marais, et qu'ils marcheraient peut-être ainsi durant des jours sans revoir la lumière du soleil.

Lliane, silencieuse depuis qu'ils s'étaient engouffrés dans la caverne des loups, lui prenait la main par moments sans le regarder, peut-être juste pour se rassurer. De même que les nains, habitués à l'obscurité des souterrains, les elfes voyaient la nuit, et ce n'étaient pas les ténèbres de la grotte qui l'effrayaient, mais l'absence totale de végétation ajoutée à cette sensation d'enfermement que les elfes supportaient si mal.

Le sentiment d'être utile à la reine ou au moins de lui apporter quelque réconfort aida le chevalier lors de cette plongée oppressante dans les entrailles de la terre, mais, au fil des heures, la présence de Lliane se dissipa dans les brumes de ses pensées. Tsimmi lui-même avait fini par se taire, et ils marchaient comme des mules, juste attentifs à ne pas trébucher sur les mille pièges du chemin.

Soudainement, Uter sortit de sa torpeur en s'apercevant que Lliane, devant lui, s'était arrêtée, et il manqua de la heurter.

La reine s'était retournée et regardait en arrière sans lui prêter attention, comme si elle voyait à travers lui. Instinctivement, Uter fit demi-tour et tendit sa torche pour sonder l'obscurité du tunnel, mais, au-delà d'un halo de lumière mourant au bout de quelques toises, il ne vit que le gouffre insondable de la galerie, pareil à un puits ou à la gueule béante d'un monstre informe, prête à vous engloutir.

— Tu as entendu quelque chose ? chuchota-t-il en se rapprochant de Lliane.

— Écoute…

Uter prêta l'oreille et ne perçut tout d'abord rien d'autre que le grésillement de sa torche, le souffle rauque de Freïhr, les reniflements de Tsimmi et le clapotis aigu d'une goutte tombant dans une flaque, au loin.

Puis il entendit.

Porté par l'écho, le bourdonnement d'une cavalcade, lourd et irrégulier, d'une troupe qui ne montrait aucun souci de discrétion. Et puis des grognements de bêtes, des cliquetis d'armes, tout un grondement confus déferlant sur eux comme une vague.

— Les gobelins ! souffla la reine.

Elle se dépêtra fébrilement de son arc, fouilla son carquois et leva vers Uter un visage glacé d'effroi. Le carquois était vide. Les flèches avaient dû tomber alors qu'ils franchissaient un passage difficile. Uter, qui fermait la marche, n'avait rien remarqué.

— Qu'est-ce qu'il y a ? fit Tsimmi, derrière eux. Pourquoi vous êtes-vous arrêtés ?

— Tais-toi ! murmura Uter.

Tsimmi, sans comprendre, le regarda dégainer lentement son épée pour ne pas faire crisser le métal, bientôt imité par la reine qui se débarrassa de son arc inutile et brandit Orcomhiela, « pourfendeuse de gobelins », sa longue dague elfique… Et lui aussi entendit (les nains n'ont pas une ouïe très fine, c'est bien connu, mais les gobelins se rapprochaient vite, et le grondement de leur course résonnait dans la grotte tel un orage).

— Laissez-moi faire ! souffla-t-il, en essayant de les écarter de son chemin.

Mais Freïhr le saisit par le col de sa capuche verte et le tira en arrière.

— Tsimmi blessé, dit-il avec un clin d'œil. Reste à l'abri.

— Mais non, bougre d'idiot ! Je vais m'en occuper !

Le géant blond ricana d'une façon que Tsimmi aurait jugée désobligeante en d'autres occasions. Il empoigna sa large épée à deux mains et se glissa aux côtés de Lliane et Uter, barrant ainsi l'étroite galerie souterraine.

Le chevalier avait coincé sa torche entre deux pierres, à quelques pas de distance, afin d'éclairer leurs assaillants tandis qu'eux-mêmes restaient dans la pénombre. Il eut le temps de se demander si les gobelins voyaient dans le noir ou s'ils devaient, eux aussi, s'éclairer dans ces obscurs boyaux. Il eut le temps de se tourner vers Lliane et de contempler son profil altier, encadré par la longue masse de ses cheveux noirs. Il eut le temps de croiser son regard et de le voir s'adoucir et lui sourire.

Puis ils distinguèrent une lueur vacillante, et bientôt les ombres déformées et gigantesques d'une troupe courant à l'assaut. Un amas confus de silhouettes en armes, piques, cimeterres, casques et boucliers, projetées sur les parois par la lumière ocre des flambeaux, plus immenses et plus effrayantes encore que lorsqu'ils débouchèrent enfin, à une portée de jet de pierre.

Uter recula lorsqu'il les aperçut.

Les gobelins étaient une demi-douzaine, encombrés de kobolds qui jappaient à leurs pieds et flairaient leur piste, surexcités, brouillons comme des chiots. Aucun être humain ne pouvait contempler sans frémir d'épouvante les hideuses créatures de Celui-qui-ne-pouvait-être-nommé. Le gobelin de l'auberge, à Kab-Bag, blessé, humilié et en haillons, lui avait déjà paru abominable, mais ceux-là dépassaient en horreur tout ce qu'il aurait pu imaginer. La peau grise et velue, les membres d'une longueur simiesque, vêtus d'armures sombres et de hauberts de cuir, ils portaient des armes à lame noire qui semblaient d'un poids formidable et ils ne paraissaient nullement essoufflés par leur course.

Les monstres sourirent devant le maigre barrage formé par la reine et ses compagnons, découvrant des crocs semblables à ceux de leurs loups. Pétrifié de terreur, Uter les regarda s'approcher de leur pas chaloupé. Bien plus grands et plus musclés que Freïhr lui-même, pareils à des tours en mouvement, ils frôlaient presque de la tête la voûte de la galerie.

Ils jetèrent leurs torches autour d'eux pour mieux saisir leurs armes, et se poussèrent du coude avec d'immondes grognements à l'idée d'affronter l'elfe, le barbare et ce chevalier à demi mort de peur tout juste capable de tenir son épée...

Et puis ils se ruèrent à l'assaut.

— *Felafrecen haerdingas, beon maegenheard ! Feothan ! Bregean !*

Le cri aigu de la reine surprit les monstres qui marquèrent un temps d'arrêt et perdirent un peu de leur arrogance. Mais le sort ne leur était pas destiné. Ni Uter, ni le barbare, ni Tsimmi, malgré son savoir, n'avaient compris l'incantation de la reine des hauts-elfes. Pourtant, la magie des runes, violente, dévastatrice, insupportable, vibra dans leur cerveau et tétanisa leur corps. Uter tomba à genoux, tant la voix cognait dans son crâne, et il hurla pour en dissiper les miasmes.

Freïhr lui aussi titubait, et secouait la tête comme un chien sortant de l'eau, son épée abaissée traînant sur le sol, en tournant le dos au gobelin qui se ruait vers lui en faisant tournoyer une masse cloutée. Quant à Tsimmi, tombé à terre, il pédalait dans le vide, peinant à se relever de son seul bras valide et clignant les yeux comme un ébloui.

— Qu'est-ce que tu as fait ! gémit Uter en se tournant vers la reine.

Les gobelins n'étaient plus qu'à quelques toises, leurs armes déjà levées pour la mise à mort, et ils étaient là, faibles comme des nouveau-nés, à peine capables de tenir leurs épées, le corps ravagé par un bouillonnement intérieur qui les laissait pantois, hors d'état de se défendre.

— *Feothan ! Hael Hlystan !*

Le cri de la reine les ranima à l'instant même du combat.

Uter se releva d'un bond, avec une force et une souplesse qu'il n'avait encore jamais ressenties. Devant lui, un gobelin aux yeux rouges, bavant d'excitation, rugissait, la gueule béante, tenant à deux mains son cimeterre au-dessus de sa tête comme pour le trancher en deux, mais avec tant de lenteur qu'Uter éclata de rire en se fendant, l'épée tendue à bout de bras, visant la bouche grande ouverte du monstre. L'épée fracassa les dents, traversa les chairs et, dans une gerbe de sang noir qui gifla le chevalier, rompit la nuque de son adversaire avant que celui-ci ait pu abattre son cimeterre.

Lliane et Freïhr avaient frappé avant lui, et il n'eut que le temps de distinguer le corps sans tête d'un gobelin armé d'une masse s'écroulant sur le sol dans un vacarme de chêne abattu, et l'éclair d'argent d'une dague elfique traçant un sillon fulgurant, depuis le crâne jusqu'au ventre, dans la masse sombre du dernier monstre. Puis il vit ses deux compagnons tituber à nouveau, se plier en gémissant, et l'instant suivant il ressentit lui aussi l'atroce faiblesse qui s'était emparée d'eux.

Le sort avait décuplé leurs sens, concentré toutes leurs forces en une seule passe d'armes formidable, mais les laissait épuisés, vidés de toute énergie, aveugles, sourds et presque incapables de se tenir debout.

Les monstres, qui, glacés d'effroi par la mort instantanée des trois premiers assaillants, avaient reflué en désordre, perçurent aussitôt la défaillance de leurs ennemis. Ils se rapprochaient déjà, non plus avec cette frénésie meurtrière du premier assaut, mais comme des loups encerclant leurs proies, abrités derrière leurs boucliers, serrés les uns contre les autres en un atroce magma hérissé d'armes hideuses.

Lliane voulut faire face, mais elle tomba elle aussi à genoux, sans force, s'écorchant aux aspérités tranchantes du sol de la grotte.

C'était fini.

Pleurant malgré elle d'épuisement, l'elfe ne pouvait que lever les yeux vers ces monstres immondes qui se rapprochaient, pas à pas, et contempler l'instant de sa mort.

— Lliane !

Uter se traînait vers elle, avec le regard d'un homme qui se noie, épuisant ses dernières forces afin de la rejoindre. Elle tendit la main vers le chevalier, mais il était trop loin, trop faible pour parvenir jusqu'à elle.

Quelque chose la bouscula rudement, lui arrachant un cri de douleur.

Tout d'abord, elle ne reconnut pas Tsimmi, tant le nain lui semblait imposant, vu à ras de terre. Et Tsimmi riait, les yeux brillant d'énergie, gonflé de cette sensation d'invincibilité qui leur avait permis de défaire leurs assaillants, et qu'il n'avait pas encore brûlée au combat. Seul face à la phalange de gobelins, il traça de la pointe de son pied un sillon dans la poussière autour de la reine et de ses compagnons, puis se redressa de toute sa taille, lança des cailloux contre les murs et frappa le sol d'un coup de talon, dans une pantomime frénétique qu'elle trouva grotesque, mais qui évoqua en elle un souvenir confus et inquiétant. Aussitôt, un grondement sourd lui répondit depuis les tréfonds de la grotte. Le sol se mit à trembler, et des coulées de terre s'abattirent du plafond en pluie fine. Les gobelins, interdits, regardaient autour d'eux comme des bêtes prises au piège. L'instant d'après, la voûte céda brusquement dans un fracas de fin du monde. Lliane eut la vision fugace du geste de victoire triomphant de Tsimmi, et le souvenir de la levée de terre qui l'avait engloutie bien des jours auparavant dans le marais de Gwragedd Annwh. Puis le maître maçon, sorcier des pierres et de la terre, disparut sous les décombres.

Les torches avaient été écrasées par l'effondrement de la grotte, ensevelies sous des monceaux de gravats, asphyxiées par la poussière. Lliane, recroquevillée sur elle-même, hurlait de terreur, mais aucune pierre ne l'avait touchée. Pas même un caillou. À l'intérieur du sillon tracé par Tsimmi, le sol de la caverne était intact. La voûte qui le surplombait n'avait pas bronché, alors que tout autour il ne restait rien qu'un amas rocailleux noyé de poussière. Les gobelins avaient disparu sous des tombereaux de roches pilées. La grotte était plongée dans une obscurité totale, si intense que Lliane elle-même devait écarquiller les yeux pour y voir à deux coudées.

— Lliane !

Elle reconnut la voix d'Uter et en perçut toute l'angoisse. Aussitôt, il y eut un cri de Freïhr, terrifié lui aussi, qui appelait le chevalier. Sans doute n'avaient-ils pas vu Tsimmi lancer son sortilège. L'effondrement de la caverne les avait pris par surprise et les laissait seuls dans le noir, incapables d'imaginer comment ils s'en étaient sortis, condamnés à se chercher à tâtons, sans savoir qui avait survécu. Les elfes n'avaient jamais partagé l'angoisse des hommes à l'approche de la nuit, leur terreur des ténèbres et leur acharnement à s'en protéger en allumant dès le crépuscule des flambeaux et des lanternes, au risque de faire brûler leurs maisons de bois, mais Lliane comprit l'effroi de ses compagnons.

De nouveau, Uter l'appela, et Lliane s'élança vers lui, émue par le ton déchirant de son cri.

— Je suis là, dit-elle en s'agenouillant à côté de lui et en lui posant la main sur la joue.

Uter sursauta, la regarda comme un aveugle, palpant son visage, ses bras, et la serrant avec fièvre.

— Tu es vivante ! Lliane, parle-moi, je ne te vois pas…

— Je suis là, répéta-t-elle. Je n'ai rien, et Freïhr non plus. C'est Tsimmi qui nous a sauvés en faisant écrouler la grotte autour de nous… Tous les gobelins sont morts ou, s'ils vivent encore, ils sont de l'autre côté.

— Bien joué, maître Tsimmi ! cria Uter.

Mais nul ne répondit.

— Tsimmi ?

L'elfe sentit son cœur se serrer. C'est vrai, elle ne l'avait vu nulle part…

— Tsimmi ?… Lliane, est-ce que tu le vois ?

Elle plissa les yeux, tentant de percer l'insondable obscurité de la caverne. Il n'y avait de toutes parts que des éboulis, les encerclant comme dans un puits et s'élevant jusqu'à perte de vue, comme si toute la grotte s'était effondrée autour d'eux. Elle devina à terre la forme défoncée du torse et du crâne d'un gobelin gisant dans une flaque de sang noirâtre, broyé par les rochers ; près de lui rougeoyaient encore les braises mourantes de sa torche brisée. S'arrachant à l'étreinte d'Uter, elle se précipita vers le tison et l'entoura de ses mains.

— Comment ranime-t-on un feu ? cria-t-elle.

— Quoi, tu as trouvé une torche ?

— Je ne sais pas faire du feu ! Dis-moi !

— Eh bien, euh… Surtout, il ne faut pas le laisser mourir…

Freïhr poussa un grognement méprisant et se traîna vers la reine, se guidant au son de sa voix jusqu'à ce qu'il aperçoive lui aussi le faible rougeoiement des braises.

— Je m'en occupe, dit-il en la rejoignant.

Le barbare s'accroupit devant les braises comme un prêtre devant un autel, déchira un morceau d'étoffe sur le cadavre du monstre et en posa un coin minuscule sur le tison en soufflant doucement dessus. Bientôt, le tissu se mit à fumer, puis s'embrasa. Freïhr arracha des décombres le reste de la torche gobeline, un faisceau de baguettes de coudrier, et l'entoura précautionneusement du morceau d'étoffe. La maigre flamme s'étendit peu à peu au bois sec, apportant enfin un peu de lumière.

Les deux hommes découvrirent alors leur prison de gravats, éboulis monumentaux s'élevant presque à la voûte de la grotte, et qu'il leur faudrait escalader pour quitter ce piège, au risque de provoquer un nouvel effondrement.

— On dirait que maître Tsimmi n'a une fois de plus pas mesuré sa force, murmura Uter.

Freïhr leva haut sa torche, illuminant le cercle de terre et les murailles de décombres. Nulle trace du nain.

Nulle trace.

Les trois compagnons demeurèrent un long moment silencieux, interdits, comme hébétés par la disparition de Tsimmi, incapables de croire qu'il ait été victime de son propre sortilège. Uter, les épaules affaissées et la gorge nouée, avisa son épée gisant à terre et alla la ramasser d'un pas traînant. Le raclement métallique de la lame glissant dans le fourreau résonna sinistrement dans la grotte et attira sur lui le regard de la reine.

— Il faut repartir, dit-il.

Agenouillée dans la poussière à côté du cadavre broyé du gobelin, Lliane n'avait pas bougé depuis qu'elle avait retrouvé la torche.

— Sans lui, ça n'a plus de sens… Jamais ils ne nous croiront…, murmura-t-elle.

Le chevalier baissa la tête, fatigué, écœuré, vaincu, au bord des larmes. Sans Tsimmi, sans aucun des nains qui étaient partis pour cette équipée, sans la bague de la Guilde portée par Gael, qui croirait au récit de la reine, aux grommellements confus d'un barbare ou même à son propre témoignage, pauvre chevalier saisi par l'amour, tombé dans les rets des fées ?

— Il faut le retrouver.

Lliane et Uter eurent le même sursaut aux paroles de Freïhr. Brandissant sa torche, qui faisait miroiter sa crinière de fauve et creusait ses traits épais, dressé de toute sa taille et défiant du regard le magma rocheux à l'entour, le barbare tendit lentement le doigt vers un point précis dans les gravats.

— Là.

Il n'y avait rien à l'endroit qu'il désignait. Rien de plus que partout ailleurs : des pierres, de la terre, le chaos.

— Tsimmi était là, dit Freïhr. C'est là qu'il faut creuser.

Le regard d'Uter se porta alternativement du barbare à la masse rocheuse. En imaginant même qu'ils puissent déplacer quelques blocs de pierre, tout ce qu'ils risquaient était de provoquer une avalanche et de s'ensevelir eux-mêmes.

— C'est inutile…

Freïhr ne répondit pas. Il planta sa torche sous un caillou et arracha un premier rocher de l'éboulis. Lorsqu'il le jeta derrière lui dans le cercle, la vibration du choc se répercuta jusqu'à la voûte lointaine, et de minces rigoles de terre dévalèrent les décombres, comme l'eau vive d'un torrent d'été.

— C'est inutile, Freïhr ! insista Uter d'un ton brusque.

Le barbare arracha un nouveau moellon en jurant et se tourna vers le chevalier. Son visage rougi par l'effort et déjà luisant de sueur n'avait plus rien de jovial.

— Seule la mort est inutile ! cria-t-il en jetant le rocher aux pieds d'Uter. Creuse !

Le jeune homme sentit monter en lui une bouffée de rage. Il se rua sur le barbare, le saisit par le bras et le projeta au sol.

— Tsimmi est mort, pauvre imbécile ! Et nous aussi, si tu continues !

Freïhr était déjà debout. Il frotta d'un revers de main sa joue maculée de terre et commença à s'avancer vers le chevalier d'un pas de lutteur, les paumes grandes ouvertes visant son cou, le regard mauvais.

— Écoutez !

Les deux hommes se tournèrent vers Lliane et retinrent leur souffle. D'abord, ils n'entendirent rien. Puis ils perçurent un infime bourdonnement, de plus en plus net, de plus en plus fort, jusqu'à devenir un grondement sourd, régulier et ininterrompu, de l'autre côté des roches.

Instinctivement, ils reculèrent jusqu'à l'autre paroi, les yeux écarquillés d'angoisse, guettant l'éboulement final qui les submergerait, et dont le ronflement s'amplifiait à chaque instant.

Tout à coup, la paroi rocheuse se mit à trembler, et des pierres de toutes tailles, jusqu'à de gros rochers hauts comme un homme, roulèrent dans leur cercle. Mais, au lieu de s'effondrer entièrement, les décombres semblèrent se tasser, s'écarter d'eux-mêmes, ménageant une sorte de passage, bloc de pierre après bloc de pierre.

Les trois compagnons, maintenant, souriaient, n'osaient y croire, se serraient l'un contre l'autre, fascinés, muets d'espoir. Et enfin Tsimmi apparut, couvert de poussière, blanc comme un fantôme. Il leur sourit, ôta sa capuche et s'ébroua, ébouriffant sa barbe et ses courts cheveux bruns maculés de terre.

— Vous ne croyiez tout de même pas qu'un maître maçon pouvait périr sous un éboulement ! dit-il en riant. Ce serait…

Tsimmi ne finit jamais sa phrase.

La lame noire d'un cimeterre s'abattit à la base de son cou avec une violence inhumaine, fendant chairs et os jusqu'au cœur.

Le nain mourut sans un cri, sans voir le gobelin qui s'était faufilé derrière lui, emportant dans l'au-delà le cri d'effroi de la reine et ce choc atroce au creux de son épaule. Il tomba en s'affaissant sur lui-même, arrachant le cimeterre des mains du monstre.

Freïhr poussa un hurlement de bête et se rua sur le gobelin. Il l'empoigna par les oreilles et le projeta contre un rocher saillant. Il y eut un craquement affreux, et l'éclaboussure noirâtre de son sang contre la pierre, mais le monstre parvint à se dégager d'un coup de griffes qui laissa un triple sillon sanglant sur le ventre du barbare. Puis il se redressa et rugit, horrible à voir avec ces traînées sanguinolentes qui maculaient la terre grisâtre dont il était recouvert, les vêtements en lambeaux et semblable à une bête fauve. Freïhr revint à l'assaut mais l'autre le saisit à la gorge, enfonça ses ongles griffus dans la peau du barbare et fit jaillir le sang comme le jus d'un fruit mûr.

— *Egle orc ceosan elf aetheling !*

Le gobelin projeta Freïhr à terre telle une poupée de chiffon et fit face à la reine. L'elfe soutint son regard et tendit le doigt vers lui.

— *Hael Hlystan !*

Le défi. Une invocation vieille comme les pierres des montagnes, à laquelle le monstre ne songea même pas à résister. En deux pas il fut sur la reine, ses griffes s'abattant sur le cou gracile de l'elfe. Uter poussa un hurlement en frappant, et la violence du choc faillit lui arracher son épée des mains. Il avait visé le cou, mais le gobelin avait été plus rapide : le fer du chevalier ne trancha que son bras, qui palpita à terre tel un serpent. Lliane s'était fendue elle aussi et avait touché au corps, perçant le cœur de sa longue dague. Le gobelin tomba à genoux, indifférent au sang qui bouillonnait à son épaule. Enfin, il s'écroula comme un tronc d'arbre lorsque Lliane arracha sa lame d'argent.

Il n'y eut nul cri de victoire. Pas même un cri de soulagement.

Effondré auprès de Tsimmi, Freïhr pleurait en silence, et les sanglots du barbare déchiraient le cœur de ses compagnons. La reine vint s'agenouiller à côté de lui et tenta de panser tant bien que mal les entailles laissées par les griffes du monstre. Uter ramassa le corps de Tsimmi, le déposa au centre du cercle et croisa ses mains sans vie en travers de sa poitrine, sur la garde du cimeterre gobelin qui l'avait tué. Les nains croyaient que nul ne pouvait entrer sans armes au walhalla, l'au-delà des guerriers. Tsimmi ne s'était sans doute jamais considéré comme un guerrier, mais Uter ne pouvait songer à lui rendre un autre hommage. Il aurait voulu en connaître davantage sur les rites funéraires des nains, rendre à son compagnon des derniers honneurs dignes de son rang, de sa valeur et de leur amitié… À quoi bon, tout ça… Il remarqua que la bague de Gael était glissée au petit doigt de sa main gauche, dépassant tout juste sa première phalange. Tsimmi avait failli périr pour cette bague, dans les marais de Gwragedd Annwh. Uter l'ôta doucement du doigt de son compagnon, puis la glissa sous son haubert, sans plus la regarder. Quelle valeur avait-elle, à présent ?

En pleurant son compagnon, Uter pleura aussi sur leurs derniers espoirs disparus.

XX

La peur

La neige s'était mise à tomber sur Loth, et avec elle un froid glacial. La nuit n'avait pas apaisé les esprits, ni calmé la peur. Les moines avaient paré leur église de gigantesques draperies peintes représentant les Mystères de la Foi, mais la foule tremblante qui se pressait aux messes baissait les yeux à leur vue et se tordait les mains : l'archange Gabriel, avec son armure étincelante et sa longue épée, ressemblait davantage à un elfe qu'à un chevalier humain.

Les rues, les tavernes et les places étaient désertes.

Il n'y circulait que des soldats en armes, parés de la livrée à larges bandes bleues et blanches du royaume de Logres, et des groupes de nains, guerriers, courtisans ou commerçants, qui affectaient bruyamment de ne pas craindre les elfes.

Bientôt, on remarqua que les gnomes avaient fui Loth, eux aussi, comme des rats quittant un navire à l'instant du naufrage, sans que personne les ait vus partir. Ce n'était pas que leur présence manquât à quiconque, mais les hommes commencèrent à se sentir seuls.

Au deuxième jour après le bûcher, l'église n'était plus qu'à demi remplie aux heures des offices. Quelqu'un avait bouté le feu pendant la nuit à la draperie de l'archange. Un moine était mort cette nuit-là… Son cadavre exsangue et gelé avait été retrouvé au petit matin par une patrouille, et la rumeur prétendait qu'il ne portait aucune blessure et que son visage était déformé par l'effroi. Il fut dit qu'il avait rencontré le fantôme de l'elfe gris, que les longs doigts du spectre lui avaient arraché le cœur et l'avaient vidé de son sang comme un vampire. D'autres juraient que des elfes étaient restés cachés en ville et qu'ils sortaient la nuit pour se venger. Les gens racontaient n'importe quoi… Il y en avait même pour soutenir que le moine était saoul et qu'il s'était simplement cogné à une poutre…

Chacun se terra chez soi, brûlant son bois dans sa cheminée, guettant le silence oppressant qui s'était emparé de la ville. Et ce silence même leur parut bientôt surnaturel.

Quand il n'y eut plus de bois, personne n'osa quitter l'abri des murailles pour s'aventurer jusqu'à la forêt. Au soir du deuxième jour, la ville était recouverte d'un linceul blanc. Les toits et les rues étaient pavés de neige, les vitres couvertes de givre, une bise glaciale s'insinuait par les cheminées et les interstices des portes. Les familles se tassaient dans les lits clos ou brûlaient leurs meubles.

Au troisième jour, les soldats enfoncèrent les portes et arrachèrent les hommes des bras de leur maisonnée grelottante. On fit ouvrir de force les échoppes et les tavernes, un convoi de pêcheurs et un autre de bûcherons sortirent de la ville sous escorte, mais le lac avait gelé et les charrettes revenant de la forêt, chargées de bûches, s'enlisèrent dans les ornières verglacées. Pellehun fit déverrouiller les greniers royaux et distribuer du pain. Deux hommes furent pendus au gibet parce qu'ils avaient tenté de fuir la ville, dont l'armée royale gardait maintenant toutes les portes.

Ignorant la mort de Blade, sans aucune nouvelle d'aucun relais de la Guilde, aveugles et sourds, incapables de contrôler l'orage qui commençait à gronder au sein même de la cité, le roi et son sénéchal étaient condamnés à attendre. Ils envoyèrent des groupes de cavaliers éclairer les abords de la ville, avec ordre de retrouver les elfes, où qu'ils soient, mais les cavaliers rentrèrent bredouilles, transis de froid sur leurs montures. Alors Pellehun et Gorlois écrivirent à la hâte des messages sur de minuscules parchemins destinés à être fixés à la patte de pigeons voyageurs, à l'intention de chaque poste avancé, de chaque relais de la Guilde, aux quatre coins du royaume de Logres. Tous posaient la même question : Que faisaient les elfes ? Et ils ne confièrent à personne le soin d'envoyer ces missives.

Les gardes du pigeonnier manquèrent chuter de leurs bat-flanc en voyant les deux plus hauts personnages du royaume, empourprés et haletants, passer devant eux sans s'arrêter, jusqu'à la lourde porte de bois qui condamnait le beffroi aux pigeons.

— Ouvre ! grogna Gorlois au garde qui portait les clés.

Le soldat saisit son trousseau et fit jouer la serrure, mais la porte ne s'ouvrit pas.

— Eh bien ? fit le roi.

— Je n'y arrive pas, sire ! dit le garde. Il y a quelque chose qui bloque, à l'intérieur !

— Pousse-toi !

Pellehun se jeta contre la porte, qui s'entrouvrit tout juste, éclairant les marches de pierre d'un rai de lumière grise. L'odeur, aussitôt, les suffoqua. Ce n'était pas l'habituelle puanteur du pigeonnier, faite de la crasse des oiseaux, des fientes et de la paille moisie qui garnissait le sol. C'était bien pire…

— À moi, la garde ! cria Gorlois en redescendant de quelques degrés. Enfoncez-moi ça !

Le vieux sénéchal saisit le roi par la manche et le fit reculer, tandis qu'un groupe de soldats s'acharnait contre la porte, glissant pour faire levier des lances dans l'espace dégagé par le roi.

Ils descendirent jusqu'au poste de garde et s'assirent sur les bancs, en attendant.

— À boire, pour le roi, dit Gorlois au sergent, qui s'empressa de leur servir un mauvais vin dans un gobelet douteux.

Ils burent d'un trait, échauffés malgré le froid par leur ascension précipitée, plissèrent le nez et reclamèrent un deuxième verre de piquette. Un garde surgit presque aussitôt, embarrassé et semblant au bord de la nausée.

— Sire, la porte est ouverte. Il vaut peut-être mieux que vous n'alliez pas voir…

Sa phrase eut l'effet inverse sur le roi, qui jeta son gobelet à terre et se rua dans le petit escalier menant au pigeonnier.

À nouveau, la puanteur atroce lui sauta au visage. Il releva un pan de sa cotte d'armes pour se masquer le nez et grimpa les dernières marches.

Le sol était jonché de pigeons morts, déjà pourrissants, sur une hauteur de presque une coudée. Et, parmi le tas infâme, gisaient les corps des deux sourds-muets, mouchetés d'écorchures, d'entailles et de sang séché, comme si les volatiles s'étaient retournés contre eux en une bataille grotesque et meurtrière. Des rats, surgis d'on ne sait où, faisaient bombance et grignotaient les chairs en putréfaction.

Gorlois, débouchant derrière le roi, devint livide. Ce n'était pas tant l'horreur de la scène qui lui chavira le cœur, mais plutôt la certitude de connaître la cause de ce massacre. Les pitoyables prisonniers de la tour grise avaient cédé au désespoir et entrepris cet abominable ouvrage pour se délivrer de leur épouvantable existence… Il croisa le regard du porteur des clés. L'espace d'un instant, avant que l'homme se reprenne et détourne les yeux avec soumission, il y lut une lueur de haine et de mépris telle que ce fut lui, Gorlois, qui baissa la tête.

Hurlant de rage, Pellehun se fraya à coups de bottes un passage dans le charnier et contempla l'étendue des dégâts. Apercevant sur le sol immonde le cadavre d'un pigeon encore bagué, il le ramassa fébrilement et défit un rouleau de parchemin lacé de cuir jaune fixé à sa patte – anodin message de routine d'un poste avancé –, qu'il jeta à terre en jurant. Le roi balaya du regard les nids vides creusés dans la tour de brique, et les perchoirs d'où pendaient parfois, retenus par une chaîne, des oiseaux au cou brisé. Plus un seul pigeon n'était en vie…

— Nettoyez-moi cette immondice ! hurla-t-il d'une voix de dément. Et qu'on m'apporte tous les messages qu'on y trouvera ! Dans l'heure !

Il écarta Gorlois d'une bourrade et redescendit quatre à quatre l'escalier de pierre, bousculant au passage gardes, pages et servantes qui ne s'écartaient pas assez vite, jusqu'à ce qu'il eût regagné ses quartiers. Le sénéchal le rejoignit quelques instants plus tard, claqua la porte et s'y adossa, hors d'haleine. La cicatrice affreuse qui lui barrait le visage, palpitant au rythme de sa respiration, semblait plus rouge que jamais. Le roi pointa alors vers lui un doigt accusateur.

— C'est toi ! dit-il.

— Quoi ?

— La Guilde, c'est toi ! Débrouille-toi comme tu veux, mais je veux savoir ce qui se passe !

Le vieux sénéchal fit signe au roi de parler moins fort. Il y avait dans la salle du trône où ils se trouvaient une cheminée immense, et ces conduits propageaient mieux le son que la chaleur…

— Qu'est-ce qu'ils deviennent, Gorlois ? fit le roi en se massant le cou. Ils sont partis depuis quoi… Dix jours ? Et nous ne savons rien, hormis le message de cette Mahault !

— Mais tout se déroule comme prévu, sire.

— Oh, oui, tout est parfait ! Mahault nous a dit que la reine Lliane et sa troupe partaient retrouver Gael dans les marais, et que ton voleur était avec eux. Et alors ? Est-ce qu'ils l'ont trouvé ? Est-ce qu'ils sont tous morts ? On n'en sait rien… Tous les elfes ont quitté Loth et le roi Rassul est prêt à la guerre. Parfait ! Mais la guerre contre qui ?

Il tendit le doigt vers la fenêtre masquée par une lourde tenture de velours.

— Écoute les gens, au-dehors. Ils ont froid ! Ils ont faim ! Ils ont peur ! Ils sont terrifiés ! Ils sont persuadés que les elfes vont leur lancer des sorts, ou Dieu sait quoi ! À force de leur prêcher que ce sont des sorciers, ils ont fini par le croire !

— C'est vous qui avez eu l'idée d'utiliser les moines…

— C'est vrai.

Pellehun se calma d'un coup et regarda pensivement son vieux compagnon d'armes.

— Mais les moines prêchent depuis si longtemps dans le vide…

Il se tourna à nouveau vers la fenêtre masquée et, au-delà, vers la rumeur des ruelles.

— Les trois quarts des habitants de cette ville croient aux esprits de la forêt, aux vieux dieux et à tout ce qu'ils ont pu ramasser aux quatre coins du monde. Et, dans les campagnes, c'est encore pire. Ils vénèrent des sources, ou des pierres, ou le soleil. Alors les moines, avec leur dieu unique, leurs pénitences et leurs péchés… Tu vas voir qu'ils vont se faire massacrer par la foule, avant peu. Et ce sera bien fait pour eux.

— Ce serait dommage, commença Gorlois. Les moines…

Il se tut, laissant volontairement sa phrase en suspens, puis s'assit à sa place, à côté du trône, recouvrant toute sa dignité et tout son contrôle.

— Allez, allez, raconte ! dit le roi avec un geste impatient de la main.

— Nous avons besoin des moines pour plus tard, déclara le sénéchal. Sans les elfes, la vie du peuple sera trop triste. Ils veulent croire en quelque chose de beau, de supérieur et en même temps d'accessible, alors pourquoi pas le paradis des moines ?

— Ouais ! Un paradis après la mort ! Tu parles d'une récompense !

— Justement ! Un dieu qui n'offre rien sur cette terre mais tout dans l'au-delà, n'est-ce pas merveilleux ? Plus ils sont pauvres ici-bas et plus ils deviendront riches après leur mort. Que pourriez-vous rêver de mieux ?

Le roi sourit et hocha la tête.

— Si c'est comme ça, tu me feras penser à augmenter les impôts !

Les deux hommes rirent de bon cœur, et ce rire les détendit. Pellehun vint s'asseoir sur son trône, à côté de son conseiller. Gorlois allait reprendre la parole, mais le roi l'arrêta d'un geste de la main et le fixa pensivement durant un long moment. Puis un sourire malicieux vint à nouveau éclairer son visage.

— Il y avait des nains, je suppose, quand ils ont brûlé cet elfe ?

— Des nains, oui… Et des gnomes, et tout ce qu'on peut trouver dans la ville basse.

— Oui, oui, mais bon : il y avait des nains. Et ce sont les nains, ces affreux nabots bouffeurs de pierres, qui ont fait brûler l'elfe.

Gorlois réfléchit un instant, puis secoua la tête avec un ricanement dubitatif.

— Ça ne marchera pas.

— Mais si ! Ça marche toujours, dès qu'on leur fait croire que ce n'est pas leur faute !

Il dressa le doigt et se pencha vers Gorlois.

— Les nains, mon vieil ami. Depuis toujours ils haïssent les elfes, et ils ont monté les habitants de notre bonne ville contre l'innocent, le merveilleux peuple des fées. Désormais, il n'y aura plus de musique à Loth, plus de ces bijoux magnifiques qu'ils ciselaient, plus de ces vêtements magiques aux couleurs changeantes... Et tout cela pourquoi, Gorlois ? Parce que le vieux Baldwin et sa cohorte de démons barbus surgis des entrailles de la terre nous ont aveuglés avec leur or et leurs haches puissantes... Voilà ce qu'il faut que les moines disent.

— Oui. On peut essayer.

Pellehun se renversa dans son trône et congédia son sénéchal d'un geste.

— Vas-y. Les moines, les soldats, les voleurs, les putains... Sers-toi de tout le monde. Avant ce soir, je veux que le peuple donne un nom à sa haine.

La torche n'avait brûlé que quelques heures. Ils marchaient depuis des jours dans le noir, d'abord guidés par la reine puis chacun pour soi, une fois leurs yeux suffisamment habitués aux ténèbres de la grotte pour leur permettre de ne plus trébucher à chaque pas. Mais l'obscurité constante leur avait fait perdre toute notion du temps. Ils avançaient par simple instinct de survie, s'abattaient parfois comme des masses et s'abîmaient à même le sol dans un sommeil de plomb, se réveillaient toujours dans la nuit, le ventre vide, lapaient les parois humides pour calmer leur soif et repartaient sans un mot.

Aucun d'eux n'avait plus prononcé la moindre parole depuis la mort de Tsimmi. Ils l'avaient laissé dans le cercle, mais leurs pensées étaient emplies de son absence.

Sans lui, ils ne savaient même pas où ils allaient. Le tunnel pouvait être le passage des nains d'Oonagh dont avait parlé le maître maçon, tout comme un ancien lit de glacier ou même pire, un tunnel gobelin menant aux Terres noires. Ils n'en avaient plus cure. Chacun marchait pour soi, au-delà de la fatigue, au-delà de l'espoir.

Freïhr avait perdu son épée, des heures plus tôt, en trébuchant sur une roche. Il s'était relevé sans même la chercher.

À chaque halte, Lliane contemplait Uter, et son cœur se brisait en découvrant sur son visage les ravages de l'épuisement. Une barbe brune éparse lui mangeait les joues. Ses yeux semblaient s'être creusés dans ses orbites. Sa peau était grise, sale, et son haubert maculé de boue était déchiqueté en plusieurs endroits. Il n'avait plus rien du fier chevalier qui avait quitté Loth en bombant le torse sous les acclamations de la foule. Ce n'était plus qu'un homme harassé que seul l'orgueil de sa condition de chevalier maintenait encore en vie. Uter ne se plaignait pas et ne s'était jamais laissé distancer par ses compagnons, mais la reine savait qu'il brûlait ses dernières forces. Freïhr parcourait à chaque foulée plusieurs coudées et elle-même, comme tous les elfes, était d'une endurance bien supérieure à celle des hommes. Uter ne tiendrait plus longtemps à ce rythme.

Elle avait bien tenté de ralentir la marche, de quémander des haltes même si elle n'en ressentait pas le besoin, mais il ne leur était plus permis de perdre du temps.

La viande du loup avait été dévorée, rongée sur l'os, et ils n'avaient plus rien mangé depuis des siècles. Combien de temps les hommes pouvaient-ils tenir sans manger ? Elle n'en savait rien. Elle-même commençait à souffrir. Sa cotte de mailles d'argent lui écrasait les épaules, la ceinture de cuir qui portait sa dague lui cisaillait les reins, elle avait faim, elle n'en pouvait plus…

Soudain, Lliane s'arrêta net. Presque malgré elle, sa peau se hérissa, comme si elle avait senti ce que ses yeux ne pouvaient encore distinguer, ce que ses oreilles refusaient d'entendre : piaillements, raclements, froufroutements soyeux, et des ondes mouvantes sur la voûte du passage.

Uter buta contre elle, le bruit du choc provoqua un remous sensible au-dessus d'eux. Battements d'ailes, cris si aigus qu'elle pouvait à peine les entendre…

— Qu'est-ce qu'il y a ?

Elle plaqua sa main contre la bouche du chevalier… trop tard. Un nuage de chauves-souris jaillit de la voûte en un tourbillon, les giflant dans leur vol aveugle, s'accrochant aux longs cheveux de la reine, les écorchant de leurs griffes. Uter la prit contre lui et ils se jetèrent au sol, le visage enfoui sous leurs bras pour se protéger. Durant de longues minutes ils restèrent ainsi, forcenés hurlant sous la hideuse tornade de ces animaux de cauchemar, mi-oiseaux mi-rats, dans l'infecte odeur de leurs sucs, jusqu'à ce que leur frénésie s'interrompe d'elle-même. Alors ils rampèrent hors de leur portée, guettant avec angoisse le moindre battement d'ailes, d'abord prudemment puis de plus en plus vite. Hors d'haleine, Uter voulut s'arrêter, mais Freïhr les entraîna vers l'avant.

— Il faut continuer, on est presque dehors !

— Mais, par Dieu, qu'est-ce que tu en sais ? gémit Uter.

— Les chauves-souris ne mangent pas les pierres. Elles sortent la nuit pour chasser, et elles dorment le jour. On est presque dehors !

— Eh bien, vas-y, murmura Uter.

Le barbare jura et, d'une bourrade, l'écarta de son chemin. Le bruit de ses pas décrut rapidement dans la galerie. Uter se laissa tomber sur le sol, ferma les yeux et s'adossa à la paroi rocheuse.

— Je n'avais encore jamais vu ces horribles bêtes, murmura Lliane à côté de lui. Freïhr avait l'air de les connaître… Si tu restes, je reste avec toi. Mais si nous restons, c'est la mort…

Uter devinait sa silhouette, sans pourtant parvenir à distinguer ses traits. Il caressa sa joue et l'attira doucement vers lui, jusqu'à ce que leurs lèvres se rencontrent. De nouveau, comme sur Gwragedd Annwh, lors de leur premier baiser, la reine entrouvrit la bouche et sa langue vint forcer les lèvres du chevalier. Les hommes ne connaissaient pas alors de semblables baisers. Ce furent les elfes qui les leur apprirent, comme tout ce que l'amour physique peut avoir de doux ou de sacré. Et pourtant, les elfes disaient ignorer l'amour. Il n'y avait pas chez eux de passion, de serments ou de désespoirs sentimentaux. Les tribus elfiques étaient comme des clans de fauves, des hardes de rennes. Et rien de ce qui pouvait distendre les liens du groupe ou s'y substituer n'avait de place dans le cœur des elfes. Pas même l'amour.

Elle se détacha d'Uter et posa sa paume à plat sur le front du chevalier.

— *Eorl frofur deore…*

— Non.

Le jeune homme saisit la main de la reine, l'embrassa et caressa encore sa joue.

— Garde ta magie, ma reine… Celle des hommes est plus forte.

Il sourit devant sa moue incrédule, hésita un temps, puis osa prononcer le mot.

— L'amour…

Cette fois, ce fut Lliane qui détourna les yeux.

— Tu sais ce qu'on dit, chez nous ? murmura Uter. On dit que l'amour donne des ailes.

Elle leva les sourcils, les fronça, et pencha la tête pour regarder le jeune homme.

— C'était une image…

Il se releva et lui tendit la main pour l'aider. Enlacés, ils se mirent en route sur les traces du barbare.

Freïhr avait raison.

Rapidement, l'obscurité se mua en pénombre et la pénombre en clair-obscur, jusqu'à l'éclat aveuglant d'un jour pourtant maussade.

Ils étaient sortis.

Toujours enlacés, se soutenant l'un l'autre, ils firent encore quelques pas jusqu'au sous-bois qui bordait les collines, et s'effondrèrent dans l'herbe couverte de givre, humant avec délices l'odeur de la terre, de la mousse, l'odeur même de la vie. Ils restèrent ainsi de longues minutes, le temps d'acclimater leurs yeux à la lumière du jour, puis Uter se traîna vers un buisson de sureau chargé de grosses baies rouges et sucrées, et arracha à pleines mains les fruits et les feuilles, qu'il dévora comme une bête sauvage.

Bien plus tard, alors que la lumière déclinait sans que le soleil se fût montré, ils purent se relever, quitter l'inconfortable futaie sous laquelle ils s'étaient abrités et descendre la colline, droit devant eux, à travers une forêt clairsemée de jeunes chênes, sous laquelle prospérait toute une végétation d'arbrisseaux et de fougères, dans l'entêtante odeur du buis et de l'humus. Ils suivirent une tortille, vague sentier qui pouvait être le sillage d'un sanglier ou une voie tracée par les hommes, découvrant à travers les arbres le spectacle infini de la grande plaine enneigée. Moins d'une heure plus tard, ils durent s'arrêter, avant que la nuit tombe tout à fait. Ils s'assirent près d'un ruisseau à demi gelé, sur un épais matelas de feuilles mortes, les yeux fixés sur le néant de la nuit pour ne pas se regarder l'un l'autre, dans le silence de la neige. Un silence qui faisait battre le cœur d'Uter et lui donnait des frissons. Et plus ce silence se prolongeait, plus ses premiers mots, ses premiers actes devenaient difficiles.

Lliane se leva et, le visage pudiquement voilé par ses longs cheveux noirs, défit sa robe de moire et sa cotte de mailles, ôta ses bottes de peau et ses bracelets d'argent. Uter, pétrifié, entendit le pas léger de ses pieds nus derrière lui sur la neige, et ne tourna la tête que lorsque l'elfe projeta une grosse pierre dans le ruisseau pour en briser la glace. Ses yeux habitués aux ténèbres croisèrent le regard mutin de Lliane, puis glissèrent presque malgré lui sur les courbes de ses épaules, de ses seins, de ses hanches, de ses jambes interminables, juste avant qu'elle saute dans l'eau glacée.

Elle plongea sous la glace, disparut quelques secondes et creva la surface gelée du ruisseau, au bord de l'autre berge. Uter ne la distinguait plus qu'à peine, mais il la devina, à demi sortie de l'eau, ses longs cheveux noirs collés à sa peau si pâle, si nue.

— Tu viens ?

Le jeune homme se déshabilla avec précipitation et s'approcha du ruisseau glacé, grelottant déjà avant même d'y tremper le pied. Lliane se mit à rire.

— N'y va pas ! dit-elle. Elle est bien trop froide pour toi !

Uter hésita, mais elle avait déjà replongé sous la glace. L'instant suivant, elle jaillissait de l'eau juste devant lui, luisante et vive comme un poisson, presque dans ses bras. Il n'eut qu'à les ouvrir pour qu'elle vienne y trouver refuge.

— Réchauffe-moi, dit-elle.

Uter cueillit l'elfe transie et la porta jusqu'à leur couche de feuilles mortes, où il la déposa tout doucement. Elle glissa sa main sous la nuque du chevalier et l'attira contre elle, puis, d'un geste brusque, le fit rouler à terre et se coucha sur lui. Uter claquait des dents et tremblait de la tête aux pieds. Il voulut la caresser, mais elle saisit la main qui effleurait son dos et la plaqua sur le sol.

— Je crois que c'est moi qui vais te réchauffer, souffla-t-elle tendrement à son oreille.

Uter ferma les yeux. Allongé sur le sol, tremblant encore convulsivement, il sentit la chaleur de l'elfe se communiquer peu à peu à lui, au rythme de ses lentes ondulations. Ses longs doigts effleuraient ses épaules, son torse, ses cuisses, il frissonnait sous la caresse de ses longs cheveux, tressaillit lorsque ses lèvres se posèrent sur lui, s'abîma les yeux clos dans un lent vertige de douceur, oublieux des murmures de la forêt, du froid de la nuit, de tout ce qui n'était pas elle. Lliane se redressa et lui sourit, ses cuisses enserrèrent les hanches de l'homme et son bassin lisse glissa lentement jusqu'à son sexe, à l'effleurer. Uter ouvrit les yeux et retint son souffle, mais elle se déroba. Elle ne souriait plus, elle le fixait gravement, sans cesser d'onduler contre son ventre, comme si ses hanches menaient leur vie propre. À chacune de leurs respirations, des nuages de condensation s'évaporaient dans l'air glacé de la nuit, et leurs corps eux-mêmes fumaient comme un lit de braises. Lentement les mains d'Uter glissèrent sur le ventre de l'elfe jusqu'à sa poitrine, s'arrondirent autour de ses seins. Ses doigts redessinèrent le contour bleu sombre de ses aréoles.

— Tu es si belle, murmura-t-il.

— Fais-moi ton amour.

Alors il saisit la taille gracile de l'elfe, si légère, si fragile, et la pénétra. Ce fut lent. Ce fut sauvage. Ce fut enfiévré, avide. Ce fut le mariage instinctif de deux corps faits l'un pour l'autre et qui se retrouvent enfin. Ce fut une bataille et un abandon, une révélation et un éblouissement. Et ils s'endormirent ainsi, sans se séparer, nus comme les premiers amants du monde.

Uter s'éveilla en criant.

Des pas, lourds, tout autour d'eux. Des torches. Des ombres guerrières, hérissées d'armes jetant des éclats d'acier sous la lueur des flammes.

Il se releva d'un bond, s'interposant entre les guerriers et le corps de la reine, et de gros rires secouèrent leurs rangs.

— Je le savais bien ! fit une voix qu'il reconnut aussitôt.

— Freïhr !

— Tu vois, Freïhr te l'avait bien dit : tu es amoureux !

Le barbare se détacha de ses compagnons, lui tendit une cape de fourrure et partit d'un gros rire grivois qui fit rougir Uter jusqu'à la racine des cheveux. Lliane, avec un rire de petite fille, lui arracha la fourrure d'un geste vif et s'en drapa prestement.

— Très amoureux ! pouffa Freïhr avec un haussement de sourcils approbateur.

Uter suivit son regard et vit ce qui provoquait l'hilarité des barbares. Il ramassa sa cotte d'armes et se couvrit tant bien que mal.

— On vous cherche depuis tout à l'heure, dit Freïhr. On est même retournés dans la grotte… Venez. Il y a à manger et à boire !

Sans un regard pour Uter qui tentait de se rhabiller en conservant ce qui pouvait lui rester de dignité, Lliane ramassa ses vêtements et saisit le bras de Freïhr.

— Je croyais que ton village avait été détruit ? s'étonna-t-elle en contemplant ses compagnons.

Ils étaient une dizaine, hommes, femmes et enfants, tous vêtus comme lui de fourrures, aussi massifs que des ours, avec d'épaisses chevelures blondes tressées en nattes. La plupart d'entre eux portaient des traces de blessures récentes.

— Ils ne sont pas de Seuil-des-Roches, sauf Thorn...

Il désignait un adolescent dégingandé, armé d'une batterie d'épieux durcis au feu, qui baissa les yeux dès qu'il comprit que l'on parlait de lui.

— J'ignorais qu'il avait survécu, dit Freïhr. C'est Oddon et sa famille qui l'ont recueilli dans la forêt... Les autres viennent des villages fortifiés de l'Est. Voilà tout ce qui subsiste des hommes libres des Marches !

— Il y en a peut-être d'autres.

Freïhr hocha la tête avec vigueur.

— Nous les retrouverons. Et nous rebâtirons une ville, une seule, plus forte, plus belle encore que Seuil-des-Roches. Et, quand ils reviendront, nous serons prêts !

La plupart des barbares ignoraient le langage commun, mais leurs yeux, à la lueur des torches, flamboyaient d'excitation aux paroles de Freïhr. Lliane rajusta la grosse cape de fourrure sur ses épaules et sourit au barbare.

— On y va ? dit-elle. Je meurs de faim !

Ils se mirent en marche et, en quelques minutes, rejoignirent un groupe de huttes semblables à celles des elfes de Gwragedd Annwh, hormis leurs proportions. Il n'y avait ni palissade, ni porte, ni guetteur. Ce n'étaient que de simples abris de branchages. Pas encore un village.

Ils mangèrent tous ensemble, réunis autour d'un bûcher où rôtissait un cerf, insouciants et sûrs de leur force, comme une meute de loups. Uter observait le barbare à la dérobée. Ce n'était plus le même homme depuis qu'il avait retrouvé des compagnons, comme s'il se sentait à nouveau investi d'une responsabilité à leur égard.

Freïhr s'aperçut qu'il le fixait, et Uter se troubla.

— Tu n'as pas placé de sentinelle ? demanda-t-il.

— Et pour défendre quoi ? dit Freïhr. Tu vois quelque chose, ici, qui doive être gardé ?

— Vos vies, au moins…

Freïhr le regarda gravement.

— Quand il ne te reste rien d'autre que la vie, il ne faut pas la gâcher en craignant de la perdre.

Puis il retrouva son sourire et lui assena l'une de ces formidables claques dont il avait le secret.

— N'aie pas peur ! Cette nuit, Oddon veillera sur votre sommeil.

Il cligna de l'œil vers la reine.

— Vous serez mieux qu'en plein vent !

De gros rires lui firent écho, tout autour du feu. Uter rit avec eux, mais un simple regard de Lliane ranima son désir.

— Demain, poursuivit-il, nous trouverons des chevaux, à l'heure où ils vont boire… Et nous pourrons repartir.

Lliane se leva, contourna la flambée et vint s'agenouiller devant le barbare, dont elle saisit la grosse main caleuse.

— Non, Freïhr. Toi, tu restes…

Elle lui sourit avec tendresse, puis lui parla, dans la langue rocailleuse des hommes du Nord. Bientôt, les conversations se tarirent et tous écoutèrent les paroles de la reine, dans le crépitement du feu et les murmures de la nuit.

Elle parla longtemps. Quand elle se releva, les yeux de Freïhr s'étaient embués. Enfin, elle tendit la main vers Uter.

— Tu viens ?

XXI

Le cauchemar

Au soir du deuxième jour, la ville rougeoyait comme un volcan, à la lueur de centaines d'incendies.

Dès le début, tout avait mal commencé.

Une famille de dix nains – le père, la mère, leurs serviteurs ainsi que leurs enfants, de simples commerçants venus à Loth vendre des barres d'acier forgées sous la montagne – avait été prise à partie par un prêcheur au crâne rasé et sa troupe de fanatiques. Des hommes et des femmes armés de bric et de broc, les yeux fous et l'âme en tourment, la voix éraillée à force d'avoir hurlé, brandissant des torches et rameutant la populace, hurlant que les nains étaient des démons et les elfes des anges, que Dieu les regardait et qu'il criait vengeance.

Aucun des dix nains n'était guerrier, mais ils venaient de la Montagne rouge, épais comme des troncs d'arbres et teigneux comme des ours.

Avant qu'ils aient compris ce qui leur arrivait, une commère de Loth embrocha un nanillon d'à peine trente ans d'un coup de fourche, et ce fut comme si elle avait déchaîné la tempête. La mère de la victime l'étrangla de ses mains puissantes avant de succomber sous les coups de la foule. Alors le reste de la famille réagit enfin (les nains sont parfois lents à la détente) et s'arma de ces barres d'acier qu'elle était venue vendre. À la fin de l'échauffourée, les murs de la ruelle étaient tachés de sang et une demi-douzaine de corps, hommes et nains confondus, gisaient dans le ruisseau.

Le premier incendie éclata dans une taverne, lorsqu'un parti d'émeutiers tomba sur trois soldats de la garde de Baldwin. Des nains cuirassés, lourdement armés et entraînés à la guerre, qui ne quittaient jamais leurs haches, pas même pour dormir, et qui firent un carnage, au point que la foule ivre de haine les enferma dans l'auberge et y bouta le feu, malgré les cris horrifiés des humains encore en vie bloqués à l'intérieur.

Il y eut bien d'autres incendies et bien d'autres combats, tout au long de la journée et de la première nuit. Les nains s'organisaient et se regroupaient en escouades semblables à des blocs de pierre, dévalant les ruelles en écrasant tout sur leur passage, dans une boucherie indescriptible qui s'étendit bientôt jusqu'au palais. La garde rapprochée de Baldwin bloquait l'aile réservée aux nains, protégeant la fuite du vieux roi, et, pour chaque guerrier nain tué, le sénéchal Gorlois perdait encore et encore les meilleurs soldats de l'armée. Les combats semblaient ne jamais devoir finir, malgré les flots de sang qui rendaient les dalles glissantes, malgré l'horreur des empoignades au corps à corps dans les étroits couloirs où les chevaliers humains se cognaient aux murs sans pouvoir manier leurs longues épées. Ce furent des affrontements au poignard, des combats de bêtes sans tactique ni honneur, l'acharnement et la haine tenant lieu de bravoure.

Trois des douze preux formant la garde du Grand Conseil périrent dans ces assauts sans gloire dont ils ne pouvaient comprendre le sens.

Un autre, nommé Ulfin, jeune chevalier à peine plus âgé qu'Uter, disparut au cours de la nuit et son corps ne fut jamais retrouvé. On raconte que l'infamie du massacre lui fit horreur et que, plaçant son honneur au-dessus de son serment d'allégeance à Pellehun, il aida le roi Baldwin à fuir la cité de Loth.

Au soir du deuxième jour, il ne restait plus un nain vivant dans Loth.

De la haute tour à laquelle Gorlois et lui seul avaient accès, Pellehun contemplait, par l'étroite embrasure d'une meurtrière, l'incendie qui ravageait sa cité. Sous les murs de pierre du palais, les rues étaient pleines de cris, pleines d'une foule frénétique, terrifiée et insane, pleines de pillages et de viols, comme si la ville se détruisait elle-même, corps et âme. Dehors, l'armée était alignée en bon ordre, immense, bardée de fer et d'acier, n'attendant qu'un geste pour se mettre en marche et ravager le monde. Le royaume de Logres avait basculé dans la guerre totale. Hommes, elfes, nains. Le cauchemar avait commencé.

Pellehun se détacha du sinistre spectacle et s'approcha du coffre scellé dans le mur qui constituait l'unique mobilier de la pièce, hormis deux fauteuils, près de l'âtre. Il sortit de sous ses robes une clé retenue à son cou par un lacet et fit jouer les serrures. Puis il ouvrit lentement le coffre et contempla son trésor le plus précieux, gisant sur un matelas de velours sombre.

Une épée d'or, luisant à la lueur des torches, chargée de pierres précieuses et de mille chefs-d'œuvre d'orfèvrerie.

L'Épée de Nudd, le talisman des nains que ceux-ci nommaient Caledfwch.

Excalibur.

D'abord, ils virent une nuée de corbeaux, tournoyant dans le ciel gris comme une colonne de fumée, puis une harde de chevaux, galopant librement dans la plaine, au loin, sans aucun cavalier.

Le premier cadavre était celui d'un nain, adossé à une butte, le corps percé de flèches. Puis, à quelques toises, celui d'un elfe gris, presque confondu à la terre. Uter dégaina son épée et ils poussèrent leurs chevaux jusqu'en haut du surplomb. Le spectacle les pétrifia.

À perte de vue, la plaine enneigée était constellée de cadavres. Des gnomes s'affairaient autour des corps, détroussant les morts, achevant les blessés, et des chiens sauvages se repaissaient de leurs dépouilles. De loin en loin, une oriflamme claquait au vent d'hiver, marquée du sombre écu à hache d'or des nains sous la Montagne noire. Parfois, les cadavres étaient tombés en groupe et formaient de sinistres tumulus hérissés de lances et de flèches. Et, là-dessus, le silence irréel de la neige, le croassement des corbeaux, et l'odeur du charnier.

Lliane poussa un cri sauvage et piqua des deux à travers le champ de bataille. Elle galopa droit devant elle, les yeux noyés de larmes, le visage engourdi par le froid. Sur son passage, les gnomes s'enfuyaient, ployant sous le poids de leurs rapines, les charognards détalaient vers un autre cadavre en montrant les dents... Parvenue à l'autre bout du charnier, là où enfin la plaine enneigée n'était plus rougie de sang, elle tira sur les brides de son cheval et sauta à terre avant même qu'il se soit immobilisé. Uter la retrouva recroquevillée sur elle-même, le visage enfoui dans la neige, inondée de larmes, suffoquée par ses pleurs. Il mit lentement pied à terre, s'avança jusqu'à elle dans un crissement de neige glacée, la saisit par les épaules et la releva. Lliane se lova contre lui, sans cesser de pleurer. Jamais encore Uter ne l'avait vue ainsi, anéantie, désemparée, tremblante... si humaine.

Il l'aida à se hisser sur son propre cheval, dont il saisit les rênes. Celui de Lliane s'était enfui loin du champ de bataille.

Ils retraversèrent le charnier la tête basse à la recherche de survivants, mais, hormis un elfe atrocement défiguré par un coup de hache qui lui avait fracassé la mâchoire et qui ne pouvait que baver du sang dans un atroce gargouillis, il n'y avait plus dans la plaine que des morts déjà raidis par le froid.

Quand la nuit tomba, ils cherchaient encore, à la lueur d'un flambeau.

Ils trouvèrent le seigneur Rassul et son elfe lige, Assan, dans un chemin creux, enlacés dans la mort, cernés par des cadavres de nains dont le sang avait gelé en flaques rosâtres, dans la neige et la gadoue. Ils reconnurent les elfes de Gwragedd Annwh, des elfes gris comme presque tous ceux qui gisaient là. Et tous les nains portaient les couleurs de la Montagne noire.

— Rogor, murmura Uter d'un ton haineux. C'est ma faute… J'aurais dû te laisser le tuer, dans les marais.

— Peut-être y a-t-il encore un espoir, dit Lliane. Il n'y a là aucun haut-elfe, ni aucune autre communauté naine… La guerre ne s'est pas encore étendue à tous les peuples… Il faut rentrer à Loth. Je dois parler à Llandon, et toi tu diras au roi Pellehun ce que tu as vu. Baldwin l'écoutera, lui. On peut sûrement…

Lliane se tut. La tête lui tournait, brusquement, et un étrange malaise la faisait vaciller. Elle aspira profondément de grandes goulées d'air glacé, puis ramassa une poignée de neige pour se rafraîchir le visage. C'est alors qu'elle le vit. L'homme-enfant aux cheveux blancs et à la longue robe bleue, appuyé à un simple bâton ferré, qui la regardait du haut d'une butte en souriant. L'homme qu'elle avait aperçu aux bords du lac. L'homme qu'elle avait croisé à leur départ de Loth. L'homme qu'elle seule, jusqu'à présent, semblait être capable de voir.

Uter le voyait, lui aussi, et ressentait à présent le même malaise. Il avait dégainé son épée et s'était interposé entre la reine et l'apparition, tenant de sa main gauche sa torche pour mieux l'éclairer.

— Qui es-tu ?

— Je m'appelle Myrddin, dit l'autre d'une voix étonnamment jeune, avec un hochement de tête sarcastique qui pouvait passer pour un salut, mais avec l'air surtout de se moquer du chevalier.

— Qu'est-ce que tu veux ?

— Qu'est-ce que je veux ? ricana-t-il. Mais pourquoi crois-tu que je veuille quoi que ce soit de toi, Uter ? Parce que tu crois peut-être que tu peux m'être utile à quelque chose, toi qui as failli à ta mission, toi qui n'as pas su empêcher cette lamentable tuerie ?

Le sang du chevalier se retira de son visage. Il n'osa regarder la reine, mais sentit le poids de son regard. Pensait-elle, elle aussi, qu'il avait failli ?

— C'est trop tôt, Uter ! reprit Myrddin. Et puis tu n'es encore qu'un homme !

Et il éclata d'un rire flûté, un rire d'enfant, enjoué et parfaitement déplacé dans cet horizon de cadavres.

Lliane le regardait, pétrifiée, et une évidence s'imposa enfin à son esprit.

— Ce n'est pas un homme, murmura-t-elle. Et ce n'est pas non plus un elfe. Pourtant il est un peu des deux...

— Tu as raison, dit Myrddin. Je ne suis rien. Rien d'autre que l'enfant d'une elfe et d'un homme... Venez me rejoindre !

— C'est impossible, répondit Uter. Il n'est jamais rien né de l'union des elfes et des hommes !

— Et pourtant j'existe, tu vois ? Qu'importe... Bientôt je ne serai plus seul.

Il désigna le ventre de Lliane avec un sourire entendu.

— Tu donneras naissance à une fille, que les hommes appelleront Morgane. Mais ce ne sera pas le nom que tu lui auras choisi.

Lliane et Uter se regardèrent, et dans les yeux des deux amants passa chaque étape de leur pensée, stupeur, ravissement, amour, frayeur, au fur et à mesure que ces paroles prenaient tout leur sens.

— Il ne faut pas aller à Loth, je vous en prie, reprit Myrddin. Vous avez échoué parce qu'il était écrit que vous deviez échouer, mais vous avez survécu, et aujourd'hui seule votre survie peut empêcher la victoire des hommes.

À nouveau, le sang d'Uter se figea.

— Quelle victoire des hommes ? hurla-t-il. Où vois-tu des hommes ? Regarde autour de toi ! Regarde cette…

Il balaya de la main le champ de bataille.

— … cette boucherie ! Il n'y a là que des elfes et des nains ! Nous n'avons rien fait d'autre que d'essayer de sauver la paix !

Myrddin éclata de son rire horripilant.

— « Nous n'avons rien fait d'autre que d'essayer de sauver la paix ! » couina-t-il d'une voix ridicule, singeant le chevalier.

Lliane réprima un sourire, ce qui acheva de rendre Uter fou de rage ; l'homme-enfant tendit la main en signe d'apaisement.

— Pardonne-moi, Uter… C'est vrai, il n'y a rien de drôle. Mais, vois-tu, les hommes…

Il s'interrompit, comme si une pensée toute différente venait de lui traverser l'esprit.

— C'est vrai, murmura-t-il. Tu n'es encore qu'un homme. Mais un jour tu seras deux, comme moi, et ce jour-là tu pourras comprendre…

Puis il se tourna vers Lliane et reprit le fil de son discours.

— Les hommes ont toujours eu peur de tout. La foudre, la tempête, les torrents, la forêt, la montagne… Et tout ce qu'ils craignaient était divin à leurs yeux : le soleil, les étoiles, les grands arbres ou les pierres. Et voilà qu'ils se mettent à ne plus vénérer qu'un dieu. Un dieu unique qui remplace tous les autres, à la fois le père et le fils, le ciel et l'esprit. C'est ce qu'il leur manquait, tu comprends ? Une force unique, toute simple, la seule explication de l'univers et de tous ses mystères... Venez me rejoindre, je dois vous montrer quelque chose.

Cette fois ils lui obéirent, captifs de cette voix fluette et si puissante à la fois. Ni l'un ni l'autre n'éprouvaient plus cet inexplicable malaise qu'ils avaient ressenti à son apparition. Ils gravirent lentement la butte et saisirent les mains qu'il leur tendait.

Vu de près, Myrddin ressemblait vraiment à un enfant, sans qu'il soit pour autant possible de lui donner un âge. Sa peau n'était pas bleue comme celle des elfes, mais d'une pâleur inhumaine, si diaphane qu'elle en paraissait transparente, avec des cheveux blancs – non pas de ce gris clair argenté propre aux vieillards humains mais d'une blancheur absolue, sans le moindre reflet – qui formaient autour de ses tempes un casque de neige. Et, dans toute cette pâleur, il avait les mêmes yeux que Lliane, d'un vert clair intense comme de l'or.

— Vous deviez échouer pour que le vrai combat commence, dit-il en regardant Uter. Et dans cet échec il n'y a aucune honte, puisque c'est ce que tous attendaient de vous, puisque tous vous ont menti, puisque l'objet même de votre quête n'était qu'une trahison. Bien sûr, tu peux tenter de sauver la paix, mais tu échoueras, Uter, et cette fois ton échec sera véritable. Si vous allez à Loth, vous mourrez, et alors l'espoir à jamais s'évanouira. Les elfes, les nains et même les monstres disparaîtront dans le crépuscule du temps, comme une légende lointaine, jusqu'au jour où leur nom même sera oublié, vidé de sens, et où nul à la surface de la Terre ne croira plus à leur existence... Regardez.

Il les attira à sa suite et gravit les dernières toises qui les séparaient du sommet de la butte. Au loin, l'horizon était rouge.

— C'est Loth, dit-il simplement.

La ville était toujours la proie des flammes, et le cœur des hommes y brûlait d'un feu plus intense encore, prêt à incendier tout le royaume.

— Nul d'autre que les hommes n'a provoqué cet embrasement... Nul d'autre qu'un homme ne pourra l'éteindre. Un homme aidé du souffle du dragon.

Myrddin dévisagea Lliane et Uter et, l'espace d'un instant, un voile d'une tristesse infinie figea son sourire insouciant. Mais le preux, fasciné par l'horizon flamboyant, ne s'en rendit pas compte.

— Bien sûr, dit l'homme-enfant, il est encore trop tôt.

Puis il se jeta en avant dans la pente, disparaissant à toutes jambes dans l'abri de la nuit.

— Myrddin ! cria Uter.

Une voix lui répondit depuis le cœur des ténèbres, dans le silence de la neige.

— Seuls les elfes me nomment Myrddin... Les hommes m'appellent Merlin.

SOURCES ET REMERCIEMENTS

Robert Delort, *La Vie au Moyen Âge*, Points Histoire.
Geneviève d'Haucourt, *La Vie au Moyen Âge*, Presses Universitaires de France.
Christian J. Guyonvarc'h, *Magie, médecine et divination chez les Celtes*, Bibliothèque scientifique, Payot.
La Légende arthurienne, Bouquins, Laffont.
Marijane Osborn et Stella Longland, *Rune Games*, Routledge and Kegan Paul.
Marie-Louise Sjoestedt, *Dieux et héros des Celtes*, Terre de Brume.
Dan Ar Braz, *L'Héritage des Celtes* (pour le chant funèbre de Rogor).
Jean Markale, *Petite Encyclopédie du Graal*, Pygmalion/Gérard Watelet.
Robert-Jacques Thibaud, *La Symbolique des Druides*, Dervy.

Le légendaire peuple des elfes

L'heure des elfes

Jean-Louis Fetjaine

Depuis que les hommes ont dérobé aux nains leur talisman légendaire, l'épée Excalibur, le monde a perdu son équilibre. Seul le chevalier Uter pourrait le leur restituer et rétablir ainsi l'ordre ancien. Mais, le cœur partagé entre sa femme, Ygraine, et Lliane, la reine des elfes, il hésite à le faire. C'est alors que les monstres envahissent le royaume de Logres. Les elfes, épargnés jusqu'à présent grâce à l'aide du druide Merlin, acceptent de leur porter secours, à une condition : que l'épée soit rendue. En garantie, Merlin emmène avec lui Arthur, le fils d'Uter et d'Ygraine.

(Pocket n° 5768)

Achevé d'imprimer sur les presses de

BUSSIÈRE

GROUPE CPI

à Saint-Amand-Montrond (Cher)
en janvier 2005

POCKET - 12, avenue d'Italie - 75627 Paris Cedex 13
Tél. : 01-44-16-05-00

— N° d'imp. : 45778. —
Dépôt légal : avril 2002.
Suite du premier tirage : janvier 2005.

Imprimé en France